二 見 文 庫

いつもふたりきりで

リンゼイ・サンズ／上條ひろみ＝訳

Love Is Blind
by
Lynsay Sands

いつもふたりきりで

登　場　人　物　紹　介

クラリッサ・クランブレー	貴族の娘
エイドリアン・モンフォート	モーブレー伯爵
リディア・クランブレー	クラリッサの継母
ジョン・クランブレー	クラリッサの父
レジナルド(レジ)・グレヴィル	エイドリアンのいとこ
メアリー・グレヴィル	レジナルドの妹
イザベル・モンフォート	エイドリアンの母
ヘンリー・プリュドム	クラリッサの求婚者
ジョーン	クラリッサのメイド
キブル	エイドリアンの執事
マーティン・ハドリー	探偵

イングランド、ロンドン　一八一八年

1

「〝愛はわが血の……熱〟」

クラリッサ・クランブレーは震え声で発せられたことばに顔をしかめた。一時間まえに父のロンドンの町屋敷に着いてからプリュドム卿が朗読した詩のなかで、まちがいなくこれが最悪だわ。

ほんとにまだ一時間しかたっていないのかしら？　この年配男性が到着してからもう何日もたったような気がする。彼は本を見せびらかしながらはいってくると、いつものように散歩に出かけるのではなく、今日は本を朗読してあなたを楽しませてさしあげようと思うのですが、と誇らしげに宣言したのだ。彼がこんなくだらないものとは別の本を選んでくれていたら、クラリッサも楽しんでいただろう。そして、いかにも彼女に善行を施《ほどこ》しているという態度でなかったら、その行為をありがたく思っただろう。

プリュドムがなんと言ったところで、クラリッサはだまされなかった。急に計画を変更した理由はわかっていた。自分が詩の本を朗唱しているあいだクラリッサを行儀よく長椅子に座らせておくことで、災難を避けようという魂胆なのだ。年を重ねて同情心に富んだプリュドムといえども、彼女が事故を起こしてばかりいることに嫌気がさしてきたらしい。でも責めることはできなかった。プリュドムはこれまでずっと耐えに耐えてきたのだ。ほとんど聖人のようだったと言ってもいい。彼は明らかにほかの求婚者たちよりも理解と忍耐力を示してくれた。クラリッサが彼の太く短い脚をテーブルとまちがえてお茶を置いても、いつも快く許してくれているようだったし、ダンスのとき彼の足を踏んでばかりいても苦笑してやりすごしてくれたし、いっしょに公園を散歩するときつまずいたり転んだりすることにさえがまんしてくれた。あるいはそう見えた。だが、今日のプリュドムはそういったことのすべてから逃れる方法を見つけていた。クラリッサはこのくだらない詩につきあわされるくらいなら、公園でぶざまなまねをしたり、ケーキのテーブルに顔からつっこむほうがましだと思った。

「〝それはわたしに鳩のような翼を与えてくれる〟」プリュドムの声は情感をこめるあまり震えていた……それとも単に老齢のせいだろうか。クラリッサにはどちらなのかわからなかった。実際、相手は彼女の祖父といっていいほどの年齢なのだ。残念ながら、継母のリディアにとってそれは問題ではなかった。リディアはクラリッサの父であるジョン・クランブレーに、自分たちの命に代えてもかならずや娘を立派に嫁がせると約束していた。プリュドム卿は数少ない求婚者たちのなかで、まだクラリッサに関心を示している最後のひとりだった。

今のところ、父も継母も死ぬことはなさそうだ。しかし、現在クラリッサは、自分のまえにひざまずいて両腕を振りまわしながら変わらぬ愛を表明するこの年配男性と、気づいたら結婚していたということになりかねない状態だった。

「〝わたしは誓う、この〟……ええと……〝この〟――レディ・クラリッサ」プリュドムは朗読を中断して言った。「できればろうそくをもう少し近づけてくれませんか。どうも判読しにくい単語があるので」

クラリッサは瞬《まばた》きをして退屈を追いやり、目をすがめて求婚者のほうを見た。視界のなかのプリュドムはぼんやりと黒っぽく、ぼやけた丸いピンク色の顔の上に銀色っぽい雲のような髪があるのがわかる。

「ろうそくだよ、お嬢さん」彼はいらいらしながら言った。感じのいい求婚者らしく見せていた態度が、一瞬にしていらだちを帯びる。

クラリッサはかたわらのテーブルに置かれたろうそくに目をすがめ、それをとりあげて言われたとおりまえに差し出した。

「ずっとよく見えるようになった」プリュドムは満足げに言った。「さて、どこだったかな？　ああ、ここだ。〝わたしは誓う、この変わらない……〟」また中断し、鼻をうごめかす。「何か燃えているようなにおいがしませんか？」

クラリッサはそっと空気のにおいをかいだ。ええ、たしかに、と言おうとして口を開き、実際そう言ったが、ことばが口から出るまえにプリュドムが悲鳴をあげた。その声に驚いてあとずさり、唖然《あぜん》としながら見ていると、プリュドムは突然勢いよく立ちあがり、ぴょんぴょんと激しく飛び跳ねはじめた。両腕を回して頭を振っているらしいのがぼんやりとわかる。何が起こっているのかわからなかったが、やがてかつららしき白いもやもやが急にはずされて、猛烈な勢いで彼の足に踏みつけられた。頭らしいピンクのもやもやとその行為を驚いて見つめ、自分がろうそくを近くに掲げすぎてかつらに火をつけてしまったのだと気づいた。

「まあ、たいへん」クラリッサはろうそくをおろし、安全にテーブルの上に置かれたとわかってからようやく手を離した。視力が弱く遠近感がつかめない彼女は、助けに駆け寄ろうとして小柄なプリュドムを突き飛ばしそうになった。

「わたしに近寄るな!」プリュドムはクラリッサを押しやって叫んだ。

クラリッサは椅子に倒れこんでわけがわからずに彼を見つめていたが、衣《きぬ》ずれの音からだれかがやってきたことを知り、ドアのほうに鋭く目を向けた。

来たのはひとりじゃないみたい。クラリッサはドアの内側に並ぶ色と形に目をすがめながら訂正した。家じゅうの召使たちがプリュドムの悲鳴を聞いて、急ぎやってきたようだ。もちろん継母もそこにいるだろうと思い、みんなが驚いて黙りこむなか、小さくため息をついた。ドア口でこちらを見つめている人びとの顔に浮かんでいるのが憐れみなのか非難なのかはよく見えないのでわからなかったが、プリュドムの表情を推測するのに視力は必要なかった。彼は猛烈に怒っていた。それは二メートルほど離れたところにいるクラリッサにも伝わってきた。やがてプリュドムは憎悪に満ちたことばをわめきちらした。

あまりにも怒っていたために、彼の発したことばはほとんどひとつづきになっていて理解不能だった。ところどころは聞きとれた――〝不器用なまぬけ〟とか〝ひどい厄介者〟とか〝社交界の厄災〟とか――が、その繰り言の途中で黒っぽい腕が振りあげられ、自分のほうに迫ってくるのがわかった。クラリッサはぶたれるのではないかと思って凍りついたが、確信はなかった。眼鏡がないと判断するのはむずかしいのだ。

自分はまさにぶたれようとしているのだとクラリッサにわかるほどプリュドムのこぶしが近づいたときには、殴打《おうだ》から逃れるのは遅すぎた。幸い、プリュドムの腕が振りあげられていることにほかの人びとが気づき、しゃべりつづける彼に近づいた。そのなかの何人かが途中で彼をとり押さえ、殴打を防ぐことができた。そうやって人びとがばたばたしているあいだ、クラリッサのまえではさまざまな色が混じり合い、うごめいていた。プリュドムが悪態をつき、ひとりからたしなめられるのが聞こえた。おそらく執事のフォークスだろう。するとさらに悪態が飛び出し、いくつもの色のかたまりが万華鏡のようにドアのほうに移動しはじめた。

「まあ！　恥を知りなさい、ロード・プリュドム」クラリッサの継母が叫んだ。その声は明らかに動揺していた。ぼやけたライラック色の継母はほかの色のかたまりのあとからドアに向かい、心配そうにこう言い添えた。「落ち着いたら、あなたはちゃんと道理のわかる人ですからクラリッサを許してくれますね。この子はわざとあなたのかつらに火をつけようとしたわけじゃないんですから」

クラリッサはげんなりした気分でため息をつき、椅子に沈みこんだ。継母がまだ自分をこの男と結婚させようとしているのが信じられなかった。わたしは彼のかつらに火をつけたのに！　それに彼はわたしをぶとうとした！　だが、これでリディアがこの縁組をあきらめてくれるだろうなどというのは甘い考えだった。わたしが暴力的な男と結婚することになったとしても、継母が何を気にするというのだろう？

「クラリッサ！」

びくりとして立ちあがり、注意深くあたりに目を凝《こ》らすと、リディアと思われるライラック色のかすみがふたたび部屋にはいってきて、ドアを閉めたところだった。

「どうしてこんなことを？」

「わざとやったわけじゃないわ、リディア」クラリッサは急いで言った。「眼鏡さえかけさせてくれればこんなことは絶対に起こらなかったのよ。眼鏡をかけていたって、ちゃんとおしとやかにしていればもっと求婚者が……」

「いけません！」リディアはにべもなく言った。「眼鏡をかけた娘に夫は見つからないと何度言ったらわかるの？　わたしは本気で言ってるのよ。眼鏡をかけるくらいならちょっとぐらい不器用なほうがましです」

「わたしは彼のかつらに火をつけたのよ!」クラリッサは信じられない思いで叫んだ。「ちょっと不器用どころじゃなくて、もうほんとうに笑いごとじゃすまされないわ。どんどん危険になってきているもの。彼はひどいやけどを負っていたかもしれないのよ」

「そうね。かもしれない。でも、ありがたいことに彼は無事だった」急におだやかな声でリディアは言った。クラリッサは思わずうめき声をあげそうになった。継母がおだやかになるのが自分にとっていい兆候でないことは、とうに学んでいたからだ。

2

「モーブレー！　きみが社交シーズンに顔を出すなんてしばらくぶりだな。なんでまた町に来たんだ？」

モーブレー伯爵、エイドリアン・モンフォートは、ダンスフロアをぐるぐる回りながら通りすぎていくカップルたちから目を離し、近づいてきた男を見た。長身のブロンドで、たいへんな男前のレジナルド・グレヴィルだ。いとこにあたるグレヴィルとは、かつて親友同士だった。だが、年月と距離のせいでその絆《きずな》はもろくなっていた――フランスとのあいだの戦争のせいもあるかもしれない、とエイドリアンは苦々しく思った。レジナルドの問いかけを無視し、あいさつ代わりにさえない笑みを向けると、ダンスフロアで優雅に踊る男女に視線を戻した。そして、こんな返事をした。「社交シーズンを楽しんでいるか、グレヴィル？」

「ああ、もちろん。新しい家柄。新しい顔」

「新しい獲物だろ」モーブレーが辛辣《しんらつ》に言うと、レジナルドは笑った。

「それもあるがね」レジナルドは若くてうぶな娘を口説く達人として有名だった。彼がロンドンから追い出されずにすんでいるのはひとえに称号と財産のおかげだった。

エイドリアンは首を振りながら、また例の硬い笑みを浮かべた。「きみは狩りに飽きるということがないんだな、レジ。ぼくにはみんな悲しいほどそっくりに見えるがね。ここにいる社交界デビューしたての娘たちは、このまえのシーズンに見た娘たちと同一人物じゃないかと思ってしまうよ……そのまえのシーズンとも、そのまたまえのシーズンとも同じだ」

いとこは気安く微笑みながらも首を振った。「きみは十年も町に顔を出していなかったんだぜ、エイドリアン。当時の娘たちはみんな結婚して子供を産んでるか、すっかり行き遅れになってるよ」

「顔はちがっても女はみんな同じさ」エイドリアンは肩をすくめて言った。

「なんて皮肉屋なんだ」レジナルドがたしなめた。「年寄りみたいな口ぶりだな。この老いぼれが」

「成長したのさ」エイドリアンは言い返した。「成長して賢くなった」

「いや、年をとっただけだね」レジナルドは笑って言い張り、目のまえで動きまわっている人びとの群れに視線を転じた。「それに、今年は本物の美人が何人かいる。たとえばあのブロンドとか、チャームズリーといっしょにいるあのブルネットとか」

「ううむ」エイドリアンはそのふたりの娘を見やった。「もしまちがっていたら教えてくれ。あのブルネットの娘はたしかに美人だが、頭はからっぽだと思うね。最後にぼくが出た舞踏会できみが口説いていたレディ・ペネロープにそっくりだ」

レジナルドはその観察眼に驚いて目を見開いた。

「それと、ブロンドのほうは……」問題の娘を捜して、計算高いその顔つきを見てとると、エイドリアンはつづけた。「両親が貿易関係の仕事をしていて裕福だから、それに見合った称号を求めている。リリー・エインズリーのタイプだな。やっぱりきみが口説いた相手だ」

「たしかにそのとおりだ」いくぶんめんくらった様子ではあったが、レジナルドは認めた。ふたりの娘をためつすがめつしたあとで、辛辣に笑った。「おかげですっかりその気がなくなったよ。どちらかひとりか、さもなければ両方に言い寄ろうかと考えていたんだ。でも、どちらもすこぶる退屈という気がしてきた」そして、一瞬ひそめた眉を吊《つ》りあげた。「そうだ、きみでもそう簡単に判断できない娘をひとり知ってるぞ」

エイドリアンの腕をつかんで部屋のなかを引っぱりまわし、反対側に着くとようやく立ち止まった。

「あそこにいた！」レジナルドは満足そうに言った。「黄色いモスリンのドレスの娘だ。レディ・クラリッサ・クランブレー。このまえのシーズンに見たなかで彼女に匹敵する娘がきみに見つけられるかな」

エイドリアンは問題の娘を眺めた。小柄で――実際壊れそうなほどきゃしゃだ――咲いたばかりのバラのように愛らしい。濃い栗色の髪、ハート型の顔、切れ長の大きな目、ふっくらとした唇……それなのに若い娘にしてはめずらしくみじめな様子だ。かたわらにいる年上の婦人に何か関係があるらしい。エイドリアンはその既婚婦人にそっと視線を移動させた。黒っぽい髪をしたふくよかな曲線美をもつ女性で、若いころの華やかさこそ失っていたが美しかった——あるいは、口をきっと結んだ不満そうな表情で舞踏室を見わたしていないときは美しいのだろう。エイドリアンは娘に視線を戻した。

「初めてのシーズンだな？」好奇心をそそられて尋ねた。

「そうだ」レジナルドはおもしろがっているようだ。

「どうしてだれも彼女と踊らないんだ？」あんな美人ならダンスの誘いが引きもきらないはずだ。

「だれも彼女にはダンスを申しこまない——きみも例外ではないだろう。足を踏まれたくなければ」

エイドリアンは眉を上げ、若い娘からしぶしぶ目を離してかたわらの男を見た。

「彼女はコウモリみたいに目が見えないうえに危険なんだ」レジナルドはそう言い放つと、信じられない様子のエイドリアンにうなずいた。「うそじゃない。相手のつま先を踏んでよろけることなしには一歩たりともダンスをすることができないんだ。ものにぶつからずに歩くこともできない」そこまで言うと、エイドリアンの表情に応えて片方の眉を上げた。「信じられないのはわかるよ。ぼくだってそうだった……あれはわが不徳のいたすところだ」

レジナルドは向きを変え、娘をにらみながらつづけた。「注意するよう言われていたのに無視して、彼女をディナーに誘ったんだ……」エイドリアンに視線を戻す。「その夜ぼくは運悪くダークブラウンのズボンを穿《は》いていた。彼女はぼくの膝《ひざ》をテーブルとまちがえて、その上にお茶を置いた。と言うか、置こうとした。結局お茶はひっくり返って……」そのときのことを思い出したのか、レジナルドは不快そうにもじもじと体を動かした。「ちくしょう、彼女はぼくの股間のものにやけどをさせたんだ」

エイドリアンはいとこをまじまじと見て、突然笑いだした。

レジナルドはびっくりした顔をしたが、すぐに苦笑した。「ああ、笑えよ。でも今後ぼくがひとりも子供をつくれなかったら──嫡子《ちゃくし》であるなしにかかわらず──それはひとえにレディ・クラリッサ・クランブレーのせいだということになるね」

エイドリアンは首を振りながらさらに激しく笑った。とてもいい気分だった。ほんのわずかでもおもしろいと思えるものに出合ったのはほんとうに久しぶりだ。あの壁際にいるはかなげな花のような娘が、レジナルドの膝をテーブルとまちがえてティーカップを置いたと想像すると、とんでもなくおかしかった。

「それできみはどうしたんだ?」とようやくきいた。

レジナルドは首を振って、なすすべもないと言うように両手を上げた。「ぼくに何ができたと思う? そんなことなど起こらなかったようなふりをして、そのまま座っていたよ。苦痛の叫びをあげないようにしながらね。〝淑女から公然と非礼を受けたら、紳士は気づかないふりをするか、そのことで注意を惹《ひ》かないようにしなければならない〟」と皮肉っぽく引用し、娘に視線を戻してため息をつく。「実を言えば、彼女は自分のやったことに気づいてもいないと思うよ。うわさでは眼鏡をかければちゃんと見えるらしいが、容姿が損なわれるのがいやでかけられないとか」

エイドリアンは笑みを浮かべたまま、レジナルドの視線をたどって娘を見た。娘のみじめな表情をじっくりと観察して首を振った。

「いや、あれは容姿を気にするような娘ではないよ」と言い放ち、クラリッサのかたわらにいた年上の婦人が何やらささやいたあと、立ちあがってどこかに行くのを見守った。

「おい」とレジナルドは言いかけたが、エイドリアンがそれを無視して娘のほうに向かっていくと、思いとどまった。そして、首を振ってつぶやいた。「ちゃんと注意はしたからな」

「目をすがめるのはやめて。お願いだから《プリーズ》」

いくら〝プリーズ〟がついていても、それは依頼ではなく命令で、クラリッサが心底聞きあきているものだった。眼鏡をかけることを継母が許してくれさえいれば、目をすがめる必要などなかったのに。人やものにしょっちゅうぶつかることだってなかったはずだ。だが、もちろん眼鏡をかけるわけにはいかない。求婚者たちが寄りつかなくなるから。

不器用なほうがましってわけね、と思ってクラリッサはうんざりした。そして、ロンドンに到着してからの災難の数々を思い起こし、ひそかに顔をしかめた。お茶のトレイをひっくり返したり、テーブルに皿を置きそこねたりしただけでなく、舞踏会で派手に階段から転げ落ちたこともあった。幸い大けがはせずにすみ、擦り傷や打ち身は負ったものの、骨が折れたりはしなかった。それに、走っている馬車のまえに押し出されるというちょっとした事件もあった。そうそう、ついこのあいだもプリュドム卿のかつらに火をつけたばかりだ。

いちばん最近の事故のあとでリディアがしたお説教を思い出し、クラリッサの唇からさらにため息が洩《も》れた。継母はこう決めつけていた——あなたは眼鏡がないと何も見えず、不器用このうえないのだから——進むべき道はひとつしかない。これから先ずっと、ほかの人たちがいるところでは静かに座っているだけにすること。ろうそくにもカップにもお皿にも、とにかく基本的にどんなものにもさわることは許されない。人前でものを食べるのもだめ。何か言われたらお腹がすいていないと言うこと——すいていてもいなくても。飲み物も禁止。メイドに手を引かせないかぎり歩くのも禁止。

クラリッサは何度かお説教に口をはさもうとした。「でも、眼鏡をかけることさえ許してもらえれば——」そのたびにリディアは無慈悲に答えた。「いけません!」そしてクラリッサがしてはならないことを延々と挙げつづけたのだった。

リディアの話が終わるころには、クラリッサは他人のいるところではおだやかな表情で……つまり目をすがめずに座っている以外何もしてはいけないということになっていた。

クラリッサはダンスフロアを揺れながら通りすぎる人びとの姿から、黄色いかすみのなかの淡いピンクのもやもや、つまり膝の上の自分の手に目を移した。この旅に父が同行してくれていたら、と思うのはこれが最初ではなかった。父クランブレー卿がここにいたら、彼女は眼鏡をかけて、ちゃんと夜会を楽しむことができただろう。残念ながら、父には領地で処理しなければならない仕事があった。少なくとも本人はそう言っていたが、都会があまり好きではない人なので、領地での仕事というのもただの言い訳かもしれない。クラリッサにはわからなかった。わかるのは、父がここにいないことと、今夜もまた退屈な夜になりそうだということだけだった。

「このダンスをわたしと踊りませんか？」

申し出が聞こえたが、顔を上げることはしなかった。顔を上げても意味はない。とにかく何も見えないのだから。代わりに、不本意ではあったが、継母が断ってくれるのを待ちながら、そのあいだじゅうずっと、わたしのうわさを聞いたことがないらしいこの見知らぬ男性はだれなのだろうと思っていた。わたしのずっこけ話を聞いたことがある人なら、近づいてきたりしないはずだ。

娘は疲れているのでとか、なんであれ適当な言い訳を見つくろって、リディアが自分のために礼儀正しく申し出を断ってくれないことに気づき、クラリッサは眉をひそめて隣りをうかがった。リディアとして認識していたピンク色の影はそこになかった。すると突然、黒い人影が継母のいた席に座ったので、クラリッサは驚いて姿勢を正した。

眉間にしわを寄せながら向きを変え、明るいピンク色のもやの姿をした継母を必死に捜した。

「少しまえにここに座っておられたご婦人は、食べ物をとりにいかれたようですよ」すぐ耳元で低い声がして、敏感な耳たぶに男性の息を感じた。震えをこらえながら、急いで隣りにいる紳士に注意を向けた。すてきな低いかすれた響きは耳に心地よく、ぼやけたその影はひどく大きい。これで百万回目になるが、眼鏡をかけていればちゃんと見えるのにと思った。

「どこに行くかあなたに伝えなかったんですか?」と彼はきいた。「あなたに何か話してから席を立ったように見えましたが」

クラリッサはわずかに紅潮し、急いでぼんやりした影が動きまわっているダンスフロアに視線を向けながら、認めて言った。「そうかもしれません。ほかのことを考えていたので、ちゃんと聞いていなかったんです」

リディアが自分に何やらささやいていたことをぼんやりと思い出した。みじめな気分のなかに沈んでいたせいで、心に留めていなかったのだ。人びとが自分のことを意地悪くうわさしているのを小耳にはさみながら座っているのは屈辱的だった。クラリッサの不器用さは今シーズンのジョークの種になっているらしい。彼女は〝ぶきっちょクラリッサ〟というあだ名をつけられ、次はどんなことをして楽しませてくれるのかとみんなに思われているのだ。

「あなたはコウモリのように目が見えないのに、見た目を気にして眼鏡をかけないそうですね」かたわらの声がそう言った。

クラリッサは驚いて目をぱちくりさせた。無遠慮なことばにめんくらいはしたが、どうやら言った本人も驚いているらしい。言ってしまってからその内容に気づいたかのように、はっと息をのむ声が聞こえた。ちらりと横を見ると、片手をあげて口をおおうようにしているのがわかった。

「申し訳ない。長いこと社交界から遠ざかっていたもので。こんなことを口にするべきでは――」

「あら、お気になさらないで」クラリッサは手を振って彼の謝罪を退け、椅子に沈みこんで落胆のため息をついた。「別にいいんです。そう言われているのは知っていますから。みんなわたしが不器用なだけじゃなくて耳も聞こえないと思っているみたいで、わたしの目のまえでも平気でそういうことを言うんです――よくてもせいぜい扇の陰で、わたしに聞こえるくらい大きな声で」顔をしかめ、声まねをする。「ほら、ごらんになって、あれがかわいそうな――ぶきっちょクラリッサよ」

「ほんとうに申し訳ない」同席者は静かに言った。

クラリッサはまたそれに手を振った。今度は彼女に頭をはたかれまいとするように相手が身を引いたのがわかった。眉をひそめ、両手を組んで膝の上に置くと、繰り返した。「謝っていただく必要はありません。少なくともあなたは面と向かって言ってくださったんですから」

「たしかにそうだ……」クラリッサが手を振りまわさなくなると、隣りの席の男性はほっとしたようだった。「実は、むしろきいてみたかったんです。ほんとうにそうなのかと」

クラリッサは苦笑いをした。「いえ、ほんとうにコウモリのように目が見えないわけじゃないわ。眼鏡をかければ見えるの。でも、継母のリディアにとりあげられてしまって」相手のぼやけた影があるあたりに向かって冷たい笑みを投げかけ、肩をすくめた。「眼鏡をかけていないほうが好ましい殿方の心に火をつける可能性が高いとリディアは思っているみたいなんです。今のところ、わたしが火をつけたのはロード・プリュドムのかつらだけですけど」

「なんですって?」見知らぬ男性はびっくりして尋ねた。「プリュドムのかつらに?」

「ふふ」クラリッサは椅子に寄りかかり、実際、思い出し笑いをした。「ええ。でも、言わせてもらえば、わたしのせいばかりというわけでもないのよ。眼鏡をかけないと見えないことを、あの人は知っていたんだもの。どうしてろうそくをもっと近づけてくれなんてたのんだのか、理解に苦しむわ」クラリッサはそこまで言うと、話し相手がいるべき方に向かって目をすがめた。「あの人、かつらがないと、ビリヤードの球みたいなつるつる頭なんでしよ？」

男性はうなずいたようだったが、よくはわからなかった。のどを詰まらせたような小さな声を洩らしており、クラリッサは少したってからそれに気づいた。彼は必死で笑うまいとしているのだ！

「どうぞ」クラリッサは小さく微笑んで言った。「笑ってちょうだい。わたしも笑ったから。すぐにではなかったけど」

男性はいくぶん緊張をゆるめた。クラリッサの体に押しつけられている腕と脚の筋肉からそれが感じられた。だが、彼はくすっと小さく笑っただけだった。

クラリッサはまた目をすがめ、彼の顔に焦点を合わせようとした。どうしても顔が見たかった。その笑い声と、かすれ気味だけどやさしい、話すときの声の響きが気に入った……魅力的だと思った。動くたびに彼の腰が親しげにこちらの腰をかすめるのを許すのではなく身を引くべきなのだろうが、それもなんだかいい感じだったので、気づいていないふりをした。

「ロード・プリユドムはその事故をどんなふうにとらえたのかな？」

クラリッサは彼の顔を見るのをあきらめ、無邪気に微笑んだ。「最悪よ。彼はわたしのせいにしたの。わたしにひどいことばを投げつけたわ。わたしをぶっていたかもしれないけど、召使たちに押さえつけられて家から出ていった」かすかに眉をひそめながら認めて言った。そして、ため息をつきながら言い添えた。「もちろん、そのあと継母は――リディアは、またあのうんざりするようなお説教をした。わたしがやるべきことと、金輪際やるべきじゃないことすべてについて」

「たとえば？」

「たいていのことが禁じられているわ」クラリッサは明るく言った。「たとえば、人前で食べたり飲んだりすること……実際、人前で何かにさわってはいけないの。ろうそくにも、花瓶にも、どんなものにも。だれかに手を引いてもらわないかぎり、歩くことさえ許されないんです」

「では、ダンスもだめと？」

「いいえ。それは言われなかった。言うまでもないことだったから」クラリッサの笑みが消えた。ためらったあと、やはり話すことにした。「すべてがぼやけて見えるんです。だからダンスをしながらぐるぐる回ると、わたしに見えるのは色の筋とあちこちできらめく光だけになってしまう。それでバランスをくずして……」口をつぐんで肩をすくめたが、最後に自分にダンスを申しこんだ恐れ知らずの男性のことを思い出すと、顔に赤みがのぼってくるのがわかった。クラリッサはその男性につまずき、最終的にはふたりとも床に倒れることになったのだ。ひどくきまりが悪かった。

「目を閉じていればいい」

「なんですって？」クラリッサはぽかんとしてかたわらの黒っぽい影を見た。

「目を閉じていれば、バランスをくずすことはありませんよ」男性はそう言って、手を差し伸べてきた。クラリッサの手をとって立ちあがらせようとしているのだった。

クラリッサは断ろうと口を開いたが、彼に突然両手をつかまれると、強い衝撃が腕を駆けのぼり、何も言えなくなった。なんとも不思議な感覚——興奮、それも激しい興奮——が体じゅうを走りぬけた。

「でもわたしは……」当惑しながらそう言いかけたとき、男性がクラリッサのあごを上に向けさせてかがみこみ、じっと目を見つめてきた。キスできるくらい近いわ、とクラリッサはぼんやりと思った。そしてびっくりした。この近さなら見える！　ほんの一瞬、これまで見たこともないほど美しい、澄んだ茶色の目をのぞきこんだ。すると、彼がほんのわずかに身を引いたので、またぼやけてしまった。

「ぼくを信じるんだ」それはもはや依頼ではなく命令だった。だが、その目の深い色合いと温かさを記憶にとどめたクラリッサは——うなずいた。すると彼はクラリッサを引き寄せて椅子から立ちあがらせ、踊る人びとのあいだを縫ってフロアのまんなかに連れていった。

「さあ……」クラリッサと向きあい、落ち着かせるような静かな声で言った。「目を閉じて」と指示し、あいている彼女の手をとって自分の肩に導いた。「力を抜いて」

催眠術をかけられているみたい、とクラリッサはぼんやりと思った。

「ぼくについてきて。つまずかせたりしないから」

会ったばかりの相手だったが、クラリッサは信じた。この人はダンスをしているあいだわたしを転ばせたりしないだろう。目を閉じているので、自分の耳と彼の感触だけがたよりだった。

音楽があまりに大きくて会話はすべてのみこまれてしまう。パートナーはクラリッサに触れることで彼女を導いた。手をにぎり、腰に当てた手に力をこめることで。そしてあとは、ただの一度もつまずいたり転んだりせずに、くるくると回転させられながら、流れていく空気だけを感じていた。この数週間で――実際、ロンドンに来て以来――初めてクラリッサは自分を不器用だと感じなかった。天にも昇るような心地だった。

ダンスが終わると、彼はクラリッサの手をにぎりしめ、腕を回して抱き寄せたまま、部屋のなかを歩いた。

「あなたはすばらしくダンスが上手だ」と静かにクラリッサの耳元で言い、腕や手にこめた力を加減することでやさしく彼女を導きながら、明るい色のほかの踊り手たちのあいだを進んだ。クラリッサは顔を赤らめ、ちょっと誇らしげに微笑んだが、すぐにため息をついて首を振った。

「いいえ、そんなことありません」と慎《つつし》み深く言った。「わたしを買いかぶりすぎです。すばらしくダンスがお上手なのはあなたよ。わたしじゃないことはわかっているわ。だって、ほかの殿方たちと踊るとつまずいたり転んだりしかできないんだもの」

「それなら、その殿方たちが悪いんですよ。ぼくとダンスフロアにいるときは羽のように軽やかで優雅なんだから」

クラリッサはちょっと考えてから、もっともだと思い、うなずいた。「あなたのおっしゃるとおりかもしれないわ。だって、もしわたしひとりのせいなら、あなたのすばらしい技術をもってしても、こんなにやすやすとは踊れないでしょうから。たぶん今までのパートナーはびくびくしてちょっとぎこちなくなっていたのね」

「なんて新鮮なんだ」

声の感じから彼が微笑んでいるのがわかった。クラリッサは不思議そうに眉を上げた。

「何がですの？」

「あなたの正直さですよ。思ってもいないのに謙遜《けんそん》するような人じゃなくてよかった。これまではそれほど気にしたことがなかったけれど、町ではだれもがうそくさくて不快な雰囲気を身にまとっているように見える。だからあなたの正直さが新鮮に感じられるんです」

クラリッサは自分の顔が赤くなるのを感じた。そのとき、新しい曲の最初の調べが流れてきた。パートナーは話をやめ、ふたたびクラリッサを腕に抱き寄せた。

「目を閉じて」と言って、また部屋のなかを移動しはじめた。

クラリッサは目を閉じて彼の腕に身をまかせた。本来ならこんなにぴったり体をつけて踊るべきではないような気がしたが、もっと離れましょうと言ったら、またこれまでのようにぶざまにつまずくことになってしまうかもしれない。それに、この男性の腕のなかにいることがとても気に入っていた。その腕に抱かれて目を閉じていると、大切に守られているようで安心できた。

「どうしてお継母《かあ》さまに反抗しないんですか?」

クラリッサはびっくりして目を開け、すぐまえで踊る顔を見ようと無駄な努力をしたが、あきらめてまた目を閉じた。「どういう意味ですか?」

「なんと言われようと眼鏡をかければいいではないですか」

「ええ、ロンドンに来た最初の日はそうしようとしたんです」クラリッサはいらだちを覚えながらも認めた。「わたしはロード・フィンドレーの舞踏会に出かけようと、眼鏡をかけて階下《した》におりていきました。するとリディアは激怒して眼鏡をひったくり、わたしの目のまえで壊してしまったんです。何をしているのかわたしにもわかるくらいすぐ近くで!」

「壊した?」彼女の継母がそこまですると聞いて、明らかに動揺しているようだ。

クラリッサはまじめくさってうなずいた。「リディアは反抗されるのが嫌いなの」

「でも、眼鏡を壊されてしまったなら、家ではどうしているんですか?」彼はうろたえた様子で尋ねた。

「ひとりでは何もできないの」クラリッサは顔をしかめ、腹立たしさを覚えながら言った。「召使に導いてもらわないかぎり。ほんとうにうんざりするわ」

「そうでしょうね」と彼がつぶやく。

「ふん」不意に屈辱感がよみがえる。「でも最悪なのは、眼鏡がないとほんとに何もできないことよ。刺繍《ししゅう》も、生け花も……何もできない。読書だって無理。目のすぐまえに本をかかげても、目に負担がかかって頭が痛くなるから長いこと読んではいられないの。ほんとうに退屈だわ。両の親指をくるくる回しながら座っていることしかできないんだもの」

　エイドリアンは彼女を見おろしながら、口元にかすかな笑みを浮かべて、同情のことばをつぶやいた。口をとがらせた若い娘は――無意識にそうしているのだろうが――なんともかわいらしかった。美しい娘だが、それは伝統的なタイプの美しさではなかった。唇は社交界のほかの娘たちがよしとするよりもかなりふっくらしているが、彼にはとても魅力的に感じられた。今日《こんにち》の基準からするとちょっと小さめの鼻もかわいいと思った。

　娘の顔を見つめるのに夢中になっていたエイドリアンは、曲が変わってもほとんど気づくことなく、パートナーをワルツにふさわしい動きに導くことだけに留意しながら、その顔を見おろしつづけた。クラリッサは相変わらず眼鏡なしに耐えなければならない試練について話していた。試練のリストは非常に長いものだった。着付けはむずかしいので、自分つきのメイドの趣味にまかせるしかなかった。髪がどんな状態になっているかもわからないので、髪を結うのもメイドにたよるしかなかった。クラリッサがそう言ったので、髪はきれいに結ってあるし、ドレスもすてきだと言ってエイドリアンが安心させたが、耳にはいらない様子だった。

いや、どうやらこの令嬢は褒《ほ》めてもらいたいわけではないらしい。クラリッサは真っ赤になりながら彼のことばに手を振って説明をつづけた。階段を踏みはずしたり、見えていないものにつまずいたりしないように、家のなかでもメイドに手を引いてもらわなければならないことを。また、人を見まちがえるという問題はあるものの、声を聞きわけることにはとても自信があるらしかった。そして、ひとりでいるときでもうっかり服に食べ物をこぼしてしまうという忌々《いまいま》しい障害があるため、ほかの人がいるまえでは飲食を許されていないのだという。ドレスを汚さないように前掛けをつけなければならないからだ！

エイドリアンは前掛けをつけた彼女を想像して唇をかんだ。ろうそくに火をつけようとして自宅である町屋敷に何度も火をつけかけたという話になると、笑いの発作はさらにひどくなった。執事や何人もの召使たちと数えきれないほどぶつかっているため、使用人たちはみんな自分を嫌いはじめているとクラリッサは確信していた。彼女がそばにいるときはいつも身をすくめているに決まっているし、彼女は歩く災厄だと口にしはじめているのも耳にしているという。

レディ・クラリッサはこういったことをすべて受け入れながら、まったくめげていなかった。話を聞きながらエイドリアンはおかしさをこらえるのにひどく苦労していたが、なんとかしのび笑いを抑えていられたのも、その礼儀正しい心遣いに彼女が気づいて、笑ってもいいですよと言ってくれるまでのことだった。相手を思いやるその率直な申し出はエイドリアンを驚かせた。楽しくて笑うのはおろか笑みを浮かべるのさえずいぶん久しぶりのことで、それをもたらしてくれた娘を見つめる目つきも知らず知らずのうちにほころんでいた。彼女はまさに驚異だ。愛らしく、美しく、自分が引き起こす災難をひどくおもしろがっている。クラリッサはエイドリアンの気分を浮きたたせ、痛いほど心を揺さぶった。

「あなたはいい声をしていらっしゃるのね。笑い声もすてきだわ」クラリッサはそう言ってにっこりした。

「ありがとう」エイドリアンは笑ったせいでのどが詰まり、咳払《せきばら》いをしてから答えた。「そう言ってもらえるのはうれしいが、あなたの不幸を笑うとは無作法なところを見せてしまった。どうか許してほしい」

「あら、いいのよそんなこと」クラリッサは明るく言った。「だって、思い返してみると自分でもすごくおかしいもの――リディアはそう思ってないみたいだけど」

楽しい気分がとぎれ、エイドリアンは不快な気分で片方の眉を上げた。クラリッサには見えなかったが。「こんなことを言っては失礼だが、話を聞いているとあなたの継母《はは》上はなんだか意地悪な老いぼれ牝牛《めうし》のようだね」

「まあ！」クラリッサはびっくりして言った。「そんなことを言ってはいけないわ。絶対に」

「どうしてですか？」エイドリアンは軽くからかうようにきいた。「ぼくは彼女を怖がっていませんよ」

「そうだけど……継母《はは》はものすごく怒るわ。それに、自分がそんなふうに言われるのを聞いたら、あなたのことを好きにならないと思う」

「彼女に好かれようと好かれまいと、ぼくは全然気にならないけど……」と言いかけたエイドリアンをクラリッサがさえぎった。

「あら、気にしなくちゃだめよ。継母があなたを気に入らなかったら、もうあなたとダンスをするのは許してもらえなくなるし……それに……わたしはあなたとのダンスがすごく気に入ってるんだもの」ちょっと気恥ずかしかったがそう締めくくった。

その告白を聞くと、エイドリアンの顔からあざけりの表情が消え、いらいらした気分が少しやわらいだ。「そうか、それなら継母上には最上の敬意をもって接するようにしなければ」恥ずかしさでピンク色に染まったクラリッサの顔をじっと見て付け加えた。「ぼくもあなたとのダンスがとても気に入っているから」

クラリッサは彼のほうを向いてうれしそうににっこりした。

相手に見えないことはわかっていたが、エイドリアンはやさしく彼女を見おろした。そして、本能的に彼女の背後に目をこらした。ダンスの速度をいくぶんゆるめ、レジナルドが最初に教えてくれたときにクラリッサの隣りに座っていた婦人を見つけた。腹ごしらえから戻ってきた継母は、置いていった被保護者が席をあけていることに気づいたようだ。眉をひそめて部屋のなかを見まわし、はぐれた被保護者を捜している。娘を見つけるまでそう長くはかからなかった。

エイドリアンの予想どおり、クラリッサが彼と踊っているのを見た婦人はあまりうれしそうではなかった。それどころか、ぎょっとしたようだった。すぐさまふたりのところにまっすぐ近づいてきたので、エイドリアンは気づかないふりをして、踊りながらクラリッサを反対側に誘導し、彼女を保護者から引き離した。

離れていけば、クラリッサの継母は足を止めて被保護者が無事に戻るのを待つだろうと思っていたが、肩越しに見やると相手は追いかけてきていた。エイドリアンは顔をしかめた。継母はしつこいタイプのようだ。もっとよく考えてから行動するべきだった。まるで食いついたら離れないブルドッグのようだ、と手きびしく思った。そして、腕のなかの娘を見おろした。

「どうして彼女はあなたに眼鏡をかけさせまいとしてるんですか？」

「わたしが良縁に恵まれることを願っているからよ。そうやってがんばらないと、お父さまを悩ますことになるから。わかるでしょ？」

「ああ。いや……その、実を言えばぼくにはわからないな」エイドリアンがそうつぶやいて、急に方向を変えようとしたとき、クラリッサの継母につかまるという危機が迫っていることを知った。回避するために少しのあいだ無言でクラリッサを誘導したあと、下を向いてこう言った。「ちゃんと見えていたほうが、より好ましい結婚相手が見つかると思うけど」

クラリッサは心の底から深いため息をついてうなずいた。「告白すると、わたしも同じ意見なんです……でも、リディアはそうは思っていないの。わたしは眼鏡をかけるとてもみっともないと言って、申し分のない資産家の殿方と知り合うあらゆる機会をふいにするんじゃないかと恐れているんです。おまけに〝不運な過去〟のこともあるし」

「不運な過去？」そのことばにエイドリアンはひどく驚き、ダンスフロアの縁で急に立ち止まった。

クラリッサはかすかに眉を上げ、目をすがめて彼の顔を見た。「例の醜聞のことは聞いていらっしゃらないの？」

いや、どんな醜聞もまったく聞いたことはないとエイドリアンが答えるよりも先に、やけに大きくて暗い影がふたりの上にさした。かたわらに目をやったエイドリアンは、息を切らしながらすぐ近くに立っているクラリッサの継母に眉をひそめた。

「クラリッサ！」その婦人がきつい口調で言うと、若い娘は鞭《むち》でぴしゃりと打たれたようにエイドリアンの腕のなかで体を硬くした。そして、自分を抱いている男性から急いで離れ、くるりと継母のほうを向いた。

「はい、リディ――」だが、腕をつかまれてぶしつけにも退散を余儀なくされると、驚きのあえぎとともにそのことばはとぎれた。

3

「いやあ、予想以上の健闘だったじゃないか」

去っていくレディ・クラリッサとその継母の背中からエイドリアンが目を離すと、いとこがまたそばにいた。

「そうか？」と彼はきいた。

レジナルドはゆがんだ笑みを浮かべて肩をすくめた。「ぼくにはそう見えたけどね。だって彼女はきみの足を踏みつけることも、床に倒れこむことも、股間にやけどを負わせることもなかったんだから。これは幸先《さいさき》がいいよ」

「ふん」エイドリアンは顔をしかめた。「その代わり、羽をばたつかせる雌鶏《めんどり》よろしく両手を振りまわすちょっと大柄な年増のご婦人に、ダンスフロアを追いかけまわされたがね」

レジナルドはその表現ににやりとしてうなずいた。「ああ。かわいそうなレディ・クラリッサは、結局いつも屈辱的な幕切れを迎える運命にあるようだ。彼女のことは社交界でかなりうわさになってるよ」

「みっともないまねをしてしまうのはクラリッサのせいじゃない。あの継母のせいだ」

レジナルドはけげんそうな顔をした。「今夜のちょっとした見世物がすべて継母のせいだったのは認めるよ。きみの腕に抱かれたクラリッサはなかなか上手に踊っていたからね。でも、彼女の醜聞をまたひとつ増やしたからといって、あの継母を責めることはできないよ」

「そうなのか？」エイドリアンは片方の眉を吊りあげて尋ねた。

「ああ。だって、レディ・クランブレーがいなくても、レディ・クラリッサはぼくの脚にお茶を置いてぼくの——」

「だが、眼鏡があったらクラリッサはそんなことをしなかったはずだ——それは継母のせいなんだ」エイドリアンは口をはさんだ。

「なんだって？」

「レディ・クラリッサが眼鏡をかけていないのは虚栄心からではなくて、継母にとりあげられて壊されたからだ。おぞましいものだからと、眼鏡をかけることを禁じられているんだ」

レジナルドは意外な新事実にびっくりした——一応は。「なんでまたそんな意地の悪いことをするんだ？　あの娘は眼鏡がなかったらコウモリみたいに何も見えないのに」

「レディ・クランブレーは娘が眼鏡をかけていては縁談に不利だと思っているようだ——〝不幸な過去〟だけでなく、そのせいでもクラリッサは縁遠くなっているのだと」とエイドリアンは説明した。

「ああ……そうか」レジナルドは黙って何やら考えこんだ。

エイドリアンはいとこをじっと見つめた。「彼女の〝不幸な過去〟のことを知っているのか？」

「え？」レジナルドはエイドリアンを見返して、急に落ち着きなく体を動かした。「ああ、知ってるよ。もちろん、うわさで聞いただけだけどね。実際、気の毒な話さ。あれはあの娘のせいなんかじゃない。男は投獄された。それでも、当時はたいへんな醜聞だった。とんでもない騒ぎを引き起こした」

「何がとんでもない騒ぎを引き起こしたんだ？」

レジナルドにぽかんとした顔で見られると、エイドリアンはいらいらしながら質問を変えた。「その醜聞というのはなんのことだ？」

いとこは目を丸くした。「ほんとに覚えていないのか、エイドリアン？　ブルゴスの近くで戦闘のあった直後のシーズンに……」そう言ったとたんレジナルドの声は小さくなり、いとこの顔の傷に目をやって、つらそうに目をそらした。そしてつぶやいた。「そうか、きみはあの年、早めにロンドンを発《た》って領地に帰ってしまったんだったな」

控えめな言い方にエイドリアンは顔をしかめた。ほんとうは〝早めに〟帰ったわけではなく、ほとんど着いてすぐに帰ってしまったのだ。もちろんそれは、左目の脇から口元を通ってあご近くまでジグザグに走る長い無残な傷のせいだった。その傷は半島戦争（一八〇八年から一八一四年、ウエリントン率いる英国軍がスペイン・ポルトガル軍と連合し、イベリア半島からナポレオン率いるフランス軍を撃退した戦い）が彼に残したただひとつの記念であり、そのために前途有望な軍人としての経歴に終止符が打たれたのだった。

終わりを告げたのは軍人生活だけではない、とエイドリアンはため息まじりに思った。当時は気づいていなかったが、それは由緒ある貴族の家系であるモンフォート家の終わりも意味していた。なんということだ。傷を癒《いや》すためにイングランドに戻ってきたエイドリアンは、傷のせいで死にかけたこともあり、生きのびたことに感謝していた……次の社交シーズンに初めての経験をするまでは。彼は愚かにも、自分の傷が混乱を引き起こすことになるとは気づいていなかった。もちろん、まったく話題にならないだろうとたかをくくっていたわけではない。それほど考えなしではなかった。だが、自分のせいでかよわい婦人たちが気を失ったり、毅然《きぜん》とした婦人たちが恐怖に身をすくませて立ちつくすというのは初めての経験だった。

そう、国に戻ってからエイドリアンが舞踏会に出たのは一回だけだ。トランクに荷物を詰め、田舎にあるモーブレーの領地に戻ろうと決めるには一回で充分だった。当時まだ存命中だった父モーブレー伯爵は、気の荒い老人にしてはめずらしく理解のあるところを見せ、突然戻ってきて領地の運営業務に目を配ることを選んだ息子に何も言わなかった。ただ厳粛にうなずいただけで、それを機に妻とともに諸国めぐりの旅に出かけた。その旅に突然終止符が打たれたのは、父がフランスで卒中を起こしたときだった。あれからそろそろ二年になる。

今こうして——最後に華やかな場に出てから十年たって——エイドリアンが社交界に戻ってきたのはそれが理由でもあった。

と言っても、その裏には別の理由があるわけだが。こちらに向かってくる母親を認めてエイドリアンは心のなかで訂正した。母のイザベルが人前に出るのは夫が亡くなって以来今回が初めてで、息子が伯爵家の当主としての務めを果たすのを見届けるという決意がなければ、今ここにはいなかったのではないかとエイドリアンは思っていた。だから彼はここにいるのだ。悲しみも癒えたモーブレー伯爵未亡人は、去年あたりから息子に対して家名を残すという義務について切々と語るようになり、結婚して跡取りをつくってくれとしつこく訴えていた。エイドリアンは顔にこんなおぞましい傷があってはだれも自分を望まないだろうと言って反論したが、母は聞く耳をもたなかった。

もういいかげん田舎でふさいでばかりいないで、自分の傷とのつきあい方を学ぶべきだ、というのが母の意見だった。彼には果たさなければならない義務があり、それを果たすために最善を尽くすべきなのだ。母はそう言い張り、一年のあいだ説得をつづけた末、ようやく息子を社交界に引きずり戻したのだった。そういうわけでエイドリアンは今、トロール（北欧伝説に出てくる巨人）のような気分で、大勢の立派できらびやかな人びとのなかに立っていた。少なくともレディ・クラリッサの隣りに座るまでは、それが彼の感じていたことだった。

「やっと見つけたわ。いたずらっ子みたいにこんな隅《すみ》に隠れて何をやっていたの？」

自分がほんとうにいたずらっ子になったような気がして、エイドリアンは母のことばに顔をしかめた。それでも彼女の手をとり、礼儀正しく唇をつけた。「隅に隠れてなんかいませんよ、お母さん。みんなにぼくの傷を見てもらえるところにちゃんといるじゃないですか」

モーブレー夫人は眉をひそめた。「そんな傷、だれも気づきさえしませんよ。そんなに気にしなくてもいいのに。もうほとんどわからないくらいじゃないの。ときの流れが印象をやわらげてくれているし」

「そうなんでしょうね」エイドリアンはそっけなく同意した。「少なくとも、ぼくを見て気を失ったり、悲鳴をあげて部屋を飛び出していく人はまだひとりもいませんから」母がいらだちをつのらせているのに気づくと、すまなそうに微笑んで話題を変えた。「ところで、今ちょうどレディ・クラリッサにまつわる醜聞について、レジナルドに話してもらおうとしていたんです」

母は眉を吊りあげた。「あなたが彼女と踊っていたのは気づいていましたよ。つづけて五曲もね。気をつけないと、口さがない人たちにあれこれうわさされますよ」

「もっと用心するようにしますよ」と答えると、エイドリアンはいとこに片方の眉を上げてみせた。「それで?」

「え？　ああ、そうだった！」どうやらおばの存在に気おくれしているらしいレジナルドは、彼女に微笑みかけると解説をはじめた。「あれは一八〇八年の夏の終わり——たしか八月だったと思う——まだ十二歳のレディ・クラリッサはロンドンの友人宅を訪問することになっていた」

「友人じゃないわ。おばさまのレディ・スミソンです」モーブレー夫人がおだやかに正した。

「それに十二歳じゃなくて十四歳よ」

「そうだったんですか?」レジナルドはかすかに眉をひそめた。「失礼しました。それで……とにかく、到着するとすぐに、お母上のメイドからと思われる手紙を持った召使がやってきて——」

「お母さまの医者よ」モーブレー夫人が口をはさんだ。

またしてもまちがいを指摘されたいとこがうろたえているのを見て、エイドリアンは笑った。めったに見せない笑顔を母親に向け、こう提案する。「お母さんのほうが詳しくご存じのようですから、お母さんがその醜聞についてぼくに説明してくれませんか?」

母は顔をそむけたが、その目に涙がきらりと光ったのをエイドリアンは見逃さなかった。いつもは陰気な息子が変わったことで、思わずこみあげるものがあったのだろう。彼はその反応にいい顔をしなかったが、母はうなずいて咳払いをすると、落ち着いた顔で息子に向きなおった。

「いいですとも。レディ・ウィザースプーンのおかげでちょうど記憶がよみがえったところなの。あなたがあの娘さんに興味を示したのを見て、彼女が意地悪くあの話を蒸し返してきたものだから」立ちなおった様子のモーブレー夫人は辛辣に言い添えた。そして、肩をすくめるとさっそく説明をはじめた。

「レディ・クラリッサがひとりでおばさまを訪問することになったのは、当時お母さまの容体がよくなかったからでしょうね。お母さまはそのご病気のせいで何カ月かあとに亡くなり、その後ロード・クランブレーは今の奥方と結婚なさったのよ。あのどこから見てもいやな人と」首を振り、また話しはじめる。「とにかく、クラリッサがおばさまの家に着いてすぐ、召使がおばさま宛ての手紙を届けにきたの。手紙はレディ・クランブレーのお医者さまからのものらしかった。クラリッサのお母さまの容体が悪化したので、あと一日二日しかもたないだろうと書かれていた。クラリッサを驚かせてはいけないので、ことの重大さは知らせずに、母親が会いたがっているからと言うだけにして――召使を乗せてきた馬車ですぐに送り返してほしい、とおばさまに指示していた。そして、愚かにもおばさまはそのとおりにしてしまったの」

「なぜ愚かなんですか？」とエイドリアンはきいた。

「無印の馬車だったんだ」何か言い添えて名誉を挽回しようとレジナルドが説明した。「クランブレー家の紋章がついていなかった」

エイドリアンは眉を吊りあげた。「おばさまは気づかなかったんですか？」

「いいえ、気づいたわ。そのことで問いただしもしたそうよ」モーブレー夫人が答えた。

「召使が言うには、ロンドンに来る途中で乗ってきた馬車の車輪が壊れたので、街道沿いの宿屋に置いて修理してもらわなければならず、別の馬車を借りて目的地にたどり着いたということだった。修理が終わっているようなら、戻る途中でその馬車に乗り換えるつもりだと」

「もっともらしい話だ」とエイドリアンは意見した。

「ええ、そうなのよ。ありえない話じゃないでしょう?」モーブレー夫人は考えこむように言った。「それでもやはり、おばさまはせめて自分の召使をひとりつけるか何かして、クラリッサの身を守るべきだったのよ」と言って肩をすくめた。「でも、彼女はそうしなかった。レディ・スミソンはクラリッサに荷造りをさせて、その召使の乗ってきた馬車で彼女を送り出してしまったの」

「そいつは召使でもなんでもなかったんですね」とエイドリアンは推測した。

「いいえ、召使であることはたしかだった。クラリッサの母親の雇い人ではなかったというだけで。その召使はクラリッサを家に送るのではなく、コヴェントリーに連れていった。そこでクラリッサは宿の個室に通され、そこでジェレミー・フィールディング大尉とその妹に会うことになった」

「フィールディング?」その名前を聞いてエイドリアンは眉をひそめた。ぴんとくるものがあったのだ。

「ええ。このフィールディングという男は、実を言うとクラリッサの母親は快方に向かいつつある、クラリッサを呼び寄せたのはほんとうのところ父親なのだと説明したの。ロード・クランブレーの仕事が急に思わしくない状態に陥ったとかなんとか適当なことを言って、父親はそこで彼女に会うことになっていたのだけれど、彼女が着くまえにどうしても発たなければならなくなったと。役人か何かに追われているとほのめかし、あとでクラリッサと落ち合いたがっているとでも言ったんでしょう。父親が自分のもとに娘を安全に送りとどけるためにフィールディングとその妹を雇ったかのように見せかけて」

エイドリアンの母は嫌悪感を顔に表わしながらつづけた。「もちろん、あの娘はほんの子供で、簡単にだまされてしまった。おそらく軍服姿のフィールディング大尉はぱりっとして威厳があったんでしょう。クラリッサはおとなしく従ったの。

一行は何日も旅をして、そのあいだクラリッサがたびたび父親に会いたがったのでしょうね、カーライルに着くと、フィールディング大尉は妹とクラリッサを宿に残し、父親に会うと言って出かけた。戻ってくると、クラリッサの父親は破産寸前の状態で、家族が救貧院送りにならないための唯一の方法はクラリッサが結婚することだ、ただちに娘にそうしてほしいと父親は望んでいる、とフィールディング大尉は言ったの」

「どうしてクラリッサが結婚すると家族を破産から救えるんですか？」エイドリアンは眉をひそめて尋ねた。

「よくわからないわ。レディ・ウィザースプーンはその点に関してあまり詳しく知らなかったの」モーブレー夫人は探るようにレジナルドを見た。「大尉がなんと言ったのか、あなたは知っている？」

「たしか、クラリッサが結婚によってのみ相続することができる遺産に関係があるという話でした。母方の祖父からの遺産です。結婚すれば彼女はそれを相続できるので、お父上の負債を返済することができ、家族は救われると」

「ふうむ」そう言ってしばらく黙りこんだあと、エイドリアンは尋ねた。「そのフィールディングという男は、彼女を助けるために自分がよろこんで犠牲になろうと申し出たわけですね？」

モーブレー夫人は苦々しげに小さく笑ってうなずいた。「ご親切なことよね？」

「たしかにそうですね」とエイドリアンも言った。

「そこで一行はグレトナ・グリーン（スコットランド南部、イングランドとの境にある村で、イングランドから駆け落ちしてきた者たちが結婚する地として有名）に行って」レジナルドがうれしそうに口をはさんだ。「結婚公示（結婚まえに教会で挙式の予告をして異議の有無を問うこと）も牧師もなしに、売春婦と泥棒と鍛冶《かじ》屋の立ち会いのもと結婚した。そしてカレーへと新婚旅行に出かけた」

「証人は酒場の主人と仕立屋と鍛冶屋です」モーブレー夫人は淡々とまちがいを正した。

「それにカレーにもたどり着いていないわ。波止場で止められたんですからね。でも」とふざけた調子で付け加えた。「うわさというものがこれほど事実をねじまげてしまうなんて、おもしろくないこと？」

いとこが母ににらまれてもじもじする様子を見ておもしろがっていたエイドリアンだったが、すぐにこう尋ねてレジナルドを窮地から救った。「だれに止められたんです？」

「もちろんクラリッサの父親よ。まあ、実際は父親が止めたわけじゃないけれど。クラリッサが発ったあと、分別をとり戻したおばさまは印のない馬車のことが気になりはじめたの。それでロード・クランブレーのところに使者を送って母親のことを尋ねたところ、何かひどくまずいことが起こっているのがわかった。それで、ロード・クランブレーに雇われた数人の男たちがグレトナ・グリーンまで追いかけていって、カレー行きの船に乗りこもうとしていたところをとり押さえたのよ。

遺産相続を終えたら父親に会えるとフィールディングはクラリッサに話していたらしいけど、追いついた男たちがなにもかもでたらめだと説明し、不面目をこうむった彼女は連れ戻されたの。だれに聞いてもとても動揺していたということよ」

「フィールディングはどうなったんです？」とエイドリアンはきいた。その事件のことを彼女が思い悩むのは不当だと思いながら。明らかに彼女にはなんの落ち度もないのだから。

「それが、最初は彼も戻ってきたの」モーブレー夫人は眉をひそめて言った。「クラリッサの父親には何もできないだろうとたかをくくっていたのね。なんと言っても、ほんとうに結婚したんだから。でも、クラリッサの父親は賢い人よ。未成年者誘拐の罪でフィールディングを告発し、結婚を無効にしたの。そして、スキャンダルになることを恐れてすぐに娘を田舎にやった。でも、あまり効果はなかった」と小さな声で付け加えた。

「それはどういう意味です？」エイドリアンは興味を覚えて尋ねた。

「つまり、クラリッサがいなくても、うわさが広まるのは止められなかったってこと」モーブレー夫人は悲しげに指摘した。「こんなに人びとが興味をそそられる話はそうそうなかった。うわさはたちまち広まった。結局婚姻は成立していたのではないかという憶測もね。フィールディングは自信満々だった。それに、世間の注目を浴びるまいとクラリッサが姿を消したせいで、短い結婚で子供をみごもったことを隠すためにそうしているのではないかと思われるようになった」

「みごもっていたんですか？」とエイドリアンはきいた。

「だれも知らないんだ」レジナルドが肩をすくめて言った。「クラリッサが社交界に復帰して、これが最初のシーズンだから。実に十年ぶりだよ」

　エイドリアンは片方の眉を上げて、今のところいちばんこの事件について詳しいと思われる母親を見た。母は息子の不満などものともせず、甥《おい》同様に肩をすくめると、明らかに気が進まない様子で言った。「その可能性はあるわ。結婚したあとひと晩宿に泊まったんですもの。別々の部屋をとってはいたけれど。船はその翌日に出ることになっていたし」

エイドリアンははっきりしない答えが気に入らずに眉をひそめると、さらに尋ねた。「フィールディングはどうなったんです？」

「裁判がはじまるまえに国外に逃げたわ。でも、レディ・ウィザースプーンの話では、数年後にイングランドに戻ってきてつかまったそうよ。裁判にかけられて有罪になり、ニューゲイトで五年の懲役を言いわたされた。それ以来だれもうわさを聞いていないの」

三人はまた黙りこんだ。エイドリアンは、レディ・クラリッサの短い結婚が完全なものだったのかもしれないと思うといやな気分がすることについてひたすら考えた。そんな不安でいっぱいになりながら、部屋のなかを見まわして、無意識のうちに娘とその継母を捜した。

「さっきのダンスフロアでのばかげた一幕のあと、ふたりはすぐに出ていったわよ」とモーブレー夫人が教えた。

エイドリアンは驚いて母を見やり、その目に輝きを認めて、息子の興味に気をよくしているのを知った。たしかに彼は興味を惹かれていた。

最初に隣りに座ったとき、クラリッサはびくりとして身を引いたので、エイドリアンは失敗だったのではないかと思った。彼女にはちゃんと顔が見えていて、美しかったかつての顔を台なしにしている傷におびえたのではないかと。しかし次の瞬間、彼女は身を乗り出して目をすがめ、明らかに彼に焦点を合わせようとしていた。

クラリッサがいらいらと眉をひそめて座りなおしたとき、彼女はほんとうに自分が見えないのだとエイドリアンは気づいた。つまり、彼の外見におびえたりしないということだ。母以外の女性といっしょにいて、自分が笑みを浮かべてくつろいでいることに気づいたのは、ロンドンに戻ってから初めてのことだ。実際、数年ぶりだった。

そのあとふたりで過ごした時間——座っておしゃべりをし、母に指摘されたように五曲つづけて踊った時間——はおそらく三十分にも満たなかったのだろうが、あっという間のように感じられた。傷を負ってから今までのあいだ、これほど微笑み、笑ったことはなかった。自分に欠陥がなく完全だと感じられたのは、長い年月のあいだで初めてのことだった。

こんな気分にさせてくれる女性ならだれでも興味を持つだけの価値がある。エイドリアンはまちがいなく彼女に惹かれており、それを自分でも認めていた。母はすっかり有頂天になるだろう。だが、ひとつ問題があった。いっしょにいてほっとできる理由そのものが問題なのだ。クラリッサは彼を見ることができなかったが、一時的に見えないだけであって、その状態が永遠につづくわけではない。今度彼女が彼を見たとき、自分が話をしたりダンスをした相手の顔におののくのではないか、とエイドリアンは心配だった。クラリッサはどんな反応をするだろう？　彼が怪物であるかのようにひるむだろうか。彼の顔を見た恐怖で気を失うだろうか。どちらにしても傷つく考えだ。

「あの娘さんのことをもっと調べてあげましょうか？」モーブレー夫人はそう尋ねて、エイドリアンをもの思いから引き離した。彼は答えることができずに母を見た。かなりの部分がイエスと答えたがっていたが、それを恐れている部分もまたかなりあった。何かを恐れることなどほんとうに久しぶりだった。

突然こういった何もかもが面倒になり、エイドリアンは何も言わずに背を向けるとドアのほうに向かった。一夜のあいだにこれだけ社交的礼儀を尽くせばもう充分だろう。


「ロード・モーブレーとは二度と話をしてはいけません」

クラリッサは暗い馬車のなかで、継母のかすんだ影をぼんやりと見つめた。リディアはいっしょに踊っていた男性からクラリッサを引き離したばかりか、ダンスフロアを引きずって舞踏室から出ると、屋敷そのものからもすっかり出てしまったのだった。リディアがひどく怒っている様子なので、すぐに馬車をまわすようにと継母が声高に命令するあいだもクラリッサはずっと黙っていた。娘が黙っていても気は治まらないらしく、リディアは指がめりこむほど強くクラリッサの腕をつかんでいた。彼女が自分から逃げ出してそそくさと屋敷に戻り、例の男性の腕のなかに飛びこむのを恐れているかのように。

きつく腕をにぎりしめてはいたが、リディアはクラリッサを無視しており、馬車を待つあいだふたりのあいだはひどく冷ややかな雰囲気だった。ふたりのまえに馬車が止まると、ほとんど押しこむようにしてクラリッサを乗りこませ、自分はその向かいの席に座って馬車が動きだすまで娘をにらみつけていた。

「さっき言ったのがわたしと踊っていた男性の名前なの？」彼の名前を知らなかったことにようやく気づいてクラリッサはきいた。彼はわたしの名前を知っていたのかしら、と思いながら恐る恐る継母を見ると、かちりと歯を鳴らされた。

「そうです」リディアはかみつくように言った。「モーブレー伯爵エイドリアン・モンフォート。今後いっさい彼に近づいてはいけません」

継母がこれほど怒っているときに質問するのは得策でないだろうかと思ってクラリッサはためらったが、ついきいてしまった。「でも、どうして近づいてはいけないの？ 彼の態度は完璧な紳士のようだったし、伯爵なら――」

「あれは完璧な紳士の態度ではありません」リディアはすぐに言い返した。「あんなに体を密着させて踊るなんて。そもそもきちんと名乗りもせずにあなたに近づくべきじゃなかったのよ」

クラリッサは唇をかんだ。どちらもいいことではないのはわかっていた。それでも……

「モーブレーは若いころ遊び人だったの」リディアはつづけた。「たくさんの娘たちを誘惑しては捨てたのよ。彼の顔が台なしになったのはきっと神の思《おぼ》し召しだわ」

クラリッサはこの得意げな主張に抗議したかったがこらえた。どうせ何を言っても無駄なのだ。

「彼に近づいてはいけません。あなたと結婚する意志などあるわけがないわ。あなたの好意をもてあそんで、すでにずたずたの評判をさらにおとしめるだけです。あなたをいいところに嫁がせることを、わたしはお父さまに期待されているの。あの男との醜聞に巻きこまれるようなことになったら、わたしはけっして許してもらえないでしょう」

この命令を聞いてクラリッサはみじめにため息をついたが、とくに反論もせずに、目をそらして馬車の外を通りすぎる闇と光のかすみをじっと見つめた。口論したところでなんにもならない。それは眼鏡の事件のときに学んでいた。そこでクラリッサは怒りをのみこみ、通りすぎる灯りに気をとられているふりをしながら、モーブレー卿と過ごした短いひとときを頭のなかで再生した。

モーブレー伯爵エイドリアン・モンフォート。心のなかでその名前を繰り返し、彼にふさわしい名前だと思った。彼はほんとうにわたしに親切にしてくれた。伯爵と聞いてわたしが思い浮かべるイメージとは全然ちがった。以前会ったことのある何人かの伯爵たちは、みんな尊大で冷たかったが、エイドリアンにはそのどちらの傾向も見られなかった。辛抱強くてやさしく、とても理解があって好意的だった。あの声のくすぶるような響きを、さわやかな森のような香りを、ダンスフロアを移動しながら体にまわされた力強い腕の感触を、クラリッサは今も思い出すことができた。彼に抱かれているととても心強く、遊び人だとか、若い娘を誘惑する人だという話はとても信じられなかった。

継母の大きなため息にもの思いのじゃまをされ、クラリッサは向かいの席のぼやけた姿に注意深く目をすがめた。

「あなたの目さえ見えていればねえ」いきなりリディアはぼやいた。「あの男に熱をあげるんじゃないかと心配することもなかったのに」

「どうして？」クラリッサは眼鏡を返してもらえれば見えるわと言いたいのをやっとの思いでこらえ、不思議そうにきいた。

「自らの罪と同じくらい醜い男だからよ」とリディアは言い放った。「たしかにかつては社交界きっての美男子と言われていたわ。でも、戦争がはじまって戦地に行った彼は、大きな醜い傷を負って戻ってきた。今では社交界でうわさになってるわ。あんなふうに変わり果てた顔をよくみんなのまえにさらせるものだって」

「それならわたしたちは申し分のない組み合わせだわ」とクラリッサはつぶやいた。「みんなに指さされてこそこそとうわさされる異分子同士なんだから」

「なんですって？」リディアが鋭く聞き返す。

「なんでもないわ」クラリッサはぼやけながら通りすぎていく街路に視線を戻してため息をついた。継母から何を聞いても、モーブレーに対する印象は損なわれなかった。彼によからぬ意図があるとはどうしても思えなかったし、醜いわけではないことも知っていた。頰に走る傷は見ていた。見たと言っても断片的にだし、話すために身を寄せたときにちらりと目にしただけだが、それほどひどいものだとは思わなかったし、反対側の頰はなんの問題もなかった。すばらしい美男子だと思った。

しかし、継母にはそれ以上何も言わなかった。それぐらいはクラリッサもわきまえていた。

4

　クラリッサは舞踏室内のぼんやりとした動きを目で追いながら、深いため息をついた。モーブレー伯爵と出会ったド・モリシー家の舞踏会から一週間がたっていた。たったの一週間なのに、十週間にも感じられる、とため息混じりに思った。彼女の日常は、目が見えないせいで不器用に暮らすしかないあのパターンに戻っていた。年寄りのプリュドム卿は相変わらず——もちろんいくぶんこわごわとではあるが——クラリッサに媚《こび》を売っていた。火をつけられるという事故があったにもかかわらず、老人はクラリッサへの求婚をやめなかった。だが、火災を起こす可能性のあるものや、液体のはいったものにはいっさい手を触れさせないように気をつけてもいた。

　今夜の舞踏会はプリュドムの屋敷で行なわれているので、彼がホスト役を務めるのに忙しくて彼女にかまっていられないのはありがたかったが、クラリッサは退屈だった。涙が出るほど退屈していた。モーブレー卿と親しくなった夜のことが頭から離れなかった。あれはロンドンで過ごしたすべての時間のなかの、明るく輝いた一瞬だった。彼に近づくなと継母から言われたにもかかわらず、彼かもしれないと思いながら通りすぎるぼやけた影を追っていた。低くかすれたような笑い声が聞こえないかと耳を澄ましてもいた。あれはすてきな笑い声だった。

その想像が生み出したかのように、低くかすれたような声が突然耳元でささやいた。「なんだか退屈そうですね」

驚いて頭をめぐらし、さっきまで継母がいた席にすべりこんできた黒っぽい影に目を凝らした。そしてたてつづけに瞬きをした。

「ロード・モーブレー！」にこやかに微笑みかけたあとで、やけによろこんでいるように見えたかもしれないと気づいて言った。「いいえ、そんな——もちろん、そんなことはありません。どうしてわたしが退屈しているとお思いになったの？」

エイドリアンの声にはおもしろがっているような響きがあった。「ここに来たとき、あなたがあくびをしているのに気づいてしまったものでね」

「ええ、まあ……ちょっと退屈していたかもしれないわ」とクラリッサはしぶしぶ認めた。あくびを見られたと知って顔が赤くなるのがわかった。そこで、とりつくろうのはあきらめて告白した。「もう、うんざり！　たしかに退屈してるわ。実際、死ぬほどつまらない。だって、ロンドンに来てもう五週間近くになるのに、おもしろいことが起こったのはあなたと会ったあの夜だけなのよ」

「ロード・プリュドムに火をつけるのはおもしろくなかったのかな?」とエイドリアンがからかう。

クラリッサはさらに真っ赤になり、彼に顔をしかめてみせた。「わたしが言いたかったのはそういうことじゃありません。つまり……その、あなたといっしょのときはほんとうに楽しめたの。ロンドンの社交生活を楽しいと思ったのはあのときが初めて——そんなことこれまで一度もなかったわ」

「褒めすぎだよ」エイドリアンはそれとなく言った。声がハスキーになる。

「そんなことないわ」クラリッサは自信たっぷりに言った。「ほんとうのことよ。だって、あなたと踊っていると鳥になったような気がしたもの。一度も転ばなかったし、つまずきもしなかった」

「じゃあもう一度踊ろう」そう言うと、彼女の手をとって立たせようとした。

「いいえ、とんでもない!」と叫んでクラリッサは手を引っこめた。そして申し訳なさそうな笑みを浮かべた。「ごめんなさい。でも、継母《はは》がもう戻ってくるわ。わたしたちがいっしょにいるのを見たら、あの人は……そのう、不機嫌になるんじゃないかと思うの。こんなことを言ってあなたが気を悪くしないといいんだけど」

「いいえ、とんでもない」エイドリアンが皮肉っぽくまねると、クラリッサは悲しそうに唇をかんだ。失礼な話なのはわかっていたが、自分をめぐる状況にどう対処すればいいのかわからなかったのだ。だが、自分もいっしょにいるのが不快なのだと思わせたまま彼を追いやることなどとてもできなかった。

エイドリアンはそのみじめな様子に気づいたらしく、急にクラリッサの手をぎゅっとにぎった。「気に病むことはないよ。ぼくは頑丈にできているからね。それに、そんな話は今シーズン何度も耳にしているよ、レディ・クラリッサ」

そう言うエイドリアンは何かに気をとられているような様子だった。頭のあたりの動きから、彼があたりを見まわしているのがクラリッサにはわかった。辞去する言い訳を探しているのだろうと思ったとき、エイドリアンは急に視線を戻し、クラリッサを引っぱって立たせた。「今この近くにはあなたの継母《はは》上もそのとり巻きも見えないようだ。急げば気づかれずにバルコニーに出られるだろう」

「バルコニー？」反射的に手を引かれながら、クラリッサはわけがわからず言い返した。彼に導かれるまま、建物の裏のバルコニーに出る扉を通りぬけた。「なんのために？」

「ダンスをするためさ」

「ダンス？」驚いて繰り返したが、エイドリアンは背後のドアを閉めて、舞踏室の音楽と喧《けん》騒《そう》をさえぎってしまった。

「ダンスは好きだよね？」

眉を寄せているような声だったので、クラリッサは彼をよろこばせようと急いでうなずいた。そして心もとなげにこう言った。「でも、わたしがいないあいだに継母が戻ってきたら――」

「ああ、そうだね」エイドリアンはひそひそ声で言った。「きみの言うとおりだろう。彼女はここにいるぼくらを見つけるかもしれない。そうしたらなかにはいればいい」

クラリッサがみじめにため息をつきながら、わたしたちがなかにはいったら、出会ってからずっとつづいているこのわくわくするような感じも終わってしまうんだわ、と考えていると、突然エイドリアンに腕を引っぱられてドアから離れることになった。

「おいで。もっと庭の奥の、彼女に見つからないところに行こう。そこでダンスをするんだ」

エイドリアンは話しながらクラリッサを引っぱって庭につづく階段をおりた。クラリッサはついていこうとしてつんのめったが、やっとの思いでこう言った。「だめよ。だって、継母はわたしのいないことに気づくはずだし、戻ったときにとても困ったことになるわ」

「ああ、それなら個人的な用事が生じて、化粧室を探さなければならなかったと言えばいい」と彼が提案する。

「まあ！」クラリッサは思わず声をあげた。こんなあからさまにそういうことを言うなんて。絶対にしてはならないことだ。謝罪する声からエイドリアンが顔をしかめているのがわかった。

「申し訳ない。だが、ぼくはただなんとか――くそっ、だれか来る」

エイドリアンが立ち止まると、クラリッサは彼のマナー違反も忘れ、不安に胸をうずかせた。「だれなの?」

「わからないが、何か音がした……おいで」エイドリアンはクラリッサを引き寄せ、いっしょに茂みのなかに分け入った。彼が止まると彼女も止まった。このまま静かにじっとしていろと本能が告げていた。

ほどなくして、ふたりが向かおうとしていた方向からこちらにやってくる人影がふたつ見えてきた。クラリッサの期待に反してカップルは歩き去ってはくれず、立ち止まって抱き合うことにしたようだ。

「ああ、ヘンリー!」女性のつぶやく声がした。

「ヘイゼル」震える小声が聞こえてきて、クラリッサは眉をひそめた。プリュドム卿の声にまちがいない。

「あなた、まさかあのみじめな小娘とほんとうに結婚するつもりじゃないわよね?」いきなり女性が言った。「わたしたちはどうなるの? この大いなる情熱は?」

「愛しているよ、ヘイゼル」震え声がまた聞こえた。「わたしは死ぬまであなたを愛するだろう。だが、跡取りが必要なんだ。その点に関して母はどうしても譲らなくてね」

クラリッサは顔をしかめた。たしかにプリュドムだ。今はっきりとわかった。クラリッサは彼の母親に会っていた。プリュドム夫人はなんとも恐ろしげな老婦人だった。少なくとも百歳にはなっているにちがいない。それでもなお恐ろしい意地悪ばあさんで、プリュドムが恐れるのも無理はなかった。

「それはわかるけど――」

「シーッ、愛しい人」プリュドムは女性を黙らせた。「今はあなたを抱かせてくれ。毎晩見る夢が現実になったと思わせてくれ。あなたはわたしのもので、こんなふうにこそこそする必要などないと」

衣ずれの音がして、短い沈黙が流れ、クラリッサはカップルが抱き合っているところを想像した。やがて、唇をむさぼるような、あるいは吸うような音が聞こえてきて、やぶのあいだからのぞき見ようとしたが、明るい色のドレス姿の女性らしき人影と、細身の黒っぽい男性の姿がかすみのように見えるだけだった。ふたりはぴったりと寄り添っていた。まさにくっついていた。ふたつの顔はぼやけた白いかつらでつなぎあわされて、ひとつの大きなかすみのように見えた。

あの人たち、キスしてるんだわ！　クラリッサはようやく気づいた。ご主人のアチャード卿はどう思うかしら。プリュドムがヘイゼルと呼んだ瞬間に、女性がだれかはわかっていた。ヘイゼル・アチャードは継母のお仲間のひとりだ――彼女のクラリッサに対する態度はいつもとげとげしく、冷たかった。クラリッサは今その理由がわかった。プリュドムがクラリッサに求婚したせいで嫉妬《しっと》していたのだ。

「ああ、ヘンリー、してちょうだい」突然アチャード夫人はあえぎながら言った。

「今したばかりじゃないか、かわいい人」プリュドムは異を唱えた。「わたしは男なんだよ。そんなにすぐにまたできるわけじゃない。だが、あなたが情熱を注ぎこんでくれれば元気になるだろう」

「そう」彼女は長々と落胆のため息をついた。「わたしたちが結婚していれば――」

「ああ、わたしたちが結婚していれば、毎晩あなたをこの腕に抱くことができるのに。今こうしているように」プリュドムはやさしく宣言した。そして今度は口汚く言った。「あなたの夫の健康が忌々《いまいま》しいよ！」

「ええ、ほんとに忌々しい人」アチャード夫人も言った。「あんな人――」

「シーッ」プリュドムが止めた。どうやらアチャード夫人は、かわいそうな夫には気の毒だが早く死んでほしいと思っているらしい。

「どうしたの？」女性が不安そうにきいた。

「だれかがこちらに来るようだ」

ふたりが離れると、ほどなくしてもうひとりの女性が小道を歩いてきた。ふたりを見て明らかに驚いたらしく、立ち止まった。「まあ、ロード・プリュドム。レディ・アチャード」

これも継母のお仲間のひとり、アリス・ハヴァードの声だと気づいたクラリッサは、やぶのなかでさらに身を縮めようとした。

「レディ・ハヴァード」恋するふたり組は何食わぬ顔でつぶやいた。ついさっきまで熱い抱擁などしていなかったかのように。

「新鮮な空気を吸いにきたの、アリス？」アチャード夫人がけげんそうな声できいた。

「ええ。なかはなんだかむっとしていて」とハヴァード夫人は答えた。そして得意げに付け加えた。「今さっきもロード・アチャードにそう言っていたところなの」

「アーサーが来てるの？」ヘイゼル・アチャードの声には明らかに驚きがあった。「今夜は出席する気分じゃないと言っていたのに」

「ふん。どうやら気が変わったようね」ハヴァード夫人はやけに満足そうに言った。「あなたの居場所を知っているかときかれたから、食事をしにテーブルのところに行ったんじゃないかしらと言っておいたわ」

「まあ」しばしためらったあと、アチャード夫人らしい影がプリュドムのほうを向いた。「ほんとうにありがとうございました。ご親切にお庭を見せてくださって。わたくしはもうなかに戻ったほうがいいようですわ」少し迷ってから、抜け目なくこう尋ねた。「あなたもごいっしょしませんこと、レディ・ハヴァード？」

「いいえ。わたくしはロード・プリュドムに新しい噴水を見せていただきたいわ。お母さまがひとつお買いになったとおっしゃっていたわよね、ヘンリー？」

「ええ、ええ」プリュドムは急いで言った。「よろこんでご案内します」

「では……わたくしは失礼しますわ」アチャード夫人が明らかに気の進まない様子でそう言うと、ぼやけた人影は去って行った。

プリュドムとハヴァード夫人もあとにつづくだろう、そうすればエイドリアンとわたしは木々のあいだからすべり出てパーティに戻れる。クラリッサは思わずほっと安堵《あんど》の声をあげそうになった。だが、そうはいかなかった。アチャード夫人が行ってしまうと、ハヴァード夫人はプリュドムに向かい、嫉妬のこもったきつい声できいた。「彼女の用はなんだったの?」

「新鮮な空気を吸いたいから、庭の新しく手を加えた部分を見せてほしいと言われて、そうしただけだよ」プリュドムは罪のない様子で言った。クラリッサはぐるりと目を回した。なんてうそがうまい人なのかしら!

「そう」ハヴァード夫人はほっとしたようだったが、ついぐちが出た。「あなたたちがふたりでここに出ていったから、わたしはてっきり――」

「黙って、愛しい人」プリュドムの小さな黒っぽい影が、ハヴァード夫人の灰色がかった青い影を引き寄せた。「わたしにほかの女性などいるわけないじゃないか。愛しているよ、アリス。わたしは死ぬまであなたを愛するだろう」

「ええ、ヘンリー」彼のキスが首をおりていくと、婦人はため息をついた。「わたし、最近とても嫉妬深くて」

「嫉妬することなど何もないんだよ、かわいい人」

プリュドムが身を引いて、ぼやけた灰青色のものを引き下げると、クラリッサはさらにきつく目をすがめ、まえに身を乗り出した。なんてこと！　庭にいるというのに、彼がハヴァード夫人の胸をあらわにしたのを見て、クラリッサはぎょっとした。おそらくあのぼんやりとしたものは胸だろう。プリュドムはさらにそれをもみ、派手に音をたてて唇をつけはじめた。

ハヴァード夫人はあえぎ、彼のかつらをつかんで顔を胸から引き離した。「あの娘はどうするの？」

「クラリッサ・クランブレー？」プリュドムは軽蔑《けいべつ》もあらわに言った。「ただの子供だ。こんな情熱などあの娘には知る由《よし》もない」

「じゃあ、まだわたしのことを愛してるのね？」彼女はすがるように言った。

「もちろんだとも」

プリュドムがすかさず安心させると、ふたりのぼやけた影がふたたび溶け合った。「あなたを夢に見ているよ。あなたの名前を口にしながら目覚め、あなたがわたしのもので、こんなふうに人目を忍ばなくてもいいのだと想像している」

クラリッサはまた目を回した。ずいぶんたくさん夢を見る人ね——ふたりの婦人と同時につきあっているのに、いつそんな時間があるのかしら。

「ああ、ヘンリー！」ハヴァード夫人はあえいだ。「わたしがあなたのものなら、毎晩こんなふうに抱き合えるのに」

「そうだね」プリュドムが賛成した。「あなたの夫の健康が忌々しいよ」

聞き覚えのあるセリフに、クラリッサは思わず鼻を鳴らしそうになったが、なんとかこらえた。

「あなたがわたしの腕にいるこの短いあいだ、あなたを楽しみたい」プリュドムはつづけた。すると、黒っぽい影が急にひざまずき、レディ・ハヴァードのスカートのなかに消えたように見えた。

「ああ、ヘンリー」ハヴァード夫人のぼんやりした姿がのけぞって木にもたれた。「ああ、ロード・プリュドム。あっ、あっ、あっ……」

クラリッサは驚いてそれを見つめ、考えなしに口を開いて言いかけた。「あのふたりは何を……」

モーブレーはすぐに手で彼女の口をふさぎ、やぶの奥へと引きずっていった。

彼の腕につかまってバランスをとりながら、クラリッサはぼやけたプリュドムとハヴァード夫人のほうをちらりと見た。眼鏡がないことを心から悔やんだ。プリュドムが彼女のスカートの下で何をしているのかはわからなかったが、ハヴァード夫人があげているうめき声からするとてもすばらしいことのようだ。やがて、クラリッサはやぶから反対側の小道に引きずり出された。エイドリアンは彼女にまえを向かせ、押すようにして足早にその場から離れた。

「いったい彼は何をしていたの？」別の開けた場所まで連れてこられると、クラリッサはきいた。

モーブレーはとっさに彼女を見た。彼の顔が赤らんでいるような気がしたが、きっと勘ちがいだろう。彼はようやくこう言った。「いつか説明しよう、お嬢さん。だが、今はそのときではない」

「なぜ？」と不思議そうにきいた。

「なぜならあなたはあまりにも無垢《むく》すぎてそういうことは理解できないから。なぜなら無垢なあなたはとんでもなくまごついてしまうから。なぜなら……なぜならぼくらは今、舞踏室に戻るべきだと思うから」伯爵は思いついたことにほっとした様子でそう締めくくった。

「そう。でも、ダンスをする機会がなかったわ」クラリッサは抗議した。こんなトラブルに巻きこまれることになるのなら、早くダンスをしていればよかった。

「またの機会にしよう」とエイドリアンは約束した。やさしい笑みを浮かべて、明らかにクラリッサをなだめようとしながら。

クラリッサはがっかりしたが、おとなしく彼に導かれて、話し声と音楽と光に満ちた舞踏室に向かった。「またの機会はもうないかもしれないわ。リディアはあなたの来そうなところには絶対に行かないように気をつけているの。今夜ここに来たのだって、あなたはプリュドムの舞踏会になんか来ないだろうと思ったからよ」

「それで今週はずっとあなたを見つけられなかったのか」エイドリアンはそうつぶやくと、あっさりと認めた。「継母上《ははうえ》の言うとおりだ。ほんとうならこの舞踏会には出なかっただろう」

「それならどうして来たの？」クラリッサは息を詰めた。答えを聞くまでは、理由に確信がもてなかった。

「プリュドムは求婚者と考えられているようだったから、あなたは来るだろうと思って」

「ほんとうに？」

「ああ。ほんとうだよ」

エイドリアンは微笑んでいるのかもしれない、とクラリッサは思ったが、はっきりとはわからなかった。すると、親指を彼女の目に沿ってすべらせ、やぶにらみをやめさせながら彼が言った。「ぼくもド・モリシーの舞踏会での会話がとても楽しかったから、それ以来ずっとあなたに会うのを楽しみにしていたんだ」

「まあ」よろこびのうずきを感じてため息をついた。「残念だわ……」

「何が残念なんだい？」とエイドリアンがきいた。

クラリッサは悲しげに肩をすくめた。「リディアがあなたにあれほど嫌悪感を示さないでくれたらよかったのに」

舞踏室の笑い声のほうに向かって小道を歩くあいだ、エイドリアンは黙ったままだったが、やがて立ち止まってクラリッサに自分のほうを向かせた。「回避する方法がひとつあるかもしれない」

「方法？」クラリッサは好奇心と期待の入り混じった思いで尋ねた。

「そう」エイドリアンはクラリッサを黙ってじっと見つめた。クラリッサは彼が心を決めたようにうなずくのを見た。彼の手は彼女の腕をしっかりとにぎりしめていた。「クラリッサ、この数日のあいだにぼくのいとこが馬車で出かけようときみを誘いにいく。それを許してもらえるよう継母上《ははうえ》を説得してほしい」

「あなたのいとこ？」不安げにきいた。

「レジナルド・グレヴィルだよ。きみを誘い出してくれと彼にたのむつもりだ。継母上は賛成してくれるだろう。彼はきみを連れ出し、きみたちふたりは公園でぼくと落ち合うことになる」

クラリッサは眉をひそめた。グレヴィルという名前は知っていた。「わたしを誘い出すことに彼が同意するとはとても思えないわ。わたしとはもう面識があるはずだから」

エイドリアンはくすっと笑った。「きみとの出会いの話は彼から聞いたよ」

「ほんとに？」クラリッサはうろたえた。あのときは気づいていなかったが、あとでリディアから聞いたことによると、くだんの男性の膝をテーブルとまちがえてお茶を置き、やけどをさせていたのだ。エイドリアンがその話を聞いていなければよかったのに。屈辱的だから。それを言ったら、ロンドンで過ごした時間のほとんどは似たようなものだが。

「ああ。でも、心配いらないよ。レジナルドにはきみの境遇を説明しておいた。よろこんできみを連れ出すのに手を貸してくれるだろう」

「そう」クラリッサは不安そうにつぶやいた。そして唇をかむと、ぼやけたエイドリアンの顔のほうを見た。「彼は遊び人じゃないわよね？」エイドリアンが黙ってしまったので、急いでつづけた。「なぜって、その、リディアがあなたを認めない理由はそれなのよ。以前社交界に出入りしていたころ、あなたは遊び人だったって言うの。そんなのうそだってわたしはわかってるけど、もし彼も遊び人なら……」

エイドリアンが長いこと何も言わずに動かないので、レジナルドは遊び人なのだろうかとクラリッサは不安になりはじめたが、やがてエイドリアンはいきなり緊張を解いた。「大丈夫だろう」

クラリッサは唇をかんだ。彼を信じたかったが、自分の人生にそんなすばらしいことが起こると認めるのはむずかしかった。この十年間というもの、楽しいことなどほとんど経験していなかった。まず母が病気になり、フィールディング大尉とのいまわしいいきさつがあり……そして母が亡くなり、クラリッサがまだその死を乗り越えられずにいるあいだに、父はあのぞっとするリディアと再婚した。田舎での日々は地獄のようだった。クラリッサのこうむった不面目を、継母は機会さえあれば思い出させた。母親を墓に急がせたのは、クラリッサが家族全員にもたらした恥ずべき醜聞のせいだと絶えず指摘していた。

クラリッサは父がロンドンを避けているせいでリディアが怒り、彼女を責めているのだとわかっていた。残念ながらリディアの怒りももっともだった。クランブレー卿はいずれ醜聞が忘れ去られ、娘が好ましい相手に嫁げることを期待して町を避けていたのだ。リディアはロンドンでの数回分の社交シーズンを逃したせいでクラリッサを憎み、早く厄介払いしたくてたまらないということを隠しもしなかった。

リディアがクラリッサに眼鏡をかけさせまいとする裏に怒りと憎しみがあるということはうすうすわかっていた。クラリッサが恥ずかしい失敗をするたびに、ひそかに楽しんでいるのではないかと思った。とくに継母がそういった失敗を口実にクラリッサをしかり、罰しているときには。リディアの思いどおりにさせていたら、クラリッサはあのいやなプリュドムに死ぬまでずっと……あるいは彼が死ぬまでずっと縛りつけられることになるだろう。リディアはあの小男がどんなに不愉快かよく知っているはずだ。だが、ふたりがかなりまえから状況にあるまじき親しげなふるまいをしていたことを知っていたクラリッサは、今ではプリュドムが一度や二度は継母に変わらぬ愛を示し、クラリッサの父の健康をののしっていたのではないかとにらんでいた。そうだったとしても驚かないだろう。

「クラリッサ？　あなたなの？」

リディアのきつい声がして、もの思いに沈んでいたクラリッサはうめき声をあげそうになった。だが、今のうちにさよならを言おうと口を開けると、エイドリアンはシーッと言ってそれを止めた。彼の姿が小道の脇の木々のなかに溶けこんだように見えた。

「彼女にはまだぼくが見えていない。ぼくのことは何も言わず、新鮮な空気を吸いにここに出てきたとだけ言えばいい」

「わかったわ」クラリッサは唇を動かさないようにしてささやいた。

「いとこのレジナルド・グレヴィルのことを忘れないでくれよ。明日きみのところに行くから」

「クラリッサ！　あなたなのね！」

継母がこちらに向かってくると、クラリッサは思わずため息をついた。庭に出たのは空気を吸うためだとか、室内の熱気から逃れるためだと言ったところで、結局はお説教されるのだろうが、エイドリアンのことから話がそれるならそのほうがよかった。

小声でおやすみなさいと彼にささやくと、クラリッサはリディアを止めるために急いだ。

エイドリアンは女性ふたりが屋敷にはいるのを待って、やぶのなかから出た。自分は屋敷内に戻らずに、小道をたどって屋敷の正面に回り、自分の馬車を呼んだ。馬車に乗りこむと、レジナルドがいるはずの、町のいかがわしい賭博《とばく》場のひとつに向かうよう御者に告げた。もっと若いころはエイドリアンもよくそういった場所に出入りしていたが、軍隊にはいってからはそういう軽薄な娯楽に興味をもてなくなった。だが、従軍しなかったレジナルドはちがった。

思ったとおりいとこはテーブルにいた。エイドリアンは驚いた様子を見て、皮肉っぽく微笑んだ。

「なんてこった、エイドリアンじゃないか！」レジナルドは息をのみ、振り向いて彼の肩をたたいた。「きみがまたここに戻ってくるとは思わなかったな。戦争から戻って以来、この手のお楽しみは遠ざけていたから」

「当時はほとんど領地のほうにいたからな」エイドリアンは思い出させるように言った。だがこの問題に関して本心を明かしたところで得るものはない。これからたのみごとをしようとしているのに、相手が楽しんでいる娯楽を侮辱するのはまずいだろう。

「まあ、こっちに来て座れよ。いっしょにやろう！」レジナルドはにっこり微笑んだ。昔の相棒が下世話な楽しみに舞い戻ってきたことをよろこんでいるようだ。

エイドリアンはためらったが、結局座った。このテーブルで自分の望みを明かすのは気が進まなかったが、レジナルドを楽しみから引き離せば、この男に力になってもらうのはむずかしいだろう。煙のこもる劣悪な環境のなかで何時間かおとなしく過ごし、傷痕《きずあと》に向けられる視線を無視して、賭博場を出たあとでいとこを説得するために必要になるあらゆる論拠を心のなかで準備した。巧妙にやらなければ。

「どうかしてるんじゃないのか！」二時間後、レジナルドは叫んだ。

エイドリアンは先にたって自分の町屋敷にはいった。賭博場を出れば、いとこは舞踏会に戻って一杯飲もうと言いだすに決まっているので、馬車に急ぎ乗りこませたあとで家に誘ったのだ。

エイドリアンはいとこの反応に顔をくもらせた。それは彼が望んでいたものではなかったし、説明を聞いたあとの反応として予期していたものともちがった。もっと素直に受け入れてくれると思っていたのだ。「なぜどうかしてるんだ？」

「ぼくがよろこんでそんな危険に身をさらすと思っているなんて」レジナルドは笑って答えた。だが、図書室までついてきた。「ぼくの跡取りのことを考えてくれよ。あの娘にまた危害を加えられたら、その跡取りだってできなくなるかもしれないんだぞ」

レジナルドが火のはいっていない暖炉のそばの革椅子に腰をおろすと、エイドリアンはぐるりと目を回した。ブランデーのデカンタが載った移動式テーブルのほうに向かいながら言った。「ぼくらはひとりの小柄な娘の話をしているんだぞ。フランス軍の大隊の話ではなくて」

「いや、レディ・クラリッサなら全フランス軍が集結したよりも損害を与えられるよ」レジナルドはぶつぶつ言った。

エイドリアンは眉をひそめたが、何も言わずに、いちばん大事なことをどう切りだそうかと考えながら、ふたりぶんのブランデーを注いだ。注ぎ終えてブランデーのデカンタに栓をすると、グラスを持って戻りながら言った。「彼女を拾って連れてきてほしいだけだ。別にずっといっしょにいる必要はないんだよ、レジ」

「そう言うけど――」

「そうしてくれるとありがたいんだ」エイドリアンはグラスを差し出して言った。ふたりは黙って見つめ合った。やがてレジナルドはため息をついて酒を受けとった。

「ああ、わかったよ」と不満そうに言ったあと、挑発するように言った。「愛とロマンスのためなら仕方ない。でも、ぼくがたのみごとをするときはこのことを思い出してくれよ」

「もちろん」とエイドリアンは請け合い、ほっとして向かい側の革椅子に腰をおろした。

レジナルドはため息をついた。「ブラボー、相棒。ま、そういうことなら、おれは明日きみのためにあの娘を拾って……どこに送り届ければいいんだ？」

エイドリアンは答えるのをためらった。このあとは巧妙にやらなければならない部分だ。ようやくこう言った。「それはちょっと相談する必要があるかもしれないが、そのまえにきみに言っておきたいささいなことがある」

声の調子に不審なものを感じ、レジナルドは片方の眉を上げた。「なんのことだ……？」

エイドリアンはいとこの視線を避けて言った。「こんなことは言いたくないんだが、クラリッサの継母は嫌っているんだ……その……遊び人を」

レジナルドはもう片方の眉も上げた。エイドリアンは落ち着かない様子で座りなおすと、こう言い添えた。「レディ・ストラモンドがそうだったように」

今やいとこの眉はけげんそうにくっついていたので、エイドリアンは急いで先をつづけた。

「その、レディ・ストラモンドを信用させて彼女の娘を連れ出したときみが使った戦略なら、うまくいくかもしれないと思ったんだよ」

「モーブレー、きみってやつは！」

エイドリアンはいとこの怒りにひるんだが、なおも言った。「とにかく、レディ・ストラモンドのときはうまくいっただろ」

「そうだが――」

「今度もきっとうまくいくさ」エイドリアンは言い張った。そしてこう付け加えた。「ぼくは確信している。それができるのはきみだけなんだ」

「なあ」レジナルドはきつい口調で言った。「自分の意中の女性のために気取り屋のまねをするのはいい。でも、それとこれとは――」

「お願いだ」エイドリアンは最後まで言わせなかった。

レジナルドは信じられないというように目を見開いた。モーブレー伯爵エイドリアン・モンフォートはこれまで〝お願い〟を口にしたことがなかった。一度だって。レジナルドは急に自分も居心地が悪くなり、火の消えた暖炉の冷えた灰にむっつりと視線を転じて、あきらめたようにため息をついた。「わかった、やるよ」

5

「玄関にロード・グレヴィルがいらして、奥さまとお嬢さまにお目にかかりたいとおっしゃっておられます」

クラリッサは目をみはり、頭を上げて椅子の背越しに執事が立っている戸口のほうをうかがった。継母が言った。「どなたが玄関にいらしているんですって、フォークス？」

「ロード・グレヴィルです」執事はひどくつまらなそうに繰り返した。

とどろきはじめた心臓の鼓動を聞きながら、クラリッサは唇をかんで激しい興奮を隠そうとした。モーブレーは自分の代わりにいとこをよこすと言っていた。そのとおりにしてくれたのだ。継母がグレヴィルを追い返して何もかも台なしにしませんようにと、指を交差させて心のなかで祈ってから、継母の視線が自分のほうに向けられたのに気づいて身を硬くした。

継母は困惑もあらわな声で言った。「あなた、もうロード・グレヴィルとはお目にかかっていたわよね？」

継母が何を言わんとしているのかはわかった。面識がありながら、なぜまた会いにきたりするのかと言いたいのだ。そのほのめかしに動揺していないふりをしながら、ただおどおどと肩をすくめて言った。「ええ。とてもいい方のようだったわ」

「ふん」リディアは信じていないようだった。「わたしの聞いたところではたしか……」

継母が口ごもると、お茶を飲みながらうわさ話をするためにクランブレー家に居すわっていたレディ・ハヴァードが言った。「素行があまりよくないといううわさも聞いたことがあるけれど、そんなのでたらめだと思うわ。そんなうわさが出るのはたいてい嫉妬のせいよ。彼はとてもいい家柄の出で、摂政皇太子さまともとても親しいそうよ」

今やクラリッサは、ハヴァード夫人がリディアをけしかけてグレヴィル卿に興味をもたせようとする理由を知っていた。彼女とプリュドム卿との情事――そして嫉妬――が関係していることはまちがいない。だが、そんなことは気にならなかった。理由はどうあれ、ハヴァード夫人に感謝していた。息を殺してなりゆきを見守っているうちに、ようやく継母が不機嫌そうに言った。「わかったわ、フォークス。彼をお通しして」

「かしこまりました、奥さま」フォークスはもごもご言うと、部屋から退出した。

クラリッサは指を交差させ、作戦がうまくいってすぐにまたモーブレー卿に会えることを祈りながら、落ち着かない思いで待った。部屋のなかは期待で静まり返り、クラリッサは耳を澄ました。フォークスが玄関扉を開けて、女主人と令嬢の在宅を告げたのがはっきりと聞こえた。

「助かった《シンク・ミー》!」歌うような陽気な声がした。「ではなかに入れてくれ。外で待たされていたんじゃ男がすたる《ワイプ・プリッグド》。この身をトランクに押しこんでそれに合う車輪を見つけ、思いがけなくささやかな幸運《ノギン・オブ・ライトニング》が舞いこむのをあてにするところだったよ」

なんのことだかさっぱりわからずにクラリッサが目をぱちくりさせていると、ハヴァード夫人がもの知りぶってこう宣言した。「流行《はや》りことばだわ」

「流行りことば?」リディアはクラリッサの心情と同じくらい混乱した声できいた。

「俗語のことよ」ハヴァード夫人は説明した。そんなことも知らない悲しいほど遅れている彼女たちへの憐れみが、その声にははっきりと表われていた。「いま若い人たちのあいだですごく流行っているのよ」

リディアは短く「まあ」とだけ言った。無知だと思われたことが明らかに気に入らないらしい。「若い人たちの流行にはなかなかついていけないわ。移り変わりが早いから。それで、彼はなんと言っていたの?」

短い間をおいてから、ハヴァード夫人は口を開いた。それを聞くかぎり、どうやら彼女もあまり詳しくはないらしい。「よくわからないけど、ハンカチを盗まれて《ワイプ・プリッグド》、ジンをたたく《ノッキング・オブ・ライトニング》みたいなことを言っていたんじゃないかしら」

「ジンをたたく?」リディアがけげんそうにつぶやいた。

「ジンで酔いつぶれる《ヒット》って意味かもしれないけど」

「これはこれは、ご婦人方！」楽しげに呼びかけながら、あざやかな色のかすみが部屋に飛びこんでくると、クラリッサは目をぱちくりさせ、聞き耳をたてていた姿勢から背筋を伸ばした。ぼやけた色のかたまりはやたらと動きが激しく、通り道を清めるようにハンカチらしきものを振りながら部屋のなかを進んだ。どう見てもグレヴィル卿らしくない――少なくともわたしが会ったグレヴィル卿ではない――とクラリッサはぼんやりと気づいた。不安になって継母のほうに目をやった。

だが、見るからに詐欺師然としたその姿に引くどころか、継母はひどくよろこんでいるようで、立ちあがってこう言った。「ロード・グレヴィル、お越しくださってほんとうにうれしいですわ」

「いや、たいしたことではありません。こちらこそ光栄です」ぼやけた人影は気取った足取りでリディアに近づき、立ち止まって彼女の手にあいさつのキスをすると、クラリッサの座っているほうを向いた。「ああ、レディ・クラリッサ。いつもながらお美しい。うっとりします」

手をとられて持ちあげられ、音高く唇をつけられた。彼はクラリッサの肌がやけどするほど熱いかのようにすぐ手を放し、今度はハヴァード夫人のほうを向いた。「それにレディ・ハヴァード――なんというよろこびでしょう！ 今日のぼくほど幸運な男はいませんよ。美しい女性が三人もひとつ部屋におられるなんて」

「まあ、お上手ね」クラリッサの継母はうれしそうに言った。「お茶をお飲みになりませんこと?」

「もちろん、いただきます。よろこんで」

「おかけになって」

「ありがとうございます」

席から離れずにいたクラリッサ以外の全員が席に戻るまでしばし沈黙が流れ、席についた者たちは一様に満足げなため息をついた。

「ほんとうにびっくりしましたわ。こんなふうに訪問してくださるなんて、わたくしたちあなたに何か借りがあったかしら?」客のためにお茶を注ぎながらリディアが尋ねた。

「借り?」レジナルドは驚いたように言った。「とんでもありません。ぼくは同席する方々に何も求めませんよ。楽しいからいっしょにいるだけです」

レジナルドがのどを鳴らしてまるで小娘のようにくすくすと笑ったので、クラリッサはうろたえて目を丸くした。なんてことなの! 彼女の目はほとんど見えないかもしれないが、耳はちゃんと聞こえる。ここにいるのは彼女が会ったことのあるグレヴィル卿とはまるでちがった。彼はいとこと同じようにもっと低くて深みのある声をしていたはずだ。使うことばもまじめで的確だった。グレヴィル卿はこんな人じゃなかった。だが、ほかのふたりの婦人たちは彼のささいな冗談をおもしろがっていた。

いったいこの人はだれなのかしら、とクラリッサは自問した。当然継母もハヴァード夫人もちゃんと目が見えるのだから、この人が本物のグレヴィル卿ではなくて詐欺師ならそれとわかるはずだ。考えられるのは、彼がグレヴィル卿本人で、何かのゲームをしているということだけだ。だが、なぜこんなふうにふるまっているのかはわからなかった。彼の話し方はまるで……正直に言うと、女性っぽく聞こえた。

そんなことを考えていると、自分がモーブレー卿にたのんだことを思い出した。もしあなたのいとこが女たらしなら、継母はわたしが彼と出かけるのを許さないだろうと伝えてほしいと。どうやら大げさな演技で継母の警戒心を解く作戦らしい。

クラリッサはグレヴィル卿が秘めていた演技力に舌を巻いた。「実はね、新しいアッパーベンとカルプの効果を知りたくて、ロンドンでもっとも美しいご婦人たちに見ていただこうと思ったんですよ」

クラリッサの継母とハヴァード夫人は、褒められて小娘のようにくすくす笑った。クラリッサはどちらの婦人も無知をさらすのが怖くてきけずにいることをきいた。「あの、アッパーベンとカルプというのはなんのことですの?」

「ああ、コートと帽子のことですよ、お嬢さん」レジナルドは歌うように甲高い声で説明した。そして跳ねるように立ちあがり、クラリッサのまえでくるりと回ってみせた。彼女の目が見えないことを知らないかのように、コートと帽子を見せびらかしているらしい。

「どう思います？　似合っているでしょう？」

　クラリッサはできるかぎり目をすがめてみたが、それでも淡い黄緑色の筋がくるくる回っているとしかわからなかった。黙りこんでいる娘を救ったのはリディアで、彼女は大げさな口調で言った。「とてもすてきですわ。うちの主人に教えたいから、ぜひ仕立屋の名前をうかがいたいわ」

「ほんとうによくお似合いだわ」ハヴァード夫人も言った。

　こんな色のものを身につけた父親を想像するだけでおかしくて、クラリッサは咳をしてくすくす笑いをごまかした。父はきっとかんかんに怒るはずだ。クランブレー卿はとても保守的なのだから。

　婦人たちの賛辞に明らかに気をよくしたグレヴィルは、満足げなため息をついてまた椅子に座った。「ぼくはつねに流行を取り入れたいと思っているんです。でも、同じ色のラリーとキックシーは買うべきじゃなかったかな。どう思われます？」

「悪くないんじゃないかしら」明らかにとまどいながらリディアがもごもごと言った。ハヴァード夫人でさえ同じくらい途方に暮れている。この婦人の流行りことばの知識はクラリッサたちに思わせているほど広くないようだ。

　こうきいたのはクラリッサだった。「ラリーとキックシーというのはなんのことですの？」

「シャツとズボンのことですよ」グレヴィルは辛抱強く説明した。彼がコートの下に黄緑色のシャツを着て黄緑色のズボンを穿いている姿を想像し、クラリッサは眉を吊りあげた。どうやら彼はその表情に気づいたらしい。おもしろがっているような声でこう言い添えるのが聞こえた。「でも、それではやりすぎかもしれないと思って、いちばんいい白のラリーをダブルすることで間に合わせることにしたんです。それがいちばんいいと思って。グランゼムを使うのはばかばかしいですからね」

「ごめんなさい」クラリッサはわけがわからずに言った。「シャツじゃなくて……ええと……ラリーをどうしたとおっしゃったの？」

「ダブルしたと……つまり洗ったんです」彼の答えを聞こうと沈黙する婦人たちにグレヴィルは説明した。「シャツを洗ったんです」

「ええ、もちろんそうですわ。とてもよく似合ってよ」まるで理解しているようにリディアが言った。

継母を無視してクラリッサはまたきいた。「じゃあグランゼムというのは？」

「もちろんお金のことですよ」

「当たり前じゃないの！」年上のふたりの婦人が声をそろえて言った。どうしようもなく無知なクラリッサにいらだっているかのように。だが、ふたりもグランゼムがなんなのか知らなかったことをクラリッサは確信していた。

「まいったな！」グレヴィルは狼狽《ろうばい》した様子で叫んだ。「けちな男だと思われるでしょうが、そういうわけじゃないんですよ。父が財布のひもをきつく締めているんです。あのとおりの年寄りですから、流行を取り入れる必要性がわからないんです。服装に気を配るのはきわめて重要なことなのに。そう思いませんか？」

彼が期待するように口をつぐむと、リディアとハヴァード夫人はすぐさまうなずいて同意した。年寄りと思われたくなければ、ほかに何ができただろう？

「ええ、そうですとも。やはり服装には気を配らなくてはね」ふたりは声をそろえてつぶやいた。

グレヴィルは虐《しいた》げられた者のようにため息をついた。「ああ、それなのに最近はなんでもひどく高い。先週は新しいホッキードッキーを注文したんですが、勘定書を受けとって気が遠くなりかけましたよ。このところのフロッガーの値段にお気づきですか？」

「フロッガー？」ハヴァード夫人が甲高い声で言った。その声を聞いてクラリッサは彼女がなんのことやらと目をぱちくりさせているのがわかるような気がしたが、ハヴァード夫人はすぐにごまかして言った。「ええ、ほんとうにね」

クラリッサは咳払いをした。「申し訳ないんですけど、そのフロッガーとか……ええと……ホッキードッキーってなんですの？」

「フロッガーは鞭で、ホッキードッキーは靴です」グレヴィルは説明すると、またぐちをつづけた。「今や請求金額を支払えるのはかかとの低い靴だけですよ」悩ましげにため息をついて、悲しそうに首を振る。「好ましい服をそろえるにはどれだけ金があっても充分じゃない。はらわたがヴァイオリンの弦になるほど悩みたくなければ、思いきって悪事に手を染める《ショウヴ・マイ・トランク・アンド・スキャンプ》しかありません。トラップに追われ、タッケン・フェアに行くことになると思うとぞっとしませんが」

「絞首台ね！」ハヴァード夫人が勝ち誇ったように叫んだ。

クラリッサとリディアから困惑の目を向けられると、ハヴァード夫人は得意げに説明した。

「タッケン・フェアよ。処刑の場所ってこと」急に眉を寄せ、残りの俗語をつなぎあわせようとする。「トラップというのは司直のことかしら？」

「ええ、官憲のことです」ロード・グレヴィルは認めて言った。クラリッサはその声を聞いて、彼がにやりとしたのがわかった。

だが、リディアは笑っていなかった。あえぎながら言う声にはまぎれもない恐怖があった。

「あなた、官憲に追われているの？」

「まさか！　いやだなあ、ぼくはムーンストラック公爵の息子ですよ！」グレヴィル卿は一瞬でもそんなふうに思われたことに驚愕《きょうがく》しているようだったが、クラリッサはムーンストラック公爵ということばについて考えていた。これも流行りことばなのかしら？　それとも愛称？　グレヴィル卿が公爵だと言うなら、ムーンストラック公爵などという称号は絶対ないにちがいない。

「ええ、それはそうですけど、あなたはたった今……」リディアは口ごもった。

「もしスキャンピングをしたら、官憲に追われることになるかもしれないと言ったのですよ」

「スキャンピング？」リディアは小さな声で繰り返した。ばかにされていると感じているらしい。

「追いはぎをすること。辻《つじ》強盗になることです」と彼は説明した。「もちろん、ぼくはそんなことはしませんよ」

「ええ、もちろんですわ。それにしても……この流行りことばというのはなんだかパズルみたいじゃなくて？」クラリッサの継母はあまり楽しくなさそうな口ぶりだった。自分が鈍いように感じられていやなのだろう。グレヴィルが奮闘したところで、継母が機嫌をそこねてしまっては、彼との外出を許してくれないのではないかと、クラリッサは心配になってきた。

だが、その瞬間、グレヴィルが不意に懐中時計を取り出して姿勢を正した。

「これはしたり、失礼する時間だとティックが告げています」と言った。演技が大げさすぎたせいで心配になってきたのでは、とクラリッサは勘ぐった。

「帰られますの？　お着きになったばかりなのに」ことばとは裏腹に、リディアはほっとしているようだった。

「ええ。長居をするつもりはなかったのです。実は、いっしょに公園を馬車で散策しましょうとレディ・クラリッサをお誘いするために立ち寄っただけなのですよ。もっと人のたくさんいる場所でぼくのアッパーベンとカルプを見せびらかしたいのですが、ひとりで公園を散策するわけにはいかないでしょう。そんなのはおしゃれじゃないですからね」

「まあ、そうでしたの……」リディアはためらい、ハヴァード夫人をちらりと見た。

クラリッサは継母の心の内が目に見えるようだった。グレヴィル卿が女たらしだというううわさについて考え、いま自分の客間に座っている男性とそのうわさとを比較検討しているのはまちがいなかった。

「ねえ、行かせてあげなさいよ」ハヴァード夫人がさとすように言った。「ロード・グレヴィルが面倒を見てくださるんだから」

レジナルドの演技がリディアに恐れることは何もないと思わせたらしい。そうでなかったら、ハヴァード夫人のさとすような勧めをもってしても効果はなかっただろう。だが、クラリッサはリディアが同意を示してゆっくりとうなずくのを見ることができた。

「いいでしょう」継母は声に出して言った。「でも、仮面をつけるのを忘れてはいけませんよ。そしてくれぐれも……」

モーブレー卿にまた会えるという期待に興奮しながら、クラリッサはリディアが差し出した仮面をおとなしくつけた。継母の注意と警告は頭の上を流れていった。何もさわってはいけません、歩くときはかならずグレヴィル卿に手を引いてもらいなさいといったことで、クラリッサが暗記するほど何度も聞かされてきた命令だった。彼女は従順に何度もうなずきながら、継母とハヴァード夫人に見送られて玄関を出た。そして屋敷のまえの通りに停まっていた幌《ほろ》なしの二頭立て軽四輪馬車《フェートン》に駆け寄り、グレヴィルの手を借りて座席に座った。

「いやあ、終わってくれて助かった！」

グレヴィルが手綱をとって馬車が走りはじめたとき、うんざりしながら彼がつぶやくのをクラリッサは聞いた。急に低くて男らしくなった声が引き金となって、こらえていた愉快な気分が一気に解き放たれた。クラリッサは笑いだし、あけっぴろげでおだやかな陽気さが自然に口元からこぼれ、頰に赤みがさした。だが、彼が「おいおい」と言うのを聞いて、笑いは消えた。

「ごめんなさい、ロード・グレヴィル」クラリッサは笑いをこらえ、すぐにもごもご言った。「恩知らずな人間だとお思いでしょうね。でも、そんなつもりじゃないんです。あなたの会話についていこうとしてできなかった継母《はは》のうろたえぶりを思い出しただけなの。あの人、無知だと思われるのが大嫌いだから」

「愚かな人びとというのはえてしてそういうものだよ」とレジナルドが教えた。

クラリッサは自分がちゃんと聞きとったのかどうか不安になり、混乱して眉をひそめた。

「ロード・グレヴィル？」

グレヴィルはため息をついて緊張をほぐしていたが、まだかなり無理をしているようだった。「あなたはことばの裏にある意味を平気で尋ねることができるんだね」

クラリッサは小さく肩をすくめた。「自分に知識がないのにあるふりをしてもあまり意味がないでしょう」

「そのとおり。お嬢さん、それこそが知性のしるしなんだよ」

クラリッサは驚いて目をぱちくりさせた。「どういうことかわからないんですけど」

「知性のある人は自分の知らないことを知っているふりなどしない。なんでもかんでも知っているふりをするのは愚かな人だけだ。愚かさが露見するのを恐れているんだよ」

「そして、知性のある人は愚かだと思われるのを恐れない?」クラリッサは興味津々で言った。この件に関する彼の考えを知りたかった。

「知性のある人は自分に知性があることを知っている。そして、すべてを知ることができないのも知っている。だから、何かを知らないからといって、その人が愚かだということにはならない。そういう人は、別の知性ある人に、知らないことの説明を求めても愚かだと思われたりしないことを知っているし、ある話題について知らないからといってそれが恥ずかしいことではないのを知っているんだ」

「めまいがするような論理ね」クラリッサはおもしろそうにつぶやいた。

「でも、あなたはちゃんとついてきている」グレヴィルが言い返す。「それでわかることがある」

「それはなんですの？」

「ぼくは愚か者だということです」と彼は即座に答えた。「そしてぼくのいとこはそうじゃない」

クラリッサは目をぱちくりさせた。「今なんとおっしゃったの？」

「ぼくは愚か者だと言ったのです」グレヴィルは陽気に繰り返した。

「そんなことありませんわ！」クラリッサはすぐに反論した。すると、彼の手が安心させるように軽く彼女の手をぽんとたたくのがわかった。

「愚か者ですよ。少なくとも人を判断することにかけてはね。ぼくはあなたをひどく誤解していた」

「そうなの？」クラリッサはびっくりした。

「ええ、そうなんです。ぼくはあなたを、今シーズンの社交界に出てきたほかの愚かで中身のないおめでたい娘さんたちと同類だと考えていた。実際、あなたのことでいとこに忠告もしました」

「そうなの？」彼がうなずいたのだと思い、クラリッサは小さくため息をついた。「あなたはおそらく正しいことをしたんですわ。わたしには醜聞もあるし」

グレヴィルは微笑んでいるようだ。「醜聞があろうとなかろうと、あなたはぼくのいとこにぴったりの人だ。いっしょになればとても幸せになれるでしょう」

顔が赤くなるのがわかり、クラリッサは彼のことばに興味を覚えながらも小さく首を振った。「思いこみが過ぎますわ。わたしはあなたのいとこに二回しか会っていないのよ。ただの知り合いというだけよ」

「そうかもしれないが、すぐにそうではなくなりますよ」グレヴィルが自信たっぷりに宣言したので、クラリッサはかすかに身震いした。「いとこはばかじゃありません。あなたは彼にぴったりの人だ」

「今度はあなたがおばかさんみたいなことを言うのね」とクラリッサはつぶやいた。彼のことばにうっとりするのと同じくらいびくついていた。「あなたはわたしのことをほとんど知らないのよ。それなのにどうしてそんなことが言えるのかしら?」

「あなたに会ってから、彼がまた笑うようになったからです」グレヴィルはまじめに答えた。「彼が笑うのを聞いたのは久しぶりでした。ほんとうに、あなたのおかげですよ」

クラリッサがそのことばについて考えていると、グレヴィルは言い添えた。「彼にやさしく接してやってください。彼には多くの傷があります。それは目に見える傷ばかりじゃない」

謎めいたことばの意味を尋ねようとしたとき、クラリッサは馬車が停まろうとしていることに気づいた。どうしたことかとあたりを見まわし、口を開きかけたところで、もう一台馬車がやってきてかたわらに停まった。こちらの馬車は屋根つきだった。興味深く見守っていると、扉が開いて黒っぽい人影が飛びおりた。

「すべてうまくいったようだな」

クラリッサはすぐにモーブレー卿の声だとわかり、これ以上グレヴィルに質問するのをあきらめた。近づいてくるエイドリアンに向かって微笑みかけると、突然馬車から抱きあげられて地面におろされたので、驚いて息をのんだ。

「ひとつ貸しだぞ」グレヴィルがまじめくさって言った。

「そうだな」モーブレーが応じた。その声で微笑んでいるのがわかった。「きみが彼女を送り届ける時間になったらすぐに見つかるように、このへんにいるよ」

「好きにしたまえ」とグレヴィルは言った。やがて、手綱を打ち鳴らして馬車で去っていく音がした。

グレヴィルが公園の緑のかすみのなかに消えてしまうと、クラリッサはモーブレー卿のいるあたりに向かって微笑みかけた。微笑み返してくれているのかもしれない。少なくともこう言ったときはにこやかな声だった。「馬車のなかにいるよりも、少し歩いたほうが楽しめるだろう」

クラリッサが驚いて目を見開いたので、彼は言い添えた。「ほかの貴族たちを眺めながら馬車で流すのなんて、きみは興味ないだろう？　それに、もしきみがそうしたいんだとしても、屋根なしの馬車は少しまえに手放してしまって、この屋根つきの馬車しかないんだ」

「まあ」クラリッサは少しためらってから言った。「あなたのお考えどおり、ほかの貴族たちを眺める趣味はありませんわ。そういうのが流行っているようですけど、どっちにしろ、わたしにはよく見えないし」苦笑しながら付け加える。「それに、ふたりで馬車に乗っているところを人に見られるのはあまりいいことではないわ。わたしの継母が聞いたら――」

「でも、ぼくらは仮面をつけている」エイドリアンがすばやく口をはさんだ。「ぼくらだということはだれにもわからないよ」

クラリッサは顔に手をやって、グレヴィル卿と出かけるお許しが出るまえに継母にしつこくつけるように言われた仮面をたしかめた。今シーズンは仮面をつけて馬車に乗るのが大流《は》行《や》りで、継母は流行のものはなんであれ取り入れないと気がすまないのだった。「わたしのぶざまなふるまいのせいで正体がばれるということはないかしら？」

エイドリアンは彼女の手をとり、やさしく楽しげな声で言った。「きみはぶざまなふるまいなんてしないよ、レディ・クラリッサ。ぼくが気をつけていてあげるから」

そう言われて心が休まるのを感じ、クラリッサは明るく微笑んで手を引かれながら、彼女には茶色くぼやけて見える、小道らしき場所を歩いた。ふたりは心地よい沈黙に包まれながら進んでいたが、しばらくして不意にクラリッサは耳をそばだてた。「あれは水の音かしら？」

エイドリアンはあたりをじっと見つめた。

「いや、そうでは……」と言いかけ、少し間をおいてから言った。「ここに来るのはしばらくぶりだけど、そう言えばこの庭園には滝や噴水がたくさんあった気がする。きみが聞いたのはその音のひとつかもしれない」

クラリッサはエイドリアンの視線が自分に向けられるのを感じ、彼が感心するような笑みを浮かべてこう言うのがわかった。「きみはとても耳がいいんだね。ぼくは聞こえないけれど、いま思い出したよ。この近くに噴水があることを」

ほどなくしてエイドリアンは噴水を探し出し、クラリッサをそこに導いた。その縁にたたずんだふたりは、突然妙に気まずくなった。

クラリッサは目のまえにある緑色にぼやけた水をのぞきこむふりをしたが、心のなかではエイドリアンのことだけを考えていた。彼の存在を苦しいほどに感じ、ふたりのあいだにたれこめる沈黙さえもが死衣のように感じられた。こんなはずではなかったのに。彼と出会った舞踏会ではあんなに話が弾んでいた。それなのに、こうしてふたりきりになれた今は、何も言うことが思い浮かばないなんて。クラリッサが心を悩ませていると、突然エイドリアンが小さく笑った。

「なんですの?」クラリッサは不思議そうに顔をあげてきいた。

「なんでもないよ」エイドリアンはそう答えてからさらに言った。「ぼくはばかだなあと考えていたんだ。おろおろしながらここに立って、なんとか会話をつづけようと頭のなかで話題を探しているのに、会話の能力をすっかり失ってしまったようだ」

クラリッサが抗議するより先に、エイドリアンはつづけた。「クラリッサ、きみがそばにいると、ぼくは若者のように緊張してしまうんだよ」

「わたしだって緊張しているわ」クラリッサもすぐに言った。「どうしてこうなってしまうのかわからない。これまで二度お会いしたときは全然そんなことなかったのに」

「ほんとうにそうだね」とエイドリアンも同意した。そして、彼女から噴水のほうに目をそらして言った。「幸い、ぼくはまったくのばかというわけではないから、気晴らしになるものを持ってきたよ」ポケットから黒っぽくて四角いものを取り出し、クラリッサの手をとってそれを持たせた。

「本?」クラリッサは驚いてきいた。

「そうだよ」

水辺から離れた場所に導かれているのに気づいて尋ねた。「どこに行くの?」

「この少し先に、日差しをよけられる小さなあずまやがある。ふたりでそこに行って、きみに本を読んであげようと思って」

「わたしに本を読んでくださるの?」クラリッサは興味をそそられてきいた。

「きみが言っていたのを思い出したんだ。眼鏡がなくて何よりも淋しいのは、本を読めないことだとね。それでぼくが読んであげようと思ったんだ」とエイドリアンは説明した。「自分で読むのと同じというわけにはいかないだろうが、つらい思いが少しは楽になるかもしれない」

「ええ、きっと楽になるわ」クラリッサはすぐさま言った。彼の思いやりの深さに感動し、ぎこちなさがとれるまで会話をしなくてもいい方法を見つけてくれたことに感謝して。

「どんな本を持ってきてくださったの？」涼しい日陰にあるベンチに座らせてもらいながら、クラリッサはもどかしげにきいた。

「ええと、その、ぼくが持ってきたのは『髪盗人』だ。著者は――」

「アレキサンダー・ポープ（一六八八－一七四四。理性を重んじるイギリス新古典主義を代表する詩人）ね」

「そのとおり」とエイドリアンは答えた。彼女がその本を知っていることに驚いているようだ。「ポープは好き？」

クラリッサがにっこりしてうなずいたので、エイドリアンは大きくため息をついた。「よし、じゃあはじめるよ」

6

「悪魔に連れていかれたのかと思ったぞ！　なんでこんなところにいるんだ？」

クラリッサは怒りの声に驚いて目をぱちくりさせ、あたりを見まわした。グレヴィルの声だと気づくと同時に、深味のある堂々とした声で朗読していたエイドリアンは急に読むのをやめた。やがて、こちらに向かってくる黄緑色のレジナルドの姿が見えてきた。

「やっと見つけた！　この十五分間、ずっときみたちを捜していたんだぞ。クラリッサを送り届けるのが遅くなってしまうじゃないか。一時間だけという約束で連れ出したのに」

「もう一時間たってしまったの？」クラリッサはがっかりしてきいた。エイドリアンに本を読んでもらうのはとても楽しかったのに。

「一時間しか外出の許しをもらっていなかったのか？」エイドリアンはしかめつらできいた。そして本を閉じた。「どうしてそんな短い時間にしたんだ？」

「彼女がぼくといっしょに何時間外出させてもらえると思ってるんだよ？」レジナルドが皮肉っぽく言うと、エイドリアンはクラリッサに手を貸して立ちあがらせた。「ちょっと馬車を走らせることになってただけなんだから」

「ああ、そうだったな」エイドリアンはそう言ってため息をついた。

「なんだい、それは？」レジナルドがきいた。「ポープか？」

「ああ。クラリッサは眼鏡をとりあげられて以来読書ができなかったから、読んであげようと思ったんだ」とエイドリアンは認めた。恥ずかしそうに。

グレヴィルはその思いやりある行為に不満の声をあげたが、いずれにしてもふたりを困らせるようなことは何も言わなかった。代わりに自分の来たほうを振り返って言った。「もう行かないと。むこうに馬車が駐めてある。早くうちに帰ってこのばかげたコートを脱ぎたくてたまらないよ」

エイドリアンはクラリッサの手を引いて自分の腕に通すと、あとにつづいた。

「ありがとう」グレヴィルのうしろを歩きながらクラリッサはつぶやいた。「あなたはすてきな声をしているわ。本の選択も完璧だった。本を読んでもらってとても楽しかったわ」

エイドリアンは肩をすくめて賛辞をやりすごした。「いや、ぼくは少しだけ本を読んだら、また会話に戻るつもりだったんだ。もっと時間があるだろうと思っていたから」

彼は障害物——たまたま倒れていた木の幹だろうとクラリッサは思った——を迂回するあいだ黙りこんだが、やがてつづけた。「今夜はどこの舞踏会に出るつもり？」

「デヴェロー家の舞踏会に」

「では、きみに会うためにぼくもかならず行くよ」

「まあ、そう……でも……」いらだちでいっぱいになる。「それはあきらめたほうがいいかもしれないわ。リディアに言われているの。今度わたしたちが出席するパーティにあなたが現われたら、一瞬たりともわたしをひとりにはしないって。プリュドムのパーティのとき、あなたと庭園にいたことを感づかれたみたい。わたしってうそが下手なのね。ごめんなさい」

「きみのせいじゃないよ。謝ることはない。ぼくのほうでなんとかしよう」

クラリッサがどういう意味かときくまえに、エイドリアンはやさしく彼女の手をにぎってから、抱きあげて馬車の座席に座らせた。

そして「また今夜に」とささやいた。


「レディ・クランブレー！　あなたが来てくださるなんて、なんというよろこびでしょう！」

クラリッサは退屈にどんよりしていた目をしばたたき、リディアのかたわらに現われた淡いブルーとピーチ色のかすみを見やった。ハヴァード夫人とアチャード夫人以外の人が、継母に会ってよろこびの声をあげるのを聞いて啞然としたなどと言うのはいやみかもしれないが、ふだんリディアに話しかけるのはそのふたりだけだったので、この家の女主人ともうひとりの婦人が継母にそうあいさつするのを聞いて、クラリッサは実際啞然とした。

リディア自身も啞然としているらしく、継母が返答に困ってことばを詰まらせたことでクラリッサにはそれがわかった。「レ、レディ・デ、デヴェロー、レ、レディ・モーブレー。こんばんは。お会いできてうれしいですわ。わたくしたち、こちらにうかがうのをとても楽しみにしておりましたの。ええ、それはもう楽しみに。そうじゃなくて、クラリッサ?」

クラリッサは同意のことばをつぶやいたが、意識はモーブレー夫人と思われるブルーのかすみに向けられていた。女主人の今宵の装いがピーチ色であることを知っていたので、ブルーの婦人はエイドリアンの母ということになる。

「こちらが美しいクラリッサね」モーブレー夫人が近づいてきた。にっこりと微笑んでいるようだ。「あなたのことはいろいろと聞いていますよ、お嬢さん——わたしの息子と甥のレジナルドの両方からね」

「レジナルド・グレヴィルはあなたの甥御さんですの?」リディアは興味を惹かれて尋ね、エイドリアンについての話題を巧みにはぐらかした。クラリッサを彼に近づけまいとしてはいても、彼やその家族をあからさまにはねつけるほど考えなしではなかった。モンフォート家の社交界における影響力は絶大だ——少なくともモーブレー伯爵未亡人ことイザベル・モンフォートに関しては。したがってリディアはエイドリアンに近づいてもらいたくないとはっきり言うよりは、彼の話題を避ける程度にしておいたのだった。

「ええ、そうですわ」モーブレー夫人は息子への言及が避けられたことを聞き逃さなかった。少なくともクラリッサはそう思った。彼女の声にどこか硬いところがあるのはそのせいだと。「彼は魅力的な青年のようですわね」明らかに自分の過失に気づいていないリディアは明るく言った。「先日クラリッサを馬車で公園に連れていってくださったんですのよ」「そう聞いています」とモーブレー夫人は言った。今度はおもしろがっているような声で。この人はレジナルドが息子のもとにわたしを送りとどけただけだということを知っている。クラリッサははっきりとそう感じた。それでも婦人の次のことばには驚かされた。「実は、レジナルドがクラリッサのことをたいそう熱心に話したものだから、姪《めい》が——レジナルドの妹ですわ——おたくのお嬢さんに会いたがっているんです」「あら、まあ、それはようございました」リディアはうれしそうにしゃべりたてた。「クラリッサはロンドンでお友だちをつくる必要がありますから。この子のためにはありがたいですわ」

クラリッサは唇をかんだ。継母はわたしがレジナルドの妹と仲よくなれば、社交界での自分の地位が上がるだろうと想像しているにちがいない。メアリー・グレヴィルは社交界における最良質のダイヤモンドだ。彼女の知己《ちき》を得ればだれでも格が上がる。

「それはよかったこと」とモーブレー夫人は言った。「では、あなたがレディ・デヴェローのお手伝いをしていらっしゃるあいだ、ちょっとお嬢さんをお借りしてもかまいませんわよいたり転んだりだれかにぶつかったりして、せっかくの機会をふいにするところを想像しているのだ。

「娘を借りる?」リディアは驚いて尋ねた。クラリッサは顔をしかめた。継母は娘がつまずね?」

「ええ。メアリーは足首をくじいてしまったので、今日は足を吊《つ》って休んでいなければなりませんの。クラリッサのところまで来ることはできません――ですからわたくしがクラリッサをメアリーのところにお連れします。そうすれば好都合ですわ」モーブレー夫人は明るく言って、クラリッサを立たせた。「あなたがレディ・デヴェローのお手伝いをなさっているあいだ、お嬢さんは姪と若い娘さん同士、楽しい時間が過ごせますよ」

リディアは明らかにさっき言われたことを聞いていなかったらしく、繰り返されたことばを今ようやく理解した。そして自信のなさそうな声でこう尋ねた。「レディ・デヴェローのお手伝い?」

「そうですよ」デヴェロー夫人がおもねるように言った。「あなたはとてもご趣味がいいと聞きましてね、とくに……」

クラリッサは残りを聞けなかった。モーブレー夫人にせきたてられるようにして継母と女主人から離れ、廊下に出るドアに急ぐことになったからだ。何を言えばいいのかまったくわからなかったので黙って歩いた。モーブレー夫人のことを知らなかったし、これから何が起ころうとしているのかもよくわかっていなかった。リディアの拘束から逃れるのは、最高にうまくいっているときでも至難の業だ。少なくとも、エイドリアンとの散歩から戻ったあと庭で継母に見つかった夜以降はずっとそうだった。それなのに、今回はまたずいぶんとうまいこと運んだものだ……これは計画されていたにちがいない。でもいったいどうしてこんなお膳立てを？　それにモーブレー夫人はわたしをどこに連れていこうとしているのだろう？

「さあ、着きましたよ」エイドリアンの母は明るくそう言って、廊下のはずれにあるドアを開け、先になかにはいった。

部屋に足を踏み入れたクラリッサは立ち止まり、サロンを構成しているぼやけたものの数々に視線をめぐらせた。やがて、暖炉のそばの椅子に座っている淡いピンクのドレスに目を止め、心もとなげに微笑んだ。

「メアリーです」ドアを閉めながらモーブレー夫人が教えた。「メアリー、こちらがレディ・クラリッサ・クランブレーよ」

「こんにちは、クラリッサ。お会いできてうれしいわ」

クラリッサは自分がほんとうにレジナルドの妹に紹介されているのを知って狼狽し、不安げに微笑んだ。咳払いをしてもごもごと言った。「足首のことはお気の毒でした」

「ああ、足首ならなんともないのよ」メアリーは明るく言った。「今夜はくじいたふりをしてなくちゃいけないだけでね。明日の朝には奇跡的に治ってるわ」

クラリッサはふたりの女性の表情が読みとれることを願ってじっと見た。眼鏡をなくすまでは目が見えていたので、意思疎通をするうえで表情というものがいかに大切か気づきもしなかった。

　クラリッサの不安そうな様子に気づいたらしく、モーブレー夫人が静かに笑ってそばに寄った。「メアリーのけがのことは舞踏会に出かける直前に考えついたの。あなたをお継母《かあ》さまのそばから連れ出すのに力を貸してくれとエイドリアンにたのまれてね。あなたと話すことをお継母さまが許してくださらないだろうと息子は思っているようね」

「それで、あなたは彼の力になるとおっしゃったんですか？」クラリッサは不安そうにきいた。

「もちろん。エイドリアンがあなたに興味をもっているなら、よろこんで手助けするわ」

「でも……」クラリッサはためらったあと、思いきって言った。「わたしの醜聞については聞いていらっしゃらないんですか？」沈黙が流れ、表情が読みとれるだけの視力があればとまた思った。

　すぐにモーブレー夫人はクラリッサの手をとり、真剣な口調で言った。「ええ、例の醜聞と、あなたとフィールディング大尉とのつかの間の婚姻のことは聞いていますよ。でも、言わせてもらえば、あなたは何も悪くないわ。それに、もしあなたに非があったのだとしても、わたしは気にしませんよ。あなたはこの十年でエイドリアンが興味をもったはじめての女性ですもの。たとえカンタベリー大司教を殺したのだとしても気にしないでしょう。うまくいくよう尽力しますよ」

クラリッサは立ちあがり、驚きながらも相手に焦点を合わせようと目をすがめた。すると突然、おもてに通じるフレンチドアのほうに引っぱっていかれた。

「さあ、こっちよ、クラリッサ」とモーブレー夫人は言った。「あなたがエイドリアンと話しているあいだ、メアリーとわたしはここに座っていますからね」ドアを開け、外に出るようクラリッサをうながした。

「でも、もしリディアが——」クラリッサは言いかけたが、すぐにさえぎられた。

「お継母さまのことはわたしたちにまかせてちょうだい。レディ・デヴェローはわたしに借りがあるから、必要なだけお継母さまを忙しくさせておくよう最善を尽くしてくれるでしょう。もしそれがうまくいかなければ、わたしがリディアの相手をします。心配いらないわ。お行きなさい。それとも……エイドリアンに会うのはおいや？」

「いいえ、そんなことありません」婦人の声に不安げな様子を聞きとったクラリッサは急いで言った。「お会いしたいですわ」

「よかった。さあ、お行きなさい」静かな音とともにフレンチドアが閉じられ、モーブレー夫人のぼんやりした姿がさえぎられた。

クラリッサは不鮮明なカーテンとドアを見つめていたが、やがてゆっくりと振り返り、ためらった。はっきりとは見えないが、まっすぐに延びる小道があるようだ。こわごわとまえに進みはじめたが、ぼんやりした木々のうしろから人影が現われてこちらに向かってきたので、足を止めた。

「きみが来る気になってくれてうれしいよ」エイドリアンの声がした。彼の声だとわかって、クラリッサは気が楽になった。彼はクラリッサが暗闇のなかをひとりで歩きまわって彼を捜すことなど期待していなかったのだろう。考えてみれば当然の話だ。

エイドリアンに手をとられてふたりで小道を歩きはじめると、クラリッサは微笑んだ。

「あなたのお母さまがリディアのもとからわたしを連れ出してくださったの」

「そのようだね」声から微笑んでいるのがわかった。

「こんなことをしてくださるなんて驚いたわ」クラリッサは正直に言った。「だって……わたしの醜聞のことを気にしていらっしゃらないようだから」

「そう、その醜聞のことだが」エイドリアンはつぶやくように言った。「ぼくに話してくれないか」

「まだ聞いていなかったの？」クラリッサは心配になって尋ねた。「お母さまは聞いているとおっしゃっていたから、あなたも知っているのだとばかり」

「みんながなんと言っているかは知っている。でもきみの口から何があったのか聞きたいんだ」

「そう」クラリッサはため息をついた。「でも、話すことはそれほどないわ。おばを訪問していたわたしのところに、召使がうちに帰るようにと言いにきたの。その召使といっしょにロンドンに向けて出発したところ、馬車は宿屋に停まって、そこにはフィールディング大尉とその妹がいた。父が困った状態になって、わたしを北に連れていくためにふたりをよこしたということで、わたしはまた長いこと馬車に乗せられた。次に馬車が停まったとき、フィールディング大尉は父に会いにいき、とにかく口ではそう言って、戻ってくるとわたしがすぐに結婚することを父が望んでいると言ったの。家名を守るために、わたしが母方の祖父から相続することになっているお金が必要だからと」そこで間をおいて説明した。「そのお金はわたしが結婚するときにもらえることになっていて、父は負債を抱えているということだったから」

「それでフィールディング大尉は、きみの家族を助けるために自分自身を差し出したわけか」エイドリアンは冷やかに言った。

「ええ。とても親切な申し出だと思ったわ。あとになってすべてを知るまでは」クラリッサは顔をしかめた。「とにかく、それで結婚するためにまた長いこと馬車に乗ってグレトナ・グリーンに行き、そのあともさらに長旅はつづいた。醜聞にはなったけど、ずっとひどく退屈なだけだったわ」

「誘拐されて結婚させられたことが退屈だって？」エイドリアンはおもしろそうにきいた。

クラリッサは肩をすくめた。「だって、とても結婚なんていう雰囲気じゃなかったんですもの。鍛治屋のまえに立って、立会人はほかにはふたりしかいないところで、〝誓います〟と言って、はい、おしまい」

「それで結婚初夜は？」とエイドリアンがきいた。

クラリッサは眉をひそめた。彼の声は緊張しているようだったが、どうしてなのかまったくわからなかった。「結婚初夜なんてなかったわ。もしあったら婚姻をとり消すことができなかったでしょう」

「では、彼はきみに手を触れようもせずに……？」

「そのことをもちかけてはきたけど、ずっと旅をしてきてわたしはとても疲れていたの……」クラリッサは肩をすくめ、ピンク色の頬を隠そうとうつむいた。この方面の質問を受けるのは恥ずかしく、気まずかった。「だから無理じいはされなかった。彼はわたしを残して別の部屋に寝にいったの」

手を預けていたエイドリアンの腕から緊張が解け、クラリッサは不思議そうに彼を見やった。またしても表情が見えればいいのにと思いながら。

「よかった」と言ってから、彼は急いで付け加えた。「結婚が正式なものだったとしても、きみを責めたり、きみへの思いが冷めたりしていたわけではないよ。でも婚姻が結ばれていなくてよかった」

クラリッサはそのことばについてじっと考えたあと、ため息をついた。「社交界のほかの人たちは結婚が正式なものだったと思っているのね?」

「そういう考えが広まっているようだ。醜聞を避けるためにきみの父上が田舎の屋敷にきみを連れていったのはもっともなことだと思うが、きみが姿を消したせいで、婚姻は結ばれてきみが身ごもったという悪意のあるうわさがたった。きみが田舎に行ったのは、婚姻がもたらした子供を産んで育てるためだと言う者もいた」

クラリッサはあんぐりと口を開け、ぞっとしてエイドリアンを見た。「それがみんなの考えていることなの?」

エイドリアンは眉をひそめているのだろうと思ったが、暗い声を聞いてそれがはっきりした。「話さないほうがよかったかもしれないね」

「いいえ、話してくれてうれしいわ。どういう問題を抱えているのか知らないよりは知っているほうがいいもの」クラリッサはため息をついた。「唯一の問題は、そういうゴシップとどう闘えばいいのかわからないことね」

「おそらくどうしようもないだろう」と彼は静かに言った。「ここでとるべき行動は、うわさを無視して、人にどう思われようと気にしないようにすることだけだ」

「そんなことができるかしら?」クラリッサは悲しげにきいた。

「わからない。きみはみんなの考えていることを気にしているのかい? 眼鏡をとりあげられてからの自分の失敗を話すときのきみはとても楽しそうだったから、そんなことは気にしていないのかと思ったけど」

「たいていは気にしてないわ。何が起こって何が起こらなかったのか知っているから。わたしは自分がどういう人間かわかっているの。いやだなと思うのは、みんながわたしに聞こえているのに扇の陰でささやき合うときだけ」クラリッサは苦笑いをした。「いっそのこと直接わたしに言ってくれればいいのに。そうすれば汚名を晴らすことができるもの」

エイドリアンは手を伸ばし、自分の腕に預けられたクラリッサの手をにぎって、彼女の足を止めさせた。「さあ、着いたよ」

クラリッサは視線をまえに向け、彼が連れてきてくれた開けた場所に目をすがめた。地面に何かある。さまざまな色の断片でできた四角い大きなものが。キルトだ。その上に何か置かれているようだ。

「ピクニック?」クラリッサは思いきってきいてみた。エイドリアンはくすりと笑い、クラリッサを導いてキルトの隅に座らせた。

「そうだよ。こういった会に出ても継母上が食べたり飲んだりさせてくれないから、のどが渇いてお腹がすいているときみが言っていたのを思い出してね。それでぼくがなんとかしてあげようと思ったんだ。肉とチーズとパンと果物とワインを用意した」

自分のまわりにあるぼやけたものたちをじっと見つめるうちに、涙がこみあげてさらに視界がぼやけた。読書ができなくて淋しいと言ったら、エイドリアンはいとこをよこしてわたしを連れ出し、本を読んでくれた。食べることも飲むこともできないと言えば、ピクニックの用意をしてくれた。

エイドリアンの思いやりと思慮深さに心から感動したクラリッサは、これほどやさしい男性はほかにいないと思った。

「それと……」薄い色をした何かが優雅に取り出されると、クラリッサはとまどって目をぱちくりさせたが、エイドリアンはこう言った。「これはきみの前掛けだよ。これでこの楽しいひとときがふいになるようなどんなささいな事態も避けられる。ぼくを召使のひとりだと思って、気にせずにこれをつけるといい。つけるのを手伝おうか？」

クラリッサはぽかんと口を開けたあと笑いだし、涙はこぼれ落ちるまえに乾いた。エイドリアンはまちがいなく最高にすばらしい男性だわ。思いやり深いばかりか笑わせてもくれるなんて。エイドリアンに前掛けをつけてもらいながら、クラリッサはじっと座っていた。

「ほんとうの前掛けというわけじゃないんだ」彼女の首にそれをかけてやりながら、エイドリアンは言った。「ただの厨房用のふきんだけど、短い時間で用意したからこれが精一杯で」

「ありがとう」クラリッサはつぶやいた。前掛けをつけ終えると、エイドリアンは自分も毛布の上に落ち着いた。「何もかもすてきだわ。お腹がぺこぺこ」

「では食べることにしよう」エイドリアンは明るく言って、彼女に食べ物を勧めはじめた。

コールド・ローストチキン、チーズ、とてもおいしいサワードゥ・ブレッド、イチゴ、ブドウ、リンゴとよりどりみどりだった。ふたりは食べ、おしゃべりをし、何度も何度も笑った。クラリッサはこれほど楽しいのは生まれて初めてだと思った。

食べ物はとうになくなり、エイドリアンから聞いたばかりの愚痴っぽい老執事の話にクラリッサが笑っていると、彼が身を硬くして、彼女の肩越しにどこかを見ているのが感じられた。笑うのをやめて振り向くと、淡いピンクのドレスを着た女性が草地の入口に立っていた。女性が口を開く直前にメアリーだとわかった。

「おばさまに言われて、もうクラリッサを返さなくちゃならないって伝えにきたの」レジナルドの妹は申し訳なさそうに言った。

エイドリアンもクラリッサも一瞬黙りこんだ。やがてエイドリアンが言った。「ぼくが直接連れていくよ。母にありがとうと伝えてくれ。それと、きみにも感謝するよ、メアリー。今夜力になってくれて」

「楽しんでくれたようでうれしいわ。あなたにはあんまり楽しみがないんですもの」メアリーはやさしく言うと、背を向けて夜のなかに消えた。

クラリッサはエイドリアンを見やった。ピクニックの終わりが来てしまって残念だった。エイドリアンに立たせてもらい、前掛けをはずしてもらうあいだ、ふたりとも無言だった。そして、彼に手をとられて小道を引き返した。先ほど彼が迎えにきたドアに着くと、クラリッサは顔を上げて彼を見た。

「ありがとう」とおごそかに言った。「楽しいときが過ごせました。こんなに楽しかったのは……そうね、このままえあなたに会ったとき以来だわ」クラリッサは笑顔で認めた。「あなたのような友だちを持って、わたしほど好運な女性はいないわ」

そのことばにエイドリアンが体を硬くしたのがわかったが、そのわけを理解したのは、彼がかすれた声でがっかりしたようにこう言ったときだった。「友だちかい、クラリッサ？きみはぼくをそんなふうに見ているのか？」

赤くなるのがわかり、下を向いて顔を隠しながら言った。「あなたに対してそんな思いあがりは――」

エイドリアンはクラリッサのあごに指を当てて顔を上げさせ、自分の唇で唇をふさいでそれ以上言えなくした。

ふたりの唇が触れ合うと、クラリッサは動けなくなった。彼の唇は彼女の唇の上をすべり、やわらかく、それでいてしっかりと、やさしく執拗《しつよう》な愛撫を加えた。クラリッサはかすかに唇を開いて吐息を洩らした。すると、何かが口のなかに押し入ってくるのがわかった。その侵入にぎょっとするあまり、一瞬体がこわばった。それがエイドリアンの舌だとわかると、さらに体がこわばり、ショックに包まれた。だが、口のなかで彼の舌が動きまわると、彼自身の味にワインが混ざった甘美な味がした。クラリッサはまたため息をつき、エイドリアンが顔を横に傾けさせると、体の力を抜いてさらに大きく口を開いた。

クラリッサは結婚したことはあったが、キスをしたことはなかった。妙な話だとは思うが、それが現実だった。突然体のなかを駆けぬけた興奮も歓びも、経験したことのないものだった。エイドリアンの腕につかまってバランスをとりながら、最初はキスを返すこともできず、じっとされるがままになっていたが、それも彼の舌が彼女の舌を探りあて、刺激するまでのことだった。最初はこわごわとだったが、舌をまえに動かして彼に応えるうちに、ふたりのあいだに突然火花が生まれたかのような衝撃に驚いてあえいだ。

エイドリアンはうめき声を洩らしながらクラリッサに両腕を回し、何度も唇を押しつけながら彼女をきつく抱きしめた。クラリッサはエイドリアンの首に両腕を伸ばし、もっとぴったりと彼に寄り添おうと首を絞めんばかりに抱きついた。彼の片手がお尻のほうにおりて体を引き寄せられ、何か硬いものが当たったが、何も考えられない状態のクラリッサにはそれがなんなのかわからなかった。すると、彼は突然クラリッサから手を放し、あとずさった。

クラリッサはわけがわからず目をみはった。あえいでいるのがわかった。一瞬ののち、エイドリアンの息も荒くなっていることに気づいた。彼はうなるような声で言った。「もうなかにはいったほうがいい」

彼はドアを開けて、近づきすぎないように気をつけながらやさしくクラリッサの向きを変えさせ、なかへと進ませながら約束した。「すぐにまた会えるよ」

背後でドアの閉まる音がすると、クラリッサはそっとため息をついた。口元にはほのかな笑みが浮かんでいた。〝すぐにまた会えるよ〟これまで聞いたなかでいちばんすてきなことばだわ、と両腕で自分の体を抱きしめながら思った。

「楽しい時間を過ごせたのかしら？」と尋ねる声がした。

「当然よ。あの笑顔ですもの」

質問したのがモーブレー夫人で、答えたのがメアリーだと気づいて、クラリッサは驚き、顔を赤らめた。ふたりの女性が炉辺から歩いてくるのがわかり、エイドリアンにキスされたところを見られていたのだろうかと急に心配になったが、どちらの女性も気恥ずかしくなるようなことは何も言わなかったし、そんな触れ合いを許すなど品のないふるまいだとたしなめたりもしなかった。クラリッサの髪を整えたりドレスのしわを伸ばしたりしていそいそと世話をやく声から、ふたりが微笑んでいるのがわかった。やがて、モーブレー夫人に導かれて部屋を出ると、舞踏室に戻った。

舞踏室のドアのところまで来ると、エイドリアンの母は立ち止まってクラリッサと向き合った。

「クラリッサ、わたくしはほんとうに……」彼女は口ごもり、息をついてクラリッサの手に触れた。「あなたに会ってからのこの短いあいだほど幸せそうにしている息子は見たことがありませんよ。あなたにお礼を言います。何があったにしろ、あなたに感謝しているわ」

「彼には特別な魅力がありますわ」クラリッサは頬を染めてもごもごと言った。

「そうね。でも、だれもがそれをわかってくれるわけじゃない」モーブレー夫人は悲しげに言った。「顔の傷痕しか見ていない人もいるわ」

「わたしの継母《はは》のように」クラリッサは静かに言った。

「彼女は大勢のなかのひとりというだけよ」モーブレー夫人は安心させるように言うと、そっとため息をついて付け加えた。「もう行ったほうがいいわ。そろそろあなたのお継母《かあ》さまがやきもきされるころでしょう」クラリッサの手をとり、舞踏室にはいってリディアのもとに向かった。

「やっと戻ってきたのね！」ふたりがやってきたときにはリディアは立ちあがっており、クラリッサはそのことばの奥に怒りを聞きとった。「二時間も姿を消していたなんて」

「わたくしのせいですわ」モーブレー夫人がにっこりして言った。「お嬢さんたちがとても楽しそうだったものだから、もうこのくらいにしましょうと言うのが心苦しくて」

「あら、それはようございました」リディアはもごもごと言ったが、継母の不満そうな様子に気づいてクラリッサは眉をひそめた。何かがおかしい。

「おふたりとも近いうちにお茶にいらしてくださいな」何かまずいことがあると気づくほどにはリディアをよく知らないモーブレー夫人は明るくつづけた。「メアリーも招きましょう。お嬢さんとまたお話ができるように」

「それはうれしいことですわ」とリディアは答えた。

モーブレー夫人はためらっていたが、やがてうなずいた。「では、またそのときにお会いしましょう」

エイドリアンの母はクラリッサの手をそっとにぎったあと、背を向けて遠ざかっていった。彼女が声の聞こえないところまで行ってしまうと、リディアはクラリッサの腕をつかんで移動をはじめた。

「どこに行くの?」クラリッサは恐る恐るきいた。継母は娘を従えて舞踏室を歩いていく。

「うちに帰るのよ」リディアはぴしゃりと言った。

クラリッサは唇をかんだが、黙ったまま継母とともにデヴェロー家の屋敷を出て馬車を待った。リディアが攻撃を開始したのは、馬車に無事乗りこんで扉が閉められてからだった。

「〝メアリーのところ〟から戻ってきたとき、ひどく赤くなっていたわね」リディアの声は冷たく、無感情だった。

クラリッサは体を硬くした。どうしようもないほどびくついていた。「暖炉のそばに座っていたからよ。ちょっと暑かったの」

「それに、サロンのドアの外でロード・モーブレーとキスしたせいで、唇はまだ少し腫《は》れていた」

体の内側が凍りつくのを感じた。「見たの?」

「見たわ」リディアは怒りに満ちた声で言った。「ロード・プリュドムが話があると言うから、ふたりでちょっと庭を散歩したのよ。戻る途中、木の陰から見えたの。あなたは獣のようなモーブレーに身をまかせて――」

胸がむかついてつづけられないとばかりに、リディアは急に話をやめた。だが、クラリッサはほとんど気づかなかった。プリュドムの名前を聞いたとたん、その男が庭を散歩しながらほかの女性たちと何をしていたか、自分の目撃したことをはっきりと思い出して、体が硬直してしまったのだ。

「どうしてあんな男に体をさわらせたりしたの?」リディアはどなった。「あなたの醜聞を大目に見てくださるロード・プリュドムのような申し分ない方がいながら、またしても破滅に身を投げ出すことを選ぶなんて。今度はモーブレーと」

「プリュドムが? 申し分ない方?」クラリッサは驚いて聞き返した。そして、自分が庭で何を見たか継母に話していなかったことに気づいた。

「ええ。申し分ない方です」リディアはかみつくように言った。「あなたの醜聞にも、無作法なふるまいにも、キスしているところを目撃したって、よろこんで目をつむってくださるんだから」

「それはいい人だからじゃないわ」クラリッサはそっけなく言った。「自分の情事にも目をつむってほしいからじゃない?」

「なんですって？　いったいなんの話をしているの？」とリディアはきいてきたが、その声には単なる好奇心以上のものがあった。明らかにあわてている。クラリッサは継母の表情がわかるほどよく目が見えればと思わずにはいられなかった。

「レディ・ハヴァードとレディ・アチャードのことよ」ゆっくりと説明した。「お継母さまが庭でわたしを見つけた夜、わたしは彼があのふたりといちゃついているのを見たの」

「なんですって？」とリディアは言った。「何をばかなことを」

「わたしは庭でレディ・アチャードといっしょにいるプリュドムにはち合わせしそうになって、やぶのなかに隠れたのよ」今はエイドリアンの名前を出す必要はない。「ふたりが話しているのを聞いちゃったの。ふたりは愛を交わしたばかりのようだった。プリュドムはレディ・アチャードの健康を呪った。そこにレディ・ハヴァードが現われて、ロード・アチャードに変わらぬ愛を誓い、ふたりの関係を公《おおやけ》にできなくしているロード・アチャードが舞踏会に来ていると伝えたの。レディ・アチャードが急いで舞踏室に戻ると、プリュドムは今度はレディ・ハヴァードに変わらぬ愛を誓い、ロード・アチャードのときとまったく同じことばでロード・ハヴァードの健康を呪ったわ。そして彼女のスカートのなかに消えたの」

そう言い放ったとたん、沈黙がおりた。クラリッサにはリディアの表情が見えなかったが、継母が青くなったのがわかった。

「うそよ」リディアは震え声で言った。

「いいえ、うそじゃないわ」とクラリッサは答えた。「わたしには連れがいたの。それを見たのはわたしひとりじゃないのよ」

「ほかにだれがいたって言うの？」

クラリッサはためらった。モーブレーのことではすでに厄介なことになっているので、彼の名前を出すのはどうかと思った。でも、ほんとうだと信じさせることができれば、リディアはプリュドムを押しつけるのをやめてくれるかもしれない。

「ロード・モーブレーよ」とついに言った。「信じないなら彼にきいてみて」

迫ってくる手はまったく見えなかったが、たしかに平手打ちされたのがわかった。いきなり鋭い痛みが襲い、衝撃で頭が横にかしいだ。頬に手を当て、目をすがめてゆっくりと継母を見た。

「この件についてはもう話したくないわ」とリディアは言った。「でも、モーブレーに会うことはもう許しません……金輪際」

クラリッサは座ったまま身動きできずにいたが、心のなかは煮えくりかえっていた。リディアが継母になってから、ぶたれたのは初めてのことだった。

馬車の扉が開いた。気づきもしないうちに屋敷に着いていた。急いで馬車から降りようとしたクラリッサは、スカートを踏んで転びそうになった。従僕が腕を支えてくれた。ありがとうとつぶやいて身を引き離し、足早に小道を進んで玄関に向かった。

玄関に近づくと、フォークス、あるいはフォークスらしき人物が扉を開けた。すべるようになかにはいり、まっすぐ階上《うえ》に急いだ。そして、もう少しで自分だけの安全な場所にたどり着けるというとき、リディアにつかまった。

「クラリッサ」痛いほどぎゅっと腕をつかんで継母は言った。クラリッサはゆっくりと息を吐き、継母のほうを向いて待つしかなかった。何かを言って、さらに怒りを買いたくはなかった。

「今夜のことはもう二度と話題にしたくないわ」リディアははっきりと繰り返した。「でも、このことははっきり言っておきたいの。ロード・モーブレーに会ってはいけません。どうしてあんな男に体をさわらせたりしたのか……」明らかにまだ怒っているらしく、ことばを切って荒い息をした。そして、まちがいなくクラリッサをにらんでいた。「あなたがあの男に破滅させられたら、あなたのお父さまはわたしを許してくださらないでしょう。今後はプリュドムの出入りも禁止します。あの男、あなたに求婚しているというのに……」声がかすれた。リディアもあの男となんらかの関わりがあったのではないかというクラリッサの確信はさらに強まった。まだ継母とそういう関係になっていないのだとすれば、プリュドムはなんとかそうなろうとさかんに働きかけているにちがいない。継母はひどく動揺していることを必死で隠そうとしていた。

やがて、リディアは闘いを放棄し、背を向けてさっさと自室に行ってしまった。バタンとドアが閉まると、クラリッサは緊張を解いてため息をついた。自分の部屋にはいったとき、ドアのうしろから人影が現われたのでぎょっとした。

「申し訳ございません、お嬢さま」メイドのジョーンが言った。「驚かせるつもりはなかったんです。ドレスを脱ぐお手伝いをするためにお帰りをお待ちしていました」

「わかっているわ」クラリッサは静かに言い、うしろ手にドアを閉めた。もの静かなこの娘の流儀にはなかなか慣れなかった。これまでいた年寄りのメイドは、年齢のせいだろうがもっと遠慮なくものを言った。

ジョーンは仕事にとりかかったが、ドレスを脱がせながらも妙な緊張感を漂わせており、クラリッサは落ち着かなかった。数分後、ようやく言った。「なんなの、ジョーン? 何か言いたいみたいだけど――」

「申し訳ありません、お嬢さま」メイドはぼそぼそと言ったあと、一気にぶちまけた。「ドレスがしわになっています。お顔にたたかれた痕《あと》があります。まるでキスされたように唇が少し腫れています。それにわたしは、レディ・クランブレーがロード・モーブレーについてお話しになるのを聞いてしまいました。お嬢さまとあの方のあいだに何かあるということのようですね。お嬢さま、彼は……顔と同じくらい心もねじけた方だといううわさですし……」クラリッサに鋭い視線を向けられて、声が小さくなった。「わたしはお嬢さまのことが心配なだけなんです。あなたはかわいらしくてやさしくて善良で、わたしが思うにちょっと世間知らずな方です。あなたが彼に利用されるのを見たくないんです」

クラリッサは怒りに燃えながら顔をそむけた。エイドリアンはやさしさと思いやりを示してくれただけなのに。彼はわたしの話を聞いて、わたしが不便に思っていることや望んでいることを心に留め、便宜をはかってくれた。一度だってわたしを利用したことなどない。一瞬、大きなお世話だとジョーンに言ってやろうかと思ったが、それではエイドリアンがかわいそうだ。大切な彼のために誤解を晴らすべきだろう。それに、ひとりぐらい味方がほしかった。たとえそれがただのメイドであっても。

ジョーンに髪をおろしてもらうために鏡台のまえの椅子に座ると、クラリッサは咳払いをし、エイドリアンに初めて会った夜のことを詳しく話した。二度目に会ったときのことも、そのあとのことも、何ひとつ洩らさずに語った。すべてを話し終えてから、ジョーンに聞かれてしまった継母とのやりとりまでくると、クラリッサは口をつぐんで待った。

「すばらしい方のようですね」ジョーンは静かな声で言った。「陰でささやかれているようなこととは無縁の」

「ほんとうにすばらしい人なのよ」とクラリッサは言った。そして、湧《わ》いてきた涙を瞬きでこらえた。こっけいな話だが、メイドがエイドリアンをいい人だと思ってくれたことがとてもうれしかった。もちろん彼の家族は彼をすばらしい人だと思っている。だがそれは当たり前だ。ジョーンのおかげで、自分のエイドリアンへの思いを客観的に確認できてうれしかった。

「それなら」クラリッサの髪にブラシをかけ終えてジョーンは言った。「これからも彼に会うべきですわ。またピクニックの手配をしていただいて、楽しむべきです」

「ほんとにそう思う？」とクラリッサはきいた。

「思いますとも」メイドはきっぱりと答えたあと、こう付け加えた。「わたしはここにご奉公にあがってからというもの、これほど幸せそうなお嬢さまは見たことがありません。彼のお話をなさっているとき、お嬢さまは目を輝かせて、口元におだやかな笑みを浮かべておいででした。まだ彼に恋していないのだとしても、すぐにそうなるのはまちがいありません」

　クラリッサはメイドに言われたことに驚いて目をぱちくりさせ、寝支度がすむまでずっと黙っていた。ジョーンは上掛けをめくり、クラリッサがベッドにすべりこむのを見守ると、おやすみなさいませと告げて部屋から出ていった。ジョーンがドアを閉めたときも、クラリッサの頭のなかではまだメイドのことばが響いていた。

〝わたしはここにご奉公にあがってからというもの、これほど幸せそうなお嬢さまは見たことがありません。彼のお話をなさっているとき、お嬢さまは目を輝かせて、口元におだやかな笑みを浮かべておいででした。まだ彼に恋していないのだとしても、すぐにそうなるのはまちがいありません〟

　ほんとうかしら？　わたしは彼に恋することになるの？　それとも、もう恋しているの？

クラリッサにはわからなかった。わかるのは、エイドリアンのことが好きで、彼がそばにいないと退屈でつまらなくて、彼が現われると生き返ったような気がするということだけ。彼とともに笑ったこと、楽しく話をしたこと、そしてキスされたこと……そういったことばかり考えてしまう——そして、今度会ったらあのキスをもう一度経験することになるのかもしれないということを。それらすべてが、彼と恋に落ちることを示しているような気がした。もしそうなったら……世界で一番すばらしい気分になれるだろう。もう一度エイドリアンに会うのが待ちきれなかった。

だが、どうすればまた会えるのかわからなかった。

7

「お嬢さま、ショールでございます」

防寒具を手にしたジョーンが急にかたわらに現われ、クラリッサは困惑して目をぱちくりさせた。「ショール?」

「はい。寒いからショールを持ってくるようにとのお申しつけでした」ジョーンはきっぱりとそう言うと身をかがめ、クラリッサのスカートの一部を見て舌打ちをした。「ブルードマンさまの舞踏会の夜にこぼされたパンチが、きちんと染み抜きされていないようです。わたしが階上《うえ》にお連れしますから、着替えられたほうがよろしいかと」

「え?」クラリッサは目をすがめてスカートを見おろした。そうしたからといって見えるわけではないが、パンチをこぼした夜に着ていたのがこのドレスではないことには自信があった。あれはフォレストグリーンのドレスだったはずだ。

「ええ、そうね、階上に連れていってやって、ジョーン」明らかにいらだった様子でリディアが言った。「うちでの初めての舞踏会なんだから、この子に染みのついたドレスを着せておくわけにはいかないわ。だれにも気づかれていないといいけど」

「どなたもお気づきではありませんわ、奥さま」ジョーンはなだめるように言い、クラリッサを強引に引っぱって立たせた。

「でも……」クラリッサは言いかけたが、ジョーンにたしなめられ、そそくさと舞踏室から連れ出された。メイドは話をさせてくれなかったが、廊下に出るとようやくささやき声で話すことができた。「これはブルードマン家の舞踏会でパンチをこぼしたときに着ていたドレスじゃないわ」

「わかっております、お嬢さま」メイドは認めて言った。「ですが、レディ・クランブレーは記憶力がよくありませんから。わたしはあなたをあそこからお連れしたかったんです」

「どうして?」クラリッサはびっくりしてきいた。

「裏口にあなた宛ての手紙を届けにきた少年がいて、その子はあなた以外には手紙をわたさないと言っているんです」

「まあ」とクラリッサは言った。「なんの手紙かしら」

「わかりません。でも、階上に行く途中、わたしが裏口を通りかかったのは幸運でした。そうでなければおそらくフォークスが出て、奥さまのお耳にはいっていたでしょう」

クラリッサは顔をしかめた。フォークスはとても堅苦しくて融通がきかないから、絶対にリディアに報告していただろう。うれしいことにそれがエイドリアンからの手紙だとしても、その内容を知ることはけっしてなかったはずだ。リディアはその手紙を奪ってクラリッサの目のまえで焼いてしまうだろうから。

「エイドリアンからの手紙かしら？」期待をこめてジョーンに尋ねた。一週間まえのデヴェロー家の舞踏会の夜から彼に会っていなかった。ピクニックでの彼の心遣いと、彼がしてくれたキスのことしか考えられなくなっていた。彼に会いたくてしかたがなかった。

「わかりません。でも、もしそうだったら、こんなふうに手紙をよこすのはやめていただくようにお伝えください。そしてこれからは、わたしのところに少年をよこすようにと。かわいそうな少年がわたしに手紙を持ってきたところで、だれの注意も惹かないでしょう。わたしの弟だと言えばいいんですから」

「弟さんがいるの？」いっしょに玄関に向かいながら、クラリッサは興味深げに尋ねた。

「いいえ」とジョーンははっきりと言った。「家族はもうひとりもいません」

「あら、ごめんなさい」クラリッサはつぶやくように言ったが、ジョーンは肩をすくめただけでドアを開けた。すると、階段の上に六歳ぐらいの幼い少年がいた。

「さあ、お連れしたわよ」ジョーンはそう言って、クラリッサを示した。「手紙をよこしなさい」

汚れた顔の少年は、大きな目でクラリッサをじっと見あげた。そして、シャツのふところから出したものを差し出した。「手間賃に小銭をもらえるって言われたんだけど」

「あら」クラリッサは目をみはり、当惑し、そのあとジョーンを見た。「小銭入れは階上の部屋に置いたままだわ」

「ほら」ジョーンはスカートのひだのなかから小さな袋を出して、少年にお金をわたした。

「さあ、もう行きなさい」

「ありがとう、ジョーン」クラリッサはドアを閉めたメイドに言った。「お金はあとでわたしの小銭入れからとってちょうだい」

「わたしがあなたのお財布を開けるわけにはいきませんわ、お嬢さま」ジョーンはつぶやくように言い、廊下を見やった。フォークスが現われて、こちらに歩いてくるところだった。

メイドはクラリッサから手紙をとりあげると、それをあいだに隠すようにして女主人の腕をとり、大きな声でこう言いながら階段に向かった。「まいりましょう、お嬢さま。細心の注意を払ってお着替えをしなければ」

手紙を開いて読むのは部屋に着くまで待たなければならなかった。当然、眼鏡がなければまったく読むことはできないので、ジョーンに手紙を託して代わりに読んでもらった。

「〝噴水のところで会おう〟と書いてあります。〝A・M〟と署名が」

「A・M？　エイドリアンだわ」クラリッサはうれしそうに言った。

「今後お手紙はわたし宛てにしてくださるようお伝えくださいね」ジョアンは懸念を繰り返した。「もしフォークスが受けとって、奥さまの手にわたるようなことになったら……」

「わかったわ」とクラリッサは答えたが、メイドがドアに急がせるので、驚いてあたりを見まわした。「先に着替えなくていいの？」

「お着替えはあとにしましょう」ジョーンはきっぱりと言った。「今お着替えをなさったら、このあいだのようにあの方にドレスをしわくちゃにされて、またお着替えをなさることになりますから」

「ええ、きっとそうね」とクラリッサは言ったが、このあいだどうしてドレスがしわくちゃになったのかを思い出して頬を赤らめた。彼はまたキスするかもしれない。そう思うと靴のなかでつま先が丸くなるのがわかった。

ジョーンは使用人用の階段を使ってクラリッサを一階に連れていき、廊下にだれもいないのを確認して、客人や使用人に会うのを避けるためにダイニングルームのフレンチドアから外に出るようにうながした。メイドはドアのそばに立ち止まり、クラリッサを見てきいた。

「ここからおひとりで大丈夫ですね？」

「ええ」クラリッサはうなずいた。町屋敷のいいところのひとつは、建物の周囲や敷地についてちゃんと把握できていることだった。だれかの助けがなくても噴水にたどり着ける自信はあった。

「わかりました。では、わたしはあなたをこっそり階上にお連れするためにここで待っております。しばらくおふたりきりになりたいでしょうから」とジョーンは言った。そして最後にこう付け加えた。「お気をつけくださいましね」

「わかったわ」クラリッサは殊勝に言ったが、返答する声からジョーンが眉をひそめているのがわかった。

「やはりわたしがごいっしょしましょうか。もしお嬢さまが——」

「いいえ、いいの」クラリッサはあわてて言った。「わたしは大丈夫よ。あなたをあまり待たせないようにするわ」

「いいえ、どうぞゆっくり時間をかけてください。お嬢さまを急がせてけがをさせたくありませんから」とジョーンは言い張り、ドアを開けてそそくさとクラリッサを押し出した。

クラリッサはドアを通りぬけ、噴水のある場所につづいている小道のほうへとすばやく、しかし慎重に進んだ。小道はすぐに見つかり、エイドリアンに会えることにわくわくしながら先を急いだ。この一週間というもの、リディアは外出の予定をすべてとりやめ、訪問者もだれひとり受け入れなかった。だれが訪ねてきても、フォークスが応対に出て、奥さまとお嬢さまはお客さまをお迎えいたしませんと答えた。これが罰を意味しているのか、クラリッサをエイドリアンに会わせないためにわざとやっていることなのかはわからなかったが、結果は同じだった。一週間も彼に会えずにいるのだから。

リディアはハヴァード夫人とアチャード夫人の訪問まで拒んだので、クラリッサは驚いた。三人の婦人たちはこれまでつねにいっしょだった。リディアがプリュドムと関係をもっていたのではないかというクラリッサの予想はどうやら当たっていたらしい。屈辱感から関係者全員に会うのを拒んでいるのだ。

前方にぼんやりと噴水の形が見えてきて、早くエイドリアンに会いたい一心で足を速めた。すると……何かにぶつかった。木の枝のようだが、クラリッサには見えなかった。頭のなかで光がはじけて痛みが襲い、一メートルほどまえにつんのめり、倒れるのがわかった。

次に目を開けると、心配そうな声が繰り返し彼女の名前を呼んでいた。エイドリアンの声だとわかるまで間があった。瞬きをすると、痛みが襲ってひるんだ。単なる頭痛などの比ではない、激しい痛みが額に広がっている。クラリッサは急いでまた目を閉じた。

「ああ、よかった」エイドリアンが耳元でつぶやき、額にキスをするのがわかった。

「エイドリアン？」無理にまた目を開けようとした。クラリッサのすぐ上にある彼の顔は暗かったが、めずらしくほぼはっきりと見分けることができた。

「大丈夫かい？　噴水のなかにきみを見つけたとき、死んでいるのかと思ったよ」

「噴水のなか？」クラリッサは困惑して尋ね、彼の顔に触れようと手を上げて眉をひそめた。

「どうしてわたしは濡れているの？」

「噴水のなかにいたからだよ」エイドリアンはゆっくりと繰り返した――ゆっくり言えば理解するのが楽になるだろうというように。そしてクラリッサの上体を抱き起こした。「気分はどう？　ものが二重に見えるとかいうことは？」

「大丈夫みたい」クラリッサはなんとか完全に体を起こして自力で座り、あたりの闇に目を凝らした。噴水のすぐ脇にいることはわかった。エイドリアンも濡れていた。噴水からわたしを助け出したときに濡れたのだろう。

噴水をじっと見た。視力が悪くてもどういう形かはちゃんとわかっている。記憶にあるかぎりずっとそこにある立派な噴水で、子供のころは大好きな遊び場だった。基部は巨大だがかなり浅く、水位は五、六十センチほどのものだ。だが溺《おぼ》れるには充分だ。「わたしは噴水のなかにいたの？」と繰り返した。

「そうだよ」

「そこで何をしていたの？」わけがわからずにきいた。

「浮かんでいた。倒れこんで溺れたんだと思った」

「倒れこんだ」早くエイドリアンに会いたくて、走っていたら木の枝にぶつかり、まえに倒れたのを思い出した……つまずいて噴水のなかに倒れこんだのだ、と気づいてクラリッサは顔をしかめた。やっぱりきれいなドレスに着替えておかなくてよかった。

「きみがそこに倒れているのを見たとき、息が止まるかと思ったよ」エイドリアンは陰鬱《いんうつ》につづけた。「何をしていたんだ？　どうしてこんなことに？」

「言われたとおり、あなたに会いにきたのよ。でも、木の枝に頭をぶつけたの。気を失うまえに倒れたのを覚えてるけど……」クラリッサは眉をひそめたあと、首を振った。「きっとつまずいて転んだのね」

「ぼくに会いにきた？」とエイドリアンがきいた。

声に驚きを聞きとって不審に思った。「ええ、手紙をくれたでしょ。それでわたし――」

「お嬢さま？」

ふたりは振り返り、小走りに近づいてくる人影にじっと目を凝らした。「お邪魔をして申し訳ありませんが、奥さまが捜しておられます。まいりましょう、お嬢さま。お着替えをしなければなりませんし……」ジョーンはそこまで言うと、驚いて尋ねた。「まあ、ドレスをどうなさったんですか？」

「大丈夫よ、ジョーン。ちょっと濡れただけだから」とクラリッサが言った。エイドリアンが立つのを手伝ってくれた。

「まあ！　やっぱりわたしがごいっしょすればよかったんですわ」メイドは首を振り、憤慨したようにつづけた。「この次はかならずそういたします。さあ、まいりましょう」

「もう行かなくちゃ」クラリッサはジョーンに引っぱられていきながら、申し訳なさそうに言った。「お話ができなくて残念だわ。あなたのお手紙を受けとってすぐに来たというのに。たぶんまたすぐに会えるわね」

「手紙？」ふたりが暗い小道を歩いて木立の向こうの屋敷に消えるのを見送りながら、エイドリアンは眉をひそめた。手紙など送っていなかった。だが、クラリッサとふたりきりで話すことができないとさとったレジナルドが、手紙を託したのかもしれない。いとこには、到着したらすぐにクラリッサのところに行き、この噴水のところで会ってほしいと伝えるようたのんであった。会う場所としてエイドリアンが提案できるのはここだけだった。クランブレーの屋敷はなかも外も見たことはなかったが、デヴェロー家の舞踏会でのピクニックのとき、クラリッサは噴水のことを話していた。自分の屋敷にもデヴェロー家と同じような噴水があると。

エイドリアンはため息をつき、振り返って噴水をじっと見た。クラリッサが気に入っているのも納得できた。ここに立って心安らぐ水の音を聞いていると、実におだやかな気分になった。だが、クラリッサの体がそのなかに浮いていたときは、とても心おだやかどころではなかった。

エイドリアンは身震いし、両手で顔をぬぐってその記憶を追いやった。裏門を乗り越えて庭に侵入したあと、そんなものを見ることになろうとはまったく思っていなかった。すべてはやむにやまれぬ思いから生まれた計画だった。クラリッサに会い、初めてのキスを交わしてから一週間がたっていた。あの晩はとても幸福な気分でうちに帰った。計画は申し分なくうまくいった。彼女はよろこんでいた。キスというすてきなおまけまでついた。ピクニックは成功裏に終わった。そんな思いきった行動に出るつもりはなかったのだが、月の光を浴びて立っているクラリッサの、幸せに輝く目と、バラの花びらのように美しくベルベットのような唇がやわらかなカーブを描くのを見たら、自分を抑えることができなかった。彼女の唇に浮かんだあの輝くような幸せを口に含みたかった。

だが、キスをしたあとで自分の失敗に気づいた。クラリッサはやわらかくて温かく、トーストにのせたバターのようにエイドリアンのなかでとけた。エイドリアンはキス以上のものがほしくなった。それであれほど急いでキスを終わらせてしまったのだ。デヴェローの屋敷をあとにしたときは、興奮すると同時に、また彼女に会いたくてたまらなくなっていた。

その後、エイドリアンは何度も計画を練った。今後の舞踏会でクラリッサを継母から引き離し、彼女とふたりきりになって本を読み聞かせたり、あるいは庭でダンスをしたり、またピクニックをしたり、あわよくばキスをするにはどうしたらいいか。母やふたりのいとこや、何人かの友人にまで協力を求めてその機会に備えた。だが、まったくそのかいもなかった。クラリッサと継母はそれから一度も舞踏会に出席していないのだ。

エイドリアンは男をひとり雇って、彼女たちが舞踏会に出られないようなどんなことをしているのか探り、クラリッサに会うために利用できる情報を集めることまでした。しかし、彼女たちはとくに何もしていないようだった。この一週間のあいだ、どちらの婦人も屋敷から出ていなかった。雇われた男がクランブレー屋敷の使用人に袖《そで》の下をわたして、ふたりとも病気ではないという情報を得ていなかったら、エイドリアンはひどく心配になっていただろう。クランブレー夫人がすべての舞踏会への出席を取り消し、すべての訪問客を断っているだけのことだった。エイドリアンのたのみで、またクラリッサを馬車で公園に連れ出そうとしたレジナルドまでが、門前払いをくわされていた。

クランブレー夫人はふたりのささやかなピクニックのことを知ってしまったのだろうか。エイドリアンが出席したある舞踏会で、プリュドムがいやみなもの言いをしたとき、その懸念は確信に変わった。そして、クラリッサの継母が計画している舞踏会のことを聞きつけ、クラリッサと話をするための計画を思いついたのだった。

エイドリアンはもちろん、母もいとこのメアリーもレジナルドさえも招待されていなかったが、レジナルドの友人のひとりが招待されていたので、今夜レジナルドはその友人の連れとして来ていた。彼が来た唯一の目的は、クラリッサをここに連れてきてエイドリアンに会わせることで、エイドリアンは裏門をよじのぼって侵入し、噴水を見つけてそこで彼女を待つことになっていた。レジナルドがクラリッサを外に連れ出すために到着するずっとまえから待っているつもりで、早くに家を出てきたので、噴水に到着するなりそのなかに浮かんでいるクラリッサを見つけたエイドリアンは驚いた。浅い水のなかに浮かぶ彼女のきゃしゃな体と、月光を浴びて広がるそのドレスと髪を見たときは、心臓が止まるかと思った。

「エイドリアン」

ささやき声で呼ばれてわれに返り、小道を振り返って見ると、レジナルドが急いでこちらに向かってくるところだった。

「来たね」いとこはエイドリアンのそばまで来ると立ち止まり、逢い引きのために選ばれた場所を見まわして満足げにうなずいた。「ここならよさそうだな」

「何に？」エイドリアンは困惑して尋ねた。

「クラリッサと会うのにだよ」とレジナルドは説明した。「と言っても、まだクラリッサに会っていないから、ここに来るように伝えてはいないけどね。着替えか何かのためにメイドが連れていってしまったらしくて、まだ戻ってきていないんだ。ぼくはきみに心配いらないと伝えるために出てきただけだよ。彼女はすぐにパーティに戻ってくるだろう。庭を案内してほしいと言って、ここに連れてくるよ。

いや、大丈夫、ぼくはここに残らないから」安心させるように言い添える。「彼女を連れてきたらすぐに退散するよ。そして、きみたちの逢い引きがすんだら彼女を屋敷のなかにエスコートするために、屋敷の入口付近で待っている」

困惑をつのらせながらエイドリアンはレジナルドを見つめた。「では、まだ彼女には伝えていないのか？」

「ああ。だから、彼女はいま自分の部屋に上がっているんだよ。ぼくが着いてからずっと」

「でも、彼女はぼくの手紙を受けとったと言っていたぞ」エイドリアンは眉をひそめた。

「ぼくはてっきりきみが彼女と直接話せなくて、代わりに手紙をわたしたのかと」

「いいや」レジナルドも眉をひそめた。「じゃあクラリッサはここにいたってことか？　もう彼女に会ったのか？」

「ああ」エイドリアンは考えながらつぶやいた。「ぼくが着いたとき、彼女はここにいた。気を失って噴水に浮かんでいたんだ。木の枝にぶつかって転んだらしい。それで噴水のなかに倒れこんだ」

エイドリアンは不意に視線を噴水に転じ、次に小道に向けた。レジナルドはうんざりしたような声をあげて言った。「レディ・クランブレーはばかだな。こんな事故にあってばかりいたらそのうち命を失うことになるぞ。かたくなに眼鏡をかけまいとしているせいで」

「その事故のことだが、疑わしくなってきた」とエイドリアンは言った。

レジナルドは目をしばたたいた。「え？」

「ぼくは彼女に手紙など送っていない。きみも彼女に伝えていないとすると、だれが伝えたんだ？」

いとこは眉を寄せた。「きみが手紙を送ったんじゃないのか？」と繰り返す。

「ぼくじゃないよ。なぜそんなことをしなくちゃならない？　きみが伝えてくれることになっていたのに。それに、クラリッサが眼鏡なしでは見えないのもわかっている。手紙を送っても読めなかっただろう。ぼくは文字でメッセージを伝えたりしない」

「メイドが読んでやったのかもしれない」レジナルドが指摘した。

「そうだが、問題はそこじゃない。ぼくが手紙を送っていないということだ」

「そうだな。すると……おい！」レジナルドは突然気づいた。「きみじゃないならだれが送ったんだ？」

「わからん」エイドリアンは眉をひそめ、小道に移動して頭上の枝を見あげた。クラリッサが頭をぶつけるほど低い枝は一本もない。ちゃんと小道を歩いてきたのなら。少し道をはずれていたのかもしれないが、それなら自分で気づいただろう。小道の脇には草が密生していて、長いスカートを穿《は》いて通りぬけるのは楽ではないはずだから。

クラリッサの額の傷を思い起こしながら、エイドリアンは振り返ってもう一度じっと噴水を見た。小道の端で転んだのにどうして噴水に倒れたのだろう？　いくら動転していたとしても、立っていたのなら……

「何をしているんだ？」レジナルドがそばに寄ってきて尋ねた。

「クラリッサは枝に頭をぶつけて噴水のなかに倒れたと言った」

レジナルドはあたりを見まわしてから首を振り、エイドリアンの考えたことを口にした。

「それは不可能だ。彼女が頭をぶつけるような枝は一本もない」

「そうなんだ」エイドリアンは眉を寄せて言った。「だが、ここに来るようにとだれかが彼女に伝えた。そして彼女は頭にけがをしてあの噴水に浮かぶことになった。もしぼくが来なかったら、クラリッサは死んでいただろう。実際、最初に見たとき、死んでいるのではないかと思った」

レジナルドは無言で噴水に目を走らせ、次に視線を移して木々を調べた。そしてまた噴水に戻った。「だれかが彼女をここにおびき出したと考えているのか……痛めつけるために？」

エイドリアンは黙ったままだった。口に出すとばかげた考えのように聞こえる。でも……

「なぜだ？」とレジナルドがきいた。どうやら彼の沈黙を肯定ととったらしい。「なぜ彼女に危害を加える？」

「わからない」エイドリアンは認めて言った。

いとこは眉をひそめて言った。「きみたちのことを知っている人間がほかにいるのか？ぼくだけじゃないのか？」

「よくわからない。母とメアリーはもちろん知っているが、彼女たちがこんなことをするはずはない」エイドリアンは眉を寄せた。「だが、プリュドムも知っているかもしれない」

「プリュドムが？」レジナルドが驚いて言った。

エイドリアンはうなずいた。「母がピクニックの手配をしてくれた夜、庭でぼくたちを見たのかもしれない。彼の姿を見たわけではないから思いすごしかもしれないが、このあいだの晩、〝月の光を浴びてクラリッサにキスをする〟ことについてほのめかされたよ」

「ふむ」レジナルドは顔をしかめた。「メイドは？」

「だれのメイドだ？　クラリッサのか？」エイドリアンは考えこみ、やがてうなずいた。

「ジョーンはおそらく知っているだろう。クラリッサを屋敷に連れかえったのは彼女だ。母親が捜しているからと言って。ぼくがいるのを見ても驚いていなかった」エイドリアンは首を振って付け加えた。「でも、眼鏡がないとクラリッサが読めないことは知っているはずだ」

「ふうむ」レジナルドは急に眉をひそめてきいた。「じゃあクラリッサはどうやって手紙を読んだんだ？」

「わからない」とエイドリアンは認めて言った。

ふたりはしばらく黙りこんだ。やがてレジナルドが言った。「どうしてこれがただの事故ではないと言いきれるんだ？——彼女はいつも事故を引き起こしているのに」

「ぼくはきみを通さないかぎり手紙を送ったりしないからだ」とエイドリアンが思い出させた。

「たしかに……」いとこは納得しかねる様子で言った。「手紙はだれかのいたずらだったのかもしれないが、そのあとのことはただの事故だよ」

「彼女が頭をぶつけるような木の枝はなかった」エイドリアンはそう指摘してからつづけた。「これまでの事故についてもなんだかあやしく思えてきたよ。彼女はやたらと事故にあっている——階段から落ちたり、一頭立て馬車のまえに飛び出すことになったり……」

「ちょっと待てよ、エイドリアン！　それには賛成できないな。クラリッサは眼鏡がないとコウモリみたいに目が見えないんだ。テーブルだと思ってぼくの膝にティーカップを置いたんだぞ」レジナルドは指摘した。「それにプリュドムのかつらに火をつけた。階段を転げ落ちたり、馬車のまえに飛び出すのは驚くようなことじゃない」

「そうだろうな」エイドリアンは認めながらもこう付け加えた。「クラリッサと話す必要がある」

「彼女をここに連れてくるのはおそらく無理だ。もう時間が遅い。それに、ぼくが話をしようと呼びとめたとき、あの継母は彼女を捜しにいこうとしていた。クラリッサはいま着替え中だ。継母が長いこと彼女を目の届かないところに置くとは思えない。今夜はもうあきらめて、明日のためにもっといい計画を練ったほうがいい」

エイドリアンは同意ともとれる不満の声を発したが、視線は屋敷の二階の窓に向けていた。少しまえにろうそくの明かりが部屋を満たしており、今はふたりの女性のシルエットが見えた。大柄なほうが小柄なほうの服を脱がせはじめたので、クラリッサと彼女のメイドだということがわかった。エイドリアンは彼女の衣類が一枚一枚取り去られるのを眺めた。

「聞いているのか、エイドリアン？」

眉をひそめてしぶしぶ横を向き、レジナルドを見た。「なんだ？」

「ぼくはパーティに戻って、いとまを告げてから帰ると言ったんだ」

「わかった」エイドリアンはもごもごと言うと、すぐ窓に視線を戻した。いとこが何か言って去っていくのがぼんやりとわかったが、意識の大部分は寝室で行なわれていることに向けられていた。

見あげつづけていると、ふたりの女性はろうそくの光とともに部屋を出ていった。そのとき、エイドリアンは自分のすべきことがわかった。クラリッサの部屋によじのぼって、彼女が戻るのを待つのだ。そして、今夜のことやこれまでに遭遇した事故について問いただそう。心配すべきことがあるのかどうかがわかるはずだ。

自分の計画に満足を覚え、屋敷に近づいて、クラリッサの部屋の窓に近い木を調べた。これなら楽に登れそうだ。


「パーティは思いのほか早く終わりましたね」

クラリッサはジョーンのことばに軽く微笑み、うんざりしたように肩をすくめた。

「ええ。リディアはよろこばないでしょうね。わたし、最後のお客さまたちが帰るときに逃げてきたの。八つ当たりされたくないから」

上首尾なパーティは夜明けまでつづく。つまり、リディアのパーティは上首尾にはいかなかったということだ。継母は怒り狂うだろう。機嫌のいいときでさえ気が短いのだから、明日は耐えがたい日になるにちがいない。クラリッサはジョーンにドレスを脱がせてもらいながらひとり言をつぶやいた。

「頭をどうなさったんです？」ドレスを頭から引きぬこうとしてメイドが尋ねた。

クラリッサは思い出したくない頭の傷のことを指摘されて顔をしかめた。幸い、枝がぶつかったのは額の高い位置、ほとんどこめかみに近いあたりなので、おおかたは髪で隠せていたが、そこに傷があることは見なくてもわかった。夜じゅうずっとずきずきしていたからだ。だが、こう言うにとどめた。「朝にはよくなってるわ。まちがいなく」

「痛みますか?」ジョーンが心配そうにきいた。「お薬をお持ちしましょうか?」

「いいえ、いいの。ありがとう、ジョーン。大丈夫よ」

メイドはためらったのち、うなずいてドレスを抱えると、明日洗濯できるように衣装だんすのそばの椅子にかけにいった。「そう言えば、今後はわたし宛てにお手紙を送られるよう、ロード・モーブレーにお話ししていただけましたか?」

「いいえ。実を言うと話すチャンスがなかったの。どうしてわたしに会いたいと思ったのか尋ねる機会すらなかった」と白状すると、大事な機会を逃したとばかりにジョーンが舌打ちするのが聞こえた。でも、そんな機会なんてなかったのに! ろくに話もしないうちに、新しい乾いたドレスに着替えるために急いで屋敷に連れ戻されたのだから。あと一分でもエイドリアンと話す時間をもてていたら、どうしてわたしに会いたいと思ったのか尋ねていただろう。でも、あのときはどうしてそんなに時間がかかっているのかいぶかしく思ったリディアが階上に向かおうとしていたのだから、わたしを連れ戻しに来たジョーンの判断はまちがっていなかった。

「さあ」メイドはクラリッサの頭からナイトガウンをかぶせて言った。「よく眠れるように温かいココアをお持ちしましたよ」

「ありがとう、ジョーン。ほんとうに、何から何まで」クラリッサはあらたまって言った。

「いいんですよ、お嬢さま」メイドは静かにそう言うと、ドアへと移動した。「おやすみなさいませ」

クラリッサはドアが閉まる音を聞いて、ベッドに向かった。ジョーンがベッドサイドにろうそくを置いてくれたので、あとは火を吹き消すだけでよかった。炎に近づきすぎないように気をつけながら吹き消し、横になった。頭が痛み、くたくたに疲れていた――あまりに疲れすぎていて、ココアのいい香りに気を惹かれることもなかった。

横たわったまま、どうしてエイドリアンはわたしに会いたがっていたのだろうと考え、彼と触れ合えるもっといい機会があればいいのにと思った。彼がいっしょだと、人生はいつだってわくわくするものになるのだから。クラリッサは微笑みながら眠りに落ちた。

8

クラリッサはエイドリアンの夢を見ていた。彼は小さなボートで湖に彼女を連れ出し、おだやかな水面でボートをこぎながら、詩を暗唱してくれていた。それはプリュドムが朗読した詩とちがって、果てしない情熱と不滅の愛を詠《うた》った、美しく、胸が締め付けられるようなものだった。しかし、エイドリアンは突然暗唱をやめ、首をかしげて言った。「クラリッサ？いったいどこにいるんだ？　痛っ！　ちくしょう。クラリッサ？」

眉をひそめ、瞬きをして目を開けると、いきなりすっかり目が覚めた。しかし、夢は終わっていなかった。すぐにエイドリアンの声が聞こえたからだ。

「クラリッサ？　何か言ってくれ。まったく何も見えないんだ」

「エイドリアンなの？」眠たげにつぶやいた。

「クラリッサ？」暗闇のなか、彼のささやき声がベッドの足元の向こうのほうから聞こえてきた。

目覚めてはいたがまだ混乱したまま、クラリッサは首を左右に振った。まだ夢を見ているにちがいない。今は真夜中だ。エイドリアンがわたしの寝室にいるわけがない。そうよね？

「痛っ」

いったいどういうこと……？　クラリッサはベッドの上に起きあがり、疑わしげに暗闇のなかに目を凝らした。「エイドリアン？」

「そうだよ。どこにいるんだい？　まるっきり何も見えない。しゃべりつづけてくれ。きみの声をたよりに――痛っ！　ちくしょう。なんだって部屋のまんなかに家具があるんだ？」

彼がぶつかってきてベッドが揺れた。クラリッサは闇に目をすがめ、驚きを隠せずにささやき声で尋ねた。「ここで何をしているの？」

「きみと話をする必要があるんだ。だが、普通の方法では会えないようだから、ぼくは――これはなんだ？」話の途中で、彼は驚いてきいた。

「毛布をかけたわたしの足よ」そっけなく答え、つま先を動かした。そして彼のほうに手を伸ばした。目が見えないことには慣れていたが、少なくともたいていぼやけた色ぐらいは見える。しかし、まっ暗闇ではお手上げだ。クラリッサは彼の胸と思われるものに触れた。少なくとも、胸であればいいと思った。その手にエイドリアンの手が重ねられると、クラリッサは彼をベッドの頭のほうに引き寄せた。

「ろうそくはある？　ここは夜のようにまっ暗だ」

クラリッサは笑いをこらえきれなかったが、口に手を当てて声を殺しながら指摘した。

「ろうそくを灯《とも》したら、明かりを見られて注意を惹くかもしれないわ。いいから座って、窓からよじのぼってこなくちゃならないほどの重大事について話してちょうだい」と言ってから、こう言い添えた。「そうやってはいってきたのよね？」

「そうだよ」エイドリアンは息をついた。彼の重みでベッドが沈んだ。すぐにクラリッサが脇に寄って場所をあけると、彼はそこに移動し、咳払いをしてから言った。「すまない。まだちゃんと目が覚めていないようだ」

「目が覚める？」クラリッサは驚いてきいた。彼はちゃんと目が覚めていたはずだ。そうでなかったら、どうしてここまでよじ登ってこられたの？

「パーティが終わってきみが部屋に引っこむのを待っているあいだに、窓の外の木の上で眠りこんでしまったんだ」と彼は白状した。

クラリッサは心配そうに顔をくもらせた。「落ちてけがをしていたかもしれないじゃないの！」

「いや、それは……木に登ったときは眠るつもりじゃなかったんだ」エイドリアンが指摘した。

「ええ、それはそうでしょうね」

「まあ、そうだが……」

「実際に夜よ」

エイドリアンはもう一度咳払いをし、どうにか気恥ずかしさを乗り越えると、こう言った。
「無作法なことをしてすまない」

クラリッサはおもしろそうに言い返した。「わたしたちのやることって、ほとんどがそうみたいね」

「ああ、そのようだ」彼の声から微笑んでいるのがわかった。だが、次に口を開いたとき、彼の口調はまじめになっていた。「きみがぼくから受けとったという手紙についてききたいことがあったんだ」

「ええ、そうよね。話をするチャンスがなくて残念だったわ。何がそんなに知りたいの？」

「ぼくはきみに手紙を送っていない」

「送っていない？」クラリッサはぽかんと聞き返した。

「ああ」

「でも、Ａ・Ｍと署名があったわ」

「でも送っていないんだよ」エイドリアンはきっぱりと言った。「それと、今後のために言っておくと、ぼくはＡ・Ｍなどという署名は絶対にしない」

クラリッサはしばし考えをめぐらせた。それはたしかなのかと尋ねたかったが、ばかげた質問に思われた。手紙を送ったか送らないかぐらい、本人ならわかることだ。ようやく彼女はきいた。「じゃあだれが送ったの？　なんのために？」

「気になるのはそのことなんだ、クラリッサ」声の様子から眉をひそめているのがわかった。そしてこうも言った。「枝にぶつかったという事故がほんとうに事故なのかどうかも疑わしくなってきた。きみがこれまでにあったほかの事故についてもだ。階段から落ちたときのことを話してほしい」

クラリッサの眉が吊りあがった。「おかしいことは何もないわ。歩くときはいつも召使に付き添ってもらうことになっているんだけど、あの朝はそれががまんできなくて」と悲しげに打ち明けた。「手を貸してもらわなきゃならないなんてばかばかしい気がして、ひとりで階段をおりたの。階段のところに行くまではよかったんだけど、いちばん上の段にあったものにつまずいて、転げ落ちたのよ」

「なんにつまずいたんだい?」

クラリッサは驚いて目をぱちくりさせた。「わからないわ。わたしは足首をひねってちょっと痛めてしまったの。ジョーンとフォークスが大騒ぎをしたものだから、何につまずいたのかたしかめてもらうことは思いつかなかった」

「ふむ。階段の上に何かあると言った人はいた?」

クラリッサは首を振り、彼には見えないのだと気づいて言った。「いいえ」

エイドリアンはじっと考えてから言った。「もう少しで馬車に轢《ひ》かれそうになったときのことは?」

「ああ」クラリッサは思い出してため息をつき、すぐに説明をはじめた。「死ぬほど退屈していたとき、コックが市場に行くと言っているのが聞こえたの。果物を少し買いたかったから、わたしもいっしょに出かけた。コックはわたしの腕をとって市場まで連れていってくれたわ。わたしたちは市場の端の野菜の出店のところで立ち止まった。コックが買い物をしているあいだ、わたしは野菜を見ていることになった。彼女がそばを離れていたほんの一瞬のあいだにそれが起こったの。いきなりだれかがわたしにぶつかってきた。予想もしていなかったから、わたしはびっくりしてバランスをくずした。道の玉石に足をとられ、まえに倒れて膝《ひざ》をついた。何かが振動する大きな音が聞こえて、顔を上げると巨大な影がわたしのほうにやってくるところだった。馬車がすぐ近くまで迫っていたの。でも、すんでのところで御者が馬車を停めてくれた。馬たちはうしろ脚で立っていたわ」クラリッサはまじめな顔つきで付け加えた。「わたしはほんとうに好運だった。きっとこれまでも運がよかったんだと思うわ」

「ぶつかってきたのはだれだった?」とエイドリアンがきいた。

クラリッサは首を振った。「わからない。コックが急いでやってきて、大丈夫かときいた。そして、わたしを怒鳴りつけている御者に怒鳴り返したあと、わたしを急いで家に連れ帰ってジョーンにたのんで着替えをさせ、擦り傷の手当てをさせて、自分はまた市場に戻ったの」そう言って顔をしかめる。「結局果物は買えなかったわ」

「ふむ」エイドリアンはしばらく黙っていた。「クラリッサ、今夜のことだけど、ぼくが送ったことになっていた手紙をきみは実際に見たのか？」

ベッドの上で彼が身を寄せてきたのがわかった。耳元に彼の息を感じ、クラリッサは身震いした。咳払いをして答えた。「もちろん見たわ。どうしてもわたしに直接手わたすと男の子が言い張ったから。そのためにジョーンは舞踏室からわたしを連れ出さなくちゃならなかった」

「きみはそれを読んだのか？」

「いいえ」クラリッサは眉をひそめて言った。「わたしは見えないから読めないわ。ジョーンに読んでもらったの」

エイドリアンはしばらく考えてから尋ねた。「その少年が持ってきたと思われる手紙はまだ手元にあるのか？」

「持ってきたと思われる？ あなたはずっとそんな言い方をしてるけど、わたしは実際に見たのよ、エイドリアン。手紙はたしかにあったわ」

「ああ、でもきみは読んでいない」

「ジョーンが読んだわ」エイドリアンが黙りこんだので、クラリッサは眉をひそめた。「いったい何を考えているの？」

「わからない」エイドリアンはため息をついて言った。「きみが階段から落ちたときは、フオークスとジョーンがそばにいて、最初に駆けつけた。市場ではコックがそばにいた。それなのに、きみが何につまずいたのかも、だれがきみを通りに押し出したのかも、だれも調べようとしていない」

「ぶつかっただけよ。押し出されたわけじゃないわ」クラリッサは訂正した。「それに、どちらのときも、わたしの無事をたしかめるのに忙しくて、そういったことにまで気がまわらなかったのよ。わたしも思いつかなかったわ。たしかにわたしはしょっちゅう事故にあうし、ついうっかりみんなの足を踏んだり、知らないうちに何かをぶつけたりしてるから、使用人たちには嫌われていると思うけど、父の屋敷の使用人全員がわたしを殺そうとしているなんて考えているわけじゃないわよね？」

「いや。もちろんそんなことは考えてないよ」エイドリアンは急いで言うと、ため息をついた。「ろうそくをつけて手紙を探してくれないかな？」

クラリッサはためらい、笑いそうになって思わず小さく鼻を鳴らした。「明るくすればわたしでも見えるみたいな言い方ね」

首を振りながらベッドからおり、そろそろと鏡台のほうに向かいはじめた。両手をまえに出して慎重に進んだが、鏡台が見つかったのはそれの脚につま先をぶつけたからだった。顔をしかめ、さっきエイドリアンが口にしたのと似ていなくもない悪態をつきたくなるのをこらえた。両手を下げて鏡台の上を探った。部屋にはいったとき、ジョーンが手紙を鏡台の上に置いたのをぼんやり記憶していた。たぶんここのどこかに――紙に手が触れ、クラリッサはこれだと思った。それを持ってまたベッドに向かった。

急に部屋が明るくなった。クラリッサはびくりとしてベッドに戻る途中で立ちつくした。きっとエイドリアンがベッドサイドテーブルのろうそくをつけたのだろう。立ったまま目をしばたたかせていると、エイドリアンがテーブルに背を向けて近づいてきた。クラリッサは手紙を差し出し、彼が読むのを待った。

「どう？」読み終えるだけの時間がたったと思ったので、きいてみた。

「きみの言ったとおりのことが書かれているが、ぼくの字ではない」と説明し、つぶやくように言った。「当然だ。ぼくは送っていないんだから」

「じゃあ、だれが送ったの？　わたしたちのことを知っているのはあなたのいとことわたしのメイド……それにプリュドムだけよ」

「プリュドムが知っている？　それはたしかなのか？」エイドリアンが鋭くきいた。

「ええ。あなたがわたしのためにピクニックをしてくれた夜、リディアといっしょに庭を散歩していたらしいの。サロンのドアのところでキスしているところを見られたわ」とクラリッサは白状した。「だからリディアも知ってる」

「プリュドムは知っているんじゃないかと思っていた」エイドリアンはそうつぶやくと、顔を上げた。クラリッサは見られているのがわかった。ナイトガウンしか身につけないで立っていることが、急にひどく意識された。体の上を移動していくエイドリアンの視線が感じられるほどだった。それに反応して小さな震えが走った。胸のまえで腕を交差させたい思いにかられたが、がまんした。

沈黙が長いことつづいた。ようやく口を開いたエイドリアンの声はかすれていた。「クラリッサ、これからきみにキスをするよ」

クラリッサは息を吸いこんだ。その宣言に興奮が体を駆けぬけたが、撤回されると流れ去った。「いや、やっぱりやめておこう」

「どうして？」とクラリッサはきいた。期待に代わって落胆が彼女を満たした。

「ひどく無作法な行為だから」エイドリアンの声はつらそうだった。

「でも、わたしはあなたにキスされるのが好きなのに」クラリッサはそう言って顔をくもらせた。

「ああ、そんなことを言わないでくれ」エイドリアンはうめくように言った。「紳士であろうとしているんだから」

「紳士は淑女にキスをしないの？」軽く微笑んで尋ね、思い出させる。「プリュドムの舞踏会ではキスしてくれたわ」

「ああ。でも、あのときは今とはちがう」なんとか思いとどまらせようとする。

「どうして？」

「半裸で寝室にいたわけじゃないから」

「それなら服を着るわ」

小さな笑い声を洩らし、エイドリアンが突然身を寄せてきた。クラリッサは動けなくなり、一瞬心臓が止まった。そして、唇が重ねられると彼のなかにとけこんだ。

プリュドムの舞踏会の夜、熱く激しくキスに応えたのは、あのとき飲んだ少量のワインのせいではなかったようだ。クラリッサは今もあのときと同じ興奮を感じた。お酒は一滴も飲んでいないのに。

体はどうすればいいか知っているようで、エイドリアンにぴったりと寄り添っていた。両手が彼の首に伸びていってさらに引き寄せると、まえのときと同じように彼の舌が差しこまれた。今回は急な侵入者にも驚かなかった。体が硬くなる代わりに、膝の力が抜けた。彼の腕にしっかり抱きしめられていなかったら、床に座りこんでいただろう。

クラリッサは彼の口のなかで吐息を洩らし、歓びにあえいだ。そして次の瞬間、驚いて息をのんだ。エイドリアンが彼女を抱きあげ、ベッドの端に運んで座らせたのだ。

「こんなことをしてはいけないんだ」キスを解いてクラリッサの頬につぶやくと、首から耳へと唇を移動させた。

「ええ、いけないわ」そう言いながらも、クラリッサの手は彼の肩から胸の上部へとおりていき、首を傾けて彼が触れやすくした。

「これではきみに敬意を払っていることにはならない」エイドリアンのことばには後悔がこめられていた。うずくような興奮が体じゅうに広がり、つま先まで達すると、クラリッサは身震いした。今は敬意などどうでもよく思えた。これが無礼なことなのだとしても、わたしは気に入ったみたい。たぶんわたしは立派な淑女じゃないんだわ。

「やめろと言ってくれ」首に沿ってキスをしながらエイドリアンはつぶやいた。

クラリッサは口を開けた。すると、彼の手に胸を包まれて息をのんだ。

「ああ」体を弓なりにそらせて愛撫に応えながらあえいだ。「たぶん……たぶんこれって……ああ」ナイトガウンの上からやわらかな肉をもまれて思わず吐息が洩れた。クラリッサの体はなじみのない感覚の波に襲われた。興奮のせいで筋肉はすっかり収縮してちぢこまり、体の下のほうに熱がたまっていく。なんだかすごい。

「たぶん、なんだい？」いくぶん息を切らしながらエイドリアンがきいた。

「たぶんあなたはもう一度キスするべきよ」クラリッサはあえぎながら言った——言おうとしていたのがそのことばではないのはわかっていたが。

エイドリアンの唇はうなり声を発したあと、彼女の唇をとらえた。クラリッサは唇を開いてエイドリアンを迎え入れながら、彼の髪に両手を差し入れ、もつれさせずにはいられなかった。これまで一度も経験したことがないやり方で、急に体が活気づいた。キスを返しながら、これまでほとんど気づかなかった、あるいは気づいてはいけないものとして無視されてきた未知なる世界がはっきりと形を現わしていた。

経験不足のせいで、クラリッサの心の底には、いま自分がしていることについてあまり知らないし、それが下手なのかまちがっているのかもわからないという恐怖があったが、エイドリアンののどの奥からうめき声が洩れ、彼のキスがさらに熱を帯びた激しいものになると、その恐怖もやわらいだ。こんな反応を引き出したということは、きっと正しく——少なくともまずまずは——できているんだわ。ぼんやりとそう思っていると、マットレスが背中に当たるのを感じ、自分が横たわっていることに気づいた。

「ちょっとだけだ」エイドリアンはまたキスを解いてあえいだ。

「ええ」クラリッサもあえぎながら言ったが、自分が何に同意したのかわからずにいた。そんなことはどうでもよかった。この気分がつづいてくれるなら。

「ちょっとキスして触れるだけだ。それでやめるよ——約束する」とエイドリアンが言ったので、クラリッサは彼の言わんとしていたことを理解し、いい考えだと思った。やめるという部分をのぞけば。永遠にやめないでほしかった。こんなにすばらしい、こんなに生き生きとした気分になったのは初めてだった。

いつのまにかナイトガウンのボタンがいくつかはずされ、片方の肩から引きおろされて、胸があらわになっていたことに気づいたのは、手ではなく口でそこに触れられたときだった。乳首が温かな唇にふくまれると、体じゅうに電流が走って、あまりの衝撃にベッドの上で飛びあがりそうになった。

「ああ」と声が洩れ、脚が落ち着きなく動き、両手は彼の頭から肩へとさまよった。やがて、彼のベストをつかんで引っぱった。快楽に酔っていたせいで、そんなことをしても無意味だと気づくのには少し時間がかかった。そこで、引くのではなく押して、ベストを肩からおろし、できるだけ腕のほうに移動させはじめた。幸い、その動きがエイドリアンの行為のじゃまをしたせいで、彼自身がその作業を引き継ぎ、上着を脱いでくれた。

クラリッサはシャツのやわらかな生地を手でたしかめると、つかんで引っぱり上げた。早く素肌に触れたかった。

エイドリアンは体を離して「だめだ」と言ったが、それほどきっぱりとした口調ではなかった。むしろそうしてくれとたのんでいるようだった。彼がふたたびキスをはじめると、クラリッサは彼に止められたのも無視して、シャツをズボンからすっかり引き出し、背中に手をすべりこませて、興味深げに肌に触れた。

エイドリアンはキスをしたままうめき、片手を彼女の髪にからませた。キスがさらに強引になり、餓《う》えたように舌を突き入れながら、彼女に体をこすりつけ、脚のあいだの痛いほど彼を求めている場所に、硬くなったものを押し付けた。クラリッサは抱かれながら体を震わせ、彼の背中に軽く爪を立てながら自分も体を押し付けた。すると、脚がおのずと開いていった。

「ああ、クラリッサ」エイドリアンはそうささやくと、彼女の目と、鼻と、頬に――あらゆる場所を見つけてはそっとキスをした。「もうやめなければ」

「ああ、エイドリアン」彼の手が脚のあいだにすべりこみ、今ではすっかりうずいている場所をナイトガウン越しに押すと、クラリッサは体を硬くして叫んだ。脚のあいだに加えられる圧力と、首から鎖骨へとおりてくるキスのあいだで、意識が引き裂かれた。彼のシャツをにぎりしめ、胸のあたりでねじる。彼の動きをじゃましているのはわかっていたが、シャツを脱がせたかった。彼を感じたかった。

「やめろと言ってくれ」エイドリアンはそう請《こ》いながらも、シャツを乱暴に頭から脱いでまた彼女のうえにおおいかぶさり、乳房をなめたりかんだり吸ったりしはじめた。

「ああ」クラリッサはあえいで、彼の肌に爪を食いこませた。腰が浮き、体をこすりつけられて脚が開いた。「ああ、そうよ――やめないで」

　エイドリアンが乳房のすぐまえでくすっと笑ったので、その振動でクラリッサの体はけいれんした。彼は乳房から離れ、彼女の唇にキスをした。

　脚のあいだから手が離れ、クラリッサは唇をとらえられたまま抗議のうめきをあげたが、エイドリアンがナイトガウンをつかんで引っぱり上げ、すそから手をすべりこませるまでじっとしていた。その手が太腿に達すると、脚が期待に震えた。ふたたび中心に触れられ、反射的に彼に脚を巻きつけた。じゃまな布はもうない。

クラリッサは唇を合わせたままうめいた。高まる緊張と欲求に体はのけぞり、震えた。エイドリアンの手がしっとりとしたやわらかな肌をゆっくりとたどる。

「これだけだ。きみと愛を交わすつもりはない。約束する」エイドリアンはつぶやき、彼女の唇の脇に口づけた。「でも、きみに触れて味わいたい」

「ええ、触れるだけなら」とクラリッサは言った。やめないでくれるなら、なんでも許すつもりだった。エイドリアンの口がまた下におりていってふたたび乳房をとらえると、クラリッサは彼の肌に両手を這《は》わせ、ベッドの上で身をよじった。しかし、彼の口はそこにほんの一瞬とどまっただけで、さらに下へとおりていった。

いきなり至福の気分が消し飛んだ。エイドリアンが不意に脚のあいだに膝をつき、そこに手ではなく口をつけると、クラリッサの体は板のように硬くなった。最初の反応はショックと恐怖だった。彼の頭をつかみ、自分から引き離そうとした。

「だめよ……そんなこと……何をするの――エイドリアン！」無意識にそう口走ったが、彼の舌と歯と口が体の上を動きまわるうちに、その抗議も消えていった。頭はどう返せばいいかわからずにいるのに、体が愛撫に応えはじめた。

彼の頭を放し、ベッドに手を伸ばしてやみくもにシーツをつかんだ。クラリッサの世界が揺れはじめた。自分の腰が意志をもっているように勝手に突きあげ、積極的にキスと愛撫に応えているのがぼんやりとわかった。するとエイドリアンは体勢を変え、行為のじゃまができないようにクラリッサの脚を押さえつけた。

「ああ！」クラリッサはろうそくの明かりが頭上に映す影を見あげながら、体が感じることだけに意識を集中させていた。

「ああ！」世のなかにはどうしてあんなにたくさんの赤ちゃんがいるのか、今わかった。

「ああ！」エイドリアンはイングランドでいちばん、もしかしたら世界でいちばん器用な人なのかもしれない。

「ああ！」宇宙のしくみが突然理解できた。

「ああ！」神さまはまちがいなくいる。

「ああ！」このにおいは煙かしら？

クラリッサは眉をひそめ、何度かまばたきをして、頭のなかにしつこくたちこめる熱気をいくらか払い、脳を落ち着かせた。もう一度息を吸いこむと、たしかに煙のにおいがした。エイドリアンが火をつけたろうそくを急いで見やったが、別に問題はないようで、ぼんやりとした視界に小さな光の輪がひとつ見えた。

きっとわたしの思いすごしね。そう思ったが自信はなかった。エイドリアンに今のようなことをされていると、ちゃんとものが考えられないのだ。クラリッサの脚は今や彼の首に巻きつこうとしており、煙のにおいがすると思ったことも、そのにおいがどこからしているのかも、どうでもよくなってきた。片手がシーツから離れてエイドリアンの髪をもみくちゃにし、愛撫に身をまかせながらもっととせがんでいることには気づいていたが。

彼が痛いかもしれないと思って、あえて髪から手を放し、もう一度シーツをつかんだが、それでも腰を突きあげたりよじったりするのはやめられなかった。そうしたところで押さえつけられているのだから無駄なのだが。体内の緊張感が耐えがたいレベルにまで高まると、反動で体がぴんと伸び、にぎりしめたシーツが裂け、つま先が丸まった。頭をベッドに打ちつけ、歯を食いしばり、何かつかむものがあればいいのにと思った——そしてもう一度息を吸いこむと、やはりまちがいなく煙のにおいがした。

クラリッサは身をこわばらせ、頭をあちこちめぐらせて、煙のもとを見つけようとした。だが、見つけるまえにまたそれどころではなくなった。性的興奮の中心らしい小さな核をエイドリアンの歯がかすめると、のどからうめき声がもれた。体が震え、さらに緊張が高まり、クラリッサは思わず息を吸いこんだ。さらなる煙がのどを刺激し、苦しくなって咳をした。

押し寄せる興奮と激情を必死に頭から追いやり、体を起こして部屋のなかを見まわした。部屋のドアをぼんやりととらえると、そこで目を止めた。ドアの向こう側は明るいらしく、ドアの下の隙間から光がもれ出ていた。その光のおかげで、黒いけむりがたちこめているのが見えた。

クラリッサは反射的にエイドリアンの頭に手を伸ばして気づいてもらおうとしたが、彼はあいている手で彼女の両手を押さえつけ、体重をかけて脚を開かせながら攻撃をつづけた。

「エイドリ——ああ！」突然指を一本差しこまれ、クラリッサは息をのんだ。体がのけぞり、もっとほしがって、しゃべらせまいとする。

「エイドリアン」意を決してあえぎながら言った。「火よ。燃えてる」

「ぼくもきみへの奉仕に燃えてるよ」エイドリアンはそう言うあいだだけ顔を上げると、すぐにまた彼女を燃えあがらせる作業に戻った。

「ちがうの。ああ……ちがうのよ」クラリッサは再度試み、両手を自由にしようともがいたが、拘束は解けなかった。自分で腰を動かすうちに感覚が変化し、興奮はふたたび頂点に達しようとしていた。

クラリッサは、ドアの下の光と、今やうねりながらはいりこんでくる煙から目が離せなかった。エイドリアンはにおいに気づかないのだろうか。しかし彼は今、下のほうでひどく忙しそうにしている。もう一度がんばって、ようやく片手の自由を取り戻したクラリッサは、急いで彼の髪の毛をつかんで引っぱった——注意を惹くためにかなりきつく。残念ながら、彼女の体はほかのことをまったく気にしていなかった。懸命に彼の頭を上げさせようとしているときでさえ、しきりに腰を突きあげていた。おそらく興奮のあまり髪を引っぱったのだと思われただろう。

のどの奥でうめきながら、クラリッサは仰向けにベッドに倒れこみ、もだえながら叫んだ。

「火事よ！」そのときついに緊張が解け、彼女は体をのけぞらせて達した。永遠につづくかと思われるほど快感の波が何度も襲い、やがて体は力なく震えるかたまりでしかなくなった。

エイドリアンは顔を上げた。心をおおいつくす至福の霧のなかにいながらも、クラリッサには彼がベッドの上のほうに移動して隣りに横たわるのがわかった。彼は骨抜きになった彼女の体に腕を回して抱き、額に唇を押しあてた。そして、眉をひそめ、空気のにおいをかぎ、頭を上げてもう一度においをかいでから言った。「これは煙か?」

「そうよ」クラリッサはため息をついた。顔には永遠の笑みが刻まれていた。「屋敷が燃えているの」

「なんだって?」エイドリアンがやにわに体を起こしてドアに急いだので、クラリッサはベッドの上に投げ出された。彼はドアを開けようとして眉をひそめ、もう一度試みた。今度は両手を使って。それでも開かないので、ドアの表面に触れて悪態をつき、急いでベッドに戻ってきた。「なぜ教えてくれなかったんだ?」

「教えようとしたわ」とクラリッサは言った。「〝火よ〟と言ったし、〝燃えてる〟とも。あなたの頭を引き離そうともしたわ」

「ああ、そうか。ぼくはてっきり……いや、なんでもない」

エイドリアンは窓のほうを見やり、クラリッサの手をとってベッドからおろした。「おいで。ここから出よう」

クラリッサが床の上に立つとくずおれそうになったので、エイドリアンは彼女を支えて眉をひそめた。「どうした?」

「脚がちょっとがくがくするの」クラリッサは恥ずかしそうに言った。「少し時間をちょうだい」

「そうか」彼はためらってから、彼女を抱きあげ、窓まで運んだ。

「どうするの?」とクラリッサはきいた。

「ドアは熱くなっている。ドアのすぐ外が燃えているんだ。窓から外に出るしかない」

「ああ、なんてこと」クラリッサはつぶやいた。エイドリアンは彼女を窓のそばに立たせ、身を乗り出して外を調べた。彼女はもっとも調子のいいときでさえ身のこなしが巧みとは言いがたい。たとえ眼鏡をかけていても、いささか不器用なのはたしかだ。半分目が見えない状態で窓から脱出するという考えは、あまりそそられるものではなかった。

「大丈夫だよ。ぼくが手を貸すから」エイドリアンはそう言って安心させると、片脚を振りあげて窓敷居をまたぎ、手を伸ばした。突然下半身が敷居からすべりおりて見えなくなった。クラリッサは窓に近づいて外をじっと見た。いいニュースは、目が見えないのでどれくらいの高さのところにいるのかわからないことだ。クラリッサは高いところが苦手だった。悪いニュースは、何も見えないことだった。すると、エイドリアンに触れられるのがわかった。

「手をとって。ぼくが支えるよ」

「わかったわ」クラリッサは深呼吸をした。彼の手をとってしっかりつかまり、窓枠に腰かけて彼がしたようにまたごうとしたが、ナイトガウンがそれをじゃましていることに気づいた。

気恥ずかしさにためらったあと、その下にあるものをもうエイドリアンに見られていることを思い出し、ナイトガウンを太腿までたくしあげて、なんとかやり遂げた。そしてエイドリアンを見ようと顔を向けると、彼の姿がぼんやりと確認できた。真っ白なシャツを着ていてくれたので助かった。空もまわりの木々も真っ黒だったからだ。

「ぼくのところに飛びこんでおいで。枝の上に引き寄せてあげるから」エイドリアンの声は落ち着いていてクラリッサを安心させた。その声に意識を集中し、恐怖については考えまいとした。

もう片方の脚も窓の外に出し、一度息をついてから彼の手をさらに強くにぎってまえに身を投げ出した。一瞬体が宙に浮いて心臓が止まったが、すぐにエイドリアンに引き寄せられ、彼が座っている木の枝にドシンとぶつかって思わず声をあげた。ずるずると下にすべりはじめたので、一瞬やっぱり落ちるのかと思ったが、エイドリアンにしっかりつかまれ、引きあげられた。ふたりは木の上で身を寄せ合っていた。クラリッサの体は木の枝とエイドリアンの脇にはさまれ、足の下には何もなかった。

エイドリアンはためらってから言った。「これからきみを地面におろすよ」

「それはやめておいたほうがいいわ」クラリッサは彼の腕をつかんでもごもごと言った。

「上に行くことはできないの?」

「できるよ。でも地面におりるほうが簡単だ。ここはそれほど高くない。それに、もっと上に行けば、またおりなければならなくなる。きみを先におろしてから、ぼくも飛びおりる」

クラリッサは唇をかみ、首をひねって下に広がるぼんやりとした闇を見た。「ほんとにそれほど高くない?」

「ああ、信じてくれ。きみの寝室は二階にあるんだよ、クラリッサ。この枝はそれより少し低いから、ぼくが腕を伸ばしてきみを下におろせば、すぐに足が地面に着く」

「そう」彼女はため息をついた。「わかったわ。でも、お願いだから落とさないでね」

おろすどころか、エイドリアンはいきなりクラリッサをさらに持ちあげて、頰にキスをした。「落とさないよ。きみはぼくの大事な人だからね」

そのことばに応えるより先に、エイドリアンは片手で彼女の両手をにぎり、体を傾けると彼女をおろしにかかった。クラリッサは彼の手にしがみつき、目を閉じた。重すぎるせいで落とされるにちがいないと思いながら。

「地面はすぐそこだよ、愛しい人。手を離すから飛びおりて」

「そうしなきゃだめ?」悲しげに尋ねると、緊張を帯びた彼の笑い声が聞こえた。

「残念ながらね」苦しげな声を聞いてようやく決心がついた。勇気をかき集め、クラリッサはしがみついていた手の力を抜いた。同時にエイドリアンも手を離したので、彼女は落ちはじめたが、そう思ったとたんどすんと地面に着いた。落ちたのはほんの五十センチほどの距離だった。

「ああ」クラリッサはほっとして息をついた。

「彼女がいたぞ！」

そのかすかな叫びが聞こえてくるやいなや、安堵は消え去った。声のしたほうを振り向くと、屋敷の角に従僕のひとりの姿が見えたような気がした。唇をかみ、頭上にぶらさがっているエイドリアンを見あげた。

「あの、エイドリアン」クラリッサは言った。あまり大きな声にならないように、しかし、頭上の木の枝が折れる音や、ガサガサと鳴る音や、引っかかったシャツをはずそうとしてエイドリアンが小さく悪態をつく声に負けないように。

「ちょっと待ってくれ。すぐにぼくもおりるよ」彼はいらいらと言った。

もう一度従僕のほうを見やると、こちらに駆けてくるのがわかった……そのうしろから屋敷じゅうの人たちが角を曲がってきたのも。そのあとには、同じブロックの町屋敷に住む人びとの半数がつづいている。一同はひとかたまりになって、クラリッサの無事をたしかめるため、急いでこちらに向かっているのだ。

クラリッサは近づいてくる人びとのぼやけた顔を見つめ、彼らが口々につぶやく安堵のことばをかろうじて聞きとった。そのとき、エイドリアンが彼女のまえに飛びおりて、視界がさえぎられた。

「ほらね？　そんなに怖くなかっただろう？」クラリッサの体に両腕を回し、唇にキスするためにかがみこみながら、エイドリアンは言った。

「ロード・モーブレー！」

エイドリアンはびくりとし、ゆっくりと体を起こして群衆に目を向けた。彼と同じ方向を見ながら、クラリッサは不意に寒気を感じた。下を見ると、ナイトガウンの上部はまだ引き下ろされたままで、大きく開いており、かなり肌が露出していた。唇をかんでそれを引き寄せた。エイドリアンも自分を見おろして、半裸状態であることを思い出した。

これがいかに不名誉な状況かにクラリッサが気づいたのは、エイドリアンが背筋を伸ばしてこう言ったときだった。「レディ・クランブレー、あなたの義理のお嬢さんに結婚を申しこんでもよろしいですか？」

9

リディアのほうを見るのを避けながら、クラリッサはトーストを咀嚼《そしやく》した。眼鏡があったとしても継母の表情をうかがうことはできなかっただろうが、こちらに顔を向けるたびににらまれているのはちゃんと感じられた。

継母は激怒していた。火事の夜以来ずっとそうだった。リディアは何も言わなかった。火が消され、みんなにベッドに戻ることが許されたあとでさえ。クラリッサの部屋に近い廊下から出火したらしく、そのため部屋に近づけずにだれも屋敷のなかから彼女に知らせることができなかったものの、幸い廊下の突き当たりとクラリッサの部屋が焼けただけで、召使の部屋ふたつと階下のサロンが水をかぶる被害を受けたのをのぞけば、屋敷の残りの部分に影響はなかった。たしかに煙による被害は多少あったものの、屋敷の残りの部分はまったく無傷だった。

クラリッサは現在、客用寝室で寝起きしていた。ドレスもかなり失われてしまい、新しいものを買いそろえるしかない。それまでの間に合わせとして二、三着かき集めてもらっていたが。
あの晩、単刀直入な結婚の申しこみのあとで、エイドリアンはクラリッサとその継母に、町屋敷を修復するあいだ自分の母の屋敷に滞在するよう提案したのだが、リディアは高慢かつ冷やかな態度でこれを拒絶し、そんなことでは心を動かされたりしないことを示した。それ以来、ずっとエイドリアンにはよそよそしく接している。彼はそれに黙って耐えた。エイドリアンが訪問するたびにリディアは無言でにらみつけてきたが、クラリッサも彼もなんとか見て見ぬふりをした。それ以外にやりようがなかった。

いちばん応えたのは、あの晩以来、リディアがけっしてふたりきりにしてくれないことだった。クラリッサにはどうしてなのかわからなかった。結婚予告をすませ、結婚式も火事の二週間後に決まって、すべては順調に進んでいる。よろこんでくれてもいいはずだ。ついに娘が伯爵家に嫁ぐことになったのだから。だが、継母がよろこんでいないのは明白だった。

クラリッサはため息をついてトーストをもうひと口かじり、火事の晩以来ずっと頭から離れない不安と恐れについてまた考えた。もちろん、エイドリアンと結婚するのだと思うとうれしかった。プリュドムよりずっと好ましいし、好きな相手でもある。それに、エイドリアンが彼女の寝室でしてくれたことからすると、夫婦の寝床も恐れるようなものではないだろう。

実際、クラリッサはエイドリアンと結婚してとても幸せになれるはずだ……と考えていた。

ふたりの関係がごく普通の交際を経てはぐくまれたもので、彼女の名誉を守るために仕方なくということではなく、自分の意思で求婚したのであれば。彼があとになって不服に思うようになるのではないかと怖かった。彼に犠牲を払わせたうえでの幸せなどほしくなかった。そんなことをするくらいなら、ひとりで醜聞に耐えるほうがましだ。以前にも乗り越えてきたのだから、今度もできるだろう。実際、みんながやってきて、いっしょにいるのが発覚したと気づいたとき、クラリッサはそう覚悟していた。しかし、エイドリアンが求婚したので、リディアの激怒と同じくらいクラリッサの驚愕も大きかった。

ダイニングルームのドアが開いたので、クラリッサはあたりを見まわしたあと、もっとよく見ようと目をすがめた。かつらではない銀色の髪をした、長身の人影が見えた。

「お父さま？」と自信なさげに尋ねた。

「やあ、クラリー」ジョン・クランブレーの声がした。父に抱きしめられ、クラリッサはたちまち鞍油とパイプ煙草の煙のにおいに包まれた。

「ここで何をしていらっしゃるの？」クラリッサはびっくりして尋ねた。

父は体を起こした。「かわいい娘が結婚するのに、わたしが会いにこないと思ったのか？」とたしなめる。「リディアから手紙を受けとって、すぐにロンドンに向かったんだよ」

クラリッサはリディアのほうに視線を投げた。手紙のことなど継母はひとことも言っていなかった。

「田舎の屋敷からおまえの服を少し持ってきてやったよ」ジョン・クランブレーはつづけた。「おまえの継母の手紙によると、おまえの服は火を消すまえにだめになっていたそうだからね」

クラリッサはうなずいた。「そうなの、お父さま。ありがとう」

「舞踏会やら何やらのために新しい服が必要だな。田舎の屋敷に残っていたのはどれも華やかではないから」そこまで言うと目をすがめた。「眼鏡はどうしたのだ、クラリー？」

「クラリッサが壊したんです」リディアはすらすらとうそをついた。「自分が結婚しようとしている相手を見られるように、予備の眼鏡を持ってきてくださいとあなたへの手紙に書いたんですよ。最初の手紙の少しあとから送ったから、おそらくあなたが出発なさったあとに着いたのね」

クラリッサはそれを聞いて驚いた。継母はそのことも言っていなかった。だが、声の調子からすると、リディアは娘にふたたび眼鏡を与えてやることを、親切ではなくいやがらせと考えているようだ。クラリッサにはその理由がさっぱり理解できなかった。

「まあ、それなら仕方がない」と父が言ったので、クラリッサは彼に注意を戻した。父は娘に言った。「わたしはとてもうれしいよ。モーブレーのことは気に入っていた。彼はいい青年だ」

クラリッサはリディアが身をこわばらせたのに気づいたが、それよりも自分の驚きのほうが大きかった。「エイドリアンを知ってるの？」

「ああ、もちろん知っているよ。彼のお父上とわたしはいい友人だった。おまえの母親が亡くなってからのつきあいだがね。エイドリアンの父親はすばらしい実業家だった。どんな岩だらけの土地からも利益を出していた。わたしたちはよく手紙をやりとりして、互いの領地のことを相談し合った。彼が引退してエイドリアンがあとを継いでからは、息子である彼と文通するようになったのだ」

「知らなかったわ」とクラリッサはつぶやいた。

「おまえに知らせる理由はないからな。おまえとの手紙にそのことは書かなかった。彼とのあいだでもおまえのことは話題にしなかったと思う」ジョン・クランブレーはこともなげに言った。

「そう」父がテーブルにつくと、クラリッサはリディアを盗み見た。継母の表情は暗かった。召使が紅茶のカップを持って足早にやってくると、彼はありがとうとうなずいた。

そのときクラリッサは、父が継母にまったく愛情を示さないことに気づいた。娘には抱きしめてことばをかけたのに、リディアにはあいさつをしていない。そう言えば、そのあともまったく声をかけなかった。このふたりはどうなっているのだろう。うまくいっていないのだろうか。もしかしたら、この人がいつも敵意をむきだしにして怒っている理由はそこにあるのかもしれない。もしかしたらわたしとはなんの関係もないことなのかもしれない。

「娘をギャラリーに案内してやってくれないか」

ジョン・クランブレーにそう言われて、エイドリアンは目をしばたたかせた。そして、クラリッサの父親と話をしながら彼女を見つめていたのがばれたのに気づき、おどおどと微笑んだ。

「いいから行きなさい」と彼女の父親はうながした。「きみたちを見ていると、あの子の母親とわたしがきみたちぐらいの年頃だったころのことを思い出すよ。ふたりともつねに相手を目で追って、互いの居場所を確認しているんだからな」懐かしそうに微笑むと、ため息をついて言った。「今でもまだ彼女が恋しいよ」

エイドリアンは片方の眉を上げた。「でも……」

「リディアか?」クランブレー卿はうんざりしたようにため息をついた。「あれは失敗だった。年頃を迎えるクラリッサには母親が必要だと思ったのだ。あの醜聞のあとではなおさらに。まだ幼い娘の肩に、一家の主婦の重荷を背負わせたくなかった。それで便宜的に結婚したのだ。マーガレットを愛したようにほかの女性を愛せるわけがないのはわかっていた」と言って首を振る。「リディアは理解してくれたと思った。わかったと本人が言ったのだ。だがやはり、まったく理解していなかった。わたしはただ悲しみに暮れているだけで、そのうちに立ちなおって自分を愛するようになると、そうなるべきだとリディアは思っていた。だがそうはならないと気づくと……」彼は肩をすくめ、娘を目で捜した。

「クラリッサは彼女の娘だ。母親によく似ている。マギーに生き写しだ……つまり――リディアにとってあの子はわたしの愛情をかけたライバルなのだよ」

「なるほど」エイドリアンは静かに言った。それでリディアのふるまいについてはかなり説明がつく。

「きみとクラリッサがいっしょになってくれるのはうれしいよ。きみたちはあの子の母親とわたしのように幸せになるだろう。さあ、娘をギャラリーに連れていってくれ」ジョン・クランブレーは繰り返し、こう付け加えた。「もっと人目が気にならない庭での散歩を勧めたいところだが、雨が降っているから、ギャラリーぐらいしか勧められなくてね」

「ありがとうございます」エイドリアンはうなずくと、部屋を横切ってもうすぐ自分の花嫁になる娘のところに行った。クラリッサは彼の母といとこのメアリーとリディアとともに座っており、エイドリアンと出会って以来初めて舞踏会を楽しんでいるように見えた。実際、幸せそうだった。彼の母とメアリーと三人でさかんにおしゃべりをしていた。悲しげに見えるのはリディアのほうだった。むっつりしてみじめな様子だ。しじゅうクラリッサを不幸せにしようと働きかけていたのでなければ、エイドリアンもリディアを気の毒に思うところだった。

火事以来、どちらにとってもこれが初めての舞踏会だった。リディアは自分が同行しないかぎりクラリッサが出席するのを許さず、醜聞には耐えられないからと自分は出席を拒んでいた。だが、ジョン・クランブレーが来てからすべてが変わった。彼は今夜の舞踏会に出席すると言い張り、エイドリアンも自分たちの馬車に乗せて連れていくと主張した。クランブレー卿は彼が家族の一員だということをはっきりさせようとしているのだ。

「エイドリアン？」

自分を見あげたクラリッサの自信たっぷりな声に、エイドリアンは微笑んだ。目が不自由でも、クラリッサはいつも自分のことがわかるようだ。

「そうだよ」と答え、こう付け加えた。「きみをギャラリーに案内するよう、きみのお父上に勧められてね」

リディアが今にも抗議せんばかりに現われたが、ため息をついて口を閉じた。夫の提案に文句を言うわけにはいかないからだ。自分ではそうしたそうだったが。

クラリッサはにっこり微笑んで、彼が差し出した手をとって立ちあがり、連れだって舞踏室から出た。「あなたと父がいいお友だちだったなんて知らなかったわ」ギャラリーに向かって廊下を歩きながら小さな声で言った。

「ああ、友だちなどと言ってはおこがましいが、年に数回手紙のやりとりをさせてもらっているよ。いい人だね」

「父のことは好きよ」クラリッサは軽い調子で言った——そのあとでにっこりして、父親への思いが〝好き〟などということばでは言い表わせないことを示した。

エイドリアンは微笑んでこう言った。「実は、彼がきみのお父上だとは知らなかったんだ。きみと文通相手のジョン・クランブレーが結び付かなかった」小さく笑う。「この二年のあいだに何度か屋敷に来ないかと誘われていたんだ。きみのような娘がいると知っていたら、誘いに応じていたのにな」

クラリッサはそれを聞いて微笑みながら、彼とともにギャラリーにはいった。エイドリアンは彼女を見つめるのに夢中で、通路をこちらにやってくる婦人に気づかず、鉢合わせしてしまった。

「ロード・モーブレー」

エイドリアンはとっさに相手を見おろした。鉢合わせした相手を見て口元がこわばった。ブランチ・ジョンソンだ。

アイスブロンドの髪となまめかしい体に恐る恐る視線を向ける。彼女には十年間会っていなかった。あと五十年会わなくても一向にかまわない相手だった。十年まえ、すくみあがり、気を失い、陰口をたたいて彼を悩ませた社交界の女たちを全員合わせたよりも、エイドリアンを傷つけた相手だった。彼女は毒婦だった。ただひとり、彼の傷から顔をそむけなかった。笑みを浮かべ、やさしく話しかけ、いちゃつき、体に触れさせたのは彼女だけだった……彼女の屋敷に誘いこまれ、誘惑されるまで、エイドリアンにはその理由がわからなかった。息をあえがせ、汗ばんだ体を横たえたまま、このレディは上機嫌で笑い、言い放ったのだ。自分はいつも異形の相手に興奮するのだと。そういう者たちが相手だと最高のセックスができるのだと。

ふたりが情熱のままに体を重ねた場所、彼女の寝室の床に横たわったままエイドリアンは凍りつき、胃をむかつかせながら彼女のほかの恋人たちの話を聞いた。これまでは極端に背の低い男と背中の曲がった男がお気に入りだったが、今回のセックスがいちばんよかったという。「だって、そういう人たちはみんなすごく一生懸命に悦ばせようとしてくれるでしょ」と彼女は語った。

エイドリアンはその二時間後にロンドンを発った。とどまったところで意味はない気がした。社交界の人びとはみんな彼をぞっとするほど醜いと思っているのだ。だれかの悪趣味なおもちゃにされるのもごめんだった。

「あらあら、相変わらずおいしそうね」ブランチはそう言って、馴れ馴れしく彼の胸に手を伸ばした。

エイドリアンは痛みをともなうほど強くその手をつかんだが、ブランチの目には興奮の色がよぎっただけだった。彼女が痛みを好むことに気づくべきだった。彼はその手を乱暴に放した。

「レディ・ジョンソン、ぼくの婚約者のレディ・クランブレーを紹介させてください」彼は目に警告をたたえながら冷やかに言った。

「こんにちは」ブランチはクラリッサのほうを見もしなかった。冷たく表情のない灰色の目は、彼を眺めまわすので忙しかったからだ。「幸運な娘さんだこと。これほどの種馬をつかまえたなんて」

クラリッサの眉が上がり、口元に小さくしわが寄るのを見て、エイドリアンは怒りが湧きあがるのを感じた。この女は危険なゲームをしている。

「かわいいお友だちを送ったあとで、わたしのところに寄ってくださらない……楽しく飲みましょうよ。あなたが来てくれたらとてもうれしいわ」ブランチはつぶやいた。その手はまた彼の胸に伸び、ほとんど下腹部のあたりにまでおりてきた。

エイドリアンはその手を振り払った。今度は暴力的になるのを抑えることができなかった。彼女のふるまいはクラリッサへの侮辱であり、それを許すわけにはいかなかった。

「きみと〝楽しく飲む〟のは一度でたくさんだよ、ブランチ」わざと称号を無視して冷淡に言った。そして、さらに侮辱をこめて彼女に背を向けると、クラリッサの腕をとり、ブロンドの女を戸口に残して歩き去った。

「とても……おもしろい人ね」クラリッサは手を引かれて絵画のギャラリーを進みながら、小さな声で言った。

「いや、おもしろくもなんともない女だ」彼はそう言って安心させた。

「そう」

クラリッサが長いこと黙っているので、エイドリアンは唇をかんでいる彼女を見やった。何かを言いたいようだが、ほかの男女が通りすぎるまでがまんしているのだ。ようやくまたふたりきりになると、彼女は言った。「エイドリアン、わたしは……その、もしあなたがほんとうはわたしと結婚したくないなら、しなくてもいいのよ」

エイドリアンは歩くのをやめて勢いよく振り向いた。不安が彼を襲った。「なんだって?」そして急いで言った。「ブランチのことはなんとも思っていないよ、クラリッサ。彼女とは十年も会っていなかったんだから!」

「いいえ、それはいいのよ。彼女のことを言ってるんじゃないの。つまり……あの晩いっしょにいるところを見つかってしまったせいで、あなたが結婚を申しこんだことはわかってるわ。醜聞を避けるためだけにわたしと結婚してほしくないの」

「きみはぼくと結婚したい?」エイドリアンは尋ねた。意図したよりもきびしい声になった。

「ええ、したいわ」クラリッサは言った。即答だったのでうそとは思えず、エイドリアンはほっとしたが、それも彼女がこう言うまでだった。「でも、あなたの幸せをないがしろにしてまで自分の幸せを手にするわけにはいかない。それならむしろ醜聞に耐えるほうが――」

エイドリアンに腕をつかまれ、人の多いギャラリーから乱暴に連れ出されたので、クラリッサは驚いて息をのみ、そこまでしか言えなかった。廊下に出て次のドアまで行き、ドアを開けてなかに人がいると見るや、すぐにまた閉めてあたりを見まわす。ブランチのことはなんとも思っていないことと、醜聞を避けるためではなくほんとうにクラリッサと結婚したいと思っていること、その両方を証明しなければならないようだ。たしかにあの晩はいろいろなことが予想したよりも速く進んでしまったが、エイドリアンはいずれまちがいなく結婚を申しこむつもりだった。それを彼女にわかってもらいたかった。それをわからせる方法はひとつしか知らなかった。だが、完璧にやるにはふたりきりになる必要がある。

エイドリアンは廊下の先ともと来たほうをうかがいながらクラリッサを次のドアまで連れていき、ドアを開け、その部屋にも人がいるとわかると、いらいらとあたりを見まわして衣装戸棚を見つけた。廊下にはだれもいないが、いつまでもそうとはかぎらないので、急いで彼女を衣装戸棚のところに連れていった。

「どうするつもり？」エイドリアンが両開きの扉を開き、なかの服をかき分けて小さな場所を作ると、クラリッサはわけがわからずきいた。エイドリアンはそれには答えず、もう一度廊下にだれもいないことを確認してから、衣装戸棚のなかにはいり、クラリッサも引っぱりこんで、扉を閉めた。

「エイドリアン？」クラリッサは不安そうに言ったが、唇をふさがれるまえに言えたのはそれだけだった。エイドリアンは彼女にかきたてられた欲望のすべてを、そして笑い、話し、歩き、微笑む彼女を見てきた日々に蓄積された情熱のすべてをこめてキスをした。

混乱し、驚いたらしく、クラリッサは腕のなかで体を硬くしていたが、やがて吐息を洩らして彼に身をまかせ、首に腕を巻きつけた。

彼女がむせび泣くような歓びの声をあげ、猫のようにしがみついてくると、エイドリアンはうめいた。その声と動きで、これまでキスをした二回とも抑えがきかなくなったのだ。最初のときは、フレンチドアの向こう側に自分の母親がいることを強く意識していたため、それがキスを終わらせて彼女をパーティに戻すための力を与えてくれた。

二度目のときは場所がクラリッサの部屋だったので、ドアの向こうにはだれもいなくて、自粛を強制するものは何もなかった。やめると約束していたにもかかわらず、エイドリアンはしだいにわれを忘れて、のぞみどおりのことをすべてやろうとしていた……火事にじゃまされなかったら最後までしていただろう。今ふたりは衣装戸棚のなかにいて、エイドリアンは必死で自分を抑えていないと、彼女を内側の壁に押し付けて思いを遂げてしまいそうだった。さすがにここは処女を奪うのに最良の場所ではない。

だが、悲しいかな、エイドリアンの体はそんなことにはおかまいなしだった。クラリッサがため息をつき、むせび泣き、しがみつき、猫のように彼にすりつけているうちに、彼の体の一部は反応し、硬くそそり立っていた。そしていつしか自分も彼女に体をすりつけていた。自分たちがしていいのはそれだけ、キスと体をすりつけることだけだとエイドリアンは自分に言い聞かせたが、両手は言うことを聞かなかった。片手は彼女の尻をつかんで下半身を自分のほうに引き寄せ、もう片方の手は片方の乳房を探しあててつかんだ。

「ああ、エイドリアン」クラリッサはあえいだ。エイドリアンはキスを解いて、彼女の首へと唇を移動させ、せまい場所で脚のあいだに膝を割りこませて太腿をまたがせた。するとまたうめき声があがり、ズボンのなかでいきり立ったものがうねった。

エイドリアンは自分たちがすでに結婚していたらいいのにと切実に思った。そうしたら今すぐクラリッサを家に連れかえって……クラリッサの手が彼の屹立《きつりつ》したもの見つけ、探りはじめると、急に頭が真っ白になり、体がこわばった。

「ズボンのなかに何を持っているの？　わたしをつついてるわ」クラリッサは息を切らしてつぶやいた。

エイドリアンは苦しげな声を洩らすことしかできなかった。もっと強く触れてほしかった。ズボンのなかに手を入れ、布の上からではなくじかにさわってほしかった。しかし、こんな戸棚のなかにいることを意識すると、自制心を失うまえに手を触れないでくれとたのみたいとも思った。

「結婚式まであとどれくらい？」と彼はきいた。

クラリッサは荒い息をつきながら間をおき、考えようとした。そしてようやく言った。

「一週間よ」

「ああ。まだそんなに先なのか」エイドリアンはつぶやいた。

「それほど先ではない。そう感じられるだけだ」

エイドリアンは身をこわばらせた。そう言ったのは三人目の声だった。衣装戸棚のなかに自分たちのほかにもうひとりいるのかと思ったが、外から聞こえてきたのだと気づいた。戸棚のなかは暗くて、クラリッサを見ることはできなかったが、彼女の顔に絶望的な恐怖の表情が浮かんでいるのはまちがいなかった。彼にまかせた体を硬くしたからだ。

エイドリアンはためらったのち、こうささやいた。「今のはきみのお父上の声じゃないか?」

だが、クラリッサが答えるまえに、戸棚の向こう側にいる人物がおかしそうに言った。

「そうだ」

エイドリアンは悪態をつきながらできるだけクラリッサから離れ、背筋を伸ばして戸棚の扉を開けた。手袋で顔をはたかれ、夜明けに剣かピストルで勝負しようと言われるのを覚悟で外に出た。しかし、ジョン・クランブレーは実に愉快そうに向かい側の壁に寄りかかっていた。

エイドリアンは無念そうに笑みを浮かべた。「申し訳ありません」とつぶやく。「クラリッサは彼女を醜聞から救うためにだけぼくが結婚するつもりだと思っているようなので、ぼくが求めているのは彼女であって、醜聞は関係ないということを証明しようとしていたんです」

「あなたがしようとしていたのはそういうことなの？」彼のあとから衣装戸棚から出てきたクラリッサが驚いてきいた。

エイドリアンは答えようと口を開いたが、彼女の状態を目にすると、だれかに見られるまえにすぐさまドレスを整えにかかった。ジョン・クランブレーもすぐ手を貸し、結いあげた髪からエイドリアンがうっかり引きぬいてしまった髪の房を元に戻そうとした。

「そうだよ。それがぼくのしようとしていたことだ」作業をつづけながらエイドリアンは言った。「それ以外のなんのためにきみを戸棚のなかに引っぱりこむと思う？」

「わたしにキスするため」クラリッサがあっさりと言ったので、エイドリアンは目をしばたたき、おもしろがっているようなジョン・クランブレーの顔をちらりと見てため息をついた。

「そのとおりだ、クラリッサ。でも、キスをしたのはきみを求めていることを証明するためだ。ぼくとしては騎士道精神だけじゃないことをわかってもらいたいんだ」

「そう」クラリッサは困惑した様子でまた尋ねた。「それならそうと、どうして言ってくださらなかったの？」

「いい指摘だ」ジョン・クランブレーが愉快そうに言った。「男は女のようには考えないんだよ、クラリー。女はことばで伝えるが、男は行動で伝える。だから〝行動の男〟ということばがあるんだ」

「あら、そう」とクラリッサは言った。だが、あまりわかっていないような口ぶりだった。

エイドリアンはひそかにため息をつき、少しさがって彼女をじっと見た。ドレスは整ったが、彼女の父親のおかげで髪はさらに厄介なことになっていた。衣装戸棚にはいるまえとは似ても似つかない髪型だ。

クランブレー卿はクラリッサの髪を見つめて眉をひそめ、エイドリアンを見やった。「どうすればこれを直せるか知っているかね?」

「いいえ」エイドリアンは顔をしかめた。しかし、あることに思い至ると、明るく言った。「でも、ぼくの母ならできるかもしれない。ここで待っていてください。母を連れてきますから」

ジョン・クランブレーがうなずき、クラリッサと話をしようと娘のほうを向くと、エイドリアンは急いでその場を辞した。母はまだリディアとメアリーといっしょに座っていたので、エイドリアンは小声でことのしだいを説明した。モーブレー夫人はすぐに立ちあがって舞踏室から出ていったが、エイドリアンが母についていこうとすると、リディアがつぶやくように言った。「あの子はもうすぐ眼鏡を手に入れるわ」

エイドリアンは足を止めて振り向いた。「今なんと?」

「あの子の予備の眼鏡をロンドンに送るように、わたしが領地のクランブレーに手紙で伝えたんです。眼鏡はもうすぐ届くはずよ」彼女は微笑んだ。「ちゃんと目が見えるようになって、自分が結婚しようとしているのがどんな相手なのかわかるでしょう。クラリッサはいま幸せそうね。でも、ちゃんと目が見えるようになったら、幸せだと思うかしら」

「彼女が幸せなことに変わりはないわ」メアリーがきっぱりと言った。そして立ちあがり、エイドリアンの腕をとった。「さあ、クラリッサとあなたのお母さまのところに行きましょう」

いとこに手を引かれて舞踏室から出るあいだ、エイドリアンの心は乱れた。クラリッサがまもなく眼鏡を手に入れて、ぼくが見えるようになる？　彼は恐怖に青ざめた。彼女に見られてしまう。

「大丈夫？」廊下に出るやいなやメアリーが尋ねた。「クラリッサがまた眼鏡を手に入れるとリディアが言ったとき、あなたは青くなっていたけど」

エイドリアンは返事をしなかった。なんと言っていいかわからなかった。いや、大丈夫ではない。実際、気分が悪かった。メアリーにそんなことを言うわけにはいかないが。

だが、その必要はないようだった。いとこは彼の腕をにぎりしめて静かに言った。「クラリッサはありのままのあなたを愛してくれるわ、エイドリアン」

それを信じたかった――心からそう思った――が、苦しみと恐れが彼の胸に爪を立てていた。「レジナルドはどこにいる？」

「男の人たちとカード遊びをしにいったと思うけど」と答え、メアリーはけげんそうに尋ねた。「どうして？」

「彼と話をしなくちゃならない」エイドリアンはそう言って、彼女の手をぽんとたたいた。

「ありがとう、メアリー。母とクラリッサはあそこだ。レジと話したらまた戻ってくるよ」

メアリーはぼんやりとうなずいた。「でも、クラリッサはどうしてあんな髪をしているの？」

「ちょっと乱れてしまってね。直すのに母が手を貸してくれている」とエイドリアンは説明した。クラリッサの髪がさっきよりもさらにひどい様子になっているのを見て、眉をひそめた。

「おばさまに直せると思ったの？」メアリーはぞっとしてきいた。急に足を止めた。

エイドリアンはけげんそうな顔をした。「ああ。母は女だ。こういうことには男よりも詳しいはず……なぜ首を振っている？」

「おばさまをクラリッサの髪に近づけたりしたらだめよ。そういうことはまるっきり苦手なんだから」メアリーはため息をついて、舞踏室のほうに戻るべく向きを変えた。「レディ・ガーンジーのところに行って、彼女のメイドに手伝ってもらえるかどうかきいてみるわ」

エイドリアンは彼女が歩き去るのを見送ると、クラリッサと母たちのほうに向きなおり、婚約者の髪が今や頭の上に高く盛りあげられ、ピサの斜塔のようにかしいでいるのを見て顔をしかめた。最初にほつれていた髪はほんのふた房ほどだったはずだ。それがジョン・クランブレーのせいでさらに見栄えが悪くなり、今度は母が明らかにいっそう悪化させていた。

エイドリアンはメアリーの忠告を心に留め、今後このようなことがあったら母に応援を求めないようにしようと思った。

首を振りながら向きを変え、男たちと数人の女性たちがカード遊びをしているはずの部屋に向かった。レジナルドはすぐに見つかった。近づいていくと、いとこは歓声をあげた。ちょうど勝ちがめぐってきたところだったらしい。

「レジナルド、話がある」彼の椅子のうしろに来ると、エイドリアンは言った。

「なんだい」さらに勝ちを手にしようとしながらレジナルドは言った。

「ふたりだけで話したい」エイドリアンは申し訳なさそうにつぶやいた。

「このゲームが終わるまで待てないのか？」

エイドリアンはためらい、問題について試案した。そして「待てない」と言った。

レジナルドは大げさにため息をついて立ちあがった。「ぼくはちょっと抜けるよ。すぐに戻る」

「ありがとう」話をするために部屋を横切りながら、エイドリアンは言った。

「いつでもどうぞ、いとこ殿。それで、何をそんなに焦ってるんだ？」

「リディアがクラリッサの眼鏡を領地から取り寄せた」エイドリアンは暗い声で言った。

レジナルドはいとこをじっと見た。「それで……？」

エイドリアンは眉をひそめて問題を明らかにした。「彼女はぼくが見えるようになる」

　レジナルドは眉を上げて繰り返す。「それで……？」

「そんなことをさせるわけにはいかない。ぼくを見たら彼女は――」

「いいか、エイドリアン」レジナルドが口をはさんだ。「クラリッサはいずれきみを見ることになるんだ。リディアが仕組んだように、ずっとクラリッサの目が見えないままにさせておくつもりだったのか？」

「いや、もちろんそういうわけではない。でも――」

「でも、なんだ？」とレジナルドはきいた。

「もっと時間がほしい」

「なんのために？」

　エイドリアンはためらってから言った。「たぶん、ぼくを愛するようになってからぼくを見てくれれば……」

　いとこの目に憐れみが浮かんだのを見て、エイドリアンは顔をそむけた。にわかにのどに引っかかっていたかたまりをとりのぞこうと、ごくりとつばを飲みこむ。いい大人なのに、親友を失う恐怖にひるむ六歳の子供のような気分だった。

「エイドリアン」レジナルドはいとこの肩に手を置き、振り向いた彼をまじめな顔で見た。「ひとつ、きみの顔はきみが思うほどひどくない。ふたつ、たとえそうだったとしても、クラリッサが気にするとは思わない。三つ、もし彼女が気にして、それできみへの気持ちに影響が出るようなら、今のうちに知っておいたほうがいい。そうじゃないか?」

エイドリアンはがっくりと肩を落とした。「そうかもしれない」

「すべてうまくいくさ」レジナルドは彼の肩をぽんとたたくと、背を向けた。「クラリッサのそばにいられることを楽しめよ。ごたいそうな計画を立てたり、しのびこんだりせずに、晴れて彼女に会えるようになったと思ったら、今度はまた別の心配をしてるんだからな。わけがわからなくなるまでキスしてこい!」

エイドリアンはレジナルドがゲームに戻るのを見送ると、ため息をついて廊下に出た。クラリッサも彼女の父も彼の母も消えていたので眉を上げた。最初は、彼女の髪を直し終えてパーティに戻ったのかと思った。彼女を探しにいこうとしたとき、母の声が聞こえ、つづいてクラリッサの声がした。足を止め、廊下の先に目を向けた。衣装戸棚のすぐ隣りにある部屋のドアが開いていた。さっきは開いていなかったのに。廊下を進み、なかをのぞきこんだ。信じられない光景に目をみはった。

「いったい彼女に何をしたんです?」急いで部屋にはいり、あえぎながら言った。クラリッサの腕をつかみ、彼女の髪をめちゃくちゃに破壊しようとしているふたりの手から引き離した。

「この感じだと見た目も同じくらいひどいのかしら?」片手を髪にやって、クラリッサが悲しげにきいた。

「いいえ、もちろんそんなことはありませんよ」モーブレー夫人があわてて言った。だが、彼女は唇をかんでいて、しかめ面をせずにはクラリッサを見られないようだった。エイドリアンは少しも驚かなかった。彼女のきれいな髪は、あっちを押しこみ、こっちを束ね、あちこち巻きつけた結果、もつれてひどいありさまとなっていた。もはや髪型とは言えないような形で、だれかが鳥の巣をさかさまにして頭にのせたようだった。

彼は首を振った。「お母さん——」

「そんなふうに言うのはよしてちょうだい、エイドリアン。最初にくしゃくしゃにしたのはわたしじゃありませんからね。かわいそうなお嬢さんを衣装戸棚に——よりによって衣装戸棚なんかに——引っぱりこんで髪をくしゃくしゃにしたんですって?」

エイドリアンは歯ぎしりをしたが、こう言うにとどめた。「メアリーはどこです? メイドを貸してもらえるように、レディ・ガーンジーにたのみにいくと言っていたけれど」

「ほんとうに? まあ、それは賢いわね」モーブレー夫人は感心したように言ったが、眉をひそめた。「でも、メイドはまだ連れてこないわ。それに」あきらめたようにため息をつく。「わたしたちが作ってしまったこの惨状では、女主人つきのメイドでも直しようがないんじゃないかしら。クラリッサの髪はきちんとブラシをかけてから、もう一度結いなおす必要がありそうだもの」

「ふむ」ジョン・クランブレーはそう言って唇を引き結んだ。「どちらにしろ、もう時間も遅い。クラリッサを馬車でうちに送りとどけてくれないかね。うちの御者がきみをお宅まで送るから、そのあとでわたしとリディアを迎えにこさせてくれ」

「はい、そうします」エイドリアンはクラリッサをちらりと見たが、ことのなりゆきにひどく気落ちしている様子ではなかったのでほっとした。

エイドリアンの母とクラリッサの父は、屋敷を出ていくふたりを見送った。クランブレー卿は御者にひとことことばをかけたあと、モーブレー夫人をともなって屋敷に戻った。

10

「ごめんなさい」馬車が動きはじめると、クラリッサはもごもごと言った。

エイドリアンは驚いて彼女を見やった。「何が？」

「わたしの髪のせいでせっかくの夜がお開きになってしまって」

彼の唇から笑いがこぼれた。「きみが謝ることは何もないよ。そもそもきみの髪をくしゃくしゃにしたのはぼくなんだから」

クラリッサはうなずいた。それが彼のせいだということは認めているようだ。しかし、がっかりしているようには見えない。彼女は咳払いをしてから尋ねた。「さっき言ったことはほんとうなの？」

「さっきって？」

「醜聞を避けるために結婚するわけじゃなくて、ほんとうにわたしを望んでいるから結婚するんだと言ったでしょう？」

エイドリアンはかすかに微笑んだ。目をすがめて彼を見ようと、クラリッサは思いきり顔をしかめていた。彼がどう答えるかが、彼女にとってはとても重要らしい。「ああ、ほんとうだよ」

クラリッサは土砂降りの雨のあとの日差しのような笑みを彼に向けた。突然のどにかたまりがつかえて窒息しそうになり、エイドリアンはごくりとつばを飲みこんだ。

「うれしいわ。わたしもあなたと結婚したい。やっぱり醜聞とは関係なくね」クラリッサはまじめに請け合った。

エイドリアンは小さくため息を洩らした。彼女はとても美しく、とてもかわいくて――

「またキスしてくれる？」

葉が風に吹かれるように、エイドリアンの思いは散り散りになった。「なんだって？」

「あなたにキスされるのが好きなの。だから、もう一度キスしたいなら、わたしは全然かまわないわ。ねえ……する？」

「いや」彼はぶっきらぼうに言った。

彼女は傷ついた顔をした。「どうして？　したくないの――？」

「もちろんしたいさ」エイドリアンがこともなげに言うと、クラリッサの傷ついた表情は消えた。

「じゃあ、どうしてキスしないの？」

エイドリアンは顔をしかめた。「たいていのレディはそういうことをきかないものだ」

「わたしはたいていのレディとはちがうわ」とクラリッサは言い返した。「それに、お父さまはいつも言ってるわ、〝きかなければ、知ることはできない〟って。わたしは知りたいの。ふたりともしたいと思っているのに、どうしてキスしないの？」

エイドリアンは顔をしかめたが、もちろん彼女には見えないので、彼の気持ちは伝わらなかった。そこで彼は大げさにため息をつき、真実を語ることにした。彼女が聞きたがっているのはそれなのだから。それに、もう少し慎重になってくれるかもしれないし。「きみにキスしたら、触れたくなるからだよ」

「わたしはあなたに触れられるのも好きよ」クラリッサはすぐに答えた。

「でも、きみに触れたら」エイドリアンはつづけた。「今度は愛を交わしたくなってしまうだろう」

「それもきっと好きになると思うわ」

エイドリアンは片方の眉を上げた。「思う？」

「あの……」クラリッサはためらったあと、こう尋ねた。「愛を交わすって、火事のあった晩にわたしの部屋であなたがしたこと？」

「いいや」とエイドリアンは答えた。あのときのことを思い出して声がかすれた。あれはずっと昔のことのような気もするし、ついさっきのような気もする。彼女の味を、口づけと愛撫を求めて自分の下でもだえていた様子を、まだ覚えている。ああ、思い出しただけでまた股間が硬くなった！　クラリッサがそばにいると、まったく自制心が働かないようだ。

「ちがうの？」クラリッサは眉をひそめて言った。「じゃあ、あれはなんだったの？」

「それは……その……」どう説明すればいいか見当がつかず、エイドリアンは顔をしかめた。

「まあ、似たようなものかな。でも、ちがうのは……」そこまで言って、彼女をじろりと見た。「そういうことをだれからも説明してもらっていないのか？」

「ええ」クラリッサは首をかしげ、肩をすくめた。「でも気にしないで。口にするのが気づまりなら話さなくていいわ。きっと婚礼の日にリディアが説明してくれるでしょうから」

エイドリアンはぞっとして青くなった。あの婦人のことだから、クラリッサが恐怖と不安で震えあがるような話をして、おびえさせることだろう。それはまちがいない。とてつもない時間をかけて彼女をなだめ、不安をとりのぞいてやらなければならないだろう。長くぎこちない不安に満ちた試練のために、まるまるひと晩を費やすことになる。その手のことをリディアに説明させるわけにはいかない。だれか別の人間にしてもらわなければ。

「ぼくの母に説明してもらうことにしよう」エイドリアンはきっぱりと言った。「もしリディアが説明しようとしたら、やめてくれと言って、彼女の言うことは何も聞いてはいけないよ」

「あら、だめよ」クラリッサはかたくなに首を振って言った。「あなたのお母さまにそんなことを話してもらうなんて、恥ずかしすぎるわ。それに、リディアに対するあからさまな侮辱になる。なんだかわたし、継母《はは》に対して嫌悪よりも憐れみを感じるようになってきているの」

「ぼくはリディアがきみをおびえさせるために、血やら痛みの話をするんじゃないかと——」

「血が出たり痛かったりするの？」クラリッサはぞっとしてきいた。

「いや」エイドリアンはうっかり口をすべらしたことをひそかに悔やみながら答えた。

「それならどうしてそんなことを言うの？　ほんとに血が出たり痛かったりするのね！　わたしに知られたくないだけなんでしょう？」

「くそっ」エイドリアンはつぶやいた。これでは何もかも台なしだ。

「どれくらい血が出て、どれくらい痛いの？」クラリッサは今や心配でたまらない様子だ。エイドリアンはまたもや自分をののしった。

「クラリッサ——」そう言いかけたが、彼女にさえぎられた。

「いいえ、ごまかしても無駄よ。いずれわかるんだから」と言い張ったあと、すぐにまた言った。「やっぱりいいわ。あなたを困らせたくないもの。今夜リディアとお父さまが戻ってきたら、すぐにきいてみるわ。もしかしたらそれでリディアにもっと近づけるかもしれない。友だちになれるかもしれないわ」

それはまずい！　エイドリアンは背筋を伸ばし、きっぱりと言った。「リディアにきくことはぼくが許さない」

「わたしたちはまだ結婚していないのよ。わたしに何かを禁じることはできないわ」

面と向かって拒否されたことが信じられず、エイドリアンは目を見開いた。「結婚したあともそんなに平然とぼくに反抗するつもりなのか？」

「たぶんそうでしょうね」クラリッサは申し訳なさそうに認めた。そしてあわてて付け加えた。「でも、平然とってわけじゃないわ——それに、従わないのはなんであれ命令に同意できないときだけよ」

エイドリアンがいきなり笑いだしたので、クラリッサは不思議そうに首をかしげた。

「怒ってないみたいね」

「ああ、怒ってないよ。実際、結婚後にやすやすと命令に従う女性はとても少ないだろうね。きみがそれを認めてくれて、なんだかすっとしたよ」

「そう」クラリッサは肩をすくめた。「わたしはただ正直であろうとしてるだけよ」

「たしかに」エイドリアンはため息をつき、背筋を伸ばして言った。「もしぼくが例のことについてきみに話したら、きみに怖い思いをさせるリディアにはきかずにおいてくれるかい？」

「ええ」

「よし、それならぼくが精一杯きみを教育するとしよう」エイドリアンはもごもごと言った。

座席に深く座り、どこからはじめようかと考えた。

数分間考えていると、クラリッサがきいた。「ねえ、話してくれるの?」

「説明を考えているんだよ」とうめくように言った。

それはほんとうだった。知恵をしぼり、どう説明したらいいか考えをまとめようとしていた。そもそもこれはおれが説明するようなことではないのだ。おれは男なんだぞ! 男は生《き》娘《むすめ》に性行為について説明したりしない。少なくとも、そんな必要に迫られたりはしない。だが、どうやらおれはそうしなければいけないようだ。さもないと、新婚初夜はリディアのせいで悪夢の一夜になってしまうだろう。

「もしかしたらわたしが力になれるかもしれないわ」

エイドリアンはその申し出に目をしばたたき、当惑して彼女を見た。「力になる?」

「ええ」と言って、クラリッサは説明した。「つまり、わたしはまったく何も知らないというわけじゃないの。田舎の領地で育ったから、種馬が雌馬に覆いかぶさるところを見たことがあるわ」

「男と女はそれと同じというわけじゃないんだよ」エイドリアンはすぐに言った——が、彼女のことばを聞いて、自分が種馬のように彼女におおいかぶさっているイメージが頭に浮かんだ。やわらかな背中のラインと、お尻の曲線を想像し——

「ほんとに?」クラリッサが彼の想像に割ってはいった。「あるときわたしが納屋に行ったら、びっくりしたことに馬番頭が乳しぼりの娘を干し草の梱《こり》の上にかがみこませていて――」

「ああ、たのむ、やめてくれ」想像が飛躍して、乳しぼりの娘の恰好をしたクラリッサが干し草の梱の上にかがみこみ、スカートをまくりあげてお尻をあらわにし、そこに自分がうしろからのしかかる図が映し出され、エイドリアンはあえいだ。

その図を頭から追い払い、数回大きく息をつくと、やけになって説明することで自分のことばを訂正した。「そういう方法ですることもできるが、初めてのときはちがう。初めてのときは向き合ってするのが好ましいんだ」

「ふうん、なるほど」クラリッサはつぶやいた。役目を終えてエイドリアンが安堵《あんど》のため息をついたとき、彼女がきいた。「でも、どうして？」

エイドリアンは咳払いをした。「初めてのときは、きみにとってあまり心地よいものではないからだ」

「あなたも初めてのときは心地よくなかった？」とクラリッサはきいた。

「いいや」

「それならどうしてわたしは心地よくないの？」

しごくもっともな質問だったが、エイドリアンは説明するつもりはなかった。できなかったのだ。どこからはじめればいいのか皆目見当がつかなかったし、考えようとも思わなかった。彼女にこう言われるまでは。「やっぱりいいわ。リディアにきくから」そのことばで、さきほど感じた恐怖をすっかり思い出した。

うんざりしながら座席に座りなおし、エイドリアンは言った。「きみは……この問題は……やっぱりリディアにきいてくれ」結局自信なさげにそう結び、すぐに自分のしたことを悔やんだ。実際に行動で示したほうが、ことばで説明するよりも簡単だっただろう。そして脳の別の部分、みだらで愉快なことを考えている部分では、今夜ここでおまえがそれを示すべきだ、来週の結婚を拒まれるのではと恐れることはない、とけしかけていた。クラリッサにはもう選択肢がないのだから。彼の顔の傷に嫌悪感をもとうともつまいと。

「こんな感じ？」

「えっ？」もの思いから引き戻され、エイドリアンが隣りにいるクラリッサを見ると、彼女は座席の上で彼のほうを向いていた。

「向き合ってというのはこういう感じなの？」と彼女はきいた。

「いや、きみが仰向けに寝て、ぼくがその上にかぶさるんだ」エイドリアンはなにげなく言ってしまってから、顔をしかめた。ある光景が頭のなかを占めてしまったからだ。仰向けに横たわり、興奮に彩られた顔で、このあいだの晩のように頭をよじっているクラリッサのイメージが。

「どうして仰向けにならなくちゃいけないの？」

エイドリアンはまばたきをしてイメージを消し去り、クラリッサを見て彼女の質問に集中しようとした。「まあ、かならずしもそうだというわけじゃないけどね。ぼくが仰向けに寝て、きみが上になることもできる」すると、すぐにその図が頭に浮かんだ。彼がベッドに仰向けになり、上になった彼女の乳房を両手で包んでいる図だ。

「いろいろな方法があるのね？」クラリッサはきいた。

「そうだよ」エイドリアンは自分の声がだんだん低く、かすれてきていることに、気づかないわけにはいかなかった。こんな話をしていると体が反応してしまう。

「たとえばどんな方法？」クラリッサがきいた。

エイドリアンの心はたちまち動揺した。彼女と最後まで愛を交わすイメージをなんとか追い払い、咳払いをして言った。「まず、いま話したふたとおりの方法。あとはきみがぼくの膝の上に乗って向き合うというのもある――」

「ほんと？」クラリッサが口をはさんだ。「どうやってするの？」

エイドリアンは彼女をまじまじと見た。頭のなかは混乱していた。今ここで欲望を満たして、彼女との結婚を確実にしたいという思いもあれば、そんな形で妻を娶《めと》るのはよくないことだし、初めての行為を馬車のなかで行なって不快な思いをさせてはいけないと主張する気持ちもあった。言うまでもなく、敬意に関わる問題だ。走っている馬車のなかで処女を奪うというのは、あまり敬意のこもった行為とは言えない。

だが、彼の体は敬意のことなどまったく意に介さず、相手への配慮もなかった。彼女を罠《わな》にかけて結婚にもちこもうという策略さえなかった。これまでの会話のせいで、彼の体はすっかり興奮し、先に進めとせかしていた。

どうするつもりなのか自分でもわからないうちに、エイドリアンはいきなり両手でクラリッサのウエストをつかみ、腿の両側に彼女の膝がくるようにして膝の上に抱きあげた。

クラリッサは驚いて息をのみ、両手で彼の肩にしっかりつかまってまたがった姿勢のままバランスをとった。目を見開いている。

「これでいいの？」クラリッサは不安そうにきいた。

エイドリアンは胸と胸がくっつきそうになるまで彼女を抱き寄せた。彼の声はかすれて、ほとんど聞こえないほどだった。「そうだ。この姿勢で……きみが上下に動くんだ」

「上下に？」クラリッサはけげんそうにきいた。ためらってから、腰を上にあげ、下ろし、また上げた。「こんな感じ？」

「ああ」エイドリアンの顔のまえで彼女の乳房が上下に揺れた——下がると口のあたりにきて、上がると目のあたりにくる。そしてまた口のあたりにおりてくる。上がって下がって、上がって下がって。エイドリアンは唇をなめ、クラリッサが動くたびにそのたわわな乳房が揺れるのを見守った。ほんの少し顔をまえに傾けるだけで、目のまえで動いているやわ肌をなめることができそうだ。

「きつい《ハード》わ」クラリッサが感想を述べた。

「ああ、硬いよ」股間のこわばりのことを言われたのだと思って、エイドリアンは認めて言った。だがすぐに、上下運動を連続して行なうと、ふだん使わない筋肉に負担がかかるということを言ったのだと気づき、急いで言った。「つまり、その、きついってことだ」

「でも、これじゃキスができないんじゃない？　わたしが上下に動いていたら」クラリッサはそのことが気になるようだ。彼とキスするのが好きだと言っていたのだから。

　エイドリアンは彼女の後頭部を支え、自分のほうに引き寄せた。唇を重ね、舌先で刺激すると、彼女は自分から唇を開いた。

　クラリッサは動きを止め、小さくため息をついて彼の胸に体を預けた。彼のいきり立ったものが強くズボンを押しあげている場所に、彼女の温かな下半身がゆだねられた。エイドリアンはうめいて、もじもじと体を動かし、彼女に向かって反射的に腰を押しつけた。片手を下のほうにすべらせて服をずらせば、今ここで彼女をわがものにできると思った。その考えが生まれた瞬間、両手が下におりてスカートのすそを探していた――だが、クラリッサがその上に膝をついているのがわかっただけだった。

「ほかにはどんなやり方があるの？」キスを解いてクラリッサは尋ねた。エイドリアンは下を向き、なんとかしてスカートという障害を突破できないものかと考えていた。

　なんと答えようかと思いながらためらったあと、いきなり前方に動いた。クラリッサはあっと声をあげ、必死で彼につかまった。エイドリアンは彼女を向かい側の座席に座らせ、自分は彼女の脚のあいだの床にひざまずいた。

「まあ、すてき。これなら楽にキスができるわ」クラリッサはそうつぶやいて、にっこり微笑んだ。

「そうだね」エイドリアンはそう言って、スカートのすそに手を伸ばした。そのとき、馬車がいきなり停まった。彼はひどく驚き、揺れた拍子に床にくずおれた。クラリッサも引っぱられて彼の上に倒れこんだ。

体に痛みが広がって、エイドリアンはうめいた――クラリッサの骨盤が下腹部を直撃していた。するといきなり扉が開いたので、びっくりして目を向けた。ふたりしてそこにいる従僕を見つめた。従僕は最初驚いた顔でぽかんとしていたが、すぐにおもしろがっているような顔になった。

「あら」クラリッサは顔から髪を払いのけて、恥ずかしそうに微笑んだ。「わたしたち、座席から落ちてしまったわ」

「そのようですね、お嬢さま」と従僕が言った。

エイドリアンはクラリッサのウエストを抱えて急いでまた座席に座らせると、床から体を起こして馬車から降りた。威厳を保とうとしたが、まるでうまくいかなかった。馬車の外に降り立つと、にやにやしている従僕をにらみ、向きを変えてクラリッサが降りるのに手を貸した。

よく見えてはいなくても、従僕が笑っていることに気づいていたらしく、クラリッサは思わずこう言った。「別に何かしていたわけじゃないのよ、ジェイムズ。ロード・モーブレーはわたしに教えてくれていたの……その……」口ごもり、顔をしかめる。それも説明するわけにはいかないことに気づいたのだ。

「教えてくださっていたというのは、何を……？」ジェイムズが楽しげにせかす。今夜、使用人部屋で披露する話を仕入れるつもりなのだ。

「ある……ことを」クラリッサはそう言ってごまかした。

「はあ。ある……ことを教えてくださっていたんですね」ジェイムズは必死の思いで笑うまいとしていた。

エイドリアンは顔をしかめた。彼はうなずいた。「ええ、お嬢さま。そうでしょうとも」そして、ため息をついた。ふざけるとは何事だ？　こんなことではどんどん図に乗るだろう。近ごろではいい召使はなかなか見つからない。

「このあとあなたをお送りすることになっているんだと思いますが」クラリッサとともに小道を歩きはじめたエイドリアンに従僕が言った。

「そうだが」エイドリアンはきっぱりと言った。「玄関まで彼女を送ってからだ」

「ようございます、だんなさま」

「ようございます、だんなさま、か」エイドリアンは小声でぶつぶつ言いながら、この男はどうして今さら敬意をもっているふりをするのだろうと思った。

「いろいろ教えてくださってありがとうございます」玄関のまえで立ち止まると、クラリッサはもごもごと言った。

「いや、ぼくは……」エイドリアンはクラリッサの髪の状態に気づいて目をぱちくりさせた。半分はシニヨンからこぼれ、もつれたまま頭の片側から流れるように落ちてしまっている。もう半分は危なっかしく反対側にかしいでいた。

エイドリアンはため息をつき、手を伸ばしてすっかりシニヨンをほどいた。絹のような髪束が波となって顔のまわりにたれ、もつれているにもかかわらずとてもきれいだ、と思った。枕の上に広げたらさぞかしすばらしいだろう。

キスをしようと身をかがめ、もう少しで唇が触れ合うというところで、突然かたわらのドアが開いた。

エイドリアンはため息をついてうしろに下がり、「おやすみ」とつぶやいた。

「おやすみなさい」クラリッサもそう言うと、背を向けて屋敷にはいった。

ドアが閉まるのを見届けてからエイドリアンは馬車に戻った。

「お嬢さま！」

部屋のドアが勢いよく開いた。クラリッサは目をしばたたかせてベッドの上に起きあがった。

「どうしたの?」走りこんできたジョーンにぎょっとしてきいた。

「お嬢さまの眼鏡が届きましたよ!」メイドの声は眼鏡が自分のものであるかのように興奮していた。

「まあ!」クラリッサも興奮して毛布をひらりとめくった。ベッドに走り寄っていたジョーンがあっと息をのんだ。右手の壁に何かがぶつかる音が聞こえ、さらに何かが割れる音がつづいて、クラリッサはびくりとした。

「何が起こったの?」びくびくしながら尋ねた。メイドが小さなうめき声をあげた。

ジョーンはためらったあと、苦しげな声で言った。「ああ、お嬢さま。毛布を跳ねのけたとき、その縁がわたしの手に当たって、眼鏡が飛んでいってしまったんです」

クラリッサは肩を落とした。「そして壁に当たったのね?」

「そのようです」ジョーンはベッドの向こう側にまわった。

メイドが壁に近づいて眼鏡を拾おうとかがみこむのを、クラリッサはしぶしぶ見守った。メイドがいくつものかけらを拾い、動くたびにそれが手のなかでカチリと音をたてると、クラリッサはがっかりして両手に顔をうずめた。眼鏡は粉々になってしまった。それも全部わたしのせいで。

「申し訳ありません、お嬢さま」とジョーンが低い声で言った。クラリッサが顔を上げると、メイドはベッドの脇に立って、盃状にした両手をまえに掲げていた。割れた残骸がはいっているにちがいない。

「あなたのせいじゃないわ、ジョーン」

「わたしがもっとしっかり持っていたら――」

クラリッサは手を振ってメイドを黙らせ、首を振りながら立ちあがった。「あなたのせいじゃないわ。さあ、ドレスを着るのを手伝って。今日はレディ・モーブレーが、ウエディングドレスの最後の試着のために仕立屋さんに連れていってくださるの」

「はい、お嬢さま」ジョーンは眼鏡の残骸をベッドの脇のテーブルに置き、主人の身支度の手伝いにとりかかった。

支度をするあいだクラリッサは黙って、壊してしまったばかりの眼鏡のことや、そんな自分の不器用さについて考えていた。充分に気の滅入る状況だった。しかし、落ちこむまいとした。眼鏡は替えがきく。新しいものを手に入れられるだろう。たぶん早急に――だが、今ここにあればいいのにと思った。少なくとも心の一部では。しかし、あまりそれを望んでいない部分もあった。ばかげたことかもしれないが、眼鏡をかけた自分を見て、エイドリアンがどういう反応をするか気になった。眼鏡をかけることについてリディアがあれだけ大騒ぎをしていたことから、彼の反応に対してちょっと不安になっていたのだ。もしかしたら、眼鏡をかけたわたしを見たとたん、逃げ出すんじゃないかしら？

エイドリアンがそんなことをするとは思っていなかったが、たしかに眼鏡はおしゃれとはとても言えない。かけずにすむのならそれに越したことはない。

「できました、お嬢さま」ジョーンが小声で言った。

洗面と身支度のあいだ、メイドはじっと感情を抑えていた。事故のことで自分を責めているのだろう。そんなことしなくていいのに。ほんとうにだれのせいでもないのだから。あれは事故だったのだ。リディアに最初の眼鏡をとりあげられて以来、わたしが襲われているいくつものほかの災難と同じように。

「階下《した》にお連れしましょうか、お嬢さま？」

「ええ、お願いするわ、ジョーン」クラリッサはつぶやくと、差し出されたメイドの腕を借りて立ちあがった。

階上《うえ》の廊下に人気《ひとけ》はなかった。階段をおりるあいだもだれにも出会わず、階下におり立つまでそれはつづいた。だが、玄関ホールに到着すると、ちょうどリディアが廊下をこちらにやってくるところだった。

「ここにいたのね」継母は近づきながら言った。「あなたの眼鏡が届いたとフォークスが言っていたわ。どうしてかけていないの？」

クラリッサはジョーンの腕がこわばるのを感じ、安心させるようにその腕を軽くたたいたが、メイドはこう言った。「ちょっとした事故がありまして、わたしが壊してしまいました」

「なんですって?」リディアは怖い声で言うと、すぐにジョーンに目を据えた。「どうしてそんなことになったの?」

「ジョーンのせいじゃないわ」クラリッサはきっぱりと言った。「眼鏡が届いたと聞いて興奮したわたしが、彼女の手からはたき落としてしまったのよ」

「わたしがもっとしっかり持っていればよかったんです」とジョーンが悲しげに言ったので、クラリッサはよけいなことを言うメイドをたたきたくなった。何も言わなければリディアは彼女を放っておいてくれただろうに。だが、ジョーンのことばは継母の怒りに火をつけてしまった。

「この役立たずの娘が!」リディアはがみがみと言った。「荷物をまとめなさい。すぐにここから出ていくのよ」

「はい、奥さま」ジョーンは腕をつかんでいるクラリッサの手から逃れようとしたが、クラリッサは放さなかった。

「ジョーンはわたしのメイドよ、リディア。わたしがお嫁に行くときいっしょに連れていくお許しをもらうつもりだったけど、あなたが彼女を首にするなら、もうお願いする必要はないわね」ジョーンに向かってやさしく言った。「でも、荷物はまとめたほうがいいわ、ジョーン。わたしといっしょに来る気があるなら、そうする必要があるから」

「もうこの娘をこの屋敷に置くわけにはいかないわ。この娘は――」

「リディア！」ジョン・クランブレーが怖い顔で朝食室のドア口に姿を見せた。すべてを聞いていたらしく、あまりうれしそうな様子ではない。

リディアはしぶしぶゆっくりと夫のほうを向いた。ふてくされたような声で言った。「なんですか？」

「いいかげんにしろ」クラリッサの父はきびしい口調で言った。「クラリーがジョーンを自分つきのメイドとして連れていきたいのなら、そうすればいい。ジョーンはクラリッサが屋敷を出る日までここにいて、モーブレーの屋敷に輿入れする娘についていきなさい。そうすればクラリーも新居で心細い思いをせずにすむ」

彼はメイドに注意を向けた。「クラリッサといっしょに行きたいか？」

「はい、だんなさま。光栄なことでございます」ジョーンはすぐに言った。

ジョン・クランブレーはうなずいた。「それではさっそく荷造りにとりかかったほうがいいな。婚礼の日まであと二日しかない」

「ありがとうございます、だんなさま」ジョーンはためらってから、クラリッサを見た。

「もうわたしがしてさしあげることはございませんか、お嬢さま？」

「ええ、あとは大丈夫よ。レディ・モーブレーをお待ちするあいだ、紅茶とトーストでもいただいているから」クラリッサはそう言って、メイドの腕を軽くたたいた。「あなたはわたしたちの出発まえに必要なことをしにいってちょうだい」

「はい、お嬢さま。ありがとうございます」

クラリッサはメイドのぼやけた姿が足早に去っていくのを見送ったあと、父親とリディアのほうに向きなおり、どうしたものかとためらった。継母は黙ってじっと立ったままだったが、怒りの波は収まりつつあるようだ。

「行こう、クラリー」父が静かに言った。「これからドレスの試着が待っているんだから、トーストと紅茶だけではもたないぞ」

クラリッサはうなずき、ドア口にいる父のところに向かったが、そのあいだずっとリディアのことを考えていた。継母は腹いせのためだけにジョーンを首にしようとした。彼女とのあいだの亀裂《きれつ》を埋める方法がわかればいいのに。リディアは最初からクラリッサに怒りを覚えているようだった。その怒りは年月を経ても増すばかりのように思える。クラリッサは怒りの原因がなんなのかわからないので、それを償う方法もわからなかった。

モーブレー夫人を待ちながら、クラリッサはソーセージ三本と卵二個、ブラックプディングにトーストと紅茶三杯を平らげた。食事のあいだずっと父がそばにいて、世間のニュースや天気のこと、間近に迫った結婚式のことなど、ありとあらゆるさまざまなことを娘と語り合った。モーブレー夫人の到着が告げられると、クラリッサは立ちあがって父に別れのキスをし、玄関ホールにいるエイドリアンの母のもとに急いだ。

そのあいだに、階上の自室にいたらしいリディアが階段をおりてきた。継母の気分は少しもよくなっていないようだったので、クラリッサは立ち止まって出かけるあいさつをすることもなく、間もなく義理の母となる婦人とともに急いで屋敷の外に出た。

「驚いた」馬車の座席に身を落ち着けながら、モーブレー夫人が低い声で言った。「レディ・クランブレーはものすごく機嫌が悪そうだったわね。朝が苦手なのかしら？」

クラリッサはため息をつき、一瞬ちがいますと言いそうになったが、思いなおした。そして、やはり真実を話したほうがいいだろうと判断し、モーブレー夫人を楽しませるつもりで、自分が不器用なせいで眼鏡を壊してしまったこと、リディアがジョーンを責めたことを話した。

モーブレー夫人はなぐさめのことばをつぶやいたが、だれのせいでもないと言ってくれた。事故だったのだからしかたがないと。そして、ひどく妙なことを言った。「エイドリアンはほっとするでしょう」

その奇妙な意見を聞いて、クラリッサは目をぱちくりさせ、気にしていることをさとられまいと、あわてて窓の外に目を向けた。エイドリアンはそんなに眼鏡が嫌いなのかしら？わたしが眼鏡をかけるのがそんなに気に入らないの？クラリッサは町で新しい眼鏡を手に入れるために眼鏡店に寄ってもらえないかとモーブレー夫人にたのむつもりでいたが、言いだすのははばかられた。馬車が町の通りを進むあいだ、眉をひそめながらどうしようかと考えをめぐらした。

　仕立屋が大騒ぎをしながら、だれもが美しいと太鼓判を押した自慢のドレスを引っぱったり、たくしこんだりしているあいだ、クラリッサは辛抱強く立ったまま、ひたすら考えつづけていた。ひとまず試着が終わり、仕立屋が彼女のドレスを脱がせて、モーブレー夫人が結婚式で着るドレスのほうに注意を向けると、クラリッサはぶらぶらと店の入口のほうに向かった。頭のなかはまださまざまな思いにとらわれていた。

「何かお持ちしましょうか、お嬢さま？　お待ちになっているあいだ、お茶でも？」

　クラリッサは仕立屋の助手の声に気づくと、少し間をおいてから尋ねた。「この近くに眼鏡を作っているお店はあるかしら？」

「ええ、ありますよ。ここから二軒先の店です」助手の娘は、役に立てるのがうれしい様子で言った。

「ありがとう」と言って、クラリッサは店の奥に目をやった。仕立屋はまた大騒ぎをしながらモーブレー夫人の着付けに手を焼いているはずだ。そこで、助手が姿を消すと、クラリッサは一瞬ためらってからそっと店の外に出た。そしてはたと足を止めた。助手は二軒先だと言っていたが、どちらに向かってとは言わなかった。迷った末、左に行くことにした。一方を試して、まちがっていたらもう一方に行けばいい。

　クラリッサが選んだのは、たまたま正しい方向だった。店ごとに立ち止まってガラスに顔を押しつけ、なかのディスプレイを確認した。二軒先に探していたものを見つけた。店のなかにはいっただけで、気分がよくなった。これですぐにもまた目が見えるようになるのだ。

「何かお探しですか、お嬢さま？」

クラリッサは驚いて、声をかけてきた男性に目をすがめた。あまりにも静かな動きだったので、彼が近づいてくる音が聞こえず、姿にも気づかなかったのだ。落ち着くのよと自分に言い聞かせながら言った。「眼鏡がほしいんです」

「それならまさにぴったりの場所においでくださいました。こちらでは豊富にとりそろえてございます」

実に簡単だった。ほどなくして店を出たクラリッサは、新しい眼鏡を鼻の上にのせ、満面の笑みを浮かべていた。すばらしかった。最高の気分だった。また目が見えるようになったのだ！

クラリッサは通りの左右をじっと見つめて通りすぎる人びとを眺め、彼らの服の細かな装飾や顔の小さなしわを確認すると、馬や馬車に目を向けた。なんてすばらしいの！　よろこびの吐息が洩れた。そして、姿を消したことをエイドリアンの母に気づかれるまえに戻ろうと、足早に仕立屋に引き返した。この小旅行のことはまだ話さずにおくつもりだった。新しい眼鏡のことも。最初にエイドリアンに話して様子をみたかった。もしほんとうに彼が眼鏡に嫌悪感をもっているなら、彼のまえで眼鏡をかけるのは少し待たなければならないだろう……クラリッサを愛しはじめるまで。愛するようになってからなら、眼鏡をかけなくてはならないことも、きっとそれほど気にしないでくれるだろう。

せめてそうであってほしかった。一生目が見えないままで過ごしたくはなかった。

仕立屋の店のまえで足を止め、最後にもう一度くっきりとした世界を見たあと、小さなため息とともに眼鏡をはずして、スカートのなかの小袋にしまいこんだ。今のところは秘密にしておかなければ。ひとりのときに楽しんで、そうでないときはエイドリアンの意見がわかるまでしまっておくことにしよう。

ふたたび視界のぼやけたクラリッサが仕立屋の店にはいり、布見本の置かれた脇のテーブルに近づくと、モーブレー夫人が店の奥から風のようにやってきた。

「外に出る準備はできて?」と婦人はきいた。「今日はエイドリアンの屋敷でお茶をいただこうかと思っているのよ。そうすればあなたを使用人たちに引き合わせることもできるし」

クラリッサは眉を上げた。「エイドリアンには自分の町屋敷があるんですか?」

「ええ、そうよ。放埒《ほうらつ》だった若いころに買ったの。いけないことをする場所がほしくてね」エイドリアンの母は愉快そうに首を振った。「今はわたしを悩ますためにそこにいるんだと思うわ。それと、あちらのパーティやこちらのパーティに出席させようとうるさくせっつくわたしをかわすためにね」

クラリッサはかすかに微笑んだ。「エイドリアンといっしょにお茶がいただけるならうれしいですわ」

「では、まいりましょう」エイドリアンの母はクラリッサの腕をとって店から出ると、こう言った。「ねえ、クラリッサ……あなたがリディアとあまりうまくいっていないのは知っているわ。だから、何か必要なものがあれば、なんでもいいからわたしに言ってちょうだい。話し相手がほしいときは、気軽にわたしに話しかけてね。わたしはあなたを自分の娘のように思うことがとてもうれしいの。だから自分の娘のように接したいと思っているのよ」

クラリッサは突然のどにこみあげたものを飲みこんでうなずいた。「ありがとうございます」と言うことしかできなかった。

11

「さあ、これを」エイドリアンは金貨の袋を机の上に置くと、ため息とともに椅子に背を戻した。マーティン・ハドリーはそれをとりあげた。

エイドリアンが最初にハドリーを使ったのは数年まえ、領地の屋敷でさまざまなものがなくなりだしたときのことだった。エイドリアンに彼を推薦した隣人は、何度かハドリーの力を借りており、そういう問題を解決するにあたって非常にたよりになる男だということを知っていた。ハドリーはモーブレーの領地の屋敷で従僕の職を得た——少なくともおもて向きはそういうことになっていた。だが、彼のほんとうの仕事は、モーブレー家の銀器や先祖伝来の家財の行方を探ることだった。そして、着任して一週間とたたずに、下手人であるメイドをつかまえたのだった。

エイドリアンはすっかり感心し、その後もたびたびハドリーの力を借りた。信頼できる男と見こんでいたので、思うようにクラリッサに会えずに悶々《もんもん》としていたときも、ためらうことなくハドリーを呼んだ。クラリッサを連れ出す方法が見つかることを願って、クラリッサと継母が出席する行事を探らせるためにハドリーを雇った。もちろん婚約した今はもうその必要はなかった。そこでエイドリアンは報酬をわたすことにした。それが今日していることだった。だが、ハドリーに会いたかった理由はそれだけではなかった。

「ありがとうございます、だんなさま。早々とお支払いいただいて感謝します。そういう方はなかなかいないんですよ。しつこく追いかけまわさないと払ってもらえないんです」金貨の袋を大事にポケットにしまうと、ハドリーは椅子の上でくつろぎ、片方の眉を上げた。

「お手紙によると、わたしに探ってほしい別の問題があるということでしたね？」

「そうだ。これもクラリッサに関係することなんだが」エイドリアンは眉をひそめ、屋敷の裏庭を見晴らす窓に視線を移した。「何者かが彼女に危害を加えようとしている可能性がある」

ハドリーは眉を上げた。「どういうことです？」

エイドリアンはハドリーに視線を戻した。「これまでの調査で、クラリッサがことのほか事故にあいやすいことはおまえも気づいているだろう」

ハドリーはゆっくりとうなずいた。「かの令嬢はふだん眼鏡をご使用のようですが、継母《はは》君にとりあげられてしまった。眼鏡がないと尋常ではないほど事故にあいやすく、そのせいで悲惨な思いをされている」

相手がそこまで理解していることに励まされ、エイドリアンは少し気が楽になった。ここまでわかっている者は彼自身をのぞけばほかにいない。ハドリーはできる男だ。このあらたな状況を解き明かしてくれるだろう。

「そうだ。事故の多くはおそらく眼鏡がないせいで起こったことだろうが、気にかかることがひとつふたつある」

ハドリーは唇を引き結び、やがてこう言った。「たぶんそのひとつというのは、通りに倒れこんで、馬車に轢《ひ》かれそうになったときのことでしょう」

エイドリアンはうなずいた。この男がその話を耳にしていたことには驚かなかった。ハドリーは完璧主義で知られているのだ。

「もうひとつは？」とハドリーがきいた。

「ぼくたちが婚約することになった晩、レディ・クランブレーは舞踏会を開いた。ぼくはいとこのレジナルド・グレヴィルと、クラリッサに会うための計画を立てた。彼が友人の連れとして舞踏会に行ってクラリッサを見つけ、ダンスに誘うか連れ出すかして、噴水のところでぼくに会ってほしいと伝えることになっていた。

計画の当日、ぼくはいとこよりも少し早く舞踏会に行った。先に噴水に着いて、彼女が来るのを待っていようと思ったのだ。そこで事件が起きた。噴水に着くと、そのなかにクラリッサが浮かんでいた。どんなに驚いたことか」

ハドリーは眉を上げ、椅子の上で背筋を伸ばした。「どういうことですか？」

「彼女はぼくからの手紙を受けとって、ぼくに会うために急いで噴水に向かっていたらしい。それで——急いでいたために——木の枝にぶつかった」

ハドリーは眉をひそめた。「それがどうして噴水に浮かぶことになったんです？」

「クラリッサが言うには、まえにつんのめったことは覚えているそうだ。それで噴水のなかに倒れこみ、意識を失ったらしい」

ハドリーは歯のあいだから小さく口笛を吹いて椅子に背を預けると、首を振った。「まあ、そういうこともありうるでしょうね。どうして事故ではないかもしれないと思うんですか？」

「ぼくは彼女に手紙など送っていないからだ」

「あなたのいとこが——」

「レジナルドは直接彼女に話すことになっていた。だが、結局そうはならなかった。彼が着いたとき、彼女はすでに噴水に浮かんでいたんだから。クラリッサはそこで会おうと書かれた手紙を受けとっていた。〝A・M〟という署名があったらしいが、ぼくはそんな手紙を送った覚えはないんだ」

ハドリーはふたたび背筋を伸ばした。眉間にしわを寄せている。「それは厄介ですね。でも、彼女は枝にぶつかったことを覚えているんですね？」

「クラリッサは眼鏡がないとよくものが見えない。何にぶつかったのかわかっていないだろう」エイドリアンは指摘した。そしてさらに言った。「何かにぶつかったのかどうかさえ。ぼくに言えるのは、彼女がぶつかるほど低いところに枝はなかったということだ。あったとしても、つまずいてそんなに遠くまで行ったと考えるのはむずかしいと思う」

「噴水とその付近を見てみたいですね」ハドリーがそう言うと、エイドリアンはうなずいた。

「ぼくが手配しよう」と言った。そして、懐中時計に目をやって低い声で言った。「実は、母が今朝からクラリッサを連れてドレスの試着に出かけているんだが、そのあとで彼女とお茶を飲むようなことを言っていた。ぼくらもそこに顔を出そう。昼間の光のなかで噴水を見せてほしいとたのんでみる。おまえはぼくの連れとして来てくれ」

「わたしのことはなんと説明するんです？」ハドリーが興味深げにきいた。

エイドリアンは肩をすくめた。「友人か、助手とでも」

「助手のほうがいいでしょう」とハドリーは断定した。「領地の屋敷に同じものを造りたいから、主人の好みをわからせるためにわたしに噴水を見せたいということにしては」

「それがいい」エイドリアンはゆっくりとうなずき、立ちあがった。「行くぞ。これから彼女の屋敷に向かおう」

先にたって書斎を出たが、廊下に足を踏み出したところで、ジェソップが現われ、急ぐでもなくこちらに向かってきた。

「お出かけでございますか、だんなさま？」執事はふだんにはない敬意をただよわせながら尋ねた。今はハドリーがいるせいでそうしているだけなのをエイドリアンは知っていた。

「ああ。母上が試着のあとクラリッサとお茶を飲むと言っていたから、ぼくらも向かうことにする。今ごろはもう試着を終えているだろうな?」

「わたくしにはわかりかねます」ジェソップはカサカサと音がしそうなほど乾ききった口調で言った。

「ふむ」エイドリアンはかすかに顔をしかめてから言った。「玄関のまえに馬車をよこしてくれ」

「かしこまりました、だんなさま」ジェソップはきびすを返し、廊下を戻っていった。エイドリアンは自分のコートと帽子、それにハドリーの衣類をとりにいき、さっさと屋敷の外に出た。

「噴水での事故のせいで、馬車の事故にも疑問をもたれるようになったんですか?」コートを着て馬車を待ちながらハドリーが尋ねた。

「ぼくが送った覚えのない手紙で、彼女が噴水に誘い出されたというのが引っかかったんだ」とエイドリアンは言った。「それに、通りに押し出されたということも。クラリッサはだれがぶつかってきたかわからないと言う。あとは階段から落ちた事件もある」

「その事件のことは聞いていません」とハドリーが言った。「どういうことだったんですか?」

「クラリッサにはいつも手を引いてくれる人間がいる。たいていは彼女のメイドだ。そのときは、だれかに手を引いてもらうのにうんざりして、ひとりで階下におりようとしたそうだ。それで階段のいちばん上にあった何かに足をとられた。だが、どうして彼女が階段から落ちたのか、だれも知らないようだった」エイドリアンは眉をひそめた。「変に聞こえるかもしれないが、ぼくならこう考える。彼女がつまずいたのだとわかれば、何につまずいたのか調べるために使用人たちは階段のいちばん上を見るはずだ。だが、だれもそんなことはしなかったらしい」

ハドリーが黙ったまま考えているので、エイドリアンはいらいらと体を動かした。「このふたつの出来事が事故ではないことを示す証拠がないのはわかっているが、今はどうも気になるんだ。そう、噴水でのことがあってから」

「これらの事故を仕組んだ人間にとって、令嬢が見るからに不器用なのは非常に都合がいい」ハドリーが考えこむようにつぶやいた。

「それはぼくも考えた」エイドリアンは同意して言った。

「彼女から眼鏡をとりあげたのは継母のレディ・クランブレーです。事故の裏にはレディ・クランブレーがいるとお考えですか？」ハドリーは唇をかんだ。「どういうわけか彼女は令嬢を毛嫌いしているようです。少なくとも、わたしにはそう思えます。でも、そっち方面についてはちゃんと調べたわけじゃないんで、まちがっているかもしれませんがね」

「まちがってはいない」とエイドリアンは請け合った。「リディアはクラリッサを死んだ彼女の母親と同一視しているのだと思う。夫の愛情を奪うライバルのように思っているんだ」

「なるほど」とハドリーは言った。やがて沈黙が流れ、馬車が到着した。エイドリアンは御者に行き先を告げ、馬車に乗りこんだ。ふたりは静かにクランブレー邸へと運ばれていった。

「レディ・クラリッサはお留守でございます」玄関扉を開け、屋敷のまえでハドリーとともに待っているエイドリアンを認めるなり、フォークスは言った。

エイドリアンは返した。「ドレスの試着を終えたレディ・クラリッサとぼくの母が、お茶のために戻ってくるから、ここで会うことになっているんだが」

「まだお戻りではありません」というのが執事の返事だった。

馬車のなかで待とうかと考えはじめていると、玄関ホールで気むずかしい顔をしている老執事の背後に、ジョン・クランブレーが現われて言った。「これはこれは、エイドリアン！ さあ、はいりたまえ！ クラリッサときみの母上はもうすぐ戻ってくるだろう。どこかに寄っているのでなければな。この方たちをお迎えしなさい、フォークス。そして、サロンにお通ししてお待ちいただくように」

「かしこまりました、だんなさま」フォークスは扉を開けて脇に退き、客人がはいれるようにした。

「残念ながらわたしは出かけるところでね」クランブレー卿は申し訳なさそうに言った。

「クラブで古い友人に会うことになっているんだよ。そうでなければお相手させてもらうんだが」

「かまいませんよ。ただ、ご婦人たちが戻るのを待つあいだ、ここにいる助手のハドリーにおたくの噴水を見せてやりたいんですが。領地の屋敷にああいう噴水がひとつほしいと考えていて、彼の意見を聞きたいもので」

「ああ、いいとも。見てくれたまえ。クラリッサはあの噴水が大好きでね。よくそばに座って本を読んでいるよ。まあ、今はそうもいかないが」顔をしかめて言いなおす。「眼鏡があったときはそうしていた。そう言えば、今朝あの子の眼鏡が届いたんだ」

エイドリアンはそれを聞いて体を硬くしたが、クランブレー卿がこうつづけたので緊張は解けた。「不幸なことにちょっとした事故があって、壊れてしまったんだがね」

エイドリアンが感じた安堵は手にとれるほどだった。体じゅうから力が抜けるのがわかった……クラリッサの父がこう言うまでは。「婚礼のまえに町の店に連れていって、新しいものを買ってやらなければ」

「その必要はありませんよ」エイドリアンは急いで言った。「それはぼくが手配しますから」

クランブレーはとまどったが、うなずいて言った。「きみがそう言うなら」そして、ドアのほうに向かったので、エイドリアンは大いにほっとした。「噴水を楽しんでくれたまえ。クラリッサとレディ・モーブレーはすぐに戻るだろう」

「こちらでございます、紳士がた」主人が出ていって玄関扉が閉まると、フォークスは客人たちに声をかけて向きを変え、先にたって廊下を進んだ。

サロンのフレンチドアのところまで来ると、エイドリアンは老執事に声をかけた。「ここからは案内がなくても大丈夫だ」

「さようでございますか」フォークスはうなずくと背を向けた。「ご婦人がたが戻られたらお出しするお茶の準備を見てまいります」

エイドリアンはフレンチドアを開けて外に出た。この位置から噴水に向かったことはなかった――舞踏会の夜は裏門を乗り越えてはいったのだ――が、どっちに行けばいいかはすぐにわかった。噴水があるのは敷地の奥の右手だと知っているので、その方向につづいている小道を進んでいけばよかった。

「さあ、ここだ」開けた場所に出ると、エイドリアンは言った。

ハドリーは足を止め、噴水のほうを見やってから、いま歩いてきた小道をじっと見た。

「彼女は今の道を来たんですか?」

「クラリッサとジョーンが戻っていったのはこの道だから、おそらく来たのもこのルートだと思う」とエイドリアンは言った。そして、ハドリーとともに小道の突き当たりの木立を調べた。クラリッサがぶつかるほど低い枝はひとつもなかった。彼もハドリーもかがむことなくその下を歩けるほどだ。クラリッサの背丈はエイドリアンのあごのあたりまでしかない。

　ハドリーは噴水を調べるために向きを変えた。

「クラリッサはこの小道に突き出していた枝に頭をぶつけたのだと考えている」とエイドリアンは言った。「倒れて気を失うまえに、一歩か二歩まえにつんのめったのを覚えているそうだ」

　ハドリーはたっぷり三メートル以上向こうにある噴水を見て、首を振った。「それでは噴水のなかに倒れることにはなりません」

「ぼくもそう思う」エイドリアンは悲しげに認めた。

「それに、小道にはみ出した枝に頭をぶつけていないのもたしかです。つまずいて小道からそれたのだとしても、枝は高いところにあるのでぶつかるものはない」

「そうなんだ」

「あなたの言うとおりかもしれませんね、だんなさま」ハドリーはそう言うと、小道の左側のやぶに向かい、片足を使って下生えをかき分けた。そして地面をじっと見た。「事故ということは考えにくい」

「ああ」エイドリアンは眉をひそめ、噴水を調べるために向きを変えた。噴水に浮かんでいるクラリッサを見つけたとき、胸のなかで心臓が飛び跳ねたことを思い起こす。あのときは彼女を失ったかと思った。つらい記憶だった。それ以前から彼女に惹かれていたし、いっしょにいると楽しいのはわかっていたが、彼女への思いがもっとずっと深いものであることに気づいたのはそのときだった。そう、だから怖くてたまらなかった。もう取り返しがつかないほどクラリッサを愛しはじめていることが。

「ほほう！　これはなんだ？」

エイドリアンがそのことばにぎくりとしてハドリーを振り返ると、彼はかがみこんで何かを拾っていた。ほどなくして体を起こした彼は、一本の太く長い枝を手にしていた。エイドリアンは眉根を寄せてそばに行った。

「これがその枝なのか？　クラリッサがぶつかったときに折れたのか？」

「彼女がのこぎりで切っておいたのでなければ、それはありえませんね」ハドリーは枝を示しながら冷静に言った。

エイドリアンは太い枝のまんなかあたりまでついている、のこぎりで切ったあとに気づいた。そして、樹皮にからまっている長い茶色の髪の毛に目を留めた。ハドリーは枝から髪の毛をはずし、片方の眉を上げた。「おそらくクラリッサさまのものでしょう。色が一致します」

エイドリアンはうなずいた。

「つまり、だれかが事前にこれを切っておいて、彼女を噴水に誘い出し、殴って昏倒《こんとう》させた。そして噴水のなかに投げ入れたんです。おそらく溺死《できし》させるつもりだったんでしょう。その晩ここでクラリッサさまに会うというあなたの計画のおかげで、彼女は救われたんですよ」

エイドリアンの胸のなかで、冷たい恐怖の実が育ちはじめるのがわかった。クラリッサを救うことができたのは、ひとえにあの晩彼女に会いたいと願ったせいだった。もし別の場所や別の夜を選んでいたら、クラリッサは今ごろ死んでいたのだ。そう思うと心臓が凍りついた。その動揺の度合いはいささかぎょっとするほどだった。クラリッサと知り合ってまだ間もないが、エイドリアンにとって彼女の幸福と安全はすでにひどく重要なものになっていた。

ハドリーは枝を地面に放り、両手を払った。「火事はどうなんです？」

エイドリアンは目をしばたたいた。「火事？」

「同じ晩のことです。ここで火事があったんですよね。あなたとクラリッサさまはいささか不名誉な状況でいっしょにいるところを見つかって、あなたは彼女と結婚するつもりであることを宣言した」

「ああ、そうだ。そのことを忘れていた」エイドリアンの口元がこわばった。「火元はクラリッサの部屋のドアのすぐ外だった。廊下のテーブルに置かれたろうそくが燃え残っていて、何かのはずみで倒れ、火がついたのだろう——少なくとも、そういうことだったと言われている」

「あなたはそれを信じていないんですね？　その理由は——？」

「クラリッサの部屋のドアは施錠されていた。あるいは外にものを置いて開かないようにしてあったのかもしれない。どちらにしろそれは問題ではなかった。ぼくが火事に気づいて近づいたときには、ドアは熱くなりすぎていたんだ。ドアの向こうでは火が燃え盛っていた。窓から脱出するしかなかった。だが、もし彼女がひとりで眠っていたら……」

ハドリーはきびしい顔でうなずいた。「市場でクラリッサさまがもう少しで轢かれそうになったときのことも調べてみます。単なる事故という可能性もありますが、その日のことを覚えていて、クラリッサさまを押したかもしれない人物を近くで見た者がいないか、尋ねてまわってみましょう。彼女が階段から落ちた日のことについて、ここの使用人たちに話を聞くこともできますが——」

「いや」エイドリアンは首を振った。「だれかがクラリッサに危害を加えようとしているとぼくらがにらんでいることは気づかれないほうがいいだろう」

ハドリーはうなずいた。「では、クラリッサさまはどうします？　わたしたちがにらんだとおり何者かが彼女を殺そうとしているなら、あなたと結婚するまえに殺《や》ってしまおうと躍起になるかもしれない」

「それに関しては手を打ってある。クランブレー家の従僕三人に金をわたして、クラリッサから目を離さないように言っておいた。火事のあった夜に手配したんだ」エイドリアンは暗い声で言った。

「メイドは？」とハドリーがきいた。

エイドリアンは肩をすくめた。「そもそもクラリッサから目を離さないことがメイドの役目だ。つねに彼女のそばにいるのだから、言い含める必要はない。それに、メイドはクラリッサに話してしまうかもしれない。彼女を心配させたくないし、不安にさせたくないんだ。婚礼の準備ですでに心労を重ねているんだから」

ハドリーはうなずいた。「従僕三人で充分でしょう。それなら——」

「エイドリアン・マクシミリアン・モンフォート！」

エイドリアンがぎくりとして小道を振り返ると、クラリッサを引き連れた母の姿が目にはいった。どうやらまずい状況らしい。母が息子をフルネームで呼ぶのは、息子の行動が気に入らないときだけだ。だが、それを気にしている余裕はなかった。クラリッサを見て頭の歯車が狂ってしまったのだ。

彼女はかわいらしいクリーム色のドレスを着ていた。髪は——両側をうしろに引っつめてはいるが——あの晩彼女の部屋でしていたように、ほとんどおろしてあった。女たちがみんな舞踏会にしていく渦巻き状に高く結いあげた髪型よりも、エイドリアンはそのほうが好きだった。クラリッサは愛らしく見えた。

「もう、ぼけっと口を開けてクラリッサを見るのはやめなさい」エイドリアンの母がいらいらと言った。そう言いながらも明らかに満足げだ。「もうすぐあなたの奥さんになるんだから、いずれ好きなだけ口を開けて眺められるでしょ。今はわたくしに目を向けてもらいたいものだわ」

エイドリアンは目をしばたたき、しぶしぶ母に視線を転じると、あきらめの口調で尋ねた。

「ぼくが何をしたと言うんです？」

「今日はクラリッサとお茶を飲むと言っておいたのに、覚えていないの？」母はきびしく尋ねた。

エイドリアンは眉を上げた。「覚えていますよ。実は、ハドリーとぼくもお仲間に入れてもらうことにしたんです。それでここにいるんですよ」

「あら、それはすてき」モーブレー夫人はにっこりして言った。しかし、その笑みをこわばらせて付け加えた。「わたしたちがあなたの屋敷でお茶を飲むつもりだったことをのぞけばね」

エイドリアンは目をぱちくりさせた。「ぼくの屋敷で？」

モーブレー夫人は大げさなため息をついた。「そうですよ、エイドリアン。あなたの屋敷でね。あなたが使用人たちに話をしておくことになっていたのよ。屋敷をきちんと整えて、使用人たちに日曜日の晴れ着を着せておけば、クラリッサにみんなを引き合わせることができて、彼女も婚礼のまえに知ることができるでしょう――新居と使用人たちの両方を」

「そうか」エイドリアンは途方に暮れて母をじっと見た。そう言えば、クラリッサとお茶を飲む話のあと、クラリッサを使用人に会わせるという話も聞いたような気がする。そのときはなんのことかわかっていなかったが、今はっきりと理解した。彼らはまだクラリッサの使用人ではないが、いずれそうなる。エイドリアンの屋敷でお茶を飲めば、彼女は使用人たちと知り合うことができたはずなのだ。

まさに名案だった。当然しておくべきことでもある。結婚すればクラリッサの生活も住まいも変わる。新しい屋敷で新しい使用人と暮らすことになるのだから。事前に彼らに会っておくことはとても重要だ。母にもっと注意を払わなかったことを悔やんだ。

モーブレー夫人は、いつもこうなんだからと言いたげにため息をつくと、ハドリーを見やった。「ミスター・ハドリーね。あなたのことは息子から聞いています」

エイドリアンは、ハドリーが彼のためにしていることを母が明かしてしまうのではないかと思って体を硬くしたが、機転のきく母はそんなことはせず、こう言っただけだった。「クラリッサ、こちらはミスター・ハドリー。ときどきエイドリアンの仕事の手伝いをしているの。ミスター・ハドリー、こちらはじきにわたしの義理の娘になる、レディ・クラリッサ・クランブレーです」

「はじめまして」

ハドリーはまえに進み出てクラリッサの手をとり、笑みを浮かべながら彼女の頭に目を走らせた。火事の夜に負った傷を探しているのだと、エイドリアンにはわかった。だが、傷は見たところほとんど残っていなかった。事故から一週間半たっているのだ。あのときはこぶと傷があったが、もう消えている。もっと早くこの男と連絡がとれていれば、何か気づくことがあったのかもしれないが、ハドリーは別の領主の問題を処理するためにイングランド北部にいた。昨日の晩に戻ったばかりで、朝いちばんにエイドリアンに会いにきたのだ。

「ごきげんよう、ミスター・ハドリー」クラリッサはもごもごと言った。「エイドリアンのためにどんなお手伝いをなさっているの？」

エイドリアンはその質問にぎくりとしたが、気に病む必要はなかった。ハドリーはすぐに気をとりなおして、ためらいもなくうそをついた。「まあ、いろいろです。ほとんどたいていのことはやっていますよ」

「そう」と言いながら、クラリッサはまだ興味があるようだった。

ハドリーはつづけた。「実は今朝、だんなさまから新しい計画のことをうかがったばかりなんです。こちらの町屋敷にある噴水と同じものを、モーブレーの領地にも造りたいそうで、それで今日はふたりのレディとのお茶にわたしを招いてくださったのです。そうすればわたしをみなさまに引き合わせることができるし、わたしに噴水を見せれば、それを造ることになる職人たちにどう話せばいいかわかるだろうと、だんなさまはお考えになったのです」と説明した。エイドリアンは男のたくみな話術に感心した。

「ええ、そうですね」クラリッサはにっこりした。「すてきなことだわ。ねえ、ミスター・ハドリーもわたしたちといっしょにあなたのお屋敷に戻るんでしょう？」

「でも……」エイドリアンは眉をひそめた。「ここでお茶ができるように、フォークスがコックに準備させているはずなんだ」

「行きちがいあったことは、ここに着いたときにフォークスに説明しておいたの」とクラリッサは言った。「心配いらないと言ってくれたから、コックにもお茶はもういいと伝えてくれたはずよ。せいぜいやかんを火にかけるぐらいまでしか準備は進んでいないだろうとフォークスは思っていたみたい」

「行きちがいのことはジェソップにも説明しておいたわ」エイドリアンの母が言った。「すぐに料理人にお茶の支度をさせにいったから、戻るころには準備ができているでしょう」

「屋敷に行ったんですか？」エイドリアンはきいた。

母はうなずいた。「あなたがここにいることを、わたしたちがどうして知ったと思うの？ジェソップから聞いたに決まってるでしょ。あなたは混同してしまったようだけれど、わたしたちはあなたの屋敷でお茶を飲むことになっているから、クラリッサの家にあなたを迎えにいって、連れてかえるとジェソップに話しておいたわ」

「ああ、そうですか。それでは……うちに行きましょう」エイドリアンはもごもごと言った。今ごろ屋敷の使用人たちはどんなに自分をうらめしく思っているだろうと考えながら。使用人を怒らせると、多大な苦痛をこうむることになるのを、彼はずっと昔に学んでいた。

一同が小道を歩いて屋敷に戻り、まさに馬車に乗りこもうとしていると、ハドリーが言った。「だんなさま、やはりわたしは最新の仕事にとりかかったほうがいいと思います。お茶をごいっしょさせていただくのは、ありがたいことなのですが」

「ああ、わかった。いいとも」エイドリアンは彼のほうを向いて手を差し出した。「ありがとう、ハドリー。報告を楽しみに待っている」

ハドリーはうなずいて握手を交わすと背を向け、通りを歩いて去っていった。

「ミスター・ハドリーはやっぱりいっしょに行かないことになったの？」エイドリアンが馬車に乗りこむと、クラリッサがきいた。彼は婦人たちの向かいの、あいていた座席に座った。

「ああ。やらなければならない仕事があるんだ」と言ってごまかし、座席に落ち着いてクラリッサの体を目でたどった。明るい色のドレスを着た彼女は太陽の光のようで、エイドリアンは会うたびに彼女が美しくなっていくように見えることに驚いた。

母は今朝の試着のことを話しはじめ、屋敷までの短い旅のあいだ、エイドリアンはそれを片方の耳で聞いていた。頭のなかでは、このままクラリッサと馬車に乗ったときのことを思い描いていた。母の屋敷からあまり遠くないところに自分の屋敷があると、こういうときに便利だが、母が同席しているにもかかわらず、ズボンのなかのものがいきり立つのには困った。

屋敷に着くと、エイドリアン一行がたどり着くよりもまえに、ジェソップが玄関のドアを開けた。「お帰りなさいませ、だんなさま」

エイドリアンは執事の顔をひと目見ただけで、彼と、おそらく残りの使用人全員に嫌われているのがわかった。冷笑をもって迎えられなくてもそれは明白だった。おそらく使用人たちは、必死に走りまわってほこりを払い、拭き掃除をしたことだろう。彼の屋敷や使用人たちがいつもきちんとしていないというわけではないが、特別に磨きたてたのだろうし、未来の女主人がやってくると聞かされてからの短い時間で、少なくともそうしようとしたはずだ。そう、クラリッサの訪問をもっとまえに知らされていたら、第一印象をよくするために全力を尽くすことができたのだ。それなのに、エイドリアンが母の言うことをよく聞いていなかったせいで、今日のお茶のことを知らされていなかったのでそれもかなわず、そのため現在ジェソップは、敷物の上に見つけた藻か何かのように、主人をにらみつけているのだった。

「心配いらないわよ、ジェソップ」先にたってなかにはいりながらモーブレー夫人が言った。「わたしの話を聞かず、あなたへの連絡を怠ったエイドリアンにはもうお説教しておいたから」

「恐れ入ります、奥さま」と執事は言った。だが、目つきは相変わらず怖かった。

エイドリアンは顔をしかめ、玄関で目をすがめてあたりを見まわしているクラリッサのほうを向いた。屋敷の基調であるダークブルーとスレート色にしっくりとなじみ、クリーム色のドレスがよく映えている。いかにもこの屋敷にふさわしく見えた。

「にらまなくてもいいのよ、ジェソップ。エイドリアンは婚約者のことで頭がいっぱいで、ほかのことはわからなくなってるんだから。まったく役立たずだわ。しばらくはこの状態がつづくんでしょうね――少なくともうるわしのクラリッサと結婚するまでは。どう、すてきなお嬢さんでしょう、ジェソップ？」

「はい、たいへんお美しゅうございます、奥さま」ジェソップが認めて言った。

「きっとかわいい孫たちを産んでくれるわ。そう思わない？」

「はい、そのとおりでございましょう、奥さま」

クラリッサの顔に赤みがさしたのに気づいたエイドリアンは、話者たちをにらみつけて言った。「ぼくたちはここにいて聞いているんですがね」

「あら、あなたもたまにはわたしの話を聞いているのね」モーブレー夫人はそっけなく言うと、ジェソップの腕に手をすべらせた。そして、執事を引っぱって廊下を進みながら言った。「行きましょう、ジェソップ。コックが窮地を脱するために何をこしらえてくれたのか見たいわ。あなたたちみたいに賢くて仕事の速い使用人をもって、エイドリアンはほんとうに幸せね。どんな事態になろうとも、あなたたちはどこまでも冷静に問題に対処するんですもの――いつもほんとうに惚《ほ》れ惚《ぼ》れするわ」

母が執事におべっかを使うのを聞きながら、エイドリアンはぐるりと目を回した。これですぐに屋敷じゅうの使用人たちが母をよろこばせようと躍起になり、予期せぬ客人たちのせいで大混乱に巻きこまれたことをうらめしく思う人間はひとりもいなくなるだろう。

「みなさんに忙しい思いをさせてしまって申し訳ないわ」クラリッサは静かに言った。「別にここでお茶をいただかなくても――」

「気にしなくていいよ」エイドリアンがさえぎった。クラリッサを抱き寄せようとまえに進み出たところで、母が肩越しに呼びかけた。「クラリッサに屋敷を見せてあげなさいな、エイドリアン。もうすぐ彼女のものになるんだから、ここに引っ越してくるまえに少しは知っておいたほうがいいわ」

エイドリアンは両腕を脇に戻してため息をつき、クラリッサの腕をとって階段に導いた。

「まずは階上を見せよう」

「十五分も部屋にこもっていたら、わたしが捜しにいきますからね」ジェソップとともに厨房に消えたあとも、母の声が追いかけてきた。

エイドリアンはクラリッサを階上に案内しながら顔をしかめた。明日は結婚式なのだ。もう礼儀作法を守る必要などないではないか？

12

クラリッサは早くに目覚め、今日が結婚式の日だと思うと、もう眠れなかった。しばらくベッドに横たわったまま、わくわくしながら今日これからのこと——と夜のこと——に思いを馳せたあと、新しい眼鏡のことを思い出した。不意に体を起こし、いつもスカートのあいだにしのばせているポケット代わりの小さな袋からそれを取り出してかけた。

世界が像を結び、思わずため息が洩れた。クラリッサのまわりはたいていぼやけていて、目をすがめるせいで軽く頭痛がしたものだった。眼鏡をかけた姿は見栄えがよくないかもしれないが、これをかければまわりの世界がもっとよく見えるのはまちがいなかった。

眼鏡をかけずにいるのは難儀だし、ようやく見えるようになったよろこびを大声でみんなに告げずにいるのもむずかしかった。だが、エイドリアンが愛してくれるようになるまで秘密にしておくほうがいいだろう。

もし、彼がわたしを愛するようになったら。クラリッサはそうなるのが怖いような気がした。わたしを魅力的に思い、惹かれているようなのはわかるけど、だからと言って終生愛がつづくとはかぎらない。

ようやく目が見えるようになったのだから、図書室に忍びこんで本をとってこようかと思ったが、そんな時間はなさそうだ。しかし、ほかに何ができるだろうと考える暇もなく、静かな部屋にドアノブの回るガチャリという音がやけに大きく響いた。クラリッサは急いで眼鏡をはずし、スカートのポケットを捜した。やっとの思いで眼鏡を隠したとき、リディアがはいってきた。

継母は何かを持っていたが、クラリッサにはなんなのか見分けられなかった。ドアの脇の鏡台に運んできたものを置いて、ベッドに近づいてくる継母を見守った。急に不安になり、目をすがめてリディアをじっと見た。ふたたび眼鏡をかけて、継母の顔つきを見てみたかった。リディアがなぜ結婚式の朝にここにいるのかわからなかったが、目的が好ましいことでないのはまちがいないだろう。

「夫婦の寝室でのことについて、わたしがあなたに説明するべきだろうと、お父さまはお考えなの」とリディアが前置きなしに言ったので、クラリッサはため息を洩らしそうになった。いやな気分にされるのはまちがいない。エイドリアンはこの継母がクラリッサの気分を害し、恐怖心を植え付けようとするのを恐れていたようだが、そう考えるのももっともだった。リディアの言うなりになってはいけないと自分に言い聞かせようとしたが、それでも気になるのはたしかだ。今夜何も恐れることがないなら、どうしてエイドリアンはリディアが恐ろしいものにしてしまうのを心配していたのか？　それに、血と痛みについての言及は？　どうしてあれほど説明するのをしぶったのだろうか？

「わたしが母に教わったとおりのことを教えてあげるわ」リディアは言った。「いらっしゃい」

クラリッサはためらったあと、シーツと毛布を押しやって、継母のあとから彼女が運んできたものを置いた鏡台へと向かった。近づいて目をすがめると、小さな銀の棍棒《こんぼう》と何かのパイだとわかった。リディアは棍棒を手にとった。

「これは男性の器官とほぼ同じ大きさよ。だいたいこれくらいのものが、鍵の代わりにあなたの錠に突っこまれるの」

それを聞いてクラリッサは唇を引き結んだ。あのときわたしをつついていた、エイドリアンの脚のあいだにあった硬いものが、その鍵なのだろうかと思った。錠というのがどこにあるのかはなんとなくわかった。自分では探ったことのないあたりだったが、エイドリアンは探っていたからだ。それもかなり執拗《しつよう》に。

「このパイがあなたの錠」リディアが宣言する。「あなたの錠はまだ開かれていないけれど、そこに男性の棍棒、つまり鍵がぴったりと収まるの。小さくてせまい、薄い皮膚の層になっていて、それは……その、たいてい処女膜と呼ばれている」

すかさずリディアの顔に目をやると、明らかに言いにくそうな様子をしている。その専門用語を使うのがはばかられるのだろう。だが、リディアはかまわずつづけた。

「初めてのとき、男性はこの膜を突き破るの。こうやってね」

継母が棍棒を打ちおろし、力いっぱいパイの表面に突き刺したので、クラリッサは驚いて声をあげた。割れたパイ皮を見つめ、飛び散って顔に跳ねた果汁をぬぐおうと手を上げた。パイの中身はベリー類かチェリーだったらしく——目は見えなくても——半分刺さった棍棒のまわりからもれ出している液体の色が濃い赤だということはわかった。

「わたしの母のことばを借りれば」リディアは陰気に言った。「あなたは血を流すことになる。あなたが思っているとおり痛みもある。でも運がよければすぐに終わるから、あとは放っておいてもらえる。あなたがひとりで泣けるようにね。ロード・モーブレーがそれほど思いやりのある人だとは思わないけれど」

リディアは自分が作りあげた惨状に背を向けて、ドアを開けた。出ていきながら、冷たく言った。「楽しい新婚初夜を」

クラリッサはドアが閉まるのを見届けてから、鏡台のそばの椅子に力なく腰かけた。パイから視線をそらすことができなかった。ほとんど焼き色のついていない、生白いパイ皮は、つぶれた果物からあふれてきた赤い果汁にまみれている。そこには棍棒がまだ誇らしげにしっかりと突き立っていた。

「ああもう」とため息をついた。リディアの言うことを聞いても動揺しないと誓ったのに、これは……わたしはたしかに動揺している。

「お嬢さま？」

ジョーンの声に振り向くと、メイドが部屋にはいってきたのがぼんやりとわかった。「いま出ていかれる奥さまとすれちがいましたけど、大丈夫ですか？」

「わたし……」クラリッサは言いかけて咳払いをした。すると一瞬何を言うつもりだったのか忘れてしまい、代わりにこうきいた。「ほんとに女性には処女膜があるの？　ほんとに男性はそれを破らなくてはいけないの？」

「それは……」声の調子からあまり答えたくないらしいのがわかった。

クラリッサは唇をかんだ。「ほんとかうそかをきいてるの」

「はい、ほんとです。ですが――」

「血と痛みをともなうというのも？」

ジョーンはため息をついた。「レディ・クランブレーのおっしゃったことに動揺されてはいけません、お嬢さま。最初はほとんどの女性が痛みを感じますが――」

「ほとんどの？」クラリッサは期待をこめて口をはさんだ。「じゃあ、いつもそうだとはかぎらないの？」

「ほとんど痛みを感じない女性もいると聞いています」ジョーンが励ますように言った。

「聞いています？」クラリッサは繰り返した。「聞いてるだけで、出血や痛みを経験しなかった人を直接知っているわけではないの？」
「はあ……」ジョーンはためらい、やがて寝室につづくドアを閉めると、意を決したように
クラリッサに近づいた。「気になさることはありません。ロード・モーブレーはできるだけ
お嬢さまの負担にならないようにしてくださるはずです。さあ、もうお支度をしませんと」
「でも――」
「お嬢さま」ジョーンがさえぎった。「あの方と結婚したいんですか、したくないんです
か？ ロード・プリュドムや彼に似たような方と結婚するほうがいいとおっしゃるんです
か？ こう申してはなんですが、ロード・プリュドムは絶対にあなたの心や体を思いやった
りしないと思いますよ」
「そうね」クラリッサは同意し、ため息とともに立ちあがった。「支度にかかってちょうだ
い。今日はわたしの結婚式なんだから」
クラリッサは自分の態度が明らかに乗り気でなく、それが声に表われているのもわかって
いた。リディアの話を聞くまでは、今夜を楽しみにしていた。エイドリアンがこの部屋にい
た夜と同じようなものなのだろうと思っていた。つま先がきゅっと縮こまり、心臓が早鐘を
打ち、大雨のあとの川の水のように興奮が体を駆けぬけたあの夜と。今はそれに出血と痛み
がともなうことがわかっている。女に生まれたことが急にうらめしくなった。パイよりも棍
棒のほうがいいに決まっている。

年老いた牧師はよそよそしく、そのときのクラリッサと同じくらいそこにいることをよろこんでいないように見えた。夏のさかりにはめずらしい、肌寒い雨の日だった。クラリッサはこれから起こることのよくない前兆だと考えずにはいられなかった。

「クラリッサ?」

エイドリアンのささやきに驚いてあたりを見まわし、眉をひそめた。みんなが自分に注目しているらしい。少なくとも、彼女の見たところではそのようだった。

「あなたは……」どうやらこれが二度目か三度目らしく、牧師がうんざりした調子ではじめた。

「誓います《アイ・ドゥ》」クラリッサは急いでさえぎった。こんな大事なときに白昼夢に浸っているところを見つかってしまって恥ずかしかった。そして、自分の言ったことに気づき、ひそかにため息をついた。実際、もう何を〝する《ドゥ》〟のも望んでいなかった。それがエイドリアンの棍棒を自分のパイに突き刺すことを意味するなら。

いまさらくよくよ悩んでももう遅い。運命を受け入れよう。エイドリアンもそうしようとしているのだから。それが得策だ。わたしはレディ・クラリッサ・モンフォート、モーブレー伯爵夫人なのだから。棍棒で突き刺したいのかとエイドリアンに尋ねる必要はなかった。そうしたがっているのは明らかだった。

「あなたが夫婦となったことをここに宣言します。花嫁にキスを」

そのことばが聞こえたとたん、エイドリアンは彼女を抱きよせてキスをした。クラリッサは彼の腕のなかで固まったままだ。頭のなかがひどく混乱していた。ほんの八時間まえは、エイドリアンと結婚すると思うとうれしくて幸せだった。いま彼女が考え、目を閉じると見えるのは、お菓子を突き破る棍棒だけだった。

エイドリアンは彼女の沈黙に気づいたらしく、抱擁を解き、心配そうに眉をひそめて彼女をじっと見た。クラリッサは彼を安心させようと無理に笑みを浮かべた。すると、みんながいっせいに動きだした。署名しなければならない書類があり、受けなければならないお祝いのことばがあり、気づくと屋敷に向かう馬車に押しこまれていた。父の屋敷だ、とクラリッサは心のなかで訂正した。もうわたしの屋敷ではない。これからはエイドリアンの住むところがわたしの屋敷なのだ。


「そろそろ帰ろうか」

クラリッサはずっともてあましていた飲み物からさっと顔を上げた。警戒して目が大きくなっているのが自分でもわかる。結婚披露宴が行なわれる父の屋敷に到着して以来、ずっと恐れていたときがきたのだ。

クラリッサは唇をかみながら、人でごった返している部屋を見わたした。驚いたことに、ロンドンに出てきてからずっと、ほとんどの人たちが彼女を遠巻きにしてきたのに、結婚披露宴は盛大なものになった。父と継母に加え、モーブレー夫人と、エイドリアンのいとこのメアリーとレジナルドが出席しているのは当然だが、ハヴァード卿夫妻、アチャード卿夫妻、プリュドム卿とその母も出席していた。そして、声はわかるけれど、顔がわかるほど近くで見たことがないために、通りで見かけてもだれだかわからない人たちも。

エイドリアンの問いかけに答えなければと思い、クラリッサはごくりとつばを飲みこんで、にこやかな笑みを浮かべようとした……が、情けないことに失敗した。出てきた声はほとんど悲鳴に近かった。「こんなに早く?」

エイドリアンの眉が吊りあがるのを見た気がしたが、彼は静かな声で言った。「もう遅いよ、クラリッサ。そろそろ十二時だ」

舞踏会ではまだ遅い時間とは言えないが、今夜はただの舞踏会ではない。それはクラリッサにもわかっていた。わたしたちの結婚披露宴なのだ。それでも、必死に抵抗しようとした。「そうだけど、みんなまだここにいるわ。最後のお客さまがお帰りになるまでいるべきじゃない? なんと言ってもわたしたちのためのパーティなんだし」

「クラリッサ」エイドリアンは辛抱強く言った。「花嫁と花婿が先に引きあげるのがしきたりなんだ。みんなぼくらが帰るのを待っているんだよ」

「まあ、そうだったの」出発を遅らせる方法はそれ以上何も思い浮かばなかったので、クラリッサはしぶしぶ飲み物を置いた。「荷物をとりにいかなくちゃ」

「式のあいだに召使たちが運んでおいたよ」エイドリアンがおだやかに言った。

「そう……でもジョーンが――」

「ジョーンもうちにいる。さあ、みんなにおやすみのあいさつをしよう」

「ええ」ため息をつきながら、エイドリアンに導かれて最初は父とリディア、次にレディ・モーブレーのところに行った。何もかもがすごい速さで進んでいくようだった。気づいたときは、馬車に押しこまれていた。緊張しておどおどしながら隅に座った。これから起こることで頭がいっぱいになっていた。

エイドリアンは静かに向かいの席に座っていたが、クラリッサはその目が自分に向けられているのを感じていた。自分のふるまいが気に入らないのだと気づき、場をなごませるために何か言わなければと頭を絞った。何も浮かばない。頭のなかはパイに突き刺さる棍棒と、あふれ出す赤い汁のイメージでいっぱいだった。

エイドリアンの召使たち――わたしの召使たちでもあるんだわ、とクラリッサは頭の隅のほうでぼんやり気づいた――が玄関に並んでふたりを迎えた。みんな笑顔でうなずきながらあいさつをし、エイドリアンは彼らを正式にひとりずつクラリッサに紹介した。クラリッサは全員の名前を聞いたものの、彼に導かれて階段に向かったとたん、すべて忘れてしまった。

手を引かれて階段をのぼりはじめると、絞首台に引かれていくような気がした。体じゅうの神経が恐怖と緊張の叫びをあげるなか、クラリッサは何が起こるのかを理解しようとした。エイドリアンにドアを開けて寝室を見せられたときは、うめき声をあげそうになった。

戸口でためらっているクラリッサを、エイドリアンはやさしく押して部屋のなかに入れた。背後で静かにドアが閉まり、クラリッサは目を丸くして振り返った。夫はいっしょにはいってこなかった。ほっとして肩の力が抜けるのを感じた。つかの間の猶予期間というわけだ。

「お帰りなさいませ！」

ジョーンに明るく声をかけられ、身を固くして振り向くと、よろこびと活力に満ちあふれた様子でせかせかと近づいてくるメイドの姿がぼんやり見えた。何がそんなにうれしいのかときぎたかったが、なんとかこらえた。

「結婚式はすてきでした？　そのあとの披露宴はどうでしたか？　ダンスはしたんですか？　お料理はおいしかったですか？　すべて申し分なく整えるために、コックと召使たちはお忙しだったんですよ」クラリッサのドレスを引っぱって脱がせはじめながら、ジョーンはまくしたてた。

クラリッサはそれに答えていたようだが、自分がなんと答えたのかをあとになってから言うことはできなかっただろう。メイドが立ち働くあいだも、クラリッサの頭のなかはぐるぐる回っており、衣類がひとつ取り去られるたびにどんどん自分が無防備になっていくような気がして、パニックがひどくなった。

瞬く間に裸にされて風呂に入れられ、気がつくとレースのナイトガウンを着せられてベッドのなかにいた。

「さあ、できました。お美しいですよ」ジョーンが安心させるように言った。まるでクラリッサがそれを気にしていると思っているように。やがてメイドはおやすみなさいませと告げて、部屋から出ていった。

クラリッサは寝かされた場所であるベッドのまんなかにじっと横になったまま、あたりの暗い影にのろのろと視線をめぐらした。ベッドサイドに置かれたろうそくより向こうはあまりよく見えなかった。少しためらったあと、ジョーンにドレスを脱がされたときに取りはずしておいた小袋に手を伸ばした。メイドはそれをベッドサイドテーブルの上に置いていた。クラリッサは小袋に手を入れて眼鏡を取り出すと、鼻の上にのせた。そして、自分の寝室となった部屋をじっと見た。

前日、エイドリアンに屋敷を案内してもらったときにも見ていたが、あれは昼間だった。あのとき、赤と金を基調とした部屋はとてもかわいらしく思えた。だが、ろうそくの光のなかで見るとずいぶんちがう。暗くて陰気な部屋だ——とクラリッサは思った——昼の光のなかでとても楽しげに見えた赤が、今はどろりとした血の色のように見えた。

ため息をつきながら、自分の座っているベッドに視線を戻した。巨大なベッドで、うちにあるクラリッサのベッドよりずっと大きかった。お父さまのうちだったわ、とまた訂正する。

わたしはもう既婚婦人で、自分の屋敷と、使用人と、夫がいるのだ。夫ということばに顔をしかめ、眼鏡をはずして隠しておくために小袋に戻した。そしてベッドに横になり、眠りこんだふりをすれば、エイドリアンは夫婦の契《ちぎ》りを明日まで延期してくれるかもしれないという可能性について考えた。

だが、それは臆病者の逃げ道だ。それに、そうしたところで、その行為が最終的になし遂げられるまでは、明日も一日じゅう不安と恐怖にさいなまれながら過ごさなければならないのだ。クラリッサがこれまでの短い人生で学んだことがひとつあるとすれば、気の進まない仕事はさっさとすませて次に進むのがいちばんいいということだった。それに、これから毎晩直面することを知っておくのはいいことだろう――もし毎晩それに直面するのであれば。夫というのはどれくらい頻繁に契りを望むものなのだろうか？　あちらには痛みがなく、このまえの晩にわたしが経験したような楽しみしかないのだとしたら、エイドリアンは頻繁に契りたがるのではないかしら？

そう考えて眉をひそめた。これから毎晩彼の棍棒はわたしのパイを突き刺すの……？　そんなことあるはずないわ。クラリッサはあわてて決めつけた。毎回そうなら、ハヴァード夫人もアチャード夫人も、プリュドム卿との情事にあれほど夢中にならないはずだ。きっと痛いのは棍棒を刺すときだけなのだろう。男女の行為がとてつもなく気持ちのいいものだということはもう知っている。痛いのは最後の部分だけ、鍵を錠に入れる部分だけというなら納得がいく。

クラリッサは顔をしかめた。あんなに気持ちがいいのに、最後はそんな不快な思いをしなければならないなんて、なんて残念なのかしら。快感のためなら痛みも無駄ではないとは、どうしても思えなかった。それに、ハヴァード夫人もアチャード夫人も、進んで身をまかせようとしていたではないか。考えてみると、あの晩のハヴァード夫人のあえぎ声やため息に、来《き》るべき苦痛におびえている様子はなかった。もちろん、プリュドムが愛人のスカートの下で何をしていたかも、どうしてため息やあえぎ声が出ていたのかも、今のクラリッサにはわかっていた……

エイドリアンにああいうことをされていたとき、自分も同じような声を出していたのだろうかという疑問が浮かび、クラリッサは目をしばたたいた。声をあげた記憶はなかったが、あのときは火事とエイドリアンにかきたてられた感覚のせいで、少し取り乱していた。次のときはもっと気をつけなければ。そう心に決めてから、〝次のとき〟という考えに顔をしかめた。今度はいい気持ちとはとても言えない状態で終わることになるのだ。

そんなことを考えていると、クラリッサの視線はついつい壁の暗い部分に向かった。そこにエイドリアンの部屋につづくドアがあるのを覚えていたのだ。もう遅いし、今日は緊張を要する長くて疲れる一日だった。クラリッサは眠りたかった。夫はどこにいるのだろう？ちょっとばかり思いやりを示して、わたしが休めるようにやるべきことを早くすませてくれないかしら？

できるだけ早くすませてしまうのは、なんだかいい考えのような気がしてきた。ベッドの上で落ち着きなくもぞもぞしたあと、シーツと毛布を脇に押しやってベッドからおりた。ベッドサイドのろうそくを手に、ドアがあるはずのところに向かって慎重に進んだ。眼鏡をかければすぐに見つかるのにと思いながら。眼鏡をかけられるようになるまで待たずにすむのなら、人生はずっと楽になるだろう。早く夫に愛されるようになって、また眼鏡をかけたいと心から願った。棍棒とパイの試練にも彼のためによろこんで耐えようとしていることに気づいてもらえれば、もう半分は愛してもらえたも同然だ。ほかの女性たちがどうやって耐えているのかは知らないが、それが自分の結婚のよろこばしい部分にならないことはもうわかっていた。

顔にかかった長い髪を息で吹き払い、壁にぶつからないようにするために片手を伸ばした。指先に硬い表面を感じてほっとした。壁に沿って横に進み、ドアにたどり着いた。そこで足を止め、深い息をひとつして、勇気を奮い起こした。これが最善策なのよ、おぞましいことは早くすませてしまいましょう、と自分に言い聞かせた。きっとすぐに終わるわよね？　ちょっと不快な思いをすれば、あとはゆっくりと眠ることができるのだ。明るい笑顔を無理やりつくり、ドアの取っ手を見つけてそれを回した。

エイドリアンはベッドに横向きに寝て、情けないため息を洩らした。従僕のキースレーの手を借りて服を脱ぎ、風呂を使ってしまうと、従僕を下がらせてベッドに座り、どうすればいいか考えた。本能はすぐにクラリッサのもとに行って夫婦の契りを結びたがっていた……なんという愉《たの》しい考えだろう。

だが、残念ながら、クラリッサはどこか様子がおかしかった。昨日はとても元気そうで、結婚することをよろこんでいたのに、今日は教会にはいってきたときから、様子がおかしいことにエイドリアンは気づいていた。式のあいだじゅう気もそぞろで不安そうだったし、披露宴のあいだも無言で神経をとがらせ、彼がそばに寄るたびに半歩退いた。エイドリアンの近くにいるのが耐えられないとでもいうように。それに、披露宴を辞して新居に行くことをしぶった。

エイドリアンは何が問題なのかわからなかったし、尋ねるのもはばかられた。もしかしたら、なんらかの方法でおれの顔を見てしまい、そばにいるのがたまらなくいやになったのかもしれない。リディアならやりそうなことだ。だれかの眼鏡を借りてクラリッサにかけさせ、彼女が結婚しようとしている相手を窓からじっくり見せたとか。もしそういうことなら、おれがこれまで享受してきた幸せは、今後もつづくと想像していた幸せは、永遠に失われてしまうだろう。

この数週間のあいだ、エイドリアンは心のなかで、幸せな家庭生活の夢や幻想をつねに描いていた。愛と笑いに満ちあふれ、子供たちの叫び声やくすくす笑いが響く家、クラリッサに愛され、朝には彼女の笑顔に迎えられ、昼も夜もずっと彼女とともに過ごす家庭……

だが、それもすべて消えてしまいそうだった。そう思うと心が痛んだ。さらに悪いことに、エイドリアンは何があったのかと尋ねるのを恐れていた。ベッドにはいろうと迫って、嫌悪に背を向けられるのも怖かった。そこで、小心だとは思ったが、今夜は彼女をひとりにさせておくことにした。エイドリアンは自分に言い聞かせた。長い一日だったし、彼女のために寝かせてやろう。そして明日の様子をみよう。結婚と新居への引っ越しのせいで緊張していただけなら、明日はもっと明るくなっているだろうから、そうなれば近づいても大丈夫だろう。でも、そうでなかったら……

エイドリアンは自分から美貌を奪って醜い獣《けもの》にしてしまった傷痕《きずあと》を小声で呪った。クラリッサのために美しくありたかった。彼女が眼鏡をかけて自分を見てもなお、愛し、敬い、惹きつけられてくれることを望んでいた。彼女のそばにいるといつも身長が三メートルもあるように感じられた。今日までは。

苦いもの思いをドアの開く音にさえぎられ、何事かと肩越しに振り返った。自室とクラリッサの部屋との連絡ドアが開いているのを見て、目を丸くした。ろうそくの光が流れこんできた。

「エイドリアン？」目をすがめたクラリッサがドア口に現われた。「どうしてこんなに暗いの？　ここにいるの、あなた《ハズバンド》？」

エイドリアンはそうだよと言おうとして口を開けたが、〝ハズバンド〟という呼びかけにはたと止まった。夫。彼女にそう呼ばれたのは初めてで、胸のなかでその肩書きを抱きしめた。ぼくは彼女の夫なのだ。

そして彼女はぼくの妻だ。そう気づき、彼女が着ている薄いレースのナイトガウンをぽかんと見つめた。すきとおっていてとてつもなくセクシーで、体を隠すよりも露出している部分のほうが多く、エイドリアンの胸はそれだけでも充分に高鳴った。髪はおろして輝くまでブラシをかけてあり、つややかな波となってかわいらしい顔を縁取っていた。

「エイドリアン？」

エイドリアンは咳払いをし、ベッドの上に起きあがった。「ここだよ。まだ寝ないで何をしているんだい？　もう寝たと思っていたのに」

驚いたことに、クラリッサはいらいらしているようだ。

「今夜はわたしたちの初夜よ」と言った――それですべての説明がつくかのように。

だが、エイドリアンはどういうことなのかよくわからなかった。クラリッサは彼を捜しにきたようだが、一日じゅうあんなふるまいをしていたあとだけに、にわかには信じられなかった。

「きみは疲れているから、今夜はゆっくり眠りたいだろうと思ったんだ」彼は自信なさげに言った。

「なんですって？」クラリッサは金切り声で言った。今のことばを聞いて明らかに憤っているようだ。「夫婦の契りを交わすまで、もう一日待たせるつもり？」

エイドリアンは目をしばたたいた。彼女はひどく落胆しているようだ。「いや、きみが一日じゅう緊張して落ち着かない様子だったから、ぼくはきみのためを思って——」

「思いやりならいらないわ。わたしは早くすませたいの」クラリッサは暗い声で言った。

そんなに乗り気になってくれたのはうれしかったが、クラリッサがまえに進みはじめ、ドアの脇の小さなテーブルにぶつかって、火のついていないろうそくを床に落とすと、エイドリアンは眉をひそめた。クラリッサは小声で悪態をつきながら膝《ひざ》をつき、火のついたろうそくをかかげながら、もう片方の手を伸ばして、テーブルから落としてしまったろうそくを捜した。

エイドリアンはためらったあと、ベッドの上のシーツと毛布を押しやって立ちあがった。何も身につけていなかったが、クラリッサは眼鏡がなければほとんどものが見えないのだ。そうでなければ、彼女のまえを全裸で歩きまわったりはしなかっただろう。顔には傷があったが、体はどこも損なわれておらず、申し分のない状態だった。それでも、彼女の目がはっきり見えていると思ったら、うぶな彼女のために、すぐに自分の体を隠していただろう。

「ほら、ぼくが持つよ」エイドリアンは部屋を横切って彼女のもとに向かいながら言った。

エイドリアンはクラリッサを立ちあがらせようと手を差し伸べたが、彼女は彼をじっと見あげただけだった。少なくともそうするつもりだったようだが、その目は彼の顔を見ていなかった。下腹部まで目がいくとその場で動けなくなり、突然青くなったのだ。

「ああ、たいへん」とクラリッサはささやいた。「あなたの棍棒って大きいのね」

エイドリアンにはそう聞こえた。かろうじて聞こえる程度の声だったので、聞きまちがいかもしれないと思った。ほんとうにそう言ったのだとしたら、まるで意味がわからない。

そのことばがもたらした心配や好奇心が突然消え去ったのは、もっとよく見ようとするように、クラリッサがろうそくを近づけたときだった。どうやら彼女は遠近感がよくわからないらしい。エイドリアンは股間にやけどをするところだった――それも熱湯をかけられたレジナルドとちがって――体をおおう布という障害物もなしに！　片手で燭台《しょくだい》をつかんでクラリッサからとりあげ、もう片方の手で立ちあがらせた。

「ではおいで。今夜きみがその気になっているなら、ぼくはよろこんできみの望むとおりにするよ」エイドリアンは彼女を安心させ、ベッドに連れていった。彼女に目が見えていたなら、彼の欲望の高まりは隠しようがなかっただろう。彼の股間は期待のため棒のように硬くなっていた。

クラリッサがベッドにはいったので、エイドリアンはろうそくをベッドサイドテーブルに置いた。そして振り返ると、彼女は反対側からベッドをおりた。わけがわからずにエイドリアンが見つめていると、クラリッサはベッドの向こう側に立って、洗濯中の濡れたタオルであるかのように両手をもみしぼった。

「ベッドにはいりたくないのか……まあ、ベッドのなかでなくてもぼくは別にかまわないが」エイドリアンはとりあえず言ってみた。だが、早くしたいと訴えたにもかかわらず、クラリッサはそれをしたがっているようには見えなかった。首をかしげ、けげんそうに彼女を見つめた。「クラリッサ、何かあったのか?」

妻は黙って首を振るばかりで、相変わらず手をもみしぼり、目を——彼に言わせれば——おびえたように見開いていた。

おそらく床入りに対して少し神経質になっているのだろうから、慎重にやさしくことを運ばなければと思い、エイドリアンはベッドに戻れと命じることはせず、キスをして不安をぬぐい去ってやろうと、ゆっくりとベッドのまわりを歩いてクラリッサのいる側に向かった。すると、ベッドの足元をまわった瞬間、彼女は向きを変え、またベッドにもぐりこんだ。

気が変わったのだろうと思い、エイドリアンはかすかに微笑んだ。そして彼がベッドにのぼろうとすると、クラリッサはすぐにまた移動し、反対側からベッドをおりた。

ゆっくりと体を起こして見ていると、クラリッサはベッドの向こうでこちらを向き、またもや不安げに両手をもみしぼっている。

「クラリッサ」エイドリアンはゆっくりと言った。だが、そこまで言ったところで、クラリッサが唐突に言った。「あなたの棍棒でわたしのパイを割られるのはいや」

エイドリアンは何も言えないまま、目をしばたたいた。また〝棍棒〟が出てきたが、なんのことやらさっぱりわからない。おれの棍棒で彼女のパイを割る？ 意味すら通らないではないか。「なんのことを言っているのか、ぼくにはわからないんだが、妻よ」

クラリッサは最後の単語にびくりとしてこう言った。「つまり、あなたの鍵でわたしの膜を破ってほしくないの」

理解の助けになるどころか、彼女のことばには困惑するばかりだ。「なんだって？」

「わたしの錠はあなたの棍棒には小さすぎるわ」

「うわごとを言っているのか？」とエイドリアンは尋ねた。「クラリッサ、いったいなんのことだか――」

頭のなかに突然光が射して、エイドリアンは黙りこんだ。もっと早く気づくべきだった。

「リディアが全部説明してくれたの」

「リディアが」と繰り返した。

クラリッサは激しくうなずいた。「どうして心地よくないのか、彼女にきけと言ったでしょ。わたしは尋ねなかったけど、向こうが勝手に説明したのよ」

「そうか」エイドリアンはため息をついた。今日のクラリッサの妙な態度が突然腑《ふ》に落ちた。リディアが死ぬほど怖がらせたせいで、この十時間ずっと彼女は夜が来るのを恐れていたのだ。それと言うのもすべてぼくのせいだ、と思った。処女膜について自分で説明したくなくて、リディアにきけと言ったのはぼくなのだから。

おずおずと片手を髪にすべらせながら、エイドリアンは言った。「リディアはぼくが棍棒できみのパイを割ると言ったのか？」

クラリッサはうなずいた。「女は錠で男の人はそこに自分の鍵を入れるんだとリディアはお母さまに教えられたけど、それは全部うそなんですって。もっとずっと厄介で、痛いものなんですって。そして、小さい銀の棍棒を持って、チェリーパイに突き刺し、表面のパイ皮が処女膜で、男の人は自分の棍棒をそこに突き刺すんだと言ったの。眼鏡がないからはっきりしたことは言えないけど、わたしの見たかぎり、あなたの棍棒はとても大きいわ」

最後のことばはほとんど悲痛な調子で発せられた。まるでとてつもなく悪いことのように。エイドリアンは笑みをこらえなければならなかった。実際、笑いごとではないのだ。リディアのおかげで新婚初夜が本来よりもはるかに困難なものになってしまったのだから。それでも、自分の顔を見てしまって嫌悪感を覚えたというわけではないと知って、ほっとした。

「クラリッサ」

「はい」彼女は雌ジカのようにおどおどして、おびえたように目を見開き、せわしなく浅い息をしながら忙しく胸を上下させている。

「ぼくとキスするのは好き？」エイドリアンは辛抱強くきいた。

クラリッサの顔つきはさらに用心深くなった。その質問のどこかに罠《わな》があるのを察知したかのように。しかし、しばしためらったあと、うなずいて言った。「ええ。あなたとキスするのはとても好きよ」

「ぼくにやさしく触れられるのも？」

クラリッサは飛び立とうとしているかのように立ったままもじもじしていたが、うなずいた。

「きみの部屋でぼくとしたことは？」

クラリッサは唇をかんだが、またうなずいた。

「じゃあ、あのときと同じことをもう一度するのはどう？」

「キスをして体に触れて……」ろうそくの明かりのもとでさえ、彼女の顔がピンク色に染まるのが見えた。「それだけ？」

「そうだよ」エイドリアンはうそをついた。それ以上のことをしたいのはやまやまだったが、まずは彼女の気を楽にさせ、準備をさせなければならない。これからしようとしていることを先に話してしまっては、元も子もない。

クラリッサは少し緊張を解いた。「あなたはいいの、できなくても……？」

「〝きみのパイを割ること〟が？」クラリッサが口ごもったことばを、エイドリアンはあっさりと言った。「ああ、かまわない」

クラリッサは小さなため息を洩らして微笑んだ。エイドリアンを世界でいちばん魅力的な男のような気分にさせてくれる、あの輝くような笑顔で。そして、彼の質問にことばで答えるのももどかしく、ベッドにもぐりこんで上掛けの下にはいり、期待するような笑顔を彼に向けた。

最悪の部分は乗り越えたと悟ったエイドリアンは、自身も小さくため息をつくと、毛布とシーツをめくり、彼女のかたわらに慎重に身を横たえた。

13

エイドリアンがシーツの下にすべりこんできて、クラリッサはかたわらでベッドが沈むのを感じた。するともう待ちきれなくなって、彼に身を投げかけた。驚いて小さなうめき声をあげる夫の胸にぴったりと寄り添い、その顔に、頬に、そして額にキスの雨を降らせた。「ありがとう、ありがとう、ありがとう」とキスの合間につぶやきながら、届くかぎりすべての場所にキスを浴びせる。「がまんしてくれて、わかってくれてありがとう。あなたは世界一のだんなさまよ。わたしはほんとうに運のいい女だわ」

エイドリアンは思わず小さく噴き出し、息がクラリッサの耳をかすめた。「よろこんでくれてうれしいよ」

「ああ」背中に片手をまわされ、もう片方の手が髪に埋められると、クラリッサはにっこりして両腕で彼の首に抱きついた。「キスしてちょうだい、だんなさま」

「お望みとあらば、いとしいクラリッサ」エイドリアンの唇が迫り、クラリッサはすぐに唇を開いた。ベッドの上で仰向けにされ、彼がおおいかぶさってくると、のどの奥から歓びの声が洩れた。彼女はこれが気に入っていた。これを楽しんでいた。唇を重ねて体をぴったり押しつけられると、体じゅうに小さな震えが走り、つま先が丸まった。みんなこういうことだけしていればいいのに、とクラリッサは思った。どうしてパイを割らなければならないのか、まったくわからなかった。子供をつくるためにはそうしないといけないのだろう。そういう事情なら、いつかはパイ割りをしなければならないのだ。

エイドリアンの手がナイトガウンの薄い布地越しに乳房を捜しあてると、クラリッサは突然何も考えられなくなった。彼の口のなかにあえぎ声を洩らし、愛撫に体をそらせ、親指と人差し指で乳首をつままれると彼の肩に両手を食いこませた。エイドリアンはやさしくつねり、転がして、小さな興奮の衝撃をクラリッサの体に送りこんだ。

クラリッサは落ち着きなく脚を動かしていた。その無意識の求めに応じるように、エイドリアンは横向きになって、片手で彼女の腰を抱いた。そして自分のほうに引き寄せ、彼女の両脚のあいだに片方の脚をすべりこませた。素肌が触れ合う感覚は、クラリッサがこれまで感じたことがないほどエロティックだった。ナイトガウンがまくれあがっているのもわかったが、気にしなかった。あまりの心地よさに、さらに楽な姿勢を求めていつのまにか脚が動いていた。だが、エイドリアンの腿が歓びの場所を探りあて、やさしく執拗に刺激を与えはじめると、脚を閉じた。えもいわれぬ快感に、思わず自分からそこを押しつけていた。

クラリッサはエイドリアンの愛撫を最大限に享受しようとするあまり、自分の体がねじれているのに気づいたが、それもどこか遠くでぼんやりと感じているだけのことだった。意識のほとんどは、彼によって生み出され、高まっていく興奮と歓びに向けられていた。

エイドリアンが唇を離したので、クラリッサは頭をのけぞらせてあえぎ、もっとせがんだが、自分でも何をせがんでいるのかわからなかった。だが、夫はわかっているようだった。彼の熱い口は彼女の頬をたどって耳に向かい、首筋におりてそこを軽くねぶりながら、両手でナイトガウンをつかんだ。

布の裂ける音が聞こえたと思ったら、次の瞬間、夫のごつごつした手にふたたび乳房をとらえられ、クラリッサは声をあげた。このほうがずっといいわ！　でこぼこした皮膚が感じやすい肌に触れると、その衝撃と興奮にエイドリアンの腕のなかでのけぞった。

やがて唇は首を離れ、鎖骨から乳房へと進んだ。熱く濡れた口が乳房に触れるとクラリッサはうめいた。乳首を軽くかまれ、声をあげて体を引きつらせた。そのとき、彼の脚のあいだにある硬いものを膝で蹴《け》ってしまったのがわかった。すると、エイドリアンはうなり声をあげて完全に動きを止めた。

「ごめんなさい」クラリッサはあえぎながら言った。「痛かった？」

エイドリアンはしばらく何も言わなかった。乳首から口を離し、きつく目を閉じて、苦しげな顔をしている。クラリッサは唇をかみ、自分がひどく痛くしてしまったせいで、彼がもうつづけたくなくなったのではないかと不安になった。

「キスしたらよくなるかしら？」ときいた。なんの考えもなく口に出したことばだった。子供のころ膝をすりむいたり腕をぶつけたりすると、実の母がよくそうしてくれたからだ。だが、その申し出でエイドリアンの痛みは増したらしく、クラリッサの上の体はさらにこわばった。エイドリアンは目を開けて、その目のなかで燃えている炎がクラリッサにも見えるほど顔を寄せ、荒々しく唇を重ねてきた。

今度のはやさしいキスではなく、じっくりと探るようなキスでもなかった。むさぼり、求め、奪うようなキスで、クラリッサはたちまちそれに応えたくてたまらなくなり、負けないほどの激しさと性急さでキスを返した。まるで戦闘のようなキスだった。ようやくエイドリアンが唇を離して、息ができるようになると、クラリッサはまた仰向けに寝かされており、彼は脚のあいだに移動していた。これでもう彼女がうっかり膝蹴りを食らわせてしまう恐れはない。

クラリッサはあえいでいたが、エイドリアンが片方ずつ目にキスをすると、目を閉じて動きを止め、息をつめた。ゆっくりと目を開け、彼をじっと見あげた。美しい顔はクラリッサでも見分けられるほどすぐ近くにあった。頬に傷があっても、その完璧な美しさはまったく損なわれていなかった。愛する男性の顔を見ただけで胸が締めつけられるのを感じ、クラリッサはやさしく微笑んだ。この人はわたしがみじめで孤独なのを知って、ピクニックや詩の朗読で楽しませようとしてくれたのだ。

「あ……」クラリッサはそう言いかけて、〝愛している〟と言おうとしていたことに気づき、自分を押しとどめた。

どうしていいかわからずに、目をぱちくりさせてエイドリアンを見つめた。そして、その思いをそこに隠された気持ちごと心のなかにしまいこもうとした。彼を愛するわけにはいかない。今はまだ。あまりにも唐突すぎるし、あまりにも度が過ぎているし、あまりにも簡単すぎる。愛というのはこんなに簡単なものじゃないわよね？

思いが千々に乱れているあいだに、エイドリアンの両手はまたさまよいはじめた。クラリッサは脚のあいだにひざまずく彼に目を据えたが、動いていて焦点を結ばず、ぼやけてしまった。エイドリアンはそこにひざまずいたまま、両手をお腹のほうに伸ばし、やがて両乳房を包んだ。クラリッサが自分を見おろすと、ナイトガウンはウエストのあたりで帯のようになり、お尻から下と上半身がすっかりあらわになっていた。エイドリアンはその状態を楽しんでいた。彼が白いやわ肌に両手をすべらせながら、むさぼるように見つめているのがわかった。エイドリアンは愛撫しながら、それをされているクラリッサの顔を見ていた。

見つめられているのを意識して、彼の愛撫に身をよじるまいとした。唇をかんで声をあげまいとした。だが、また乳首を攻められると、のどから低いうめき声が洩れた。エイドリアンの手が乳房から離れたのを感じたときも声をあげずにはいられなかったが、彼の両手は腹部をたどってお尻をとらえた。クラリッサはベッドの上で身悶《もだ》えた。もっとキスしてほしかった。あるいは……あれを。

クラリッサがようやくその思いにたどり着いたとき、エイドリアンは片手を彼女の脚のあいだに差しこみ、じっとりと濡れた部分にすべらせた。そこに触れられるとクラリッサはきつく目を閉じ、シーツをにぎりしめてびくりと体を震わせた。興奮がとうてい耐えられないレベルにまで跳ねあがり、歯を食いしばってしまう。ぱっと目を開けると、エイドリアンはかがみこんで彼女の腹に顔をうずめ、肌で顔をぬぐうようにしながら左右に動かしていた。ようやく下に移動して、骨盤のあたりに舌を這《は》わせた。

クラリッサはエイドリアンが何をするつもりなのかわかった。だが、彼が脚のあいだに頭を突っこむと、やはり体を引きつらせて板のようにこちこちになり、膝を曲げてかかとをベッドに埋めた。もう限界だわ。だめ。耐えられない。そう思ったとき、のどと口から小さな泣き声とうめき声が洩れかけているのに気づき、恥ずかしくなって止めようとした。自制心を取り戻して声を抑えようとした。すると、その努力に気づいてわざと声を出させようとするかのように、エイドリアンが片手を上に伸ばして片方の乳房をこねたりつかんだりした。

クラリッサは抵抗をあきらめ、小さな声が大きくなるにまかせた。

エイドリアンの愛撫に、クラリッサはのたうちまわりはじめた。ベッドの上で首を左右に振り、シーツを引き裂き、かかとはマットレスに沈みこむのと、彼の脇腹に押し付けるのを交互に繰り返した。もう一瞬たりとも耐えられないと思ったとき、エイドリアンが彼女のなかに指を一本差し入れ、さらに奥に入れようとしたので、クラリッサはつかんでいたシーツを放して頭上のヘッドボードをつかんだ。それにつかまって彼から体を引き離そうとしながらも、ベッドからお尻を浮かせて彼の愛撫に応えていた。

目をぎゅっと閉じ、興奮に耐えかねて体をよじらせているクラリッサは、エイドリアンが姿勢を変えておおいかぶさってきたことにも気づかなかった。唇が重ねられると反射的にキスを返し、力いっぱい彼の舌を吸いこんだ。そして、次の瞬間、何か大きくて硬いものが体のなかにはいってきたショックで大声をあげていた。

ふたりとも凍りつき、しばらく完全に動きを止めたままでいた。やがてエイドリアンがゆっくりと唇を離したので、クラリッサには心配そうに自分を見おろしている彼の顔がはっきりと見えた。

「大丈夫か？」彼の声は緊張でかすれていた。

クラリッサはごくりとつばを飲みこんで、ためらいがちに下半身を動かしてみたが、すっかり彼とつながっていることがわかっただけだった。エイドリアンは錠に鍵を入れたのだ。

「パ、パイを割ったの？」

それは質問だった。そういう事態になっているのかもしれないとは思ったが、少しも痛みが感じられないので、あまり自信がもてずにいたのだ。挿入に驚いて興奮は突然失われてしまったが、それはリディアが説明したようなものとはまるでちがっていた。

エイドリアンはぐるりと目を回したが、まじめな声で言った。「ああ。きみのパイを割った」目を閉じて深呼吸をしてからつづけた。「ごめんよ。こうするのがいちばんいいと思ったんだ。大丈夫かい？」

エイドリアンの張りつめた表情を見ながら、クラリッサはゆっくりとうなずいた。ふたりのうち、彼のほうがより苦痛を感じているように見えた。少なくとも外見上は。彼の顔に浮かんでいるのはとうてい歓びとは言えない。クラリッサは尋ねた。「あなたは大丈夫なの？」

「ああ」食いしばった歯のあいだから発せられたことばは、あまり説得力がなかった。「まだ痛いかい？」

クラリッサは首を振ってこう告げた。「実を言うと、全然痛くなかったの」

「でも、悲鳴をあげたぞ」

「びっくりしたからよ」

エイドリアンはためらってからきいた。「どんな気分？」

「変な感じ」クラリッサは正直に言った。苦笑いが浮かぶ。「ちょっとがっかりもしてる」

エイドリアンは眉を上げた。「がっかり？」

「ええ、だってわたし……」クラリッサは顔を赤らめ、彼の胸に目を落として言った。「あなたがしてくれることを楽しんでいたの。この経験を……その……夫婦の契りを気に入ったみたい。火事のときにしていたことを気に入ったみたいに。でも今はなんだか――あなた何を――ああ!」エイドリアンが片腕に体重を移し、ふたりのあいだに手をすべりこませて彼女に触れると、クラリッサは驚いてあえぎ声をあげた。

「ねえ……ああ、これって……ああ、エイドリアン」クラリッサはあえいだ。お尻が勝手に動き、さっきの興奮がたちまち息を吹き返した。

「これ……これ……これ……ああああ」彼の上腕にしがみつき、歯をくいしばってうめいた。

エイドリアンはくすっと笑った。下を向いてキスをすると、クラリッサは彼の口のなかに歓びのうめきを洩らした。彼が愛撫の手を離して軽く身を引くと、彼女は息をのんだ。しかし、エイドリアンは文句を言われるまえに、先ほど愛撫していた場所に自分の体をこすりつけられるような体勢で、ふたたび彼女のなかにすべりこんだ。

クラリッサはのどの奥でうなった。お尻と脚が反射的に動いて、彼の体との密着度を高める。背中に爪を食いこませてもっととせがむと、エイドリアンはまた身を引いたあと、ぐいと彼女のなかに押し入った。

これが棍棒をパイに突き刺すこと、錠に鍵を差しこむこと、つまり男女の営みなのね。クラリッサは不思議な気持ちだった。彼の体は彼女を歓びで満たしながら、自分自身も歓びを感じている――少なくとも、彼がこの歓びを味わっていることをクラリッサは願った。だがほんとうのところはわからなかった。エイドリアンは彼女とちがって感情をおもてに出さなかったからだ。クラリッサならこらえきれずにあげてしまう小さな声も、彼は発しなかった。愛撫され、キスされ、触れられながら、激流のなかの救命いかだのように彼にしがみついているだけではいけないことに、クラリッサは不意に気づいた。一瞬、エイドリアンがもっと愉しめる方法はないかと考え、自分がされたように彼の乳首にもキスや愛撫をするべきだろうかと思ったが、そのとき激しい勢いでまた快感が襲い、まともにものを考えるのが困難になった。結局、考えるのはあとにして、エイドリアンが碇《いかり》であるかのようにひたすらしがみつき、彼がふたりを世界の果てに連れていき、その向こう側に導くあいだ、心と体をひとつにすることに専念した。

「ここにいたのか！」

クラリッサは急いで眼鏡をはずし、スカートのなかのポケットに押しこんだ。夫の声がしたほうを振り向くと、エイドリアンが図書室をこちらにやってくるところだった。

「目が覚めたらきみがいなかった」うなるように文句を言って、妻の口にすばやくキスをする。

クラリッサは彼の口のなかに歓びのため息を洩らし、身をすり寄せて両腕を首にからませた。彼女は夜明けに目覚め、夫のベッドを抜け出して、服を着るために自分の部屋に戻ったのだった。ジョーンはまだ来ていなかったが、待っていられなかったので、自分で服を着た。

屋敷の人びとが起きだすまえにやっておきたいことがあったのだ。

　図書室を調べて、妻が夫を歓ばせる方法についての指南書がないか探したかった。服を着ると、眼鏡をつかんでそっと部屋から出た。そして、こっそりと階下の図書室に向かった。この一時間ずっと本を探していた。

　残念ながら、そのことについて書かれた本は一冊も見つからなかった。ほとんどの本が、妻は手際よく家事をとり仕切り、家計をうまく切り盛りすることで夫をよろこばせることができると提唱しているようだった。クラリッサが求めているのはそんな助言ではなかった。

　いきなりエイドリアンに抱きあげられ、ドアのほうに運ばれかけて、クラリッサの思いは乱れた。夫と口をつけたままあえいだ。

「あなた、ちゃんと服を着てないじゃないの」クラリッサはエイドリアンがやわらかなシルクのローブの下に何もつけていないことに驚き、キスをやめて言った。

「きみもまだ着なくてよかったんだ」と彼は言った。彼女を抱いてドアに向かいながら付け加える。「ぼくたちは結婚したばかりなんだぞ。少なくとも一週間は寝室から出てはいけないんだ」

「そうなの？」

「ああ。法律で決まっている——というか、法律にしてもいいくらいだ」エイドリアンはにやりと笑ってそう言うと、階段に向かって廊下を歩きはじめた。

「ばかな！　そんなふうにベッドにこもられたら、せっかく幸せなカップルを訪ねてきたぼくたちはどうしたらいいんだ？」あらたな人物の声がした。

エイドリアンは突然足を止めた。ふたりして声のしたほうを見る。エイドリアンの執事ジエソップに付き添われたレジナルド・グレヴィルが、玄関ホールに立っていた。どちらの男性も微笑んでいるようだ。クラリッサは少なくとも服を着ていてよかったと心から思った。

クラリッサが蹴るとエイドリアンは眉をひそめたが、その無言のメッセージを理解して妻をおろした。クラリッサは手荒な行為をわびるように彼の頬にキスすると、夫のいとこに笑顔を向けた。

「あなたはわたしの新居に来てくださった最初のお客さまよ」にこやかにそう言うと、夫のいとこにあいさつしようと廊下を進んだ。

「これから山ほど訪れる客の第一号ってわけだね」レジナルドはさらりと言った。「実際そうなるよ。今日はあとでイザベルおばとメアリーがここに寄ることになっている。それに、きっときみの父上も娘の様子を見にくるだろう。社交界の半数の人びとがやってくるんじゃないかな。妻として最初の夜を過ごしたあとのきみをぜひとも見ようと」

クラリッサは振り返って、うなり声をあげたエイドリアンを見た。もっともな反応だ。彼女としても、結婚したばかりでそんなに大人数の客を迎えるのはできることなら避けたかった。自分とエイドリアンが明け方近くまで何をしていたかみんなに知られてしまうということに、突然気づいたからだ。細かいことまではわからないにしても、夫婦の契りが結ばれたことはまちがいなくみんなの知るところとなる。こんなに個人的なことがそんなに多くの人びとに知られるのだと思うといやだった。

「ジェソップ」エイドリアンがかみつくように言った。

「はい、だんなさま」執事はその語調の激しさに心持ち姿勢を正したようだ。

「馬車の準備を整えておもてに回しておけ。二台ともだ。それからジョーンとぼくの従僕を呼べ。一時間以内にモーブレーに出発する」

エイドリアンが意を決したように進み出て妻の手をとり、階段のほうに引っぱると、クラリッサは目をぱちくりさせた。

「でも、ロード・グレヴィルはどうするの?」引きずられるように階段をのぼりながら尋ねた。「せっかく訪ねてきてくださったのに、ここに残して出かけるわけには――」

「彼は訪ねてきたわけじゃない」エイドリアンはおだやかに妻に言い聞かせた。

「そうなの?」わけがわからずに振り向いて、玄関扉とそこに立っているぼやけた姿を見やった。

「ああ。いとこはこんなに早く起きたりしない。家に寝にかえる途中なんだ。ここにいたらお客の猛攻撃を受けることになると、親切にもぼくたちに警告するために立ち寄ってくれたのさ」

「ほんとう？」クラリッサは驚いて言った。

「ああ、ほんとうだ」エイドリアンはそう請け合い、肩越しにどなった。「ありがとう、レジ。また会おう」

「ええ、ありがとう、ロード・グレヴィル」クラリッサも叫んだ。

「どういたしまして、いとこのおふたりさん！」レジナルド・グレヴィルは笑うと、背を向けて屋敷から出ていった。エイドリアンとクラリッサは階段をのぼりきり、廊下を歩いて自分たちの部屋に向かった。


客たちが押しかけてくることがわかった今、エイドリアンはにわかに行動を開始した。クラリッサを彼女の部屋に連れていき、結婚式の疲れを癒《いや》すためにモーブレーに行くことになったと父親に説明する手紙を書くようやんわり勧めた。エイドリアンは彼女の父親のことが好きだったので、予期せぬ旅のせいで彼を心配させたくなかった。

そんな事情なので、クランブレー卿がロンドンから領地に戻るときに寄ってもらったらどうかとも提案した。義父の到着は一週間ほど先になるだろう。それまでにはかわいい妻と過ごす時間がたっぷりとれるだろうから、ふたりきりの時間をじゃまされることになってもかまわない。願わくば彼がクラリッサの継母を連れずに、ひとりで帰途についてくれるようにとも——切に——願っていた。あの婦人は脅威だ。あの首をひねってやりたいくらいだ。なんとしてでも避けたい相手だった。

「わかったわ」クラリッサはもごもごと返事をした。そして尋ねた。「ジョーンに何を荷造りしてもらえばいいの？」

「何もかもだ」エイドリアンはすばやく答えた。

　クラリッサは驚いて目を見開いた。「何もかも？」あっけにとられて尋ねる。

　エイドリアンは考えこんだ。彼自身はロンドンを嫌っていたので、しばらく戻らないつもりだった。だが、今は妻のある身だ。彼女の希望も考慮しなければならない。

「社交シーズンが終わるまでロンドンに残りたかったのか？」と不安そうにきいた。

「いいえ、全然」あまりにすばやい返答だったので、夫をよろこばせようとしてそう言ったわけではないことがわかった。エイドリアンはほっとした。クラリッサはさらに言った。

「どうもわたしは亡くなった母に似て、とりすました社交界は合わないようなの」

「それはよかった」エイドリアンは笑みを浮かべて申し分のない妻にキスすると、姿勢を正して念を押した。「それなら、何もかも荷造りさせなさい」

　クラリッサはうなずき、部屋にはいりかけたが、ドアの脇に置かれていた椅子の脚につまずいて転びそうになった。とっさに彼女を支え、椅子から引き離しながら、エイドリアンは眉をひそめた。そう言えば新しい眼鏡を手に入れる手配をまだしていない。一瞬、眼鏡を作るために出発を遅らせようかと思った……が、その考えを一蹴《いっしゅう》した。たぶんモーブレーの領地の村でも手にはいるだろう。彼女に顔を見られることにはまだ抵抗があった。昨夜は結婚生活に向けていいスタートがきれたが、傷を見られるまえに関係を強固にしておくには、あと二週間はほしいところだ。

　自分の身勝手さに心を痛めながら、クラリッサの部屋のドアを引いて閉め、自分の部屋に向かった。眼鏡があればクラリッサの生活がずっと楽になることは、もちろんわかっていた。安全になることは言うにおよばず。彼女はつねに、階段から転げ落ちたり、自分に火をつけたりする危険にさらされている。だが、彼女がこの傷を見て取り乱すのが怖くてたまらない……

　問題の傷痕にぼんやりと手をやりながら寝室にはいった。あと二週間だけだ、と自分に言い聞かせた。そうしたらかならずクラリッサに眼鏡を買ってやろう。本を読んだり安全に歩きまわったりできるように。それまでは、彼女が本を恋しがらないように、ぼくが読んでやろう。服に食べ物をこぼしてもぼくは気にしないから、それは問題ではない。モーブレーの使用人全員に事情を知らせておき、女主人の安全に目を光らせておくようにしよう。それが何よりも大事なことだ。

　決めたことに満足し、ローブをベッドの上に放って、服を引っぱり出そうと衣装だんすに移動した。服を着かけたところで、従僕のキースレーが部屋にはいってきた。身支度を手伝おうと急いで主人のもとに向かう従僕を、エイドリアンは手を振って下がらせ、ただちに荷造りをはじめること、必要ならすべての使用人の手を借りて、できるだけすばやくその作業を終えるように命じた。

身支度を整えてクラリッサの部屋に行くと、彼女はちょうど手紙を書きおえたところだった。ジョーンが忙しく立ち働いて、前日に荷解きをしたばかりのすべての衣類をふたたび荷造りしていた。だれか手伝いを寄こすからとメイドに告げ、クラリッサを連れて階下に行って、手紙をジェソップにわたした。執事はクランブレー卿に急ぎ届けるようにと、若い者に手紙を託すだろう。用事がすむと、エイドリアンはクラリッサをともなってダイニングルームに向かった。思ったとおり、コックがすでにこの日最初の食事を用意しており、昨夜激しく体を動かしたせいでふたりは旺盛な食欲をみせた。

食事を終えたときも、メイドと従僕はまだ荷造りをしていたが、それは予想していたことなので、荷造りがすんだら二台目の馬車にトランクを積んで固定するようにと、エイドリアンはジェソップに命じた。自分とクラリッサが一台目の馬車に乗り、ジョーンとキースレーは荷物といっしょにあとから来ればいい。せきたてるように彼女を外に出し、馬車に乗るのを見届けてから、御者と短くことばを交わした。

「驚いた」ほどなくして彼が合流すると、クラリッサは言った。「あなたって、何かやろうと決めたら、ほんとうにすぐにやるのね」

エイドリアンはあっけにとられた表情を見て微笑み、その鼻のてっぺんにキスをした。一瞬、心が痛んだ。「こんなにすぐに町を離れることになったのがいやなのか？　きみはお父上と過ごすのを楽しんでいたからな」

「父がモーブレーに立ち寄ってくれれば、またいっしょに過ごせるわ」クラリッサは静かに言った。そしてこう請け合った。「大丈夫よ、ほんとうに気にしてないから。それに、今日はだれとも会える状態じゃなさそうだし」

顔を赤らめたところを見ると、不具合の理由は、昨夜ふたりでしたことにあるらしい。エイドリアンはまた微笑んで、クラリッサを膝の上に抱きあげた。クラリッサは驚いて小さな悲鳴をあげ、向かい合うように座らされて彼の肩につかまった。

「今日は痛い？」エイドリアンはかすれた声で尋ねながら、額と両目に軽くキスをした。

「いいえ」クラリッサは蚊《か》の鳴くような声で言った。「そうなるべきなの？」

「わからない」とエイドリアンは白状した。唇にそっとキスすると、彼女がとろけるのがわかり、微笑んだ。そしてささやいた。「クラリッサ？」

「んん？」耳を軽くかまれ、首をかしげてつぶやいた。

「馬車できみを送る途中、ぼくにきいたことを覚えてる？　男と女はほかにどういう形で――」

「覚えてるわ」クラリッサはかわいらしく顔を赤らめて口をはさんだ。

「それで……」エイドリアンはそこまで言うと、彼女の首に歯を立て、体に広がる小さな震えを楽しんだ。この歓びと興奮の震えを起こさせたのはぼくなのだ。いや、それだけではない。昨夜、二度目に愛し合ったとき、クラリッサは叫び声をあげて達した。こんなに敏感に反応する感じやすい妻を得たことを光栄に思った。それがどんなに好運なことかはわかっていた。クラリッサはまだうぶで恥ずかしがり屋だが、彼に興奮をかきたてられると、慎みを脱ぎ捨てて、快楽に身をゆだねた。

「それで？」クラリッサは考えを最後まで言わせようと、繰り返した。

エイドリアンは微笑みながら、スカートの下に手を入れて、脚をすべるようになでながらかがみこみ、ドレスの襟元からこぼれた乳房の上部に唇をつけた。もう片方の手で襟元を引き下げ、片方の乳房をあらわにする。早くも乳首が勃《た》っているのを見てにっこりした——エイドリアンのものと同じように。それらは火と火口《ほくち》のように、お互いを燃え立たせ合っていた。

「それで」エイドリアンは露出した肌に口をつけながらつぶやいた。そして、そこを軽くなめてからつづけた。「馬車の旅は長くて退屈だと、きみはたしか言っていたね」

「あなたがそばにいれば退屈することなんてほとんどないわ」クラリッサは小さく笑って言うと、乳首を口にふくまれ、歯を立てられてうめいた。

「ふむ」エイドリアンはほてった肌に息を吹きかけ、彼女が身震いして背中をそらすと微笑んだ。そしてさらに言った。「ぼくがきみに教えたやり方をこの馬車のなかで試して、時間をつぶしてはどうかと思うんだが」

　クラリッサの息は苦しげになっていた。エイドリアンの膝の上でもぞもぞし、彼の手が太腿までのぼってくると、さらに脚を広げた。

「どっちを？」息を切らして尋ね、あのとき、馬車が急に停まって床に転がるまえに、ふたつのやり方を見せてくれたことを彼に思い出させた。

　エイドリアンは答えなかった。乳首に吸いつき、ゆっくりと吸いこむうちに、指はついに彼女の中心部に到達した。

「ああ、エイドリアン」クラリッサはうめき、エイドリアンの頭をつかんだ。応えるようにお尻を動かすクラリッサの下腹部が、いきり立ったものに押しあてられ、エイドリアンもうなった。

「どっちなの？」両手を彼の髪にからませながら、さらに切羽つまった様子で繰り返す。

　エイドリアンは乳房から顔を上げ、彼女の脚のあいだから手を引きぬいた。ドレスの深い襟ぐりに手をかけて、両方の乳房をあらわにする。

「どっちもだよ」そうささやいて、両手で乳房を包んだ。「どっちのやり方も試そう。もしかしたら別のやり方も。長旅になるからね」

「ああ」クラリッサはうめいた。「リディアといっしょにロンドンに来たときより、はるかに楽しい旅になるにちがいないわ」

「きっとそうなると思うよ」エイドリアンはくすりと笑った。「だってぼくにはきみの継母《はは》上にはないものがあるからね」

「あなたにはリディアにないものがたくさんあるわ」クラリッサはかすれた声で言った。そっと彼の唇にキスしてから尋ねた。「そのなかのどれのことを言ってるの?」

「そうだな」エイドリアンはキスするために間をとってから、手を伸ばして一方の窓のカーテンを閉め、さらにもう片方も閉めた。「ぼくにはきみの錠に入れる鍵がある」

クラリッサは目をぱちくりさせ、声をしのばせて笑ったが、彼が顔を寄せてまた唇を求めてくると笑いは消えた。

14

腕のなかのきゃしゃな女性を見おろすと、口元に笑みが浮かんだ。クラリッサはエイドリアンの膝のうえにまたがるように座り、裸の胸と顔をやはり裸の彼の胸にくっつけていた。彼女が疲れ果てて眠っているのは、エイドリアンのせいだった。愛の行為ですっかりへとへとにさせてしまったのだ。

傷ひとつないなめらかな肌を、ちょっと上を向いた鼻を、かすかに開いた唇を見ると、心臓がひっくり返りそうだった。クラリッサを見ているだけで抱きしめたくなり、抱いているとそれ以上のことがしたくなった。残念ながら、もう間もなくモーブレーに着いてしまうので、彼女を起こして馬車での長旅にぴったりのあらたな体位を実験する時間はなかった。

クラリッサが眠りながら鼻を鳴らすような声をあげると、エイドリアンの心臓はまたひっくり返った。なんてかわいらしいんだろう、と思いながら、手をあげて彼女の頬を指でそっとたどる。淑女の妻はたちまち顔をしかめ、むっとした様子で寝言をつぶやいて、手を払いのけた。笑いがこみあげてエイドリアンの胸が波打った。彼女はそれも気に入らない様子で、動きを鎮めようとするように彼の胸をたたいた。

エイドリアンは首を振り、クラリッサを胸に抱きしめて、自分の好運が信じられずにしばし目を閉じた。自分は世界でいちばんすばらしい妻を得た、というのが彼なりによく考えたうえでの結論だった。

今や彼女のドレスはしわだらけになり、ウェストのあたりでかたまっていた。スカートもまくれあがり、乾きつつある汗で、彼女の体は彼の体に貼りついたようになっていた。それなのにクラリッサは心配したか？　気が急《せ》くあまりおれが引き裂いてしまったドレスのありさまを見てやきもきしたか？　いや。眠りに落ちた時点では、まったく気にしていなかった。自分の恰好もひどいものだということは、もちろんわかっていた。ズボンは足首のあたりにからまり、ボタンが半分なくなったシャツは裂けてはだけられている。だが、自分のことはどうでもよかった。少なくとも、御者の急などなり声を聞くまではそうだった。先ほど閉めたカーテンを開けると、ゆっくりと近づいてくるモーブレー屋敷が見えたのでぎょっとした。

到着したことに気づいてあまりに動転したため――こんな状態ではとても人前に出られない――思わずまえに身を乗り出して、妻を床のふわふわしたスカートの上に放り出してしまった。

「ああ、クラリッサ！　ごめんよ」とつぶやき、カーテンをもとに戻して、彼女を助け起こそうとかがみこんだ。いとしい妻は眠そうに悲鳴をあげて、からみつく布地の海から抜けだそうともがいた。

エイドリアンはなんとか彼女を床から抱きあげたが、ドレスはするりと脱げて馬車の床にたまった。顔をしかめながら彼女をベンチの隣りに座らせ、かがみこんでドレスを拾いあげた。それをわたしながら、切迫した様子で言った。「もう到着だ。服を着なければ。急いで」

「ええ?」彼女はめんくらってきいた。「どういう意味、到着って?」

「モーブレーの屋敷に着いたってことだよ」エイドリアンは見せてやろうとカーテンをぐいと引いて開けたが、眼鏡がなければあまりよく見えないのだということに気づいて、説明した。「もう私道を半分進んだところだ。急いで服を着よう」

クラリッサは質問で時間を無駄にしなかった。すぐにドレスとの格闘をはじめ、布地を整えようとした。

急を要する事態だと彼女が理解してくれたことにほっとして、エイドリアンは自分の衣服に目を向けた。急いでズボンを上げ、腰まで引っぱるためにベンチから尻を上げたが、そのとき馬車がいきなり停まったので、またベンチに尻もちをついた。腕を伸ばし、なんとかクラリッサが床に激突するのを防いだ。ふたりはまえに投げ出されたあと、クッションのきいた座席に勢いよく押し戻された。

ドレスの波の下でもがきながら、クラリッサは〝ちくちょう、ちくちょう、こんちくしょう〟のように聞こえることばをつぶやき、闘いをつづけた。エイドリアンはクラリッサに手を貸すためにズボンをあきらめ、何メートルもの布地をめくって彼女の頭を捜した。頭からドレスを被ろうとしているらしいが、どこから首を出せばいいのかわからずに困っているようだった。布地の海からようやくクラリッサの頭を見つけたとき、馬車の扉が開きはじめた。エイドリアンはクラリッサの手伝いをあきらめ、開けられるのを阻止しようと扉のほうを向いた。

クラリッサの頭がドレスから出ようとしているのが肩越しに見えた。だが、両腕はまだドレスのなかにとらわれたままで、どうやら適当な出口が見つからないらしい。

奮闘する彼女をそのままにして、エイドリアンは手早くズボンを引きあげ、胸をシャツでおおって残っているボタンをはめた。身支度を終えてクラリッサを見やった。驚いたことに、彼女はちゃんとドレスを着終えており、スカートのしわを伸ばそうと無駄な努力をしていた。髪に手をやってきく。「わたし、変じゃない？　みんなにわからないわよね？」

エイドリアンは言いたいことをこらえた。髪があらゆる方向に逆立っていると指摘するのは気が進まない。その髪と、裂けてしわになったドレスを見れば、何があったかは一目瞭然だった。

咳払いをし、騎士道的精神を発揮することにした。うそをついたのだ。「まったく気づかないよ」

「ああ、よかった」

クラリッサはため息をつくと、エイドリアンが何も言わないうちに手を伸ばして扉を開けたので、執事の頭にぶつけそうになった。何か不都合でもあるのかと様子を見に馬車に近づいていたらしい。

幸い、年齢のわりに動きが機敏なキブルは、踊るように飛びのいてドアにぶつかるのを免《まぬか》れた。そして、クラリッサがドレスのすそを踏んでまえにつんのめると、ふたたび踊るように進み出て新しい女主人を受けとめた。

小さな悲鳴とともに執事の薄い胸に倒れこんだクラリッサは、なんとか自分の足で立つと、目をすがめて執事のブルドックのような顔を見つめ、その顔立ちを見分けようとした。執事は思わず見返した。その目はぎょっとしながらも不思議そうに、たっぷりキスをした唇と、くしゃくしゃの髪と、しわくちゃのドレスをたどった。

先に降りてクラリッサを馬車から降ろしてやるべきだったのに遅れをとった自分を呪いながら、エイドリアンも急いで馬車から降りた。妻の上腕をつかんで執事から引きはなした。胸に彼女の頭をもたれさせ、両肩に手を置いて、誇らしげに屋敷の使用人たちと向き合う。

「クラリッサ、うちの使用人たちだ。きみが転ばないように助けたのがぼくの執事でキブル。子供のころはぼくの家庭教師だったんだが、父の執事のフィッツウィリアムが亡くなってからは、執事を務めている」

「はじめまして、キブル。顔から倒れるのを防いでくれてありがとう」クラリッサは恥ずかしそうに言って、白髪まじりの老人に微笑みかけた。

「お気になさらないでください、奥さま」めったに見せない感じのよさと気品を漂わせて、安心させるようにキブルが言った。

「そしてこっちがぼくの――ぼくらの――女中頭、ミセス・ロングボトム」エイドリアンはつづけ、クラリッサの体の向きを少し変えさせて、子供のころひそかにロングフェイスと呼んでいた女性と向かいあうようにした。実際、その名前のほうがぴったりだった。背の低い太った女性で、顔以外はどこも長いところなどなかったのだから。

「ミセス・ロングボトム」クラリッサが微笑んで女中頭にうなずくと、エイドリアンはまた妻の向きを変えて、今度は大人数の召使たちに向き合わせ、早口で名前を言った。

「マリー、ベシー、アントワネット、ルーシー、ジーン、ジェイミー、フレデリック、ジャック、ロバートだ」

「よろしく」クラリッサはかぼそい声で言った。エイドリアンは励ますように肩に置いた手に力をこめた。そして、鼻のあたりに漂ってきた彼女のにおいを吸いこんだ。ああ、いつもなんていいにおいなんだ。

瞬きをして脱線するのをこらえ、エイドリアンはつづけた。「心配いらないよ。たくさん名前が出てきて混乱するだろうが、すぐにみんな覚えられるから」

「ええ、きっと覚えるわ」クラリッサは意を決したように胸を張った。

エイドリアンはもう一度クラリッサの肩を抱いた。「今ここにいない召使も何人かいるが、彼らともおいおい知り合えるだろう。ところで……」少人数の人びとに視線をめぐらした。「みんな、ここにいるのはわたしの妻、モーブレー伯爵夫人、レディ・クラリッサ・モンフォートだ」

「伯爵夫人？」クラリッサは不意に振り返って夫のほうを見た。

「伯爵の妻は伯爵夫人だよ」エイドリアンはやさしくさとし、びっくりしている妻に楽しげに微笑みかけた。どうやら妻は、彼と結婚することで社会的地位が上がるとは考えていなかったらしい。

「それはそうだけど……まあ」クラリッサはようやく思い出したようだった。エイドリアンの笑みが大きくなった。

いや、彼女は結婚するまえも称号のことなどまったく考えていなかったのだ、と彼は気づいた。なんというよろこび！　クラリッサはぼくが相手だからこそ結婚したのだ。これまでは疑問があったが、それももうなくなった。ぼくはまちがいなく最高に運のいい男だ！

だが運悪く、エイドリアンの反応は召使たちに火をつけた。

「あれは笑顔だろうか？」ブルドッグのような顔に驚きをたたえながらキブルが尋ねた。女中頭に向かって言う。「まさか、だんなさまの顔に浮かんでいるのは笑みではあるまいな？」

「まちがいなく笑ってますよ」ミセス・ロングボトムがにやにやしながら答えた。

「何が原因だと思うかね？」とキブル。

「あの腕のなかのちっちゃなお荷物に決まってるでしょう、キブル。彼女がうちのだんなさまをあんなふうに笑わせてるんですよ」

「まさか。あんなほっそりした小柄な娘さんが？　野獣を飼いならしたと？」執事はつづけた。「そんなことがありうるかね？」

「この人がおれの奥方なら、おれだってにやにやしてるな」フレデリックが大声で言った。そして、よけいな口をはさんだせいで、ルーシーにぴしゃりと頭をたたかれた。

「きみが正しいと信じるよ、ミセス・ロングボトム」キブルはそう判断すると、クラリッサのまえでいきなり片膝をつき、両手で彼女の手を押しいただいて、静かに唇のまえにかかげた。そして、うやうやしく指に口づけた。「あなたは天使にちがいありません。なぜなら、むっつり屋で悲観主義者のわれらがだんなさまを変えられるのは天使だけだからです。たとえば、こんなふうに笑えるように。今このときから、わたしはあなたに永遠の忠誠を誓います、天使の奥さま。あなたにわが命を捧げます」

エイドリアンはうなり声をあげ、ぐるりと目を回した。キブルはエイドリアンが若いころの家庭教師であり、エイドリアンの父母と並んで、彼なりに親の役目も果たしていた。あいにくそのせいでどういうわけかキブルの地位はあがり、使用人でありながら家族のような存在になった。自分の立場を越えて口をはさんでくるのでわずらわしいことこのうえなかった。ちょっと演技過剰なところもあり、それがますますことを厄介にした。

「わかったよ、キブル」エイドリアンはそっけなく言った。「もう充分だ。クラリッサが怖がるじゃないか」

キブルは片方の眉を吊りあげただけだった。温和な視線をクラリッサのにこやかな顔に投げかける。「わたしが奥さまを怖がらせているとおっしゃるのですか、だんなさま。奥さまはとても怖がっているようには見受けられませんが」

エイドリアンは微笑み、かがんで妻の額にキスをすると、玄関扉のほうに向きを変えさせた。「長旅だったから、クラリッサは夕食のまえに風呂を使って少し休みたいはずだ。ルーシー、彼女を部屋に連れていってくれるか？」

「はい、だんなさま」小柄なブロンドの娘がにっこり微笑んで階段に向かった。

「彼女の腕をとるんだ、ルーシー」とエイドリアンは命じた。「クラリッサは眼鏡を壊してしまってね。新しい眼鏡が手にはいるまでは、彼女がつまずいたり転んだりしないように気をつけてほしい」

「わかりました、だんなさま」娘は急いで戻ってくると、若奥さまの手をとって自分の腕にかけさせ、まえよりもゆっくりした足どりで階段の上に導いた。

ふたりの女性が階段をのぼりきって廊下に消えるまで見守ったあと、エイドリアンが視線を転じると、使用人たちが主人の背後に集まって、やはりふたりが消えるのを見ていた。顔をしかめても、使用人たちはまったく注意を払っていないようなので、エイドリアンはいらいらと咳払いをした。

キブルが横目で主人を見た。「お風邪をお召しですか、だんなさま」

エイドリアンはため息をついた。主人が生まれたときにはすでに屋敷で働いていて、主人が膝のあたりまでずり落ちたおしめ姿で庭を走りまわっているところを見ていた使用人というのは厄介だ。敬意というものがない。しかるべき敬意が払われていないことは無視して、エイドリアンはサロンのドアに向かって歩いた。「みんなこの部屋にはいってくれ」

「奥さまとルーシーもということですか？　おれが行って連れてきましょうか？」フレデリックが期待するようにきいた。

「いいからはいれ」エイドリアンはぴしゃりと言うと、怖い顔でサロンのドアのところに立って、みんながぞろぞろと部屋にはいるまで待った。最後のひとりがはいると、あとから自分もはいってドアを閉めた。

「ルーシーが戻ってきたら、これから話すことをだれかひとりが彼女に伝えてくれ。だが、クラリッサには話してはならない。このあとでだれかに話す者がひとりでもいたら、即刻首にする。ここにいる者のなかで話題にすることも含めてだ。きみたちの話が彼女の耳にはいって、彼女を心配させたくない。そこまではわかったか？」

「もちろん、われわれのひとりがルーシーに話すときをのぞいて、ですね？」キブルが指摘した。

「ああ、そうだ。それはのぞく」エイドリアンはため息まじりにぶつぶつ言った。キブルはいつも彼のまちがいを訂正するのだ。伝達は非常に大切で、なかでももっとも大切なのは正しく伝えることだというのが、この男の意見だった。

「わかりました、だんなさま」執事はそう言うと、くつろぎながらも油断のない姿勢をとった。「先をおつづけください」

エイドリアンは唇をかみしめた。〝先をおつづけください〟は、キブルがエイドリアンに課題を暗唱させたり、教えたことを説明させるときに使っていたのと同じ言いまわしだ。これを聞くと、いつも自分が十歳で、家庭教師と向かい合っているような気分になる――たしかにその点はまちがっていない。少なくとも、キブルはかつて彼の家庭教師だったのだから。ため息をつき、そのことは放っておくことにして、エイドリアンは言った。「まず――ぼくがルーシーに言ったことを聞いていたと思うが――クラリッサの眼鏡が壊れてしまった。彼女は眼鏡がないとものがよく見えない。そのせいでちょっと事故にあいやすい。町で数々の災難にあっている」

「どんな災難ですか？」フレデリックがきいた。

エイドリアンはためらったが、自分たちが何に気をつけなければならないかわからせるために、話したほうがいいだろうと判断した。「テーブルとまちがえて膝の上にティーカップを置いたり、階段から転げおちたり、ろうそくでかつらに火をつけたり、そういったことだ」

「なんてことでしょう！」ミセス・ロングボトムが心配そうに額にしわを寄せてつぶやいた。「新しい眼鏡が届くまで、奥さまから目を離さないようにしなくちゃなりませんね」

「そのとおりだ」とエイドリアンは言った。「彼女付きのメイドが見ることになっているが、つねにそばにいるとはかぎらない。クラリッサ自身、つねにそばにいられるのをいやがるだろう。世話を焼かれるのをうるさがっているからな。だから、みんなで彼女から目を離さないようにしてほしい。眼鏡が手にはいるまで、この仕事はほかのあらゆることに優先する。クラリッサにけがをさせたくないんだ」

「承知いたしました」キブルがきっぱりと言った。「新しい眼鏡が届くまでにはどれくらいかかるのでしょうか？」

エイドリアンは執事と目を合わせられずにもぞもぞと体を動かした。そしてつぶやくように言った。「これから手配する」

キブルの目がすがめられた。うそだと気づかれたのかもしれない、とエイドリアンは思った。この男はいつも彼のうそを見抜くことができるのだ。キブルがさらに質問をするまえに、エイドリアンは話のつづきにはいった。

「問題はこれだけじゃない」さっきまでの自信をいくらかでもとり戻そうと、急いで言った。「クラリッサの命をねらっている人物がいるかもしれない」

使用人たちの顔に驚きの表情が浮かんだ。エイドリアンはつづけた。「彼女が起こした事故のうちのいくつかは、事故ではなかったかもしれないんだ」

「どういうことですか、だんなさま?」ミセス・ロングボトムがきいた。

エイドリアンは迷ったが、やはりこれから自分たちがどういう問題を扱うことになるのか知らせておいたほうがいいだろうと判断した。クラリッサがここで危険にさらされると思っているわけではなかった。自分と結婚し、安全な領地の屋敷に落ち着いたからには、彼女に危害を加えようとしている人物に二度と手出しはさせない。しかし、そもそもその人物がなぜ彼女に危害を加えたいのか見当がつかないし、はっきりしたことは何もわからないので、階段から落ちたことについて手短かに説明した。走っている馬車のまえに押し出されたことや、噴水に落ちたこと、火事になったとき寝室のドアに鍵をかけられていたことも話した。

使用人たちが情報についてじっくり考えるあいだ、サロンは静まり返った。やがてキブルがたずねた。「それで、奥さまはどれくらいのあいだ眼鏡なしで過ごすことになるのですか?」

「しばらくのあいだだ」エイドリアンはそう言ってはぐらかした。そして、咳払いをして言った。「そういうわけで、クラリッサの安全が心配なんだ。おまえたち全員が、領地内の見慣れない人間や、彼女の身に危険をもたらすかもしれないことに目を光らせてくれるとありがたい」

「おれが昼も夜も奥さまを見張ります、だんなさま」フレデリックが誓った。クラリッサの苦境を聞いて、騎士道精神を刺激されたらしい。

「そこまでする必要はないよ、フレデリック」エイドアインはさらりと言った。「だが、みんなできるだけ気をつけていてもらいたい」

「わかりました、だんなさま。細心の注意を払います」キブルが同意して言った。「お話はそれだけでしょうか。みんなを仕事に戻らせてもよろしいですか？」

「ああ、それだけだ」とエイドリアンは言った。暖炉のそばに行って椅子に座り、サロンから出ていく者たちの衣ずれの音や床をこする足音を聞いていると、ブランデーを置いている車輪つきテーブルからカチリとグラスの鳴る音がしたので、びっくりして振り返った。キブルがひとり残り、ふたつのグラスにブランデーを注いでいた。執事はデカンタにガラスのふたをして、グラスを運んでくると、ひとつをエイドリアンにわたしてから、ビロードのクッションがついた隣りの椅子に座った。

エイドリアンはあまり驚かなかった。これはキブルが彼と話をしたいときの、いつもの儀式なのだ。気になるのは、この男が何を話し合いたいのかということだけだった。

「奥さまはまだあなたの顔を見てない」と執事は言った。質問ではなかった。

エイドリアンは口元をこわばらせ、火のはいっていない炉床をにらんで答えるのを拒んだ。

「奥さまの眼鏡が壊れたとおっしゃいましたね。どうして奥さまをモーブレーにお連れするまえに新しいものを買ってさしあげなかったのです？」

エイドリアンは怒ったように肩をすくめ、グラスを上げてごくごくとブランデーを飲んだ。

「彼女があなたの傷を見て嫌悪感をもつのを恐れているのですね」今度の執事のことばも質問ではなかった。

「一週間以内には新しい眼鏡を買ってやるつもりだ」罪悪感のせいで腹が立ち、エイドリアンはつっけんどんに言った。

キブルは考えこむような目つきをしながらしばらく黙っていた。やがて、やはりからっぽの炉床を見つめながらきいた。「奥さまはご自分のお金をお持ちではないんですか？」

「なんだって？　ああ、持っているとも」エイドリアンは眉をひそめた。クラリッサが自分で使える金を持っていることは知っていた。結婚衣装の試着から戻る途中で、彼女が香水の小壜《びん》を買ったと母が言っていたからだ。そのときにはもう、彼女が二十歳になって以来、相続財産から一定量の金額を受けとっていることも知っていた。もちろん、結婚した日からその全額が彼女のものになった。その日にふたりは何枚かの書類に署名し、遺産のいくらかを彼女が利用できる口座に入れる手続きをしていた。残りは投資に回した。「なぜそんなことをきく？」

キブルは肩をすくめた。「ちょっと気になりましたもので」

執事は立ちあがりながら残りのブランデーを飲み干すと、汚れたグラスを持ってブランデーのテーブルに向かい、そこにグラスを置いて部屋から出ていった。「奥さまをいつまでも目が見えないままにしておくわけにはいきませんよ」というのがドアを閉める直前に言ったことばだった。それを聞いて、エイドリアンはますます気分が悪くなった。

からっぽの炉床をにらんで残りのブランデーをあけ、立ちあがってテーブルに向かい、お代わりを注いだ。執事に良心をつつかれなくてもわかっていた。すでに良心の声はうるさいほどになっていた。ちゃんとものが見えて、近づいてくる危険を察知できれば、クラリッサはもっと安全になるぞと叫んでいた。それに、命をねらわれているかもしれないと彼女に知らせれば、自分でも注意するようになるし、安全を守るのに役立つということも。だが、どちらも気が進まなかった。彼女ひとりよりも何人かが目を光らせていたほうがいいに決まっている。彼女のために注意を怠るなと使用人全員に命じてあるのだから、それだけで彼女は安全なはずだ。

本人にもっと気をつけてもらうためには、危険がしのび寄っているかもしれないことを知らせるべきなのだろうが、クラリッサを不安にさせることにもなる。彼女に不安や恐怖を感じさせたくなかった。ようやく継母の言いなりにならずにすむようになって、せっかく晴れやかな気分でいるのだから。エイドリアンは何ひとつ現状を変えたくなかった。彼女がびくびくおびえながら暮らすようになるのはいやだった。

どちらもまったく妥当な意見だ。エイドリアンは自分に言い聞かせながら、また少しブランデーを注いで椅子に戻った。とはいえ、クラリッサに眼鏡をかけてもらいたくない本当の理由はわかっていた。

ため息をついてふたたび椅子に座りこみ、グラスの酒をじっと見つめながら、人生の不公平さを思った。ぼくは完璧な女性を見つけた。好ましく思い、ほしいと思い、いっしょにいると楽しい女性。ぼくを笑わせてくれて――言わせてもらえば――ぼくをもっとやさしい、いい人間にしてくれる女性。それに、クラリッサはありのままのぼくを見て嫌悪感を覚えるような人間ではない。だが、エイドリアンは怖かった。彼女には彼が見えないという、ただそれだけの理由で。クラリッサのそばでは辛抱強くなれるし、ほかの人間にもやさしくなれるのに、愛している人には残酷な仕打ちをしている。ひとえにこちらの勝手な都合で、視力を得ることができるのにそれを奪い、本を読んだり人生を心から味わい楽しむ能力を奪うのは、たしかに残酷なことだ。

ため息をつきながら、手をつけていないブランデーのグラスをテーブルに置き、あきらめとともに立ちあがった。クラリッサのために眼鏡の手配しておくべきだった。彼女の幸せを確保するために、自分が幸せをつかむ可能性はあきらめるべきだった。

首を振ってサロンをあとにし、階上に向かった。クラリッサに話しにいこう。明日ふたりで村に行って、眼鏡が手にはいるかどうかたしかめようと。そうすればもう臆病者ではいられないし、気持ちを変えるわけにもいかなくなる。

階段を三段のぼったところで、玄関の外からがたごとくぐもった音が聞こえてきた。立ち止まって向きを変え、玄関まで降りて扉を引き開け、ロンドンから来た二台目の馬車が私道に停まっているのを見て眉を上げた。見ていると、馬車の扉が開いて、疲れた様子のキースレーが降りてきた。彼はクラリッサのメイド、ジョーンが降りるのに手を貸した。ジョーンはエイドリアンが感じたのと同じくらい旅の疲れを感じているようだった。

「あれはクラリッサのメイドですね?」主人のそばに来て、玄関に向かってくるふたり組を眺めながら、キブルが尋ねた。

エイドリアンはうなずいた。「ふたりとも旅の疲れが出るだろう。ジョーンを部屋に案内したら、食事をさせて休ませてやれ。明日からすぐにまた仕事に戻ることになるのだからな。キースレーも同様だ」

「かしこまりました」キブルはもごもごと返事をしてから言った。「ルーシーはレディ・クラリッサのドレスを脱がせてお風呂にお入れしましたが、もう階下に戻っております。お風呂のあとのお世話と夕食のためのお召し替えのために、またルーシーを行かせましょうか?」

「いや。ぼくがやる」とエイドリアンは言った。そして、向きを変えて階段に向かった。

「食事は盆にのせて妻の部屋に運んでくれ。ぼくたちはそこで食事をとって早めに休む」

クラリッサは眼鏡越しの目を見開いて、読んでいる本のページをめくり、不実な妻と彼女が夫から受ける罰についてのお話を、むさぼるように読みつづけた。役に立ったぐいの本に見えたのだが、モーブレー屋敷の図書室にこっそり侵入したときは、よく見る時間がなかったのだ。

新しい部屋に案内してもらいながら、モーブレーに図書室はあるのか、場所はどこかということをルーシーに尋ねた。そして、ひととおり部屋のなかを見せたルーシーが、風呂の支度のために階下にさがっているあいだに、眼鏡を出して、教えられた場所に行った。ようやくひとりでいられるわずかな時間がめぐってきたのだ。見つかりたくなかったので、急いで階上に戻った。なんとか部屋を見つけ、枕の下に本を隠したところで、ルーシーが戻ってきた。

風呂の湯が運びこまれるあいだ、メイドはクラリッサがドレスを脱ぐのを手伝い、髪をおろした。それがすむと、クラリッサは世話を受けずに風呂を使いたいので、下がるようにとメイドに告げた。ルーシーが出ていってしまうと、眼鏡と本を取り出し、風呂に浸かって読書をした。

さらにページをめくって物語を追いながら、これを書いたのがマリア・デ・サヤス(一五九〇–一

六六一、スペインの女流作家）という人物であることに驚嘆した。女性だ！　そういうことは社交界ではまだめずらしかった。それに、この本はずいぶん昔に書かれている。たしかに、夫を歓ばせる方法を知るうえではあまり役に立たなかったが、それでもやはりおもしろかったし、クラリッサは読むことを楽しんだ。このところ活字を目にすることがとんとなかったので、日照りのあとで花が雨を浴びるように、思う存分渇きを癒した。

ページをめくろうとしたとき、まぎれもなくドアノブが回る音がした。体が警戒態勢にはいり、眼鏡を顔からむしりとると、本とともに胸に押しあてて、肩越しにドアを振りかえった。口を開いて、ほんとにじゃまをしないでくれとルーシーに言おうとしたとき、黒っぽい髪とメイドよりもずっと大きな夫の姿に気づいた。

パニックが生き物のように胸のなかを占め、考えることもできなかったが、本と眼鏡を持った手をとっさにお湯のなかに沈めた。有罪の証拠を片方の足の下に隠し、次にどうすればいいか頭のなかをさらった。

「湯かげんはどうだい？」とエイドリアンがきいた。機嫌のよさそうな声でそう言いながら近づいてくる。

クラリッサは口を開けてまた閉じた。彼を浴槽のところまで来させない方法はないかと考えたが、まったく答えが浮かばない。ここに来たということは、きっとわたしの体を洗いたいと思っているのだろう。やがてそれがキスや愛撫のさまたげになり、いっしょに浴槽に浸

かるか、わたしをお湯から抱きあげることになる。どちらにしても、本は見つかってしまう。
解決策はエイドリアンを浴槽に近づかせないことだけだった。なんとかそれをやりとげようと、クラリッサは最初に思いついたことをした。エイドリアンが部屋のなかばまで来たとき、いきなり立ちあがったのだ。

期待したとおり、彼は足を止めた。どうやらぽかんと口を開けてこちらを見ているようだ。お湯が体を流れおち、しぶきをあげて浴槽に戻る。彼の熱い視線に裸体をたどられているのを感じ、自分が赤くなっているのがわかったが、どうしようもないときは思いきった行動にでるしかない。

夫がわれに返るまえに、浴槽から出て彼とのあいだの短い距離を詰めた。ことばは発しなかった。彼に向かって歩いていくだけで精一杯だった。触れられるところまでくると、エイドリアンは彼女を引き寄せて腕に抱いた。唇を重ね、手で体をまさぐった。そして、キスをしたまま、彼女をベッドのほうに導いた。

クラリッサの脚の後ろ側がベッドに当たると、エイドリアンはキスをやめてささやいた。

「きみは旅のせいで疲れ果て《トゥー・タイヤード》ているのだと思ったが」

クラリッサは微笑み、彼の口の端にそっとキスをすると、ベッドに腰を落として彼のズボンをゆるめようと手を伸ばした。

「あなたに飽き飽き《トゥー・タイヤード》することなどけっしてないわ」とクラリッサは請け合った。そして、夫

が服を脱ぐのを手伝いながら、機会ができしだい……絶対にだれもそこに近づかないうちに、本と眼鏡を浴槽から回収するのを忘れないようにしなければ、と自分に言い聞かせた。

15

「ほんとうに大丈夫ですか、なんでしたら——」

「いいえ」クラリッサは急いでキブルをさえぎり、必死で忍耐力を発揮してなんとか微笑んだ。「ほんとうにちょっと横になりたいだけなの。短いお昼寝こそわたしが望んでいるものなのよ」

「ご気分がすぐれないわけではないんですね、奥さま？」執事は不安そうに尋ねた。

クラリッサは顔をしかめまいとした。ほんとうに、モーブレーの屋敷の使用人たちはそろいもそろって、老婦人の集団のように心配症だ——若い男の使用人たちでさえ例外ではなかった。この四日間というもの、つねにだれかひとりが、ときには何人かでまとまって、彼女のあとをついてまわっていた。少しのあいだひとりきりになりたくてこっそり部屋に行こうとすると、彼らはひどく動揺した。

「わたしは元気よ」とクラリッサはきっぱりと言った。「このところあまり寝ていないから、休みたいだけなの」

「そうですか」キブルは眉をひそめた。「気分がすぐれないわけではないなら……」

「気分がすぐれないわけじゃないわ。お願いだからだれもじゃましないでね。用はないからとジョーンに伝えて」クラリッサはすでにドアのまえにいた。そこまでついてきた執事のすぐうしろに、従僕のひとりが控えていた。クラリッサは彼らのために無理に微笑むと、部屋のなかに逃げこんで、彼らを締め出した。そしてドアにもたれてため息をついた。

かんべんしてよ、と憤りを覚えながら思った。スカートのひだから隠しておいた図書室の本を取り出し、ベッドの上に放る。首をひと振りし、スカートの脇の切れ目に手を入れて、ウエストから提《さ》げている小袋を探した。小袋を探しあて、眼鏡を取り出して鼻の上にのせ、部屋のなかを見まわす。椅子が一脚あった。鏡台のまえに置かれている椅子だ。決意をみなぎらせ、その椅子をドアまで引っぱっていって、ドアノブの下にあてがった。

だれかがここからそっとはいってきて、クラリッサを驚かすことはないだろう。次にエイドリアンの部屋につづくドアをじっと見つめた。あのドアをふさぐための椅子はない。一瞬、そのままにしておこうかとも思ったが、エイドリアンが不意にはいってきて、醜い眼鏡姿を見られることを思うと、ため息が洩れた。

このドアにあてがう椅子はないので、もっと大きくてかさばる家具にたよるしかなかった。いちばん近くにある家具は鏡台だ。重い木の鏡台の脇に移動し、ドアのまえまで押していった。堅木の床の上で無理やり押したため、木と木がこすれてきしむような音がして、ひやひ

やした。小声で悪態をつきながら、やかましさをスピードで埋め合わせようと、さらに力をこめて押した。

「奥さま？」心配そうなキブルのくぐもった声が、寝室のドア越しに聞こえてきた。「何ごともございませんか？」

鏡台の移動のなかばで手を止め、クラリッサはぐるりと目を回した。「ええ、キブル、大丈夫よ」

「何か重いものを動かしているような、妙な音がしたものですから」と執事は言った。とがめるような声音《こわね》だった。

クラリッサは顔にかかったひと房の髪を息で吹き払って言った。「ええ、ちょっと家具を移動させていたの。わたしらしい部屋にしたくて」

長い沈黙が流れ、執事は返答を受け入れて立ち去ったのだろうとクラリッサが思いはじめたころ、またキブルの声がした。「少しのあいだだけドアを開けてくださいませんか？　奥さまがご無事だということをたしかめたいので」

クラリッサは小さな声でうめくと、廊下につづくドアのほうに向かった。ドアのまえから椅子をとりのけ、眼鏡をはずしてスカートのひだに隠してからドアを開けた。「ほら。無事でしょう？」

まるでクラリッサがうそを言っているかもしれないというように疑わしげに目をすがめな

がら、キブルはゆっくりと女主人を見分した。やがて、視線は彼女を通りこして部屋のなかに注がれた。

クラリッサは唇をかみ、執事が鏡台に気づかないでくれることに一縷《いちる》の望みをかけた……が、もちろん彼は気づいた。

「だんなさまの部屋につながる扉をふさいでおられたんですね！」執事は何かとんでもないことが起こったとでも言うように驚いた声で言った。

「ええ、そうよ」クラリッサは静かに言った。「これは一時的なことなの。少しのあいだひとりきりになって休みたいから、だれにもじゃまされないようにしたかったのよ」

キブルは彼女の言ったことについて黙って考え、また部屋のなかを見まわした。その恐ろしいほど聡明な目の奥に、頭が働いている様子が見えるようで、クラリッサは落ち着かない気分になった。彼の目の動きがいきなり止まり、部屋のなかのあるものにじっと視線が注がれると、クラリッサは彼が見つけたもののほうに目をやらずにはいられなかった。もちろん、眼鏡なしではぼんやりとした形以外何も見えなかったが。

「ベッドの上に本があります」とキブルに告げられて、クラリッサの心は沈んだ。さっきベッドの上に放った本のことをすっかり忘れていた。できるだけおだやかな表情を浮かべて、執事に向きなおった。

「そう？　きっとジョーンが置いていったのね」

「おそらくそうでしょう」キブルは同意してさらに言った。「おじゃまにならないように図書室に戻しておきましょうか？」

「その必要はないわ」クラリッサは急いで言うと、こう言い添えた。「ただの本ですもの。ベッドサイドのテーブルに置いておけば、あとでジョーンがとりに来るでしょう」

「奥さまが休んでおられるあいだに読みたがるかもしれません」と執事は指摘した。「午後はジョーンに暇を出したわけですから」

しばらく静かに読書をする機会が失われつつあるのを感じて、クラリッサは歯がみをした。本を手元に置いておく方法を急いで考えようとして、首をひねっていると、一階からだれかの呼び声が聞こえてきた。

キブルは廊下のほうを見やり、女主人に断って階段に移動した。階下の玄関をのぞき見て、「何事だ？」と問いかける。

クラリッサは眼鏡をとりあげられて以来、聴覚が鋭くなっていることに気づいていた。ひとつの感覚が失われたことをほかの感覚を高めることで、体が埋め合わせようとしているかのように。馬車が私道にはいってきたことを告げるフレデリックの返事まで、彼女にはちゃんと聞こえた。

クラリッサの耳にまちがいはなかったらしく、キブルは女主人を振り返って言った。「失礼します、奥さま。お客さまがお見えのようですので」やがて、執事のぼやけた姿は階段の下に消えた。

ドアが閉まると、クラリッサはカーテンの閉じられた窓のほうを見た。予期せぬお客さま？　だれかしら？　さっそく眼鏡をかけ、窓に移動して好奇心もあらわに屋敷の玄関を見おろした。

たしかに馬車が近づいてくるところだったが、その扉の紋章に気づいたのは、もう馬車が玄関先に到着しようというころだった。大きく息を吸いこんで向きを変え、ドアに急いだ。ドアを開けてから眼鏡のことに気づいた。あわてて眼鏡をはずし、ポケットに戻して急いで階段に向かった。片手で手すりにしっかりつかまりながら、慎重に階段をおりた。ロンドンで階段から転げ落ちたときに、痛い思いをして学んだので、また同じことを繰り返したくはなかった。

キブルが玄関扉を開けて立ち、馬車の様子をうかがっていると、最初の乗客が降りてきた。クラリッサがそばに寄ると、執事がけげんそうな顔をしたのがわかった。お客がだれだかわからないのだろう。その疑問を晴らすため、クラリッサは執事の脇をすりぬけて言った。

「お父さま！　こんなに早く来てくださるとは思わなかったわ」父は声に気づくと娘をぎゅっと抱きしめた。部屋の用意をさせ、ディナーにお客さまを迎えることをコックに知らせようと、キブルが指示を与えはじめるのが聞こえた。

「わたしのかわいい娘はどんな様子かな？」体を離し、娘をしげしげと見まわしてクランブレー卿はきいた。「元気そうだし、幸せそうだな」

「ええ」クラリッサはにっこりと父に微笑みかけて言った。「でも、週末までは来てくださらないと思ってたわ。何かあったの？」

「いや、そうじゃない」彼は安心させるように言った。「思ったより早く仕事が終わったから、あいた時間をおまえと新郎のもとで過ごそうと思ったんだよ。ところで、彼はどこだね？」と言ってきょろきょろとあたりを見まわす。

「エイドリアンは手入れが必要な放牧地を調べるために出かけたわ」クラリッサは父と腕を組みながら説明した。「もうすぐ戻ってくるはずよ」

視線の隅に動くものを感じて向きを変えると、馬車の戸口にドレス姿の女性がぼんやりと見えた。リディアもいっしょだったことに気づき、すぐに父の腕から手を離した。「ごめんなさい。わたしがここで話しこんでいたら、リディアが馬車から降りられないわね」

「そうだった」ジョン・クランブレーは馬車に戻り、もごもごと謝りながら妻の手をとって馬車から降ろした。

継母が地面に降り立ち、旅行用のドレスのしわを伸ばすあいだ、クラリッサはもじもじしていた。心のどこかでは、父にしたようにキスと抱擁で迎えるべきだと思ったが、リディアはそういう行為をよろこばないので、どうすればいいかわからなかったのだ。結局、――リディアが好むと好まざると――家族の一員なのだからそのように扱うべきだと決めた。胸を張り、継母に歩み寄ると、頬にキスをして抱擁した。

リディアは体をこわばらせて抱擁を受けた。クラリッサは継母が驚いているのがわかった。抱擁を解き、父と継母の腕をとって玄関へと導いた。

「さあ、キブルやみんなに会ってちょうだい。どのくらいいられるの？」

「屋敷に戻る途中だが、一週間はいられるだろう。おまえの亭主がかまわなければだが」クランブレー卿は急いで付け加えた。

「お嬢さんの亭主はいっこうにかまいませんよ」

クラリッサが足を止めて横を見ると、厩舎のほうからエイドリアンがやってくるところだった。エイドリアンが父と継母にあいさつをするあいだ、クラリッサはおだやかに微笑んでいた。そして一同は屋敷にはいった。


「われわれがここに来たのはまずくなかったかね？」

エイドリアンはかたわらで馬に乗る男、ジョン・クランブレー卿を見やった。クランブレー夫妻が到着した翌朝のことで、クラリッサの父とエイドリアンは領地の視察のために馬で出かけていた。これまでのところ、義父との関係は申し分なくうまくいっていると思っていたが……「いいえ、もちろんそんなことはありませんよ。どうしてそうではないなどと思うんです？」

ジョン・クランブレーは肩をすくめたが、顔に浮かんだ笑みはゆがんでいた。少ししてからこう言った。「その、きみたちは結婚したばかりだから、お互いを知るのにできるだけ多くの時間をあてたいだろうし」

エイドリアンはかすかに微笑んだ。ほんとうはクラリッサとの時間を堪能するまで――せめて彼女の服をはぎとりたいと思わずに同じ部屋にいられるようになるまで――彼女の父が到着しないでくれればいいと思っていたのだが、それまでにはかなり長い時間がかかりそうだと気づきはじめていた。二、三十年も彼女をひとりじめにするわけにはいかない。

「ぼくらはこの先死ぬまでいっしょにいられるんですから。あなたがたを数日のあいだ迎えるのをしぶったりはできませんよ」

ジョン・クランブレーは微笑んで言った。「娘を愛しているんだな」

エイドリアンは鞍《くら》の上で体を硬くした。クラリッサへの思いにはいまだにとまどうばかりだった。彼女との毎日は冒険だった。今朝は目覚めると、かわいい若妻はいきなり立った彼の体の一部に口づけ、愛撫していた。この数日というもの、彼女はそんな積極的な行動でエイドリアンを驚かせていた。彼が彼女にするのと同じくらい熱心に夫を歓ばせようとしているらしく、そんな様子を見せられるたびにエイドリアンの心は温かくなった。望みどおり自分を好きになってくれるかもしれないという希望がもてた。

「きみが娘を愛しているのはわかる」クランブレー卿はそう言いきった。そして付け加えた。

「だから理解できんのだ。どうして娘がまだ眼鏡を手に入れていないのかが」

エイドリアンはさらに身を硬くした。なんとか緊張をほぐそうとした。「もうすぐ届きます。ロンドンから取り寄せなければならなかったもので。でも、驚かせてやりたいので、クラリッサには言わないでいただけるとありがたいですね」

クランブレー卿はほっとした様子でうなずいた。「きみの望みどおりにしよう」

エイドリアンは顔をしかめた。もしほんとうに望みどおりにすることができるなら、クラリッサはけっして眼鏡を持てないだろう。だが、良心の呵責《かしゃく》に耐えかねて、結局は入手しようと決めたのだった。結局、いっしょに村に行って眼鏡を買うという最初の計画についてはクラリッサに話さずじまいだった――クラリッサの部屋に行ったとき、彼女が風呂のなかから裸で立ちあがって彼の気をそらしてしまったからだ。そのことについてもう一度考えたときには、自分ひとりで注文しようと決めていた。どうして知りたいのかは説明せずに、最後の眼鏡はどこで買ったのかとクラリッサに尋ね、使いの者に金を持たせてロンドンに新しい眼鏡を買いにいかせた。すべてはクラリッサにないしょで行なった。

彼女を驚かせたいからだ、とエイドリアンは自分に言い聞かせた。しかし、ほんとうはちがうのではないかと思った。眼鏡が届くのをクラリッサが知らなければ、届いてからも彼女にわたすのを一日かそれ以上遅らせることができるのだから。

前方に屋敷が見えてきたので、ため息をついて馬に拍車を入れ、歩みを急がせた。これ以上話をつづけたくはなかった。

エイドリアンと義父が戻ったとき、屋敷は静かだった。リディアはサロンで読書をしていたが、召使たちはほとんど見当たらなかった。リディアを避けるためだろう、とエイドリアンは確信した。注文が多くて扱いのむずかしい相手だからだ。どうやら彼女がみじめにしたがる相手はクラリッサだけではないらしい。だれでもいいから自分よりも弱い者、見下せる相手をいじめるのが好きなのだ。召使たちはその範疇《はんちゅう》にはいるのだろう。

クランブレー夫妻を残し、エイドリアンは泥のはねた服を着替えるために階上に向かった。たんすのそばで着替えながら、視線は何度もクラリッサの部屋につづくドアに向かった。彼女はどこにいて、何をしているのだろう？　いっしょにいないときは気づくといつもそう考えていた。

きみが娘を愛しているのはわかる、とジョン・クランブレーは言った。エイドリアンはそのとおりだということが怖くなってきた。自分よりも妻の幸せを第一に考えるようになっていた。だから眼鏡を注文したのだ。それは心から彼女を愛しているというたしかなしるしなのではないか。エイドリアンは自分がそれに驚いていることに気づいた。

クラリッサを愛するのはたやすい。それはたしかだが、やはり驚きだった。妻を娶《めと》るのはたいへんなことだと思っていたのだ――気を配り、愛してやるという余計な仕事がなくても厄介なものだと。だが、相手がクラリッサだと最初から何もかもがとても楽に運んだ。

実のところ、エイドリアンが直面したほんとうに厄介な問題はリディアだけだった。彼女にはほとんどの人びとが手を焼いているようだった。クラリッサ自身、そのことは最初からエイドリアンに打ち明けていた。

「さあ、できましたよ、だんなさま」エイドリアンの着替えがすむとキースレーが言った。「ほかに何かございますか？」

「ない。ありがとう、キースレー」とエイドリアンは答えたが、キースレーが部屋を出ようとすると、こう尋ねた。「妻がどこにいるか知っているか？」

「今はご自分のお部屋にいらっしゃると思います。従僕のひとりが廊下で奥さまのお部屋のドアを見張っているということは、奥さまがドアの向こうにおられるという意味ですから」

「ありがとう」従僕が出ていくと、エイドリアンは連絡ドアのところに行った。いつものようにクラリッサに会いたくてたまらなかったので、わざわざノックもしなかった。だが、ドアを開けようとすると、ふさがれていることに気づいた。

少しは開くのだが、何かに当たってしまう。眉をひそめ、いったんドアを引いて閉じ、もう一度試した。やはり同じことが起こったので、ドアをまじまじと見つめ、呼びかけた。

「クラリッサ？」

答えはなかった。

「クラリッサ？」今度はノックしながらもう一度呼んだ。「クラリッサ！　そこにいるのか？　ドアが何かでふさがれているぞ」

　それでも返事がないので、きびすを返して廊下に出た。そこではフレデリックが控えていた。「レディ・モーブレーは部屋のなかか？」とエイドリアンはきいた。

「はい、だんなさま」フレデリックは胸を張り、軍隊式の姿勢をとった。

「ひとりか？」ときき、ドアに近づいてノブを回した。ノブは回ったが、ドアはほんの一、二センチ内側に動いただけで止まってしまった。

「はい、だんなさま。奥さまがはいられてからずっとドアを見張っていますが、だれもはいっていませんし、出てきてもいません」エイドリアンが難儀しているのを見て、フレデリックは眉をひそめ、主人に近寄った。「どうかなさいましたか？」

「ドアが何かに引っかかっている」とつぶやいて、エイドリアンは木のドアをたたいた。

「クラリッサ！　ぼくの声が聞こえるなら返事をしてくれ！」

　ふたりの男は沈黙して待った。エイドリアンはいらいらと向きを変え、足早に自室に戻った。連絡ドアのほうがまだ見こみがありそうだった――少なくとも廊下側のドアよりは。もう一度押してみると、やはりふさがれていたが、今度はうなり声をあげて体重をかけた。ドアがもう少しだけ開いた。

「部屋にはだれもはいっていません、だんなさま」フレデリックが心配そうに言った。「おれは一瞬たりともドアから目を離しませんでしたから」

エイドリアンは何も言わなかった。ゆっくりとではあるが、確実に開いていくドアを押すことに集中していた。木と木が当たってきしむ音からすると、何か重い家具がドアのまえに押しつけてあるらしい。室内の床は堅木張りだが、残念ながら床のほとんどをおおっている敷物が、障害物を押しやるのを困難にしていた。障害物を横にずらすことができれば、問題ないだろう。だが、それはどうも無理そうだ。

「お手伝いしましょうか、だんなさま?」フレデリックが心配そうにきいた。「ふたりで体重をかければたぶん……」

エイドリアンは従僕を見やった——フレデリックはまだほんの子供で、年はやっと十六歳だし、レールのようにやせている——だが、焦っていたので、どんな手助けもありがたいと思い、重々しくうなずいた。「ドアに肩を当てて、ぼくが合図したら押すんだ」

フレデリックは主人に並ぶと、ドアの木の表面に肩を当てた。エイドリアンの「押せ!」を合図に、ふたりは力いっぱい体重をかけて押した。ドアはさらに十数センチ開き、部屋のなかをうかがうことができた。クラリッサはベッドに横たわり、眠っているように見えたが、顔色がひどく悪いようだ。

「もう一度」エイドリアンは歯を食いしばりながら言った。もう一度ふたりで力いっぱい押すと、今度はなんとかドア——と、今や鏡台ということがわかった障害物——が動き、隙間から通りぬけられる程度に開いた。

フレデリックがじりじりと見守るなか、エイドリアンは無理やりそこに体を押しこんだ。ついに通りぬけると、ふたりとも安堵《あんど》の吐息を洩らした。

「奥さまはご無事ですか?」フレデリックが自分も隙間からはいりこもうとしながらきいた。エイドリアンはベッドに突進した。

「クラリッサ!」妻の顔に手を当てて、自分のほうを向かせた。胸の鼓動が止まった。顔色が悪いと思ったのは、焦っていたせいばかりではなかった。クラリッサの顔はシーツのように真っ白で、まったく反応がなかった。

「ご無事なんですか?」ベッドに近づいたフレデリックが繰り返す。

「助けを呼びにいけ」震える手でクラリッサの顔をなでながら、エイドリアンはほえるように言った。

「はい、だんなさま」フレデリックは連絡ドアのほうに戻りかけたが、エイドリアンに呼び戻された。

「廊下側のドアのまえの椅子をどけて、そっちから行くんだ」入口をふさいでいるものを見ながらそう命じた。部屋のほかの部分に目をやったが、どこも変わりはなかった。別の人間の姿もない。

フレデリックがドアを開けたままにして急いで部屋を出ていったので、エイドリアンには廊下を走りながら助けを求めて叫ぶ彼の声が聞こえた。すぐに助けがくるということに望みをつなぎ、ふたたびクラリッサを見た。

横たわる彼女はひどく小さく、ひどくかよわく見えた。ベッドから抱き起こし、これ以上死人のような顔を見るのがつらくて胸に抱きしめた。ほとんど息もしていないようで、腕のなかで死んでしまうのではないかと怖くなった。いや、そんなことがあってはならない。あるはずがない。クラリッサはぼくのものだ。失うわけにはいかない。こんなに大切なものなのだから。彼女はぼくのすべてだ。

ああ、ほんとうに彼女を愛している——彼女の思い出だけを胸に生きつづけるくらいなら、自分も死んでしまいたいほどに。

「そばにいてくれ、クラリッサ」なすすべもなく彼女の背中をさすりながらつぶやく。「ぼくを置いていくな。きみが必要なんだ」

「だんなさま」

ドアのほうを見やるとキブルが駆けこんできた。そのすぐあとに、クラリッサの父と数人の召使たちがつづく。

「奥さまがご病気だとフレデリックから聞きました。何があったんです?」ベッドの主人が座っている側にまわってきてキブルが言った。

「わからない。顔が青ざめていて目を開かない」エイドリアンはかすれた声で説明した。

「見せてください」とキブルが言った。ジョン・クランブレーがベッドの反対側ににじり寄るなか、エイドリアンはそっとまたクラリッサを横たえた。三人の男たちは青白い体の上にかがみこんだ。

「なんてことだ、死人のような顔色じゃないか」クランブレーが言った。

「ほとんど灰色だわ」ミセス・ロングボトムがやってきて、ベッドのそばにいる三人に加わると言った。キブルはクラリッサのまぶたを持ちあげて目をのぞきこんでから、かがみこんで口元のにおいをかいだ。

エイドリアンはけげんそうにその様子を見守っていたが、やがて執事はやにわに体を起こした。キブルの顔に浮かんだ警戒の表情は、エイドリアンがこれまで目にしたなかでももっとも恐ろしいものだった。

「胃を洗浄しなければなりません。奥さまは毒を盛られています」

「なんだと?」クランブレーとエイドリアンは叫んだが、キブルは聞いていなかった。ベッドサイドのテーブルと、食べかけのパイに注意を向けた。みんなが見守るなか、執事はかがみこんでそのにおいをかいだ。口元がこわばる。「パイに毒がはいっていたのです」

「だが、これは昨夜全員が食べたものだ」エイドリアンが抗議した。

「このひと切れはちがいます」とキブルはつぶやくと、あたりを見まわした。「何かのどにつっこむものが必要だ」

「なんだと?」エイドリアンはぎょっとしてきいた。

執事は暗い顔で主人を見た。「あなたとロード・クランブレーは外に出ていただいたほうがいいですね」

「だめだ。ぼくはここにいる」エイドリアンはがんとして言った。

「では、あなたが奥さまを救ってください——おできになるなら」キブルはそう言うと、ドアに向かおうとした。

「だめだ！　キブル、戻ってきてくれ！　おまえが必要なんだ」エイドリアンは鋭い口調で言った。

「では、部屋から出てくださいますね？」執事は振り向いてなおも言った。「わたしの意見や指示にいちいち口をはさんでじゃまをされては、奥さまを介抱できません。手の動きが遅くなって手当てのさまたげになるだけです」

キブルを手伝える見込みはないが妻のそばを離れるのも気が進まずに、エイドリアンがためらっていると、ジョン・クランブレーが彼の腕に触れた。「行こう、彼の言うとおりだ。われわれはいないほうがいい。ここは彼にまかせて、われわれは階下に行こう」

「でも、もし彼女が——」エイドリアンはその考えを断ち切った。〝もし彼女が死んだら？〟と言おうとしていたのだった。もしそんなことになるなら、クラリッサのそばにいたかった。だが、そもそもそんなことは起こってほしくない。

「あなたが出ていくか、わたしが出ていくかです」キブルは無情に言い放った。

肩が落ちるのがわかった。エイドリアンの負けだ。彼はキブルほど賢い男を知らなかった。キブルがここモーブレー屋敷で執事の任につくまえにしていた仕事は、家庭教師だけではなかった。エイドリアンが成長してもう指導の必要がなくなると、彼は陸軍に入隊した。エイドリアンが発音することさえできないような国々での戦闘に参加し、その期間のほとんどを包帯を巻いたり介抱したりして、負傷者の救護に務めた。

エイドリアンの考えでは、キブルはたいていの医者が知っている以上に負傷者や病人の世話について詳しかった。ふたりは戦場で再会した。顔立ちを損なうけがからエイドリアンを救ったのはキブルだった。そしてエイドリアンの世話をするために彼とともに除隊し、回復するとそのままとどまり、フィッツウィリアムの死後、執事の任についたのだ。クラリッサをだれかに託すとしたら、キブルこそ適任だった。

「何か変化がありしだいお呼びします」エイドリアンが譲歩しかけているのを認めて態度をやわらげ、キブルは言った。「いい変化のときも悪い変化のときも、すぐにお呼びしますから」

エイドリアンは小さくうなずくと、クランブレーのあとについて部屋から出た。ふたりの男性は、軍曹のように指示を与えるキブルの怒鳴り声に耳を澄ましながら、無言で廊下を歩いて階段に向かった。

「あの子はよくなるよ」クランブレーは静かに言ったが、エイドリアンはその声に恐怖を聞きとった。クラリッサはこの男のひとり娘であり、彼の最愛の妻マーガレットが残した子供なのだ。エイドリアンと同じくらい気が動転しているはずだった。

なんとか相手を元気づけようと、エイドリアンは同意のことばをつぶやき、ブランデーでも飲めばふたりとも少しは気分が落ち着くだろうと、クラリッサの父を階下のサロンに案内した。だが、ドアを引いて開け、一歩なかにはいると、リディアが落ち着きはらって長椅子に座っているのを見て足を止めた。彼女の顔は無表情だった。

「今度はなんなの？　あの子はこの屋敷にも火をつけたのかしら？　それとも、転んでつま先でも打った？」と彼女はきいた。

エイドリアンは体じゅうの血が沸き立つのを感じたが、それに答えたのはジョン・クランブレーだった。彼はエイドリアンの隣りに進み出ると、嫌悪感もあらわに妻をにらみつけた。

「あの子は毒を盛られた。そんなことをするほどあの子を憎んでいるのは、わたしの知るかぎりおまえひとりなのだから、いい気になっている場合ではないぞ。もしあの子が死んだら、おまえの首を絞めてやる」

16

クラリッサはゆっくりと目を開けて、からっぽの自分の隣りを見た。エイドリアンはもう起きてベッドを出たらしい。めずらしいことだった。いつもなら、先に起きるとキスや愛撫で彼女を起こすのに。そんなふうに一日がはじまるのは楽しいことだった。

もっとも、今日はいつものようには楽しめなかっただろうが。ちょっとだるいし、なんだかのどとお腹が痛い。何かの病気にかかったのでなければいいけど、と思いながら、小さくため息をついて仰向けになると、しわの寄った老人の顔がクラリッサをのぞきこむように迫っていたので、悲鳴をあげそうになった。

「キブル」とあえぎながら言うと、胸のまえでシーツと毛布をつかみ、目を丸くして執事を見つめた。「いったい――」

「ご気分はいかがですか？」執事は冷静にさえぎった。

「わたし……」クラリッサは目をぱちくりさせた。すっかり目が覚めて、頭が働きはじめた。最後の記憶は、午後遅く休むために横になったことだったが、部屋に差しこむ光からすると、今は午後の早い時間のようだ。眉をひそめながら頭のなかを探り、病気の自分がミセス・ロングボトムとキブルに抱き起こされて、なだめるようなことばをかけられているという、おぼろげで支離滅裂な記憶をたどった。

「わたしは具合が悪かったのね」クラリッサはゆっくりと言った。

「そうです」とキブルが認めて言った。

「あなたとミセス・ロングボトムがわたしを介抱してくれた」

「残りの使用人たちもです」キブルは静かに言った。「みんなとても心配していたんですよ、奥さま」

「そう」クラリッサは眉をひそめた。「わたし、どうしたのかしら？　風邪をひいたの？」

「何か覚えていることは？」と執事はきいた。

クラリッサは唇をかんで記憶をたどった。「この部屋に来たのはリディ——つまり、ちょっとひとりになりたかったからよ」急いで訂正して言った。たしかに継母は厄介な人だが、それを召使に言うべきではないだろう。父と夫の仲がうまくいっているのはうれしかったし、ふたりが連れだって馬で出かけたのもいいことだと思っていた。だがそのせいでリディアが残され、さんざん意地悪なことを言ってクラリッサを苦しめた。新婚初夜はたいへんな試練だったにちがいないとか、ついに夫の醜い顔を見ることになったらどんなにぞっとするだろうとか——眼鏡をかけることを彼が許してくれたらの話だが。いや、彼は妻の目が見えないままにしておくほうがいいだろう、とも継母は言った。

かんしゃくをこらえ、すでに眼鏡を持っているという秘密を明かさないまま、クラリッサは読書のために自室に逃げた。いつものように両方のドアをふさぎ、本とともに身を落ち着けた。しかし、その部分はキブルに言わなかった。眼鏡のことを明かすのはまだ抵抗があった。

「ちょっと休もうと思ってこの部屋に来たら」とクラリッサは言った。「ベッドサイドのテーブルにパイがひと切れあって」

「ご自分でお持ちになったわけではないのですね？」とキブルがきいた。

「ええ。きっとフレデリックがわたしのために残しておいてくれたんだと思ったの。いつもわたしのあとをついてまわって、よく小さなものをくれるから」クラリッサは肩をすくめた。

「お腹はすいてなかったけど、手をつけなかったら彼の気持ちを傷つけることになると思って、少しだけ食べたわ」

「お腹がすいていなくて助かりました」キブルがそうつぶやいてため息をついたので、クラリッサは驚いて執事を見た。

「どうして？」

キブルはためらってから言った。「なんでもありません。何があったのか最後まで話してください」

クラリッサは説明してくれと言おうかと思ったが、そのうちにわかるだろうと思って肩をすくめた。「それだけよ。ふた口食べて、ベッドの上でくつろいだ。そしたら胃が痛くなってきたから、眠ることにしたの。少し眠ればよくなるかもしれないと思って」

キブルはしばらく黙っていたが、いきなり何かをかかげた。クラリッサは最初それが何かわからなかった。鼻の上に乗せられて、自分の眼鏡だということに気づいた。

「あなたの体を動かしたときに、毛布のなかで見つけました」と彼は言った。「図書室の本といっしょに」

クラリッサは唇をかんで恐る恐る執事を見たが、キブルの顔は無表情で、非難や怒りの色はなかった。「それでドアをふさいでいたんですね。だんなさまはあなたがこれを持っていることをご存じない」

それは質問ではなかったが、クラリッサは質問であるかのように答えた。「ええ、あの人は知らないわ」そして頭をたれた。

キブルはうなずいた。「いつから持っていたのです?」

「結婚式のまえの日から」と小さな声で認めた。

「あなたがたびたびお部屋にこもっておられるので、そんなことではないかと思っていましたよ」とキブルは言った。「ご自分で使えるお金があるのに、新しい眼鏡を買わないのはおかしいですからね」

「最初はそうはいかなかったのよ！　うちにいるあいだはね。リディアがずっとそばにいたから。でも、結婚式のまえの日、レディ・モーブレーとドレスの試着に行ったとき、こっそり抜け出して買ったの」

キブルはうなずいた。「どうしてエイドリアンに話さなかったんです？」

クラリッサは執事が敬称なしで夫を呼んだことに気づいたが、ふたりが親子同然の特別な関係にあることを知っていたので、それほど驚きはしなかった。だが、質問に答えるのはあまり気が進まなかった。

黙ったままでいると、キブルが尋ねた。「眼鏡をかければだんなさまの顔がはっきり見えて、いやな思いをするからですか？　できればだんなさまの顔を見たくないと思ったからですか？」

その声はやはり批判するでも非難するでもなかったが、クラリッサはぎょっとした。

「まさか！　とんでもない」と叫んだ。「エイドリアンは美しいわ。傷痕の影響なんてほとんど受けていない。茶色の目はとっても深くて美しいし、あんなにすてきな唇は……」

自分の言っていることに気づいてクラリッサは口をつぐみ、肌に赤みが広がるのを感じた。

「彼を愛しているんですね」キブルは満足そうに言った。

「ええ。そう思うわ」クラリッサは恥ずかしそうに認めた。

眼鏡をかけているので、執事の顔が笑顔に変わったのが難なくわかった。キブルもやはりエイドリアンを愛しているのだろう。だから妻が彼を愛していると知ってよろこんでいるのだ。

一瞬、ふたりは微笑み合った。しかしすぐにキブルは眉をひそめて尋ねた。「では、どうして彼から眼鏡を隠しているんです？」クラリッサが唇をかんで視線をそらすと、なおも言った。「彼のためですか？」

「ええ」としぶしぶ答えた——実際はふたりのためだったが。眼鏡をかけた醜い姿をエイドリアンが見ずにすむことを望んでいたわけではないが、もし醜いと思われて、ようやく獲得したささやかな愛情を失いたくもなかった。

キブルは顔をしかめた。「あなたがちゃんと彼の顔を見て、それでも愛していることを知ってもらうほうが、どんな顔だかあなたは知らないのだと思わせているよりも、エイドリアンは感激するだろうということがわからないんですか？」

クラリッサは困惑して視線を上げ、執事の顔を見た。「なんですって？」

執事はけわしい顔をしてきいた。「あなたに見つめられて彼がいやな思いをしないように眼鏡を隠したわけではないのですか？」

「わたしに見つめられていやな思いをする？」クラリッサは当惑してきいた。「ちがうわ。どうしてわたしに見つめられていやな思いをするの？　わたしはありのままのエイドリアンを愛しているのよ。だって彼はハンサムで、スマートで、やさしくて——」

「それならどうして眼鏡をかけて彼にそう言わないんです？」キブルが口をはさんだ。

執事は頭が鈍いにちがいないと思いながら、クラリッサは目をしばたたいた。彼がかわいそうになって、説明した。「眼鏡をかけたわたしは醜いからよ」

キブルは驚いて目をぱちくりさせた。今度は彼がこうきく番だった。「なんですって？」

クラリッサはため息をついた。「眼鏡をかけたわたしは醜いとリディアに言われたの。レディ・モーブレーも、わたしの予備の眼鏡が壊れたと聞いて、エイドリアンはほっとするだろうっておっしゃったのよ。きっとわたしの眼鏡姿を見たら興ざめだと思うわ」

キブルはたたかれでもしたようにいきなり身を引いた。そして啞然とした顔でまじまじとクラリッサを見て言った。「エイドリアンの愛情が冷めるのが怖くて眼鏡をかけようとしなかったんですか？」

「そうよ」クラリッサはみじめな気分で認めた。すると、執事が急に笑いだしたので、体を硬くした。顔をしかめてかみつくように言った。「何がそんなにおかしいの？」

「ああ、奥さま、あなたが知ってさえいれば」執事は息つぎと陽気なばか笑いの合間に言った。「なんていじらしいおふたりなんでしょう。お互い相手に夢中で、相手から拒絶されることを怖がっておられるなんて」

クラリッサはおもしろがられているのが気に入らず、執事をにらみつけた。

「ああ、クラリッサ」

振り向くと、ドア口にエイドリアンの母がいて、大げさな表情を浮かべていた。彼女は首を振りながら部屋にはいり、ふたりのそばに来た。「ごめんなさいね、話は廊下で聞かせてもらったわ。クラリッサ、あなたはわたしを誤解している」

「レディ・モーブレー」クラリッサは驚いて言った。「いつここに？」

「一時間ほどまえよ」とエイドリアンの母は言った。「ここを訪れてあなたと息子がどうしているか見たいと思ってね。ゆうべ着くはずだったのだけれど、馬車の車輪がひとつ壊れてしまったの。それで修理をするあいだ宿屋にひと晩泊まったのよ」

ベッドのあいている側に腰を下ろし、クラリッサの手を軽くたたいた。「あなたが苦しんでいると知っていたら、貸し馬車で駆けつけたのに」

「その必要はありませんでしたよ。わたしは大丈夫です」クラリッサはつぶやいたが、義母のやさしいことばに胸を打たれた。

「いいえ、クラリッサ。大丈夫なんかじゃありません」モーブレー夫人は反論した。「あなたはずっと誤解していたのよ」

クラリッサは眉を上げた。「誤解というのは、奥さま？」

エイドリアンの母は口を開けたが、すぐに閉じた。そのあとで口にしたことばが、もともと言おうとしていたことばではないのは、クラリッサにもはっきりわかった。

「わたしを義母《はは》と呼んでくれたらとてもうれしいわ、クラリッサ。ずっと娘がほしかったのだけれど、エイドリアンを産んだあと子宝に恵まれなくてね。だからできることなら、あなたの亡くなったお母さまの代わりになりたいと思っているのよ。どうやらリディアは……まあ、彼女は自分の子供がいないから、母親の役割は荷が重いのでしょうね」と慈悲深く言った。

クラリッサは微笑み、自分の手を預けていた女性の手をにぎりしめてささやいた。「ありがとうございます……お義母《かあ》さま」

モーブレー夫人はにっこり微笑んだ。その目はうっすらにじんだ涙と思われるものできらめいている。だが、ふたりがそれ以上何か言うまえに、キブルが咳払いをした。

そして、注意を引いたところで提案した。「その誤解について説明なさってはいかがでしょう、レディ・モーブレー。そうすればレディ・クラリッサも理解して、いろいろなことがうまい具合に運ぶのでは？」

「ええ、そうね」モーブレー夫人はため息をつき、クラリッサの手をもう一度にぎった。「いいこと、あなたの眼鏡が壊れたと聞いて、エイドリアンがほっとするでしょうと言ったのは、あの子が眼鏡を嫌っているからでも、眼鏡をかけたあなたが気に入らないからでもないの。あなたが眼鏡をかけたら、もう自分に魅力を感じてくれなくなるんじゃないかと、あの子が恐れているからなのよ」

「ええっ？　どうして彼がそんなことを考えるんですか？」クラリッサは驚いて尋ねた。

「傷痕のせいよ」とモーブレー夫人が答えた。

「まあ、なんだってそんな」自分にとって夫の傷痕がいかに重要なものであるかを示したいという思いに駆られて、クラリッサはつぶやいた。「エイドリアンは傷があってもすてきだわ。それに、傷がなかったら——完璧すぎて見るのがつらくなっていたにちがいないもの！」

モーブレー夫人はうなずき、認めて言った。「ええ、かつてのあの子はギリシャ神話のどんな神にも負けないくらい美しかったわ。天使のように美しかった。わたしに言わせれば今でもそうよ。でも……」ため息をつく。「すべてにおいて完璧であることを求める社交界のレディたちは、あの子を堕ちた天使とみなしているのよ」

クラリッサは彼女の目が怒りにすがめられるのを見た。

「たしかに、最初のころ傷痕はもっとずっとひどいものだった。けがをした直後、まだ傷が腫れてかさぶたのあるうちに人前に出たときはね。そのせいで顔がかなりゆがんでいて、社交界のお嬢さんたちは——繊細なところを証明しようとして——あの子を見ると気を失った」うんざりしたように顔をしかめる。「最初は若いルイーズ・フランプトンだったわ。何年もエイドリアンに熱をあげてきたのに、戦争があの子にしたことを見ると、ひどく動揺して気を失ったの。でも、だれもまえもって彼女にそのことを教えていなかったし、コルセットのひもをきつく締めすぎてもいたんですけどね」と皮肉っぽく付け加えた。「ルイーズはちょっと太めだったから、エイドリアンが戻ってきたと知って、メイドにコルセットのひもをきつく締めさせたのよ。かわいそうにルイーズは、気を失ったことでひどく恥ずかしい思いをし、そのあとほかのお嬢さんたちが彼女と同じくらい繊細だということを証明するために同じことをしていると聞いて、さらにいやな気分になったらしいわ」

「まあ、お気の毒に」クラリッサはつぶやいた。

モーブレー夫人は悲しげにうなずいた。「レディ・ジョンソンとのあいだに何かあったことも知っているわ。はっきりとはわからないけど、あの子が帰ってきたときの様子からするとね。エイドリアンはすぐに荷物をまとめて、モーブレー屋敷に戻ってしまった。そしてずっとここにいたの」悲しそうに過去を振り返る。「わたしやメアリーが何度訪れて、傷痕はもうずいぶんきれいになってきているから、社交界に戻るべきだと説得しても、エイドリアンは聞かなかった。わたしはようやく、もっときびしく対応しなければ、あの子はここにずっとひきこもったままになってしまうと気づいたの。それでうるさく小言を言うことにした」

クラリッサは唇をかんで、ついつい口元に浮かびそうになる笑みをこらえた。モーブレー夫人は、うるさく小言を言わなければならないのがどんな気分だったか、以前おぞましげに身震いしながら話していたからだ。

「わたしがあまりにしつこいから、エイドリアンはようやく折れて今年は人前に出てくれたのよ」

「そうしてくださってほんとうに感謝しています」クラリッサは義母の手をぎゅっとにぎってきっぱりと言った。「でなければわたしは彼に会えなかったでしょうから」

モーブレー夫人は微笑んだ。「ほんとうにそうね。わたしがしつこく言って、今年あの子をロンドンに行かせなかったら、あなたたちは出会っていなかったかもしれない」

「ええ」その可能性を思い、クラリッサは眉をひそめた。エイドリアンに出会っていなかったら、彼とダンスをすることもなく、キスをすることもなかった……ああ、今このときだってプリュドムと結婚していたかもしれないんだわ。そして、もしかしたら崖から身を投げようとしていたかもしれない！　しわの寄った老人がエイドリアンのように自分に触れている場面を想像して身震いした。そんなことにならなくてよかった！

「ねえ」モーブレー夫人はもごもごと言った。「もうひとつ忠告があるのだけれど、眼鏡を持っていることをエイドリアンに知らせてほしいの。あなたがちゃんと見たうえで愛してくれていることを、あの子は知る必要があるわ。眼鏡をかけていてもいなくても、あの子があなたを愛するだろうということを、あなたも知る必要があるしね」エイドリアンの母はクラリッサの手をやさしくたたき、優雅に立ちあがった。「もうわたしは自分の部屋に引きあげたほうがいいわね。このちょっとした訪問のことはわたしたちだけの秘密よ。自分より先にわたしがあなたに会って話をしたと知ったら、息子はよろこばないでしょうから。ひと晩じゆうサロンのなかを行ったり来たりして、心配しながら待っていたんだから」

それを聞いてクラリッサは眉を吊りあげ、問いかけるようにキブルを見た。

ブルドッグのような表情をしかめ面に変えて、執事はうなずいた。「わたしがあなたを介抱するあいだ、だんなさまには部屋から出ていただいたのです。あの方は――当然ながら――出ていくのを拒まれましたが、わたしが指示を出すたびに質問攻めにして手当てのじゃまをなさるものですから。心を鬼にしなければなりませんでした」

クラリッサは目を丸くした。エイドリアンに望まないことをさせられる人がいるなんて驚きだった。

「ですが」とキブルはつづけた。「何か変化があればお呼びしますとも約束しました。わたしはだんなさまを呼びに行きますが、そのまえにレディ・モーブレーの言われたとおりだということをお伝えしておきます。あなたはだんなさまのお顔の様子を知っていて、ありのままのお姿を愛しているのだとあの方に伝えるべきです。ご自分の外見のことでは、あなたが眼鏡にこだわるのと同じくらい、自意識過剰になっていらっしゃいますから」

キブルはモーブレー夫人をともなって部屋から出ていき、クラリッサは困惑したままあとに残された。ほんとうなのかしら？　わたしはなんでもないことのためにずっと視力を失ったまま暮らしていたの？

眉をひそめ、そのことについて考えてみた。エイドリアンが新しい眼鏡を買おうと言ってくれなかったという事実は、クラリッサが状況を正しく判断していたことを示していた。眼鏡をかけた妻の姿が気に入らないということを。だが、彼の母とキブルはその問題にあらたな光を投げかけた。ふたりの言ったことが正しいなら、夫は自分の容姿を気にしすぎているだけということになる。

クラリッサは首を振った。傷があろうとなかろうと、エイドリアンは社交界一のハンサムだ。自分がどんなに魅力的か彼が気づいていないなんて信じられなかった。いつも自信にあふれて、なんでも思いどおりにしているように見えるのに……

ドアが開きはじめたのを見て、クラリッサの考えていたことは散り散りになった。習慣から急いで眼鏡をはずし、枕の下にすべりこませた。隠すことに慣れてしまって、よく考える間もなくそうしていた。

「クラリッサ」

部屋にはいってこちらに近づいてくるのが夫だとわかった。体全体で心配でたまらないと訴えているように見えた。

そのあとからふたり目の男性がはいってきて、さらにもうひとりがつづいた。ふたり目の男性は父親だとわかったが、三人目はわからなかった。エイドリアンはベッドの脇に腰をおろしてクラリッサを胸に抱き寄せた。

「ああ、ほんとうによくなったんだな」妻をぎゅっと抱きしめ、髪をなでながら言った。

「死ぬほど心配したぞ」

「ああ、ほんとうにそうだよ」と言って、父はクラリッサの背中をさすった。「おまえが目を覚ますのを待って、ひと晩じゅう起きていたんだ」

「そんなに心配させてごめんなさい」クラリッサはつぶやいて、エイドリアンの抱擁に応え、父の手をとった。

「いや。おまえが悪いんじゃない」ふたりの男性が同時に言ったので、三人とも微笑んだ。エイドリアンは抱擁を解いて体を起こし、妻の顔をじっと見た。あまりに顔を近づけているので、クラリッサには彼の目のまわりの心配そうなしわが見えた。

「真夜中ごろにはおまえが持ちなおしたと知らされていたが、すべての機能が無事な状態で目を覚ましてくれるのか、それとも頭になんらかの障害が残るのか、キブルは教えてくれなかったんだ」

「まあ」クラリッサはなんとか笑みを浮かべた。「機能は無事だと思うわ」

エイドリアンは微笑み、彼女の鼻の頭にやさしくキスをした。

「よくなられて何よりです」と三人目の男性が言った。

その声に聞き覚えがあるのに気づいてクラリッサは眉をひそめたが、すぐには声の主が思い浮かばなかった。

「何があったのか、話していただくことはできそうですか?」男性はさらに言った。

クラリッサは目を見開いた。「ミスター・ハドリーね」いきなり名前がぴたりとはまり、驚いて言った。「ここでいったい何をしているの？」

「ぼくが呼んだんだ」とエイドリアンが言った。「一時間まえに着いた」

「そう」

「質問に答えても大丈夫そうか？」夫は心配そうにきいた。

「ええ、もちろん。もう大丈夫よ、ほんとうに」と言って安心させ、夫の腕につかまる手に力をこめる。

「では、実際のところ何があったのか話していただけますか？」ハドリーが繰り返した。

クラリッサはなぜ彼が質問するのだろうと思った。だいたい、どうしてここにいるのだろう？　だが、三人とも何やらもどかしげな様子で待っているので、まずは質問に答えてから、こちらの質問をぶつけることに決めた。

クラリッサはキブルにした話を急いで繰り返した。少しのあいだひとりになりたくて自分の部屋にあがってからパイを少し食べたこと、胃が痛くなって眠ってしまったこと。話し終えると、部屋のなかに一瞬沈黙がおりた。やがてエイドリアンがつぶやくように言った。

「きみがパイを少ししか食べなかったおかげで、もっと具合が悪くならずにすんだのかもしれないとキブルが言っていた」

「じゃあ、お腹がすいていなくてよかったってことね」クラリッサは顔をしかめて言った。

「そのとおりです」ハドリーが同意した。

「おまえは殺されていたかもしれないんだよ」父がかすれた声で言った。クラリッサが事態を軽く考えているようなのが不服らしい。

「まちがいなく計画的犯行だ」とハドリーがつぶやいた。

「キブルの見たところ、パイには致死量の毒がはいっていたわけではないそうです」エイドリアンはそう言って義父をなだめた。「ひと切れ全部食べたとしても、死んではいなかっただろうということです。もっと気分が悪くなる程度だっただろうと」

「毒？」クラリッサはびっくりして言った。「パイのなかに？」

三人の頭が動いたのを見て、クラリッサは彼らが顔を見合わせたのがわかったが、だれも答えたくないようだった。「わたしが毒を盛られたって言うの？」

三人がまた黙りこんだので、クラリッサは尋ねた。「どういうこと？　どうしてだれかがわたしに毒を盛ったりするの？」

エイドリアンが閉じた唇のあいだから小さくため息をついて言った。「クラリッサ、これはまえにもきいたことがあるが、きみに悪意をもっている者にほんとうに心当たりはないか？」

クラリッサは彼をじっと見た。敵はいるか、危害を加えようとたくらむ者に心当たりはないかときかれたことを思い出した。愛の営みのあとの会話のなかでごく自然に言われたので、そのときは別になんとも思わなかった。ある友だちがエイドリアンを殺そうとしていたことがわかったという話をしてくれて、自分の死を望むような敵がいるとは思っていなかったが、きみはどうだ、とつぶやいたのだ。クラリッサはなんということのない話だと思っていた。どうやら彼は、だれかが彼女に危害を加えようとするのではないかとずっと心配していたらしい。でもなぜ？

「いいえ、もちろんないわ」とクラリッサは断言した。「どうしてわたしに危害を加えたがるの？　わたしはだれかを傷つけたことなんて今まで一度もないわ。たぶんあなたに毒を盛ろうとして、まちがってわたしが食べたのよ」

「ぼくに？」エイドリアンは驚いて言った。「どうしてぼくの命がねらわれていると思うんだ？」

「それを言うなら、どうしてわたしの命がねらわれるの？」いくぶんむっとしながらクラリッサは言い返した。「だいたい、あなたはお母さまの話だって聞かない人じゃないの。きっとほかにもあなたに話を聞いてもらえなかった人がいて、その人があなたの気を惹こうとしたのよ」

エイドリアンはおもしろそうに口元をゆがめた。そして、厳粛に言った。「命をねらわれたのはぼくじゃないよ、クラリッサ。あのパイはきみに食べさせようとしたものだった」

「どうしてわかるの？」と彼女はきいた。

「ひとつには、ぼくは屋敷にさえいなかった。それに、午後に休みをとっているのはぼくじゃない、きみだ。しかも」とエイドリアンは指摘した。「パイはきみの部屋にあった」

その理屈を聞いて、クラリッサはくやしそうに顔をしかめた。そして目をすがめた。「でも、危害を加えようとしている者に心当たりはあるかとあなたがきいたのは何日もまえよね。あのときすでにそんな危険があると思っていたの？　もしそうならどうして？」

エイドリアンは迷っていたが、やがてため息をついた。「クラリッサ、きみは今シーズン、ロンドンに来てから数えきれないほどの事故にあってきた」

「それは眼鏡がなかったからよ」とクラリッサは指摘した。

それが事故の理由だということに同意はもらえないだろうと思ったが、エイドリアンは反論しなかった。それどころか、何も言わなかった。頭をめぐらせ、ハドリーのほうを見ているようだ。

それ以上何も言えずにいるあいだに、エイドリアンはクラリッサの額にキスして立ちあがった。「母にあいさつしてくる。すぐに戻るよ」

男性ふたりが部屋を出ていき、エイドリアンの代わりにクラリッサの父がベッドの脇に座ったが、父の意識はたった今ふたりが出ていったドアのほうに向いていた。ふたりがぼそぼそと話す声が、クラリッサにもクランブレー卿にも聞こえた。

なんであれそこで交わされている会話に父が加わりたいと思っているのがわかり、クラリッサはため息をついて父をうながすように手を振った。「いいからお父さまもふたりのところに行ってちょうだい。どうせもう起きるつもりだから。わたしのメイドをよこして、お風呂を運ぶように言ってもらえる?」

「ああ、いいとも」クランブレー卿はほっとしたように娘の手をたたき、出ていった。父がふたりに加わると、ぼそぼそ声がとぎれたのがわかった。やがて話は再開され、三人はそのまま廊下を歩いていった。

クラリッサは首を振って体を起こし、足をベッドからおろした。汚れたナイトガウンを脱いでローブをはおると、お風呂にはいりながら読むものが何もないことに気づいた。これだけの試練を経験して、これだけのことを知ってしまったのだから、ゆっくりお湯に浸かりたい気分だった。そしてお風呂のなかでは本を読みたい。

一瞬ためらってから、ドアに向かった。こっそり図書室に行って読むものを見つけよう。急いでことにあたれば――そしてとても運がよければ――だれにも会わずにすむだろう。考えることはたくさんあったが、今は考えたい気分ではなかった。本を読みながらお風呂に浸かって緊張を解いてから考えればいい。夫が恐れているのはどういうことなのかも、義母とキブルから聞いたことについても。

17

「理解できないな」エイドリアンのあとから彼の執務室にはいりながら、クランブレー卿が言った。「きみはだれかがクラリッサを殺そうとしていることをしばらくまえから知っていて、わたしにはひと言も話さなかったと言うのか？　娘にも？」

エイドリアンは眉を寄せながらデスクをまわって椅子に落ち着いた。ことばをさしはさむのはあまり好ましいことではなさそうだ。

「だんなさまはお嬢さまを不安にさせたり、動揺させたくなかったんですよ、ロード・クランブレー」エイドリアンが黙ったままなので、ハドリーが言った。「婚礼の準備や何やらで充分にたいへんな思いをなさっているだろうと思ったのです。お嬢さまの身の安全については非常に心を配っておいででしたから」

「どうやら充分ではなかったようだが」クランブレーはきびしく言った。そしてエイドリアンに向きなおった。「きみがクラリッサを守りたいと思っているのはわかるが、わたしに話さなかったことの言い訳にはならんぞ。話してくれるべきだったのに」

「ええ、お話しするべきでした」エイドリアンはため息をついて認め、片手を髪にすべらせた。何もかも台なしにしてしまった。またしても。「それについては謝ります。あなたのお嬢さんに関わる問題となると、ぼくはどうも判断が鈍ってしまうようです。彼女が関係してくるといつも頭がうまく働かなくて」

この告白を聞いて、クランブレーの怒りは、ひっくり返ったバケツから水が流れ出るように、あとかたもなく消えてしまったらしい。年上の男性はため息をつき、自分も両手を髪にすべらせると、エイドリアンのデスクのまえにあった二脚の椅子のうちのひとつに座りこんだ。

「きみは火事があったと言ったな。馬車のまえに押し出されたとか、階段から落ちたとも」クラリッサの父は眉を寄せた。「リディアがよこした手紙には、そんなことはいっさい書かれていなかった。どうか教えてくれ……いったい何が起こっているんだ？」

エイドリアンはうなずいて姿勢を正し、机に両腕をついて身を乗り出しながら、クラリッサに会ってから起こったことのすべてを慎重に説明した。クラリッサから聞いた、ふたりが出会うまえに起こったことも含めて。彼が話しているあいだに、ハドリーが壁際のテーブルに移動して、三つのグラスにブランデーを注いだ。ふたりの領主にそれぞれグラスをわたし、自分のための三つ目を手に、自分の席に座った。そして、主人の話が終わるまで黙っていた。

「なんということだ」エイドリアンが口をつぐむと、クランブレーはつぶやいた。「それだるようですが――」

「わかりません」エイドリアンは暗い声で言った。「クラリッサはすべて事故だと思ってい
けのことを裏で操れるのはいったいだれなんだ?」

「いや」クランブレーはきっぱりと首を振った。「噴水での事件がなかったら、事故だと信じたかもしれないが、それはないだろう。きみが書いた覚えのない手紙が届き、娘は噴水のなかで意識を失うことになった――とても悪ふざけや不幸な事故とは思えない」

エイドリアンはうなずいて無言の同意を示した。

「これについてわれわれはどうすればいいのだろう、息子よ」とクランブレーは尋ねた。

エイドリアンはため息をつき、ハドリーを見た。クラリッサが目を覚ましたという知らせとともにキブルが階下におりてきたとき、ちょうど彼が屋敷に到着したのだった。エイドリアンは階上に急ぎながら、起こったことをかいつまんで彼に説明したが、ハドリーがここに来た理由についてはまだ聞いていなかった。

「このハドリーはぼくが雇った男です」とエイドリアンは言った。「これまで何度か問題を解決してもらっているので、今度も力になってくれるかもしれないと思いまして」雇い人に片方の眉を上げてみせた。「ここに来たのは知らせることがあったからだな?」

「はい、お知らせがあります」ハドリーは認めて言った。暗い表情をしている。「あなたはお気に召さないと思いますが」

エイドリアンは眉をひそめた。ふたたび椅子に座り、つづけるようにハドリーに合図する。

「わたしはそれぞれの事件について調べ、思いつくかぎりの場所を調べてみました。たいていの人間は秘密を隠しもっているものです。その線でいけば、これらの事件を引き起こした張本人が見つかると思ったのです」

「それで？」エイドリアンが先をうながした。

「どの手がかりも行き止まりでした」ハドリーは顔をしかめて言った。「だれかが奥さまに悪意をもつようなことなど、奥さまの過去には何もありません」

「リディアはどうだ？」謝罪の意味で義父にすばやく視線を投げながら、エイドリアンはきいた。

「ああ、それは……」ハドリーは気づまりな様子でクランブレー卿のほうをちらりと見てから言った。「お継母上《はは》はレディ・クラリッサに悪意をもっておられるようですが、殺そうとするほど強い悪意だとは思いません。もしお望みなら注意して見ているようにしますが……」彼は肩をすくめた。

「妻にはもうわたしが話したよ」クランブレーは暗い声で言った。「この裏にいるのがおまえなら、わたしの手で首を絞めてやるとね。あれからは目を離さないようにしよう」

エイドリアンは同情するように顔をしかめてから、ハドリーに尋ねた。「大尉のほうはどうなった？」

「フィールディング大尉ですね」ハドリーはいくぶん背筋を伸ばした。「ええ、それも調べてみました。なんと言っても、レディ・クラリッサの人生で恨みを買った可能性のある唯一の事件ですからね。ですが、問題の男は刑期中に獄死しているので、彼が犯人ということはありえません。その身辺を調査したところ、家族は母親と妹だけだということがわかりました。母親は彼が最初に投獄されたときに心臓発作で死んでいますし、妹もそのあと部屋を借りていた長屋の火事であとを追いました」

「そうか」エイドリアンはつぶやいた。「おまえの言うとおり、たしかにいい知らせではないな。妻を殺そうとしている者がいるというのに、動機のある者はだれもいないようだとは」

「いえ、あやしい人物が見つからなかったとは言っていません。ただ、わかったことがあなたのお気に召さないでしょうと言っただけで」

エイドリアンの眉が逆立った。口元にしわが刻まれる。「説明しろ」

「はい、申しあげましたように、ご指示いただいた方面については調べてみました。ですが、それ以外にも二、三調べてみたのです。わたしの経験から言わせていただけば、多くの場合、殺人の原因となるのは欲深さです。そこで、もしかしたら今回もそれが問題になるのではないかと思いましたところ……やはりそうでした」

エイドリアンは目をすがめた。「どうして欲のためにクラリッサを殺す？　彼女が死んで現時点で利益を得るのはぼくだ。知るかぎり、相続人はぼくだけだからな」目をしばたたく。

「まさかおまえが言おうとしているのは——」

「いいえ、とんでもありません」ハドリーはあわてて言った。「もしあなたが奥さまを殺そうとしているなら、わたしを雇って事件を調べさせるわけがないではありませんか。すべての人が全部単なる事故だと思ったのに、あなただけが奥さまに害をおよぼそうとする人物を探そうとしているのですから」

「それなら、だれなんだ？」クランブレーがもどかしげにきいた。「おまえはだれに目星をつけている？」

「ロード・グレヴィルです」

エイドリアンは目をしばたたいた。たぶん聞きまちがいか誤解だと思った。「なんだって？」

「あなたのいとこのロード・グレヴィルです」ハドリーはかたくなに繰り返した。

「レジナルドが？」エイドリアンは信じられずに言った。「いったいどうして彼がクラリッサに悪さをするなんて考えたんだ？」

「現在のところ、彼はあなたの相続人です」とハドリーは指摘した。

「いや、ちがう。クラリッサだ」とエイドリアンは正した。「結婚した日からは」

「彼女が生きていればそうです」とハドリーは同意した。「でも、いちばんそれらしい動機があるのは彼だけのような気がします」

「動機は別にしても、彼であるはずがない。第一に、事故はぼくがクラリッサと知り合うずっとまえから起きている――たとえば、馬車の事件や、階段から落ちた事件などは。ぼくとクラリッサが出会うまえは、いくら相続権があるからといって、レジナルドが彼女を傷つける動機にはならないはずだ。第二に、レジナルドはぼくのいとこであると同時に友だちだ。クラリッサと近づきになれるよう力になってくれたんだ。それに、彼の場合、金は動機にならないだろう。ぼくと同じくらい裕福なんだから」

クランブレーはエイドリアンが理由をあげるたびにいちいち重々しくうなずき、どの理由にも同意した。ハドリーは首を振るだけだった。「最初のころの事故はほんとうにただの事故だったとしたら？　馬車の件と階段から落ちた件は、事故だったのかもしれません。そうではないとする証拠はひとつもないのですから。その場合、彼は事故がつづいていることを利用しただけかもしれません」

エイドリアンはその可能性に眉をひそめ、そして言った。「どうして彼はぼくを襲わないんだ？」

「先にあなたを殺せば、クラリッサさまが相続人になります。先に彼女を殺して、それからあなたを殺せば、彼が相続することになります」ハドリーは指摘した。

エイドリアンは首を振って繰り返した。「彼は裕福だ。ぼくの財産など必要としているわけがない」

「いえ、それがそうでもないのですよ、今回わたしの得た情報によると。ロード・グレヴィルはそう見せかけているほど裕福ではありません。実は、破産寸前なのです。このままの状態がつづくようなら、債権者たちはすぐにも彼を債務者の牢獄にぶちこむでしょう。ですが、あなたと奥さまが思いがけなく亡くなれば、彼の財政問題はすべて解決します」

　エイドリアンはそれを聞いて眉をひそめ、めんくらったが、それでも抗議しようと口を開けた。ハドリーが片手をあげてそれを止めた。

「彼には機会もありました。火事と噴水の事件のときは、その場にいました。ロンドンにいただけでなく、クランブレー屋敷にいたのです」

　エイドリアンは緊張をゆるめた。「だが、今回はここにいないのだから、クラリッサに毒を盛ることはできなかったはずだ」毅然《きぜん》として首を振った。「グレヴィルのはずがない」

「それが、彼はここにいるのです」ハドリーは申し訳なさそうに言った。

　エイドリアンは体を硬くした。「どういう意味だ？」

「あなたを追ってグレヴィルも田舎に来たのです。あなたがここに到着した翌日から、この近くのウィンダムの屋敷に滞在しています。ここから馬で半時間ほどのところで、ききこみをして得た情報によると、日中はほとんど〝狩り〟と称して出かけているそうです。ときには夜間にも」とハドリーは伝えた。

エイドリアンはうめくような声をあげて椅子の背にもたれた。顔を青くしておぞましい情報について考える。ハドリーは同情するようにうなずいた。

「残念ながら彼が犯人です、だんなさま。わたしの命を賭けてもかまいません」

「クラリッサの命も賭けるつもりか」クランブレーが暗い声で言った。

エイドリアンは首を振って、その可能性について考えてみようとした。レジナルドとは兄弟のように親しくしていたし、たしかにこの十年ほどは疎遠になっていたが、とぎれたところからまた友情は復活したように思えた。クラリッサに求婚するにあたっては、彼の力をたのみにした。彼の助言に耳を傾け、なぐさめを受け入れた。レジナルドであるはずがない。

「信じられないのはわかります」ハドリーは同情するように言った。「だんなさまが彼と親しかったのは存じていますから。でも、それは十年以上まえの話です。もう十二年がたとうとしています。あなたは二十歳で戦争に行き、二年後にけがをして戻ってきた。そのあと一度だけロンドンで人前に出たようですが、ほとんどの時間はここで、領地の管理をして過ごしている。十二年というのは長い時間です。人は変わります。優先順位も変わります」そこまで言うと口をつぐみ、エイドリアンに考える時間を与えてから付け加えた。「あなたのいとこも変わったのだと思います」

エイドリアンは顔をしかめた。どうしても信じられないので、そう口にした。「いや、レジナルドのことは知っている。この裏にいるのは彼じゃない。あいつはこんなふうにクラリッサやぼくを傷つけたりしない。育ったのは別々だが、ぼくがロンドンに戻ると友情が復活したんだ。絶対にそんなことをするやつじゃない」

ハドリーは信じていないようだった。「あなたのいとこは遊び人ですよ。数人ではきかない貞淑な娘さんを破滅させています。わたしの見たところ、あまり志の高い方ではないようです」

エイドリアンは手を振ってそれを否定した。「それは全部うわさやゴシップだ。レジナルドはだれも破滅させたりしていない。彼が寝ていた女たちは経験者ばかりだ。破滅させられた数人の〝貞淑な娘〟とやらは、部屋で彼とふたりきりになることで、結婚にもちこもうとたくらんでいたうそつきだ。醜聞をちらつかせれば、結婚してくれると考えたのだろう。彼女たちには気の毒だが、そんな計算高い財産目当ての娘たちのために自分の人生を台なしにする理由など、レジナルドにはなかった」

「残念ながら、わたしもエイドリアンの意見に賛成だ」ジョン・クランブレーが唐突に言った。「クラリッサを殺すというのは少し行きすぎだと思う。少なくとも、どうして彼はふたりの仲を裂こうとしなかったのかね？　エイドリアンがクラリッサに背を向けるように、あるいはクラリッサがエイドリアンに背を向けるように。話を聞いていると、どうやら……」エイドリアンの顔つきが変わったのを見て、ことばをにごしたが、思いきってきいた。「彼はきみたちの仲を引き裂こうとしたのか？」

「ええ。いや。わかりません」エイドリアンは眉をひそめた。「クラリッサに初めて会った舞踏会の晩、彼女はやめておけとレジナルドは忠告したんです。彼女が不器用なせいで、自分は股間にやけどをさせられたと。彼女のそばに行くのは、わざわざ死の危険を冒すようなものだと。でも、そのあとはぼくが彼女に会えるよう手を貸してくれました。しゃれ男のようななりをしてレディ・クランブレーを信用させ、クラリッサを馬車に乗せて公園への散策に連れ出してくれました。ぼくが彼女に会って、少しのあいだ本を読んであげられるように。ただそれだけのために。噴水のところまでぼくに会いにきてくれるように、彼女に会おうともしてくれたし……」

一瞬、三人とも黙りこんだ。やがてハドリーが立ちあがった。「この件についてはさらに調べてみるつもりです。ですが、今後はこの近辺を調べるべきでしょう。毒殺未遂はここで起こったのですから。ロンドンではもうこれ以上知りうることはないでしょう。ですが」彼は静かに付け加えた。「犯人はまちがいなくグレヴィルです。彼はロンドンにいた。そして今はここにいる。それにあなたたちふたりのことを知っている。だからあの手紙を書いてあなたのイニシャルを署名することができたし、それがあれば――絶対確実に――レディ・クラリッサが急いであなたに会いにくることを知っていた」

「プリュドムはどうなんだ？」エイドリアンが唐突にきいた。「彼もぼくとクラリッサのことを知っていたぞ」

ハドリーは首を振った。「プリュドムはロンドンで嬉々として既婚婦人を追いかけまわしていますよ。パイに毒を入れるのは不可能です。今後は、これまでロンドンにいて今はここにいる人物に焦点を合わせるべきでしょう。わたしが調査をつづけることをお望みならですが」

「もちろん、つづけてくれ」エイドリアンは静かに言った。「クラリッサが目覚めたとキブルが知らせにきたとき、きみのために部屋を準備するようたのんでおいた。どこがきみの部屋か彼が教えてくれるはずだ」

ハドリーはうなずくと、向きを変えて出ていき、エイドリアンは顔をゆがめながら椅子に背中を預けた。

クランブレーも彼もしばらく無言のまま、それぞれの思いに浸っていた。やがて、クラリッサの父が言った。「彼はひとつだけ正しいことを言っている」

黙想が断ち切られたことにほっとして、エイドリアンはジョン・クランブレーを見た。

「それはなんです？」

「犯人はこれまでロンドンにいて、今はここにいる者でなければならない」

エイドリアンはうなずいた。

「リストを作ってみたらどうだろう」クラリッサの父が提案した。

エイドリアンはため息をついた。「当然、レジナルドもはいりますね」

「それにリディアも」ジョン・クランブレーは言った。「彼女はロンドンにもここにもいた。そして――実際――クラリッサの眼鏡をとりあげて、事故にあいやすくしたのは彼女だ」

「そのことを知っているんですか？」エイドリアンは驚いてきいた。

クラリッサの父はうなずいた。「リディアはクラリッサが眼鏡を壊したと言い、娘は反論しなかったが、リディアが娘を嫌っていることはずっとまえから知っているよ。妻はわたしがいなければ娘に敬意を払ったりしないだろう。当然ロンドンにいるときは……」彼は肩をすくめた。「わたしがいないので、娘につらくあたっていた。だからわたしはロンドンに行くしかないと思った。そして、きみたちに結婚のお祝いを言いに行けるように、仕事をやりくりした。それであれほど早く出発できたのだ」

「そうでしたか」とエイドリアンは言った。それは聞いて驚くような知らせではなかったし、実際彼はあまり驚いていなかった。すでにクラリッサの父は聡明な男だという結論に達していたからだ。

エイドリアンはため息をついて、リストにはいる名前をさらにあげた。「召使たちも入れるべきでしょうね。ジョーンもキースレーもかつてロンドンにいて、今はここにいます」

「キースレーはきみの従僕だね？」とクランブレーがきいた。

エイドリアンはうなずいた。「彼がクラリッサに会ったのはぼくよりもあとですが、最初のころの事件がただの事故だったとすれば……」彼は肩をすくめた。

「残念ながら、どちらの召使にも動機がない」クランブレーはいらいらと言った。「だが、リディアにはある。あれはクラリッサを嫌っている」

「それに、ハドリーの言うことが正しいなら、金を必要としているレジナルドがいる」とエイドリアン。

「ハドリーを疑っているのかね？」とクランブレーがきいた。

エイドリアンは首を振った。「いいえ。実に徹底した男ですから」

クランブレーはうなずき、立ちあがった。「妻と話をしてくるよ」

エイドリアンはクラリッサの父の背後でドアが閉まるのを見守ったあと、執務室の窓から外を見た。領地のなだらかな丘や、緑の野原を。頭のなかがくらくらした。レジナルドがだれかを傷つけるなんて信じられない……

一瞬視線の隅に動きを感じ、ドアのほうに頭をめぐらすと、思考が停止した。執務室を出たところにある図書室のドアが開いて、クラリッサが立っていた。彼女の顔をひと目見て、ずっと話を聞いていたことがわかった。

「いつから聞いていた？」立ちあがってデスクをまわっていきながら、エイドリアンは静かに尋ねた。

「ほとんど最初から、だと思う」クラリッサは認めて言った。「父があなたたちを追って部屋を出てすぐ、図書室に本を探しにきたの。立ち聞きするつもりはなかったんだけど、あなたの執務室のドアがほんの少し開いていたものだから。話は全部聞いたわ。レジナルドがわたしに危害を加えるとは思わない」クラリッサがつづけると、エイドリアンは妻のまえで立ち止まり、両手を彼女のウェストに回した。

ため息をついてクラリッサを抱き寄せ、頭のてっぺんに頰をつける。「ぼくもだよ。でも、だれかがそれをしている」

「どうしてなの？」クラリッサは悲しげに尋ねた。

エイドリアンはさらにきつく妻を抱きしめ、このことを知らずにいてくれたらよかったのにと思った。クラリッサはひどく当惑し、傷ついているようだった。「わからないんだよ、クラリッサ。だが、きっと探り出す」とエイドリアンは誓った。体を離し、彼女の顔を見おろして言った。「しばらくはベッドから出ないほうがいい」

クラリッサは肩をすくめた。「わたしは疲れてないわ。気分もいいし」

「クラリッサ、昨日ぼくはきみを失いかけたんだ。回復するまで少なくともあと一日はベッドのなかにいてもらう」エイドリアンはきっぱりと言った。クラリッサが抗議しようと口を開けると、懇願するような声でこう付け加えた。「自分のためでなくてもいいから、ぼくのためにそうしてくれ。真っ青で動かないきみを発見したとき、ぼくは卒中を起こしそうになったんだぞ。どうしてもきみを失いたくないんだ」

エイドリアンはすぐそばにいたので、クラリッサには彼の目のまわりの疲れによるしわが見えるほどだった。ほんとうに彼女のことを心配しているのがわかり、心がぎゅっとしめつけられた。もしかしたら心からわたしを好きになってくれたのかもしれない。たぶん眼鏡をかけてもそれほど気にしないでくれるだろう。きっとそれでもわたしを求めてくれるだろう。だが、それを試すのは別の機会になりそうだ。

クラリッサは抗議しようとしていた口を閉じ、すばやくまばたきをして目をうるませている涙を追いやりながら、彼をきつく抱きしめた。

「ああ」とエイドリアンはつぶやいた。「きみを抱くのはいいものだ。いっときはもう二度とこうする機会はないのではないかと思ったから」

クラリッサは彼の胸に向かってため息をつき、シルクのドレス越しに背中をなでるやさしい手の動きを楽しんだ。ほとんど無意識の愛撫で、エイドリアンは自分がそうしていることにも気づいていないようだ。しかし、偶然彼の手が乳房の脇に触れると——いつものように——体が反応するのがわかった。

そっと微笑みながら、背中をそらして言った。「取引をしませんこと、だんなさま。ベッドに戻ってもいいわよ……あなたがいっしょにベッドにはいってくれるなら」

この申し出にエイドリアンは微笑んだ。ゆっくりと下を向いてクラリッサを見ると、かすれた声で言った。「それはそそられるが、きみはまだそういうことができるほど回復していない」

クラリッサは眉を吊りあげた。そそられるどころではないはずだ。硬直したものが押しあてられているのがわかる。彼が思いやりを示そうとしているだけなのはわかっていた。いつものことだ。だが、今は思いやりなどほしくなかった。

「そういうことができるほど回復していない？」クラリッサはやさしく尋ねた。意地悪く微笑みながら、エイドリアンから一歩さがって図書室にはいり、ドレスの飾り帯をほどいた。彼が見ているまえでドレスの胸を開き、欲望ですでに硬くなっている乳首をあらわにする。たっぷりと見せつけたあと、そでから腕を抜いて彼の手をとり、乳房に当てて、先端の硬さをたしかめさせた。「わたしの体はあなたの意見に反対みたいよ、だんなさま。充分に回復してると思っているようだわ」

「クラリッサ」エイドリアンはうなるようにたしなめた。「だめだ」

「口ではだめと言っても、体はいいと言ってるわ」片手をすべらせ、ズボンの上からいきり立ったものを指でたどりながらつぶやく。

布地越しの愛撫にエイドリアンの目のなかに火がともった。彼はかすれた声で言った。

「新婚初夜以来、きみは大胆になったな、クラリッサ」

クラリッサは唇をかんだ。そして、彼のものを手のなかにすっぽりと収めた。首をかしげて尋ねる。「おいや？」

「いやじゃないさ」ほえるように言ってまえに出た。

クラリッサは微笑みながらあとずさり、図書室のソファへと彼を誘導した。「よかった。だって、あなたがわたしを歓ばせてくれるのと同じくらい、わたしもあなたを歓ばせたいんだもの」

「どんなふうにやるつもりだ？」とエイドリアンがきいた。明らかにおもしろがっているらしく、導かれるままに部屋のなかを進んだ。

「わたし、ここで本を読んでいたの。女性が男性を歓ばせる方法を知るためにね」

「眼鏡もないのに？」とエイドリアンはきき、こう注意した。「目によけいな負担がかかるじゃないか」

「あなたにはそれだけの価値があるわ」眼鏡のことには触れずに、クラリッサはつぶやいた。今はそのことについては話し合いたくなかった。エイドリアンがレジナルドのことや、だれかがクラリッサに危害を加えようとしている問題について話し合いたくないのと同じように。

「それで、本から何を学んだ？」両手をドレスのなかにすべりこませ、ウエストをつかみながらエイドリアンがきいた。クラリッサはソファにぶつかって止まり、やわ肌に硬い手が触れる感触に吐息を洩らした。

「あなたがわたしにしたことをそのまますれば、歓ばせることができるとわかったわ」

「ほう？」

「ほんとよ」クラリッサは微笑み、エイドリアンの両手が背中にまわされるのを感じながら、彼の胸に両手をすべらせた。彼の手がお尻に伸びると、歓びのつぶやきを洩らした。エイドリアンはクラリッサを性急に引き寄せ、抱きあげてお互いの下腹部が触れ合うようにした。

「あなたの力強さが好きよ」彼のあごに口をこすりつけながらクラリッサはささやいた。

「あなたの体が好き。あなたの心が好き。わたしを気持ちよくさせてくれるのが好き。わたしにあなたを気持ちよくさせて」

エイドリアンはのどの奥でうなり、彼女の口を自分の口でふさいだ。熱く、ぞくぞくするようなキスに、クラリッサは彼の首に両腕をからませて彼の口のなかにうめきを洩らし、できるだけ深く口づけようと首を傾けた。両手でしっかりとお尻を押さえられ、体のまえには彼のものがきつく当たっていた。唇と舌が激しくクラリッサを探る。彼のものはなかまですっかり硬いのではないかと信じてしまいそうになるが、その硬さがやわらかな内部を守るためにあることをクラリッサは知っていた。

「階上《うえ》に行かなければ」キスを解いてエイドリアンがつぶやいた。

「まだわたしをベッドに送りこむつもり？」文句を言うクラリッサを、エイドリアンは立ちあがらせた。体から両手が離れた瞬間、クラリッサは彼のまえにひざまずき、ズボンに手を伸ばした。

「クラリッサ」エイドリアンはうなって、彼女の両手をとろうとしたが、クラリッサはすばやい動きですでにズボンを引きおろしており、手をとらせまいとした。

「なあに、あなた」無邪気にそう言いながら、屹立《きつりつ》したものを飛び出させ、上下に動くのを少しのあいだ眺めてから、片手でしっかりとつかんだ。彼女に触れられて、エイドリアンは荒い息を吸いこみ、体をびくりと震わせた。

「ああ、きみはぼくを殺す気か」とうめいた。

「もちろんそんなつもりはありませんわ」クラリッサはつぶやき、じっとエイドリアンの体の一部を観賞して、いったいどうすれば愉しませることができるのだろうと考えた。この手のことについて書いてある本もあったが、やたらと比喩ばかり使われていて、あまり役に立つものではなく、彼が口を使って気持ちよくしてくれたように、彼にも同じことをすればいいのだとわかっただけだった。

内心で肩をすくめながら、身を乗り出して、とりあえず彼のものを口に含んだ。それがいちばんいい方法のように思えた。それは長くて、硬いと同時にやわらかく、ベルベットで包んだ鋼鉄のようだった。クラリッサは彼を口のなかに収めたまま、口をまえに動かした……するとと彼の歯の隙間から息を吸いこむ音が聞こえ、自分が正しいことをしているのがわかった。

「ああ」エイドリアンは片手で彼女の髪をつかみながらあえいだ。

クラリッサはそれを自分がうまくやっているという意味に解釈し、もう一度口を今度はうしろに動かした。そうするのは自然な感じがした。　性交のときの彼と同じ動きで、体の代わりに口を使っているだけだ。

「クラリッサ、やめてくれ」エイドリアンは荒い声で言った。そして付け加えた。「たのむ」

クラリッサがそれを無視すると、エイドリアンは歯をくいしばって言った。「四人の客人と二ダースもの使用人たちが歩きまわっているんだぞ。だれかがはいってくるかもしれない」

彼の腿の筋肉が震えているのに気づき、クラリッサはふたたび彼のものを口に吸いこみながら、うっとりと腿に手をすべらせた。

エイドリアンは説得をあきらめ、苦しげなあえぎの回数を減らした。クラリッサの奉仕を受けた彼はさらに硬くなったように思われた。バランスをとるためについていた片手が彼の脚に触れ、驚いて薄目で下を見ると、彼のつま先が丸まっていた。彼にそれをされているときに彼女がするように。

クラリッサにとってまったく新しく、うっとりするような経験だったが、彼を自分のなかに迎えるほうがいいと思った。彼の体にすっぽりと包まれ、腕に抱かれ、彼のもので体内が満たされるからだ――だが、エイドリアンを歓ばせているという考えも気に入ったので、彼がいきなり身をかがめ、彼女の肩をつかんで引き離したときはひどくがっかりした。

「もう、エイドリアン」エイドリアンが急いでズボンをもとどおりに上げたので、クラリッサは抗議しようとした。だが、彼女がズボンを穿きおえた彼に抱きあげられるまえに、言えた文句はそれだけだった。

「階上に行こう」エイドリアンはあえぎながら言った。どうやらまだ息切れしているらしい。「なんでも好きなことをぼくにしていいが、それは階上で、じゃまがはいる心配のないところでしてくれ」

その約束に気をよくしたクラリッサは、彼の腕のなかで緊張を解き、図書室から運ばれるにまかせた。

18

クラリッサは召使たちが浴槽にお湯を張るのを静かに見ていた。階下に行ったら、風呂の支度をするようにと命じておこうとエイドリアンは約束してくれた。そして彼は約束を守ってくれたのだ。早朝は召使たちにとっていちばん忙しい時間帯だとわかっているので、申し訳ないと思ったが、前夜はお風呂にはいっていなかったし、一昼夜にわたる精力的行為のあとなのでどうしてもはいりたかった——精力的行為のせいで長いこと眠ってしまい、そのあとにまたさらなる精力的行為とさらなる長い眠りがつづいたのだ。

エイドリアンはそのまえに眠れぬ夜を過ごしていたし、クラリッサは思ったほどには回復していないようだった。愛を交わしている時間よりも眠っている時間のほうが多かったが、どちらもすばらしかった。

すっかりお湯が注がれると、クラリッサはお風呂に注意を戻し、ジョーンとふたりきりで部屋に残されるまでじっと待った。召使の最後のひとりが出ていってドアが閉まると、クラリッサはベッドサイドのテーブルまで、小さな袋に入れて置いてある眼鏡をとりにいった。

横になってエイドリアンの寝顔を眺めていた夜のあいだに、義母とキブルの助言に従って眼鏡をかけるようにしようと決めていた。だが、長いことひどく自意識過剰になっていたので、徐々にはじめたかった。まずはジョーンのまえでかけて、メイドの反応を見よう。それからほかの召使たちのまえでもかけるようにし、最終的に家族と夫のまえでかければいい。

眼鏡を手にして背筋を伸ばし、ためらった末に鼻の上にのせ、ベッドサイドテーブルの引き出しから静かに本をとると、向きを変えて浴槽に近づいた。

「わたしがお手伝いを……」ジョーンのことばが突然途切れ、つづいて持っていたせっけんのかたまりが落ちる音がした。

クラリッサはとっさにメイドを見て、表情を読みとろうとした。認めたくなかったが、ジョーンの顔に浮かんでいたのは恐怖のようだった。ちょうどそういう結論に達したとき、メイドは先ほどの表情を追いやって、痛ましい笑みを浮かべた。「わたしはあの……奥さま……」

クラリッサは手を振ってメイドを黙らせた。眼鏡のことを話し合いたい気持ちはなくなっていた。落胆が大きすぎてもう説明したくなかったし、最初にあんな反応をされたあとで〝お似合いです〟などという下手なお世辞を聞くのも願いさげだった。

ジョーンはためらった末、その話題については口をつぐんだまま、クラリッサがよろけないように手をとって浴槽にはいるのを助けた。だが、そうしながらメイドが何度も眼鏡をちらちら見ているのがわかった。

眼鏡はもう秘密ではなくなったが——少なくともジョーンのまえでは——、クラリッサはひとりで風呂にはいらせてくれとは言わず、髪を洗うのにメイドの手を借りた。それが終わると、ジョーンは女主人が着ることになる服を準備するために浴槽を離れたので、クラリッサはそのあいだお湯のなかでくつろぎながら、少し本を読もうとした。しかし、くつろぐのはむずかしかった。眼鏡をかけた自分の姿をジョーンがこそこそうかがっているのが、ずっと気になってしかたがなかった。

「そんなに醜い？」とうとうクラリッサはきいた。するとジョーンはやましそうに身をこわばらせた。

「なんとおっしゃいました、奥さま？」とメイドはきいた。

「眼鏡をかけたわたしはそんなに醜い？」クラリッサは明確に言った。「最初はぞっとした顔をして、今度はじろじろ見てるから」

「いいえ、ちがいます、奥さま」ジョーンはあわてて言った。「ぞっとしてなどいません。お似合いですよ。ただちょっと驚いただけです。エイドリアンさまが新しい眼鏡を取り寄せられたとは知らなかったもので。あんな顔をしたのは驚いたからです。ぞっとしたわけではありません」

「ふうん」クラリッサは疑わしそうにつぶやき、メイドをまじまじと見た。この数カ月間毎日このブロンドの女性を見てきたので、もちろん顔は知っていたが、それでも眼鏡をかければ新しい視点で見ることはできる。ジョーンはとても美しかった――メイドにしては驚くほどに。もちろん、メイドが美しくてはいけない理由などないだろう。だが、女性は美しければそれだけいい仕事につける気がする。たとえば店の売り子とか。肩をすくめ、その問題は棚上げして読書に戻ったが、あまりに落ち着かなくて楽しめないことに気づいた。これまでずっとメイドのまえで裸体をさらしてきたのに、眼鏡をかけているとやけに自分のことが気になってしまう。

ため息をついて本を脇に置き、入浴することに集中したが、頭ではどうしたらいいだろうと考えていた。ジョーンのまえで眼鏡をかけるという計画がうまくいったら、ほかの人のまえでもかけてみるつもりだった。残念ながら、これはとてもうまくいったとはいえないようだ。

それでも、いずれはエイドリアンのまえでかけなければならないだろう。さもなければ、ときどきこっそり自分の部屋にとじこもって眼鏡をかける以外は、死ぬまでずっと目が見えないままで暮らすことになってしまう。

クラリッサはそう考えて顔をしかめた。それだとまるで不誠実なことをしているようではないか。それに、義母とキブルの言うことを信じるとすれば、エイドリアンはわたしの目が見えるようになったら魅力的でないと思われるのではないかと恐れているのだから、そう思わせたままにしておくのはかわいそうだ。いずれは彼のまえで眼鏡をかけなければならないだろう。もちろんそれはずっとまえからわかっているが、もう少し先に延ばしたほうがいいかもしれない。

でも、そんなに先のことじゃないわ、と自分に言い聞かせる。エイドリアンはどんどんわたしから離れられなくなっているような気がする。わたしのことをほんとうに心配してくれていたし、昨日回復するとほっとしているようだった。でもやっぱり……

「臆病者」小声でつぶやき、浴槽のなかで立ちあがった。まえかがみになってジョーンが近くに置いてくれたリンネルの布をとろうとすると、メイドが急いでやってきてそれをわたした。「ありがとう」と言って受けとった。やわらかなリンネルで上半身を手早く拭き、浴槽から出て下半身も拭いてしまうと、ジョーンのあとについて用意してもらった服のところに行った。

三十分後、身支度を終えたクラリッサは階下に向かった。髪はまだ少し湿っていて、眼鏡もまだかけていた。平然としようとはしていたが、夫に出くわしたら、急いではずして隠さないとは言いきれなかった。

一度に一歩ずつよ、と自分に言い聞かせる。そうすれば何もかもうまくいくはずだ。

朝食室にはいっていくと、リディアしかいなかったが、あいた皿を見て、父もエイドリアンも、おそらくはモーブレー夫人までがすでに朝食を終えて出ていったあとであることがわかった。その理由は、継母の顔を見れば一目瞭然だった。今朝のリディアは激怒している。そういうときの継母が扱いにくいことを知っているクラリッサはひそかにため息をついた。もう少しで背を向けてそっと部屋から出ていきそうになったが、リディアに見られているので、いま出ていくのは不作法だろう。

「眼鏡を手に入れたのね」クラリッサが皿に食べ物をとろうと料理の並んだサイドボードに向かうと、リディアが意地悪く微笑んだ。「きっと今朝届いたんでしょう。もう自分の夫の顔は見た？　とんでもないことをしてしまった自分を呪いたくなっているんじゃない？　みじめな気分でしょう？」

クラリッサはその質問を聞き流して皿に食べ物を盛った。テーブルに戻って席につき、ナプキンを膝の上に広げてフォークをとりあげてからようやく言った。「眼鏡は結婚式の前日から持っていたのよ、リディア」

そう言うと、室内は静寂に満たされた。クラリッサはその隙に食べ物を一、二度口に運んだ。フォークを三度目に口に運ぼうとしたとき、リディアがようやく驚きから立ちなおった。

「どんなにひどい顔か知っていて彼と結婚したの？」とリディアは尋ねた。「驚いた！　正気なの？　彼に触れられてどうして耐えられるの？」

クラリッサはため息をついてフォークをおろした。「あのね、リディア、わたしはエイドリアンの顔のことを知りながら彼と結婚しただけじゃないの。彼とキスしたり、愛を交わすまえから顔の傷のことは知っていた。彼と踊った最初の舞踏会の夜に見たのよ。わたしが何を言っているのか聞こうと身を寄せるたびに、彼の顔は見えたから」クラリッサは継母の目をまっすぐに見た。「そのときすてきな人だと思ったの。今でもすてきだと思ってる。あなたがそう思ってくれないのは残念だわ。でも、彼と結婚したのはあなたじゃないものね」

またしてもリディアにじっと見られていることを意識しながら、クラリッサは食事をはじめた。継母は解くことのできないパズルであるかのようにクラリッサを見ていた。

「あなたはほんとうに彼といて幸せなのね」ようやくリディアは不思議そうに言った。そして、当惑した様子できいた。「どうして幸せだと思えるの？」

クラリッサは顔を上げ、テーブルの向かいにいる女性を悲しげに見た。リディアはまったく理解していないようだった。

「エイドリアンはやさしくて親切だからよ」と静かに説明した。さらにつづけた。「わたしをお姫さまのように扱ってくれるからよ。わたしを笑わせてくれるからよ。わたしを幸せにしてくれるからよ。わたしが自分で本を読めなかったとき、わざわざ本を読んでくれたからよ。舞踏会で食べることも飲むこともできないわたしに食べさせ、ワインを飲ませてくれたからよ。彼にキスされるとつま先が丸まって、彼と愛を交わすと情熱を抑えられなくなるからよ」

奇妙なことに、それを聞いたリディアは、クラリッサにたたかれでもしたように真っ青になった。やがて、ほかにもいくつかの感情がその顔をよぎった。怒り、恨み、ねたみ、混乱。そしてついにはただ途方に暮れ、落胆したような顔になった。

クラリッサは継母の反応について考えながら、フォークをとり、食事を再開した。しばらくして、ふたたび反撃できるほど充分に回復すると、リディアは尋ねた。「彼はもう眼鏡をかけたあなたを見たの？　きっとまだね。わたしだって今まで知らなかったんだから。彼は気に入らないんじゃないかしら？」

口のなかのものを飲みこんで、クラリッサはフォークとナイフを皿の両側に置いた。ナプキンで口元をぬぐって膝の上に戻し、その上で両手をきちんと重ねると、顔を上げてリディアを見た。そして、数年まえにすべきだったことをした。「どうしてそんなにわたしをみじめな気分にしたいの？　どうしてそんなにわたしを憎むの？」

平手打ちでもされたようにびくりとして、リディアは言った。「ばかなことを言わないでちょうだい。あなたはわたしの義理の娘なのよ。憎んでなんかいないわ」

「でも、わたしをみじめな気分にしたいんでしょう」

「人生というのはみじめなものよ、クラリッサ」継母はきびしい口調で言った。「あなたが夢見ているのは子供や幸せ？　愛する夫や家庭？　そんなものは忘れることね。運命は気まぐれな売女《ばいた》よ。ほしいと思ったものを与えてくれたとしても、すぐに何も手に入れていないことがわかる。人生がどんなに苛刻《かこく》になりうるかということを、若いころに知ったほうがいいのよ。甘やかされて大事に育てられた大人がそれを知ると、衝撃が大きいから」

クラリッサはかなり同情に近いものを感じながら、黙ってじっと継母を見つめた。間をおいてから尋ねた。「甘やかされて大事に育てられたというのは、あなたのこと?」

「ええ、そうよ」甲高い声で笑った。「わたしは想像できないほど甘やかされていた。望むものはなんでも手に入れることができた。必要なものはなんでもそこにあった」

「お父さまと結婚するまでは」とクラリッサは言ってみた。

リディアは皿に目を落とした。少ししてから静かに言った。「あの人を見た瞬間にほしいと思った。あの人があなたのお母さまに接する様子を見て——」

「お母さまが生きているうちからお父さまを知っていたの?」クラリッサは驚いてきいた。

リディアはうなずいた。伏せた目は恥じているようでさえあった。「ふたりはとても愛し合っていた。あなたのお母さまがねたましかった。彼女が亡くなったとき、わたしは思った。〝やったわ! 今度はわたしの番よ〟。それであの人を追いかけた」

ティーカップに手を伸ばし、短く笑った。「まあ、もちろんあからさまにではなかったけどね。そばにいて元気づけ、なぐさめ、お母さまがいなくなってお嬢さんはさぞたいへんな思いをなさっているでしょう、と思いやりたっぷりにささやいた。あなたもたいへんでしょう。女の子が大人になるにはだれかが導いてやらないと。とくにあんな醜聞があったあとなんだから。ひとりで子供を育てながら同時に世帯を維持していくのはたいへんな重荷にちがいないわ、とね」

「それでお父さまはあなたと結婚した」クラリッサは静かに言った。クランブレー屋敷に来た当初、リディアが親切だったことを思い出した。一度か二度は笑い合ったこともあった。それからしだいにリディアは自分の殻に閉じこもるようになり、よそよそしくなり、冷たくなり、とんでもなく意地悪になった。クラリッサにだけでなく、だれに対しても。

「そうよ。あの人はわたしと結婚した」リディアはみじめな様子で言った。「言ったでしょ、わたしはいつでも望んだものを手に入れてきたって」

「でも、そうじゃなかったんでしょ？」クラリッサは察して言った。「だってあなたが望んでいたのはお父さまじゃなかったから。お父さまとお母さまのような関係がほしかったのよ」

「そうよ」リディアはうんざりした様子で言った。「あなたはいつだって賢い娘だった。わたしがその半分でも賢かったら、自分の人生を台なしにしないですんだのに」ため息をついて髪に手をやり、首を振った。「たしかにあの人はよそよそしいながらもやさしくて親切だった。でも、キスをされてもわたしは何も感じなかった。あなたが言った、つま先が丸くなるとか情熱を抑えられなくなるなんてことは、わたしにはなじみがなかった。わたしはそんな彼を責めた。あの人は娘の母親役をさせ、家庭の切り盛りをさせるためにわたしと結婚したのよ。あの人がほんとうに気にかけているのはそれだけだった。大切なマーガレットの娘であるあなたに、妻であるわたしに示したよりもずっと多くの愛情と配慮と思いやりを示した。

それでもなんとかやっていけたかもしれなかった」リディアは静かにつづけた。「結婚なんてほとんどはただの便宜的な取り決めにすぎないわ。自分の子供さえいれば、おざなりな愛情しか示されず、興味をもってもらえなくても満足できたかもしれない。でも、それもかなわなかった」リディアは手の甲の骨が白く浮き出るまでティーカップの取っ手をにぎりしめた。クラリッサは継母が怒りのあまりそれを割ってしまうのではないかと思った。「あなたのお父さまといっしょになって長い年月が過ぎても、妊娠の兆候はなかった」

眼鏡をかけているのにクラリッサの視界がぼやけた。共感の涙があふれてきたのだ。まばたきをして涙をこらえ、咳払いをして言った。「わたしがいたわ。わたしはあなたの娘だったはずよ」

「あなたのことはほしくなかった」リディアは無情に言い放った。目つきもきつくなっていた。やがて、恥じたように目をそらした。「ごめんなさいね、クラリッサ。でも、わたしがクランブレー屋敷に来たとき、あなたはもうすっかり成長していた。すでにひとりの女性として、人格も考え方もできあがっていた……そして、お母さまに生き写しだった。わたしが望んでも得られなかった結婚をしていた人に」顔をしかめて首を振った。「わたしを愛し、いつくったのは、あなたのお母さま、マーガレットが持っていたものなの。わたしがほしかしんでくれる夫と、わたし自身の赤ちゃん。甘やかして大事にできるわたしによく似た娘」

クラリッサはゆっくりとうなずいた。「きっとお母さまはあなたの持っているものをうらやんだと思うわ」

リディアはわけがわからない様子で目をしばたたいた。「わたしが彼女にはない何を持っているって言うの？」

「健康よ」とクラリッサは言った。「お母さまはいつも病弱だった。いろいろなことをするだけの力がなかった。ちょっと肌寒くなっただけで何日も寝こんだわ。わたしたちがどんなに愛を注いでも、お母さまに元気でいてもらうことはできなかった」

一瞬、リディアの目に羞恥の色が浮かび、彼女は口元をこわばらせて目をそらした。

「あなたをおとしめるために言っているんじゃないのよ」クラリッサはあわてて言った。「お母さまはあなたの望むものをすべて持っていたかもしれないけれど、それでもすべてを手にしていたわけではないと言っているの。たぶんすべてを手にしている人なんていないのよ」

リディアはゆっくりと視線を戻した。羞恥は好奇心に変わっていた。「彼女は幸せだったの？」

クラリッサはため息をついて過去に目を向け、どんなに具合が悪いときでも笑い、微笑んでいた母を思い起こした。おそらくは娘のためだったのだろうが、マーガレット・クランブレーは疲れも怒りもけっして見せなかった。病《やまい》の床にいるあいだじゅう、変わることなく陽気に微笑んでいた。だからこそ愛されたのだ。

「心のどこかではとても不幸だったと思うわ」クラリッサはようやく言った。「それをわかってあげられなかったことが悔しい。でも、お母さまはけっしてそれを見せなかった。あるときお母さまに言われたの。幸せは選ぶものだって。うつうつとふさぎこむことを選べばそうなってしまう。でも、幸せになりたいと望み、与えられた人生を楽しもうと思えば、それを得ることができると。

人生はいいことばかりでも、悪いことばかりでもないとお母さまは言った。だれの人生にも両方が混ざっているものだって――でも、そう思えないときもある。自分の人生には悪いことしかないような気がするのに、ほかの人の人生はいいことばかりのような気がしてうらやましく思ったり。でも、悪いことのなかにあってもいいことを楽しまなくちゃいけない、そうしないと人生に負けて絶望のなかに取り残される。そうなったら生きてはいけないからって」

「あなたのお母さまはとても賢い方だったのね」リディアは静かに言った。目には涙が浮かんでいた。「彼女が生きているあいだに知り合っていたらよかったわ。ありがたいことばをいくつかかけてもらっていたら、こんな取り返しがつかないほど人生を台なしにすることもなかったのに」

「取り返しがつかないの?」とクラリッサはきいた。リディアはほえるように辛辣《しんらつ》な笑い声をあげた。

「さあ、わからないわ」継母はそっけなく言った。「あなたならわかるでしょ。わたしはもう若くないし太っている——正直言っておばさんよ。そしてわたしを憎んでいる男と結婚していて、わたしを憎んでいる継娘がいる」

「わたしはあなたを憎んでいないわ」クラリッサは静かに言った。

「あなたのお父さまは憎んでいる」

「お父さまは——」

「やめて」リディアは片手を上げた。「そうじゃないなんて言わないで。最初はただ無関心なだけかと思った。あの人はあなたのお母さまを愛していたし、彼女は若くして亡くなった。あの人の目に映る彼女はずっと若くて美しいままなのよ。わたしは絶対に彼女に勝てない。あのときも、今も。でも、ときがたつうちに、さげすまれるようになった。そうされて当然だったのよ。わたしは失望してみじめな気分だったし、ほかのみんなまでもみじめな気分にしていたんだから。もうあの人はわたしのことなんか好きでさえないのよ」きびしい目をクラリッサに向けて言った。「わたしを毛嫌いしているわ。わたしがあなたを殺そうとしたと信じるほどにね」リディアは傷ついた目をして首を振った。「どうしてそんなことが考えられるの?　わたしを嫌っているのはわかる。でも、こんなに長いあいだいっしょにいるのに、どうしてあの人はわたしのことを何もわかってくれないの？」

「ほんとうにそう思っているわけではないのよ、きっと」とクラリッサは言った。継母がかわいそうになってきた。これほどまいっているリディアは見たことがなかった。彼女がどれほど不幸だったか、まったく気づかずにいた。もっと正確に言えば、みんなにさんざんいやな思いをさせているのだから、不幸な人にちがいないとは思っていたが、理解はしていなかった――あるいは、その理由を探ろうとはしなかった。どうして母親のちがう弟や妹がいないのだろう、という考えはまったく浮かばなかった。リディアがどんな夢をもっていたのかも、それがかなったのかどうかも考えたことがなかった。リディアは楽しい子供時代を過ごしてきたようだが、大人になってからはそれほど恵まれてはいなかったのだ。

「あの人はわたしのせいだとはっきり言ったし、あなたに何かあったらわたしの首を絞めてやるとおどしたわ。この事件の裏にいるのはわたしだと信じているのよ」リディアはため息をついた。「それに、これはわたしが悪いんだけど、あなたから眼鏡をとりあげようとしたし」

「ほんとうにそう信じてるわけじゃないわ」とクラリッサは繰り返した。「お父さまたちのあいだで、犯人は今ここにいて、そのまえはロンドンにいた人物にちがいないという結論になっただけよ。それに当てはまる人物はとても少ないの」

「そしてわたしはそれに当てはまる」とリディアはつぶやき、ため息をついて椅子の背にもたれた。「わたしはあなたのお父さまから嫌悪感以外何も引き出せないってことね」

クラリッサはしばらく黙っていたが、やがてためらいがちに言った。「リディア、もしお母さまの言ったとおり、幸せになることが選べるとして……その、あなたがいつもふさぎこんだり、みんなにいやな思いをさせたりしなかったら、お父さまはお父さまなりにあなたを愛するようになるかもしれないわ」

リディアは一瞬ぼんやりとクラリッサを見つめた。やがて目つきがきつくなった。「みんなにいやな思いをさせると言えば……どうしてあなたはいつもわたしにそんなに親切なの？わたしはあなたにひどく意地悪だったのに」

クラリッサは眉をひそめた。「いま思えば、わたしはあなたでなく、自分のことしか考えていなかった。あなたのことはとくに気にかけていなかったのよ。あなたが自分の子供をほしがっているのかもしれないとか、お父さまが完璧な人じゃないなんて、考えもしなかった。あなたが不幸だということは知っていたけど、それはあなたが選んだからだと思っていたの。わざわざ気にするまでもなかった」眉を寄せて、心から言った。「ごめんなさい、リディア。つらかったでしょうね。もっと気にしてあげなくてごめんなさい」

「あなたは子供だったのよ」とリディアは言った。「わたしはそうじゃなかった。もっとうまく絶望とつきあうべきだった。自分に子供ができないなら、あなたの母親になる機会が与えられていることに感謝するべきだった。毒を盛られたあとであなたが目覚めた朝、レディ・モーブレーがあなたに話しているのを聞いたわ。わたしは自分の部屋からサロンにおりていく途中で、あなたの部屋のまえを通りかかったの。ずっと娘がほしかったけれど、エイドリアンを産んだあとは子宝に恵まれなかった、だからあなたの母親になりたいと彼女は言っていた」顔をしかめる。「わたしもそうするべきだったのに」

目に悔恨の色をたたえたまま、リディアはつづけた。「ごめんなさいね、クラリッサ。ほんとうに……もう一度やり直せたらと思うわ。もしやり直せるなら、わたしはこうはならない。あなたの友となり、母となるでしょう」

「遅すぎることはないわ。これからやり直して、友だちになればいいのよ。わたしはそうしたいわ」とクラリッサが申し出た。

リディアは不安そうに微笑んだ。「ほんとう？　あなたにあんなに不愉快な思いをさせてきたのに？　ほんとうにわたしを許して、やり直してくれるの？」

クラリッサは手を振って否定した。「あなたはそれほど不愉快じゃなかったわ、リディア。機嫌の悪いときが多かっただけよ。そういうときはあなたに近寄らないようにしてたの。ほんとうにうるさくなってきたのはロンドンに行ってからよ。だけど」継母の顔が恥じるような表情を帯びると、クラリッサは急いで付け加えた。「そのおかげでエイドリアンと出会って結婚したんだから、文句は言えないわよね？　彼といるととても幸せだもの」

リディアの口元にほっとしたようなかすかな笑みが浮かんだ。「あなたが幸せでうれしいわ、クラリッサ。あなたを見れば幸せなんだとわかる。エイドリアンが思いやりのあるやさしい人で、あなたを大切にしていることもね。あのひどい傷痕が消えるまでは長い時間がかかると思うけど」

クラリッサは驚いて目をしばたたいた。どうしてみんながエイドリアンの傷痕に固執するのかどうしても理解できなかった。あの傷痕は耳や指と同じように彼の一部であり、ハンサムな顔に個性を添えていると彼女は思っていた。それなのにリディアは醜い悩みの種だと思っているようだ。

クラリッサは首を振ると言った。「今日は村を見てまわるために出かけようと思っているの。あなたもいっしょに行かない？」

リディアは黙りこんだ。思いがけない楽しみを与えられた子供のように、どんどん目が大きくなっていく。「本気なの？」

「ええ」クラリッサは笑った。「友だちになるなら、いろいろなことをいっしょにやらなくちゃね。そうでしょ？」

「ええ、それもそうね」継母はゆっくりとそう言ったあと、にっこり微笑んだ。「いつ出かけましょうか？」

「そうしたければ、今すぐ。朝食はもうすぐ食べ終わるわ」

「そうだわ！」リディアは興奮した顔で跳ねるように立ちあがった。「何か買いたいものが見つかったときのために、部屋からお金をとってこなくちゃ」ドアのほうに行きかけて、振り向いてきいた。「馬車で行くの、それとも歩いて？」

「歩いていこうかと思って」クラリッサはドアのところにいる継母に合流しようと立ちあがりながら言った。「そんなに遠くないはずだから。でも、馬車で行くほうがいいなら――」

「いいえ、歩くほうが楽しそうだわ」継母は興奮気味にしゃべりながら、向きを変えて廊下に飛び出した。クラリッサは微笑んだ。リディアのあらたな態度を見ると、彼女の問題に対処してこなかったこと、ずっとまえに話し合いをしなかったことを思って悲しい気持ちになった。そうしていたら、ふたりは最高の友だちになっていたかもしれないのに。

「クラリッサ」

背後で夫の声が聞こえ、びくっとして立ち止まった。クラリッサは顔から眼鏡をむしりとり、スカートの隙間にすべりこませた。リディアがびっくりした顔でこちらを見ているのはわかっていたが、無視してエイドリアンのほうを向いた。「あら、エイドリアン」

「どこに行くつもりだ？」すがめた目を妻から妻の継母へと移す。

「急いでお金をとってくるわね」リディアはもごもごと言って、歩き去った。「すぐに戻るわ」

クラリッサはぼやけた継母の姿が階上に消えるのを見守ったあと、エイドリアンに向きなおった。「村まで歩いていって、見てまわろうかと思ったの」

「リディアとではないだろうな？」彼はきびしく尋ねた。

クラリッサはため息をついた。これは厄介なことになりそうだ。「パイに毒を仕込んだのは彼女だとあなたが思っているのは知ってるわ。でも、わたしたちは今朝長いことじっくりと話し合ったの。あれは彼女じゃないと確信したわ。リディアは不幸な人で、そのせいでほかの人につらくあたりがちだったけど、わたしを殺そうとしてるわけじゃないのよ」

「クラリッサ――」エイドリアンは重々しく口を開いた。

クラリッサはそれをさえぎって言った。「わたしを信じてちょうだい。リディアは犯人じゃないわ。わたしの命を賭けてもいい」

「きみはもう今回のことで命を賭けているんだぞ」エイドリアンはぴしゃりと言った。「もうそんなことはさせない。彼女とふたりきりで村に行くことは許さん」

クラリッサは目をすがめ、エイドリアンの狼狽《ろうばい》した表情に焦点を合わせようとした。そして微笑んだ。彼にもたれかかり、唇にそっと口づけた。「えらそうに命令してるときのあなたってすごくそそられるわ。階上に連れていって、ベッドに押し倒したくなるくらい」

エイドリアンの緊張がいくぶん解け、口元にほのかな笑みが浮かんだ。「ぼくをベッドに押し倒すだって？」両腕を彼女のウェストにすべらせる。「その企てのために少し時間を割いてもいいかもしれないな。きみがその気にさせてくれるなら」

「どうやってその気にさせればいいの？」彼の下唇に悩ましげに舌を這わせながらクラリッ

サはきいた。

エイドリアンはうなった。クラリッサの後頭部をつかんで逃げられないようにすると、唇を奪った。彼の舌に唇を割られ、クラリッサはうめいて体をそらせた。彼にはいつもやすやすと興奮させられてしまう。

クラリッサはエイドリアンの首に抱きついた。両手でしっかりとお尻をつかまれて持ちあげられ、ふたりの体がこすれ合い、あえぎ声が洩れた。だが、かたわらの階段をせかせかとおりてくる足音が響くと、ふたりとも固まった。エイドリアンはしぶしぶクラリッサを床におろし、クラリッサもキスを解いた。ふたりが振り向くと、リディアが戻ってきたところだった。

「準備ができたわ」継母は明るく言ってから、自分が何を中断させてしまったのかに気づいたらしく、目を見開いて口をつぐんだ。「あら」と不安そうに言った。「わたしは遠慮したほうが――」

「わたしも準備はいいわ」クラリッサは継母をさえぎってきっぱりと言うと、力の抜けた夫の手から逃れて、ドアのそばにいるリディアのところに行った。「行きましょう。村には最高のティーケーキを出すすてきなティーショップがあるってルーシーが言ってたわ」

「クラリッサ」エイドリアンがどなったが、クラリッサは玄関扉を開けて、早く出るようリディアをせきたてた。

「すぐに戻るわ」と明るく声をかけ、継母のあとから玄関を出ると、うしろ手にドアを引いて閉めた。そして、エイドリアンが追ってこないともかぎらないので、リディアを急がせて私道を進んだ。もう、わたしの安全のこととなると、ほんとうにうるさいんだから！　クラリッサはスカートの下の小袋から眼鏡を出し、鼻の上にのせた。

「エイドリアンが現われたとき、あなたが眼鏡をはずしたことに気づかないわけにはいかなかったわ」私道を歩き終えたところで、リディアが不意につぶやいた。小道に出るとふたりは歩く速度をゆるめた。「あなたが眼鏡を持っていることを、彼は知らないのね？」

「ええ」クラリッサはため息まじりに認めた。

「どうして？」

クラリッサは肩をすくめた。「あなたが言っていたように、眼鏡をかけたわたしは醜いもの。彼に見られたくないの」

「まあ、クラリッサ」リディアは悲しそうに言った。「眼鏡をかけたあなたは醜くなんかないわ。あんなことを言ってほんとうにごめんなさい。今までのわたしは……」

「気むずかし屋？」クラリッサがふざけて言った。

「性悪女よ」リディアが言い返す。そして、ため息をついて首を振った。「ロンドンでわたしが何を考えていたのか、今となってはもうわからない。町に着いたとき、あなたは若くて美しく、まだ人生はまるごと残っていた……なのにわたしは年をとって太っていくばかりで、夢も希望もなかった」

「まあ、リディア」クラリッサは継母の腕をとって引き寄せた。「あなたは年寄りでも太ってもいないわ」

「そんなことはどうでもいいの」リディアはそう言うと、腕を引き離し、おずおずとクラリッサの腰に回した。クラリッサが身を引かなかったので、少し気が楽になったらしく、半分だけの抱擁はさらに自然になった。「大事なのは、あなたは眼鏡をかけても醜くなんかないってこと。ずっと醜いと言っていたことは謝るわ」

「謝罪は受け入れました」とクラリッサは言った。「もう過ぎたことは言いっこなし。行きたいお店がいろいろあるのよ。クリームのはいった小さな丸パンを作っているパン屋さんはあるかしら」

リディアはうれしそうに目を見開いた。「チョコレートとカラメルを使ったショートケーキもね！」

クラリッサは微笑みながらリディアに腕を回した。「わたしたち、いつも食べ物の好みは似ていたわね」

「甘いものの好みでしょ」リディアは笑った。

「それに本も」とクラリッサ。「わたしが読みたいと思っていた本をわたしが手も触れないうちに読んで、なかなかゆずってくれなかったわね。あとは服。あなたの服のセンスがまえから好きだった」

「ほんとう?」リディアは驚いているようだ。

クラリッサはまじめくさってうなずいた。「色の感覚が抜群よ。何が似合うのか本能的にわかっているみたい」

「ありがとう、クラリッサ」リディアはよろこびに顔を赤らめた。そしてふたりの婦人たちは、歩きながら服装についてしゃべりはじめた。

19

エイドリアンは驚きと不信に目を見開きながら、妻の背後でドアが閉まるのを見ていた。夫に従うと結婚まえに話し合ったにもかかわらず、妻がこんなに冷淡に……そしてこんなに重要な事柄に関して夫の意見に逆らうとは、信じられなかった。小声で悪態をつきながら、きびすを返して廊下を歩きながらどなった。「フレデリック！」

「はい、だんなさま」女主人からそう遠くないところにいた少年は、廊下のドアから現われた。

「男の召使を三人連れて、妻とその継母のあとをつけろ。近くにいるようにするんだ」とエイドリアンは命じた。「一瞬たりとも目を離すなよ。あの女がほんのわずかでも妻に危害を加えようとしたら、必要と思われることはなんでもしてやめさせろ。ぼくが許す」

のどぼとけを上下させてつばを飲みこみ、フレデリックはうなずいた。「はい、だんなさま」

若者が命じられたことをするために走り去るのを見送ったあとも、エイドリアンはこぶしをにぎったりゆるめたりしながら廊下に立っていた。自分で女たちを追いかけたかったが、クランブレー卿とともにハドリーに会い、どうするべきか計画を立てることになっていた。とりあえず追いかけたほうがいいのかもしれない。計画を立てたところで、リディアがクラリッサを殺してしまったら、なんの役にも立たないのだから。

向きを変えて玄関に急いだが、キブルがサロンから出てきて立ち止まることになった。

「レディ・クランブレーはちがいます」執事は落ち着きはらって宣言した。

エイドリアンはその場に立ちつくしたまま、首をかしげた。「ずいぶんと自信があるようだな」

「あります」とキブルは言った。「だんなさまからうかがったことと、クランブレーご夫妻が到着してクラリッサさまがおふたりをお迎えしたときに見たことから、レディ・クランブレーがもっともあやしい人物だと推測いたしました。それで、従僕ふたりに彼女を監視させました。到着以来ずっと彼女のあとを追わせていましたが、彼女はクラリッサさまの部屋に毒入りのパイを置いてはいません」

エイドリアンはほっとして力がすっかり体から抜け出たようになり、壁に手をついた。キブルの言ったことが真実だということは一瞬たりとも疑わなかった。執事がみずから行動を起こしたことに驚きもしなかった。キブルは英国陸軍にいたころの名残りで、何事も率先してやるタイプの執事だった。

「彼女でなくてよかったですよ」とキブルはつづけた。「クラリッサさまとリディアさまは今朝たいへん実りのある会話をもたれました。おふたりはもっと親しくなられるでしょう。これでリディアさまも少しはみじめでなくなるかもしれません。彼女はとてもお気の毒な方です」

「立ち聞きしていたのか」エイドリアンは責めた。

キブルは肩をすくめた。「クラリッサさまを見張れとのご命令でしたから。わたしは指示に従ったまでです」

エイドリアンはかすかに微笑んだ。キブルは職業を誤った。国王陛下の軍隊で優秀な諜報員になれただろうに。彼はこの屋敷で起こったすべて——あるいはほとんどすべて——のことを完全に把握しているのだから。そう思うと暗い気持ちになった。だれが実際にクラリッサの部屋に毒入りパイを置いたのか、この男が知っていたら助かったのに。

エイドリアンはうなずいて向きを変え、また廊下を歩いて執務室に向かった。キブルがついてきていることはわかっていた。

「ミスター・ハドリーとロード・クランブレーとあなたが戦略会議を開かれることは承知しています。わたしも参加させていただけませんでしょうか——もしよろしければですが」エイドリアンがデスクのうしろの椅子に座ると、キブルは言った。

「いいだろう」とエイドリアンは答え、窓の外に目をやった。「ハドリーが村から戻りしだいはじめることになっている」

「村？」キブルが片方の眉を上げた。

「今朝何か知らせを受けて、村に行かなければならない用事ができたらしい」エイドリアンは肩をすくめて説明した。「もうすぐ戻ってくるだろう」

「さようでございますか」キブルはドアに向かいかけたが、立ち止まると振り返ってもう一度言った。「クラリッサさまへの仕打ちのせいで、だんなさまはリディアさまにかなり反感をもたれているようですが、あのおふたりはだいぶ仲よくなられていると思いますよ。あのご婦人にもう一度チャンスをさしあげるのがよろしいかと」

「おまえの助言については考えておこう、キブル」エイドリアンはもごもごと言った。何も約束はしないつもりだった。この件については、あの女がクラリッサにどんな態度をとるかたしかめるまで待って、それから判断をくだそう。

「ようございます、だんなさま」キブルはうなずいた。

執事が部屋から出ていくと、エイドリアンは椅子を窓のほうに向けた。クラリッサとリディアが新しい関係を築いたのかもしれないのはよろこばしいことだし、継母が彼女を殺そうとした人物ではなかったのは妻のためにもうれしいが、そのせいで実に困ったことになった。容疑者がひとりリストから消えたのはいいが、消えたのはエイドリアンがいちばん望んでいた人物だ。リディアは彼が犯人であってくれればと思っていた容疑者だった。彼女がリストから消えれば、残っている容疑者はぐんと減る。今やレジナルドが第一容疑者だ。

　苦々しげに眉をひそめ、エイドリアンは外を眺めたが、芝生の斜面や屋敷を取り囲む木々を見ているわけではなかった。彼は、ふたりでいたずらをして外を駆けまわり、笑い、冗談を言い合った幼いころのレジナルドを見ていた。挑戦すべき新しい冒険を思いついては瞳を輝かせた若者のレジナルドを見ていた。ひとりの男であり、彼の妻の命を奪おうとした殺人者かもしれないレジナルドを見ていた。

「エイドリアン！　何をしているの？」

　ドアのほうを見やると、母がせかせかと部屋にはいってきたので、エイドリアンは眉をひそめた。「何ごとですか、お母さん」と尋ねた。

「ここを発《た》つと伝えにきたのよ」

「発つ？」わけがわからずにきいた。「まだ来たばかりじゃないですか」

「そうだけど、クラリッサとリディアは今朝よく話し合って、今はお互いに関係を修復しようとしているようなの。わたしが割りこんでふたりの努力に水を差したくないのよ。だからしばらくウィンダムの屋敷に行っていようかと思って。クランブレーご夫妻が帰られたらまた戻ってくるわ」

「そうですか」エイドリアンはうなずくと、視線を窓と、そのなかに映し出される過去に戻した。「ふたりが話し合ったことをだれにきいたんです？　キブルですか？」

「いいえ。クラリッサよ」

それがエイドリアンの注意を惹いた。驚いた目で母を振り向いた。「クラリッサ？　彼女は村に出かけたばかりですよ」

「村に出かけたのは今朝早くよ。一時間まえに戻ってきてるわ」眉をひそめる。「あなたはネズミみたいに黙りこんだまま何時間もここにいるのよ」

エイドリアンは自分がそんなに長いあいだ考えこんでいたことに驚き、目をしばたたいた。ため息をつき、不機嫌そうにまた窓の外をちらりと見た。時間を無駄にしたわけじゃない。結論を出そうとしていたのだ。レジナルドはエイドリアンにとって兄弟のような存在だ。そんな彼がだれかを――ましてやクラリッサを傷つけようとするなんて、受け入れるのは困難だったが、どちらにしろたしかめなければならない。できるだけ早くいとこと向き合って、真実を知る必要がある。

「エイドリアン」母が静かに言った。「あなたもあのふたりの努力のじゃまをしないでもらいたいの。関係修復はリディアにとってもクラリッサにとってもいいことだと思うのよ。リディアとロード・クランブレーの関係を修復する助けにもなるかもしれない。あの夫婦はずいぶんと厄介な問題を抱えているけれど、取り返しがつかないというものじゃないわ」

「リディアがまた以前のようにクラリッサを傷つけようとしなければ介入しませんよ」エイドリアンは反射的に言った。クラリッサを傷つける者はだれであろうと許さない。たとえ愛するいとこであっても。

「そうしてちょうだいね」母は満足げに言った。しばらく黙っていたが、やがて不意に息子と窓のあいだにやってきて、彼の視界をさえぎり、自分に注意を向けさせた。「わたしを見送ってくれるとうれしいんだけど」両手を腰に当て、強い口調でほのめかす。

「ああ、そうですね。失礼しました」エイドリアンは唐突に立ちあがり、母の腕をとってドアに向かった。「どっちにしろ出かけなければならないんです。ついでにお見送りします」


玄関扉のそばではクラリッサが緊張しながら待っていた。夫と義母が話をしながら近づいてくるのがわかった。ふたりが現われてそばに来ると、クラリッサは不安げな笑顔をつくり、神経質に両手をもみしぼらないように気をつけた。

「ここにいたのね！」モーブレー夫人はクラリッサを引き寄せて抱擁し、うしろにさがった。「あなたに会えないと淋しくなるわ、クラリッサ。エイドリアンのここでの仕事が終わりしだい、ロンドンに連れいってもらわなくちゃだめよ。この子は抵抗するでしょう——社交シーズンが大嫌いだから——でも、あなたからはっきり言うのよ。いっしょにお買い物に行きましょうね。どのパーティに出るべきでどれに出るべきじゃないかも、ちゃんと教えてあげますからね。それに、舞踏会を開かなくちゃいけないわ——モーブレー伯爵夫人としての初めての舞踏会を」

「はい、奥さま」クラリッサは不安げにつぶやいた。社交界に戻る可能性についてはまったくそそられなかった。たとえ眼鏡をかけていても。モーブレー夫人の表情はことばと同じくらい多くを語っていたが、彼女はもう一度クラリッサを安心させるように微笑んで、その腕をやさしくたたくにとどめ、息子に向きなおった。

「お母さんにキスしてちょうだい、ディア」と、おもしろそうにつぶやく。

エイドリアンは身をかがめ、心ここにあらずという様子で母にキスをした。いつもいやがっている呼び名で呼ばれたことにも気づいていないようだった。年上の婦人は眉を吊りあげて、いぶかしげな様子で肩越しにクラリッサを見たが、からかわれたのに夫がどうして反応しないのかクラリッサにもわからなかった。困惑して肩をすくめた。

エイドリアンは体を起こすと、母の腕をとっておもての馬車まで連れていった。母を馬車に乗せて扉を閉め、扉をドンドンと二度たたいてからうしろにさがった。御者はすぐに馬の頭越しに鞭《むち》を入れ、馬車は揺れながらまえに進んだ。心配そうな大きな目で困ったようにクラリッサをじっと見つめるモーブレー夫人を乗せて、馬車は私道を進んでいった。その表情は明らかに、息子の様子は絶対におかしいと告げていた。

クラリッサもそう思わずにはいられなかった。まちがいなく何かがおかしい。エイドリアンは不意に向きを変え、馬小屋に向かった。彼女がかけている眼鏡には気づいてもいなかった。

クラリッサとモーブレー夫人は、エイドリアンに眼鏡を見せるためにふたりでこの計画を立てたのだった。クラリッサとリディアが村から帰ったあと、ふたりは話し合った。モーブレー夫人が二、三日で戻るという約束で隣家への訪問を決めたのはそのときだった。だが彼女は、自分が屋敷を出るまえに、エイドリアンに眼鏡のことを話してくれないかとクラリッサにたのんだ。そうすれば、ものごとが正しい方向に進んでいると確認できるから。クラリッサはしぶしぶ同意し、エイドリアンが母の見送りに出てくるのを、眼鏡をかけて玄関先の階段のいちばん上で待つことになった。

ふたりの計画は愚かな男に台なしにされてしまった。エイドリアンは気づきもしなかったのだ。クラリッサがいることにも気づいていないようだった。これはめったにないことだ。彼は何かにひどく気をとられている様子だった。明らかに何かを考えているようだ。彼の顔つきから判断すると、楽しくないことを。エイドリアンの顔つきは暗くかたくなで、それがクラリッサを不安にさせた。

クラリッサは眉を寄せ、スカートを持ちあげて足早に彼を追いかけた。「エイドリアン」

「なんだい、いとしいクラリッサ？」歩く速度をゆるめずに、エイドリアンはもごもごと答えた。

愛情を示すことばをかけられて目をぱちくりさせ、びっくりしたあと、首を振って驚きを振り払いながら尋ねた。「何かまずいことでもあったの？」

「いや、何もない」

「じゃあどこに行くの？」クラリッサは警戒するように尋ねた。彼は馬小屋に着いて、自分の牡馬に鞍をつけはじめた。

「ウィンダムの屋敷に行く」

「ウィンダム」と繰り返す。「あなたの隣人の？」

「ぼくらの隣人だ」エイドリアンが正す。

「わたしたちの隣人ね」クラリッサは素直に繰り返した。「どうして？」

「なにがどうしてなんだ？」

「どうしてウィンダムの屋敷に行くの？」いらいらと尋ねた。彼がなかなか答えないので、クラリッサは彼の腕をつかみ、こちらを向かせた。「何があったの？」

「何もない」エイドリアンはすぐにそう言ったが、彼女の視線を避けてまた馬のほうを向いてしまった。

クラリッサは彼の腕を揺すった。「それならどうしてレジナルドに会いにいくの？」

エイドリアンは動きを止めた。ゆっくりと振り返り、妻を見おろす。「彼がそこにいることを知っているのか？」

「ええ」

「どうして？」きびしく問いつめる。

「今日村で偶然レジナルドに会ったの。ウィンダムの屋敷に滞在していると言っていたわ」

「くそっ、あいつはきみを殺していたかもしれないんだぞ」エイドリアンはぞっとしてささやき声でつぶやいた。「クラリッサ、これからはひとりで出かけるな」

「ひとりじゃなかったわよ。リディアがいっしょだったし、少なくとも四人の召使たちが行きも帰りもついてきたんだから」クラリッサは皮肉っぽく指摘した。「それに、この件でレジナルドを疑うのはやめて。ハドリーが彼を疑ってるのは知ってるけど、あなたはもっと分別があるはずよ。レジナルドはだれも傷つけたりしないわ」

　エイドリアンはいらいらとため息をついた。「キブルはリディアが到着してからずっと彼女を見張らせていた。彼の報告によると、リディアがきみの部屋に毒入りパイを置くことはできなかっただろうということだった。そうすると残された人物はひとりしかいない」

「それがレジナルドだって言うの？」クラリッサは首を振った。「信じられない」

「最初はぼくもそう思った。だが——ハドリーによると——彼は金を必要としているらしい。そして、もしきみが……いなくなったら、ぼくの相続人は彼だ。ここといロンドン、両方の場所にいたただひとりの人物でもある。ウィンダムの屋敷はここから三十分ほどのところだ。それだけ近ければ簡単にしのびこんで、きみのベッドのそばに毒入りパイを置いていける」

　妻に背を向け、エイドリアンは鞍の帯を締めた。「敷地から出るなよ。いや、ぼくが戻るまで屋敷から出るな」そして、クラリッサが同意するのも待たずに、馬を小屋から出して騎乗し、ウィンダムの屋敷目指して走り去った。

クラリッサは眉をひそめ、去っていく夫を見送った。一連の事故の裏にレジナルドがいるとは一瞬たりとも信じていなかった。エイドリアンははっきりとものが考えられなくなっている。そうにちがいない。それにやっぱり眼鏡に気づいてくれなかった！　今や愚かな男は幼いころからつづく友情を台なしにしようとしていた。悲しげにため息をつき、屋敷に戻った。

歩いていると、エイドリアンのことばが頭のなかに響いた。

〝ここロンドン、両方の場所にいたただひとりの人物でもある〟。それは図書室で立ち聞きしていたとき、三人の男たちが話していたことだ。噴水の事件、火事、毒入りパイ事件の裏にいる人物は、クラリッサがロンドンにいたときはロンドンに、この田舎の領地に来た今はここにいなければならない。

もちろんリディアはそうだ。実際、リディアが来るまでここでは事故は起こらなかったのだから。だが、エイドリアンによると、キブルが召使たちに命じて継母を見張らせ、彼女にはできなかったことがわかった。そもそもクラリッサは彼女を疑いはしなかっただろうが。それでも証明されてよかった。

レジナルドも以前はロンドンにいて、今は田舎のここいるが、彼も犯人とはとても思えなかった。結婚式のまえからいつも彼はクラリッサにとても親切だった。今日、村で会ったときも。

いいえ、とクラリッサは暗い気分で考えた。だれかほかにきっといるはずよ。だれか……あることを思いついて、クラリッサの歩みはゆっくりになり、やがて止まった。ロンドンとここの両方にいた人物はもうひとりいた。でもちがう、ととっさに思った。そんなはずはない。それともそうなのかしら?

むずかしい顔をしながら屋敷にはいり、自分の部屋に向かったが、方向転換して図書室に行くことにした。このことについて考える必要があった。

「やあ、いとこ殿!」エイドリアンが案内されたサロンに、にこやかな歓迎の笑みを浮かべてレジナルドがはいってきた。「新妻と過ごすのに忙しすぎて来てくれないと思っていたよ。こっちから馬を飛ばして会いにいくしかないだろうとね」

「屋敷はすでに客でいっぱいだよ」とエイドリアンは言った。「あとひとりくらいならなんとかなっただろうが」

「実は、知ってたよ」レジナルドは認めて言った。「だから、客はもういらないだろうと思ってね」

「なぜ知っていた?」

いとこの鋭い口調にレジナルドは目を見開いた。「ひとつには、きみが来るちょっとまえにイザベルおばさまが到着して、そう言ったからだよ。実際、彼女を部屋に案内しようとしていたら、きみが来ているとロード・ウィンダムの執事が知らせに来たんだ」

「そうか」エイドリアンは顔をしかめた。レジナルドのしっぽをつかんだと思ったのに。レジナルドがこの数日こっそりモーブレー屋敷の様子を探っていたのなら、現在客が滞在していることを知っていたはずだから。

「それで、ぼくになんの用だい？」いとこはエイドリアンの隣りの椅子に腰かけながら、軽い調子で尋ねた。「細君のことで助けがほしいのかな？　彼女をうっとりさせる方法とか、そういうことに対する助言？　それならいつでも相談にのるよ」彼はにやりとした。

エイドリアンはきつく口を結んだ。この男がクラリッサを殺そうとしたのかもしれないと信じるのはひどく困難だった。実際、頭の片隅以外では信じていなかった。だが、その片隅の疑惑が彼を苦しめていた。どうしても知る必要があった。

「クランブレー家の舞踏会の夜のことだが」エイドリアンは唐突に言った。レジナルドは驚いて目を上げた。

「それが何か？」とレジナルドはきいた。

「クラリッサ宛ての手紙を少年にわたしたのはきみじゃないよな？」

「もちろんちがうよ。ぼくは彼女と直接話すために舞踏会に行って、計画どおりきみのいる庭に送り出すつもりだった。どうしてぼくが手紙を送るんだい？」口をつぐみ、眉をひそめる。「でも、たぶんそれも考えてみるべきだったな。それなら舞踏会に出る手間もはぶけた。あの舞踏会はほんとうにとんでもなく退屈だったよ。あそこにいたのはほんのわずかな時間だったのに」

エイドリアンは眉をひそめて遠くを見た。そして尋ねた。「何時に屋敷を出た?」

「きみと話をしたあとすぐ。いや、すぐじゃないな。ジーヴァーズを探すのにちょっと手間どったんだ。でも彼を見つけて帰ると伝えたあとで、すぐに屋敷を出た。それから〈スタウズ〉に行って大金をすった」

エイドリアンの口元がこわばった。ジーヴァーズというのは、実際に舞踏会に招かれていたレジナルドの友だちで、レジナルドはクラリッサと話をするために彼に同行していたのだった。〈スタウズ〉というのはうさんくさいことで知られている賭博《とばく》場だ。

「ひとりで行ったのか?」とエイドリアンはきいた。

「〈スタウズ〉へか?」レジナルドは驚いて視線を上げた。「いや、実は、途中で偶然ソローグッドに会ったんで、いっしょに行ったんだ」眉をひそめた。「どうしてそんなに質問をするんだ、エイドリアン?」エイドリアンが答えずにいると、彼は口を固く結んだ。やがてゆっくりと言った。「イザベルおばさまから聞いたけど、最近クラリッサは毒を盛られたそうだね。つまり、彼女が事故で命を失いかねないと考えていたきみは正しかったってことだ」

エイドリアンは肩をすくめていとこの視線を避けた。

「イザベルおばさまは、きみとハドリーとロード・クランブレーが、クラリッサの〝事故〟を引き起こしたかもしれない人物を探し出そうとしている、という話もしていたよ。犯人は以前ロンドンにいて、今は田舎にいる人物ということで、きみたちは意見が一致しているそうだね」

エイドリアンは椅子の上で落ち着きなく体を動かした。

「たとえばぼくのような」レジナルドは静かにつづけた。それを聞いてエイドリアンがひるむと、彼はいきなり立ちあがった。「ぼくを疑っているんだな！」

「そうしたくはなかったんだ」エイドリアンはあわてて言い訳をした。「だが、きみの言うとおり、ハドリーはロンドンとここ、両方にいられた人物のはずだと指摘した。そして……ぼくはそれがリディアであってほしいと思っていたんだが、彼女は無実だと証明されたので、残るは――」

「ぼくというわけか」レジナルドは冷やかに口をはさんだ。「へえ、ありがたいことだね。あれだけきみたちふたりの仲をとりもとうとしたのに――これだけ長いあいだいっしょに過ごしてきたことは言うにおよばず。今さらきみはぼくがいかれた殺人者だと言うのか？」

「いかれているわけじゃない」エイドリアンは急いで言った――が、すぐに言ってはいけないことだったとわかった。

「いったいどうしてぼくがクラリッサを殺したがったりするんだよ？」レジナルドはきいた。

「ハドリーとやらはぼくに動機がないことも考えてみなかったのか？」

「いや、それが」エイドリアンは認めて言った。「彼は動機を見つけ出した」

レジナルドは目をしばたたいた。信じられない様子で尋ねた。「なんだ？　どんな動機があってぼくはきみの細君を殺さなくちゃならないんだ？」

「きみが深刻な財政問題を抱えているといううわさを入手したらしい」

レジナルドは鼻を鳴らした。「それはただのうわさだよ。それもぼくが自分で流したうわさだ。それに、それではきみを殺す動機にはなっても、クラリッサを殺す動機にはならないだろう」

「クラリッサが生きていたらぼくの財産を相続できない」

「そうだが、ぼくはいつでもクラリッサと結婚することができる。実のところ、こんなみじめな役を演じることになるなら、きみを殺して彼女と結婚するんだったよ。彼女が美人だってことは最初から気づいてた。とっても魅力的だ。もっとよく知るために時間をかけてさえいれば、そして虚栄心から眼鏡をかけるのを拒否しているのではないことに気づいていれば、きみの代わりにぼくが彼女と結婚していたかもしれない。残念ながら、大事なところにやけどをさせられたあと、早々と彼女から逃げてしまったわけだが」

エイドリアンはいとことクラリッサの結婚という話を聞いて顔をしかめ、こう尋ねた。

「財政的に逼迫《ひっぱく》しているといううわさは、自分で流したものだと言ったな。なぜだ？」

レジナルドが顔をしかめ、今度は彼のほうがいとこと目を合わせられなくなった。そしてようやくため息をついて白状した。「今シーズン社交界に出たある女性に興味があってね。だが、彼女は財産目当てに結婚しようとしているのではないかと忠告する者がいた。それで、ぼくはあちこちで深刻な財政問題を抱えていると吹聴したんだ。彼女を試すために」

「ほんとうか?」エイドリアンは驚いて尋ねた。いとこが恥ずかしそうに顔を赤くしたのを見てびっくりした。レジナルドは問題の女性にかなり興味をもっているということらしい。

「その娘というのはだれなんだ?」

いとこは顔をしかめた。「それは気にしないでくれ。クラリッサと彼女を殺そうとしている人物の話に戻ろう」

エイドリアンはため息をついてうなずいた。いとこの恋愛話についてはあとで問いただすこともできる。

「リディアでもないし、ぼくでもないとすると——ぼくじゃないことは保証するけどね……」レジナルドはそこまで言うと冷たくエイドリアンをにらんで付け加えた。「そうだ、それについてはソローグッドにきくといい。火事が起きたとき、ぼくはクランブレー屋敷の近くにはいなかったと教えてくれるよ。ぼくの実際の財政状態については母にきいてくれればいい」

「その必要はないだろう」いとこを責めることまでした自分を恥じながら、エイドリアンは言った。本能に従うべきだった。レジナルドは殺人者ではなかった。

「ふん」レジナルドはうんざりしたようにつぶやいた。「必要なんじゃないか？　そうじゃなければわざわざここに来て、ぼくが殺人者かどうかたしかめたりはしないだろう？」

「なあ」とエイドリアンは言った。「ぼくが悪かった。ほんとうにそう思ったわけではないんだが、どうしてもはっきりさせたかったんだ。だれかがクラリッサを殺そうとしている。だからぼくは――」

レジナルドは手を振って黙らせた。「それがだれなのかという話に戻ろう」

エイドリアンは口を閉じ、鼻からため息を洩らした。レジナルドはつづけた。

「とにかく、さっきから言っているように、きみはリディアではないと確信していて、ぼくは自分じゃないことを知っているとすると、残るのはだれだ？」

エイドリアンは額をさすった。「召使だけだ――あるいはぼくらも知らないだれかか」

レジナルドは口を引き結んだ。「召使と言ったか？」

「ああ」エイドリアンは眉をひそめた。「だが、動機のある者はひとりもいない」

「ぼくだってなかったけど、きみはあると思ったんだぜ」レジナルドがかみついた。

「そのことでおれに腹を立てないでくれよ。破産すると言ってまわるなんてばかなことをしたのはきみで、ぼくじゃない」

レジナルドはまた鼻を鳴らしてから言った。「召使の話に戻ろう」

エイドリアンは首を振った。「いま言ったように、クラリッサを殺したがる使用人などまるで思いつかない。それに、ぼくは田舎とロンドンのそれぞれの屋敷に召使を置いている。両方の場所で何かを企てられる者はいない。キースレーとジョーンをのぞけば」

「キースレーとジョーン？　ジョーンというのはクラリッサのメイドだな？」レジナルドは眉をひそめた。

エイドリアンはまじまじと彼を見た。「どうした？　その顔つきには見覚えがあるぞ、レジ。何か思いついたときの顔だ。何を考えている？」

いとこは自信がなさそうに顔をくもらせながら首を振った。「たぶんなんでもない。おそらく勘ちがいだろう」

「何がだ、レジナルド？」エイドリアンはもどかしげに尋ねた。「きみが知っているか、知っていると思っていることは、なんでも手がかりになる可能性があるんだ。どんなにばかげていると思えることでも話してくれ」

レジナルドは顔をしかめた。「それは……クランブレー家の舞踏会の夜、ぼくが屋敷に戻ったとき……」

エイドリアンはうなずいた。

「さっき話したように、ジーヴァーズが見つかるまで少し時間がかかったんだ」

エイドリアンはまたうなずいた。「うん、うん。それで？」

「ようやく彼を見つけて早めに退散すると伝え、廊下に出ると、クラリッサと彼女のメイドが舞踏会に戻るために階段をおりてくるところだった」レジナルドはまたためらった。そしてため息をついてから言った。「クラリッサのメイドはぼくにある人物を思い出させた――でも、彼女のはずがないんだ」

「だれであるはずがないんだ？　彼女はきみにだれを思い出させたんだ？」エイドリアンは尋ねた。

「何度か舞台で見たことのある女優だよ」ようやくレジナルドは言った。「でも、そんなはずはないんだ。その女優は火事で死んだと聞いているから」

「火事で？」ちりちりとした感覚がうなじを走るのがわかった。頭のなかで何かの記憶が反応していた。「女優の名前は？」

「モリー・フィールディング」とレジナルドは言った。

エイドリアンは椅子の肘かけに手を打ちつけ、次の瞬間には立ちあがってドアに急いでいた。

「おい！」レジナルドはあわてて追いかけた。「どこに行くんだ？」

「まだ幼かったクラリッサを誘拐し、だまして結婚しようとした男の名前を覚えていないのか？」大股でせかせかと廊下を歩いて玄関ホールに向かいながらエイドリアンはきいた。その声は急に重くなった心臓と同じくらい重かった。

「覚えているよ。フィールディング大尉だ」とレジナルドは言った。エイドリアンを追って屋敷から出ると馬小屋に向かった。

「伝えられるところによると、宿屋でクラリッサに会って、あちこち連れまわし、最終的にグレトナ・グリーンまで行ったのはフィールディング大尉とその妹だ」

「偶然かもしれないじゃないか」とレジナルドが注意した。「ぼくはあのメイドがモリー・フィールディングに似ていると言っただけだ——それに、モリーは火事で死んだんだぜ。彼女がもう舞台に出ていないのはそれが理由だ」

「フィールディング大尉の妹は火事で死んだとハドリーは言った。モリー・フィールディングは彼の妹にちがいない」エイドリアンは言い張った。自分の馬を探して馬房に沿って歩きはじめる。

「わかった」レジナルドは譲歩した。いとこはふたつ目の馬房で足を止め、仕切りを開けて一頭の馬を外に出した。それがレジナルドの愛馬である葦毛《あしげ》の馬だということにエイドリアンは気づいた。「でも、彼女は火事で死んだんだろう。どうしてクラリッサのメイドのジョーンがモリーなんだ?」

「ぼくにもわからないが、それだとすべてつじつまが合う」エイドリアンはようやく自分の馬を見つけた。レジナルドの馬の隣りまで歩かせて鞍《くら》をつけはじめた。「ジョーンはロンドンとここの両方にいた。クラリッサの部屋にはいれるから、難なくパイを置けたはずだ。それに、舞踏会に出ていたクラリッサを脇に呼んで、ぼくからのものだという手紙を受けとらせたのも彼女だ」

「でも、きみはあのとき、クラリッサが手紙を読めないのをいちばんよく知っているのはジョーンだと言ったじゃないか。なぜ手紙を送ったりしたんだ？」

「わからない」エイドリアンは認めて言った。「たぶんそのせいかもしれない。彼女はクラリッサが眼鏡なしでは読めないことを知っている。手紙を読めないクラリッサを罠《わな》にかける手紙を送ったのがジョーンだとはだれも思わない。だからうまくいった。ぼくが彼女を疑った理由のひとつがそれだ」と指摘した。「それに、すべての事件の裏にジョーンがいたとして、あの手紙が届けられるように手配したのも彼女だとすれば、手紙が届けられる時間も指定することができたはずだ――使いの少年が来たときに近くにいられるように。そして、なんとも親切なことに、手紙に目を通してやった」と冷やかに付け加えた。

「どうしてクラリッサは彼女がモリーだと気づかなかったんだろう？」レジナルドが眉をひそめてきいた。

「彼女は眼鏡がないと見えない」とエイドリアンは言った。「それに、ジョーンは雇われてからまだ間もないのだろう。領地の屋敷にいたヴァイオレットというメイドのことを、クラリッサから聞いたことがある。ヴァイオレットは彼女のまえには母親に仕えていたそうで、クラリッサがロ馬車に揺られてロンドンと田舎を行き来するには年をとりすぎていたので、クラリッサがロンドンに出発したときに暇を出されたそうだ」首を振った。「クラリッサはおそらく眼鏡があったときにはモリーを見ていないのだろう。彼女は……」

「なんだ?」エイドリアンが急にことばを切ったので、レジナルドがきいた。

「リディアは結婚式のまえにクラリッサの眼鏡を領地から送らせた。眼鏡は式の前日に届いたらしい。ジョーンは急いで階上のクラリッサのところに持っていったが、クラリッサが言うには払いのけた毛布がメイドの手に当たって、眼鏡は跳ね飛ばされてしまった。ほんとうにクラリッサが跳ね飛ばしたのか、それともジョーンがそう言っているだけで、実際は自分で眼鏡を放り投げて確実に壊れるようにし、クラリッサに顔が見分けられないようにしたのか、微妙になってきたな」

「ふむ。それはありうるな」とレジナルドがつぶやいた。そして眉をひそめた。「でも、そもそもなぜジョーンは——いや、モリーは、もし彼女がモリーならだけど——クラリッサを殺したがっているんだ?」

「フィールディングは獄中で死んだ」鞍をつけたそれぞれの馬を馬小屋の外に歩かせながら、エイドリアンはいとこに思い出させた。「たぶん兄が死んだのはクラリッサのせいだと思っているのだろう。なんと言っても、クラリッサにしたことに対する罪で投獄されたのだから」

「くそっ」馬に乗りながらレジナルドはつぶやいた。「何度言っても言いたりないよ。近頃はいい使用人を見つけるのがほんとうにむずかしい。主人が見ていない隙に盗みをはたらくだけでもひどいのに、今度はやつらに殺される心配までしなくちゃならないのか?」

エイドリアンはうなり声でそれに応えると、馬に拍車を入れ、駆け足をさせて自分の屋敷に向かった。屋敷に同行してくれるほどいとこが自分を許してくれたことがうれしかった。いま彼は、メイドを素手で殺せるほどに激怒していた。もし自分がいないあいだに、彼女がクラリッサの髪の毛一本でも傷つけていたら、きっとそうするだろう。レジナルドでさえも彼を止めることはできないだろう。

20

「戸口でうろうろするのはやめて、ジョーン。はいってちょうだい」本から顔を上げて、クラリッサはつぶやくように言った。本を読もうとしたのは、無駄な努力だった。頭のなかはさまざまな考えでいっぱいで、そのほとんどは今この図書室にはいってこようとしている女性に関することだった。

エイドリアンとリディアとレジナルドをのぞけば、かつてロンドンにいて今このモーブレー屋敷かその近郊にいるのはジョーンとキースレーだけだ。たてつづけに起きた事故を仕組んだ犯人がリディアやレジナルドだとは信じられない。もちろんエイドリアンでないことはわかっている。残るはジョーンとキースレーだ。

ジョーンのほうがより容疑者らしかった。キースレーは老人だ。彼が真夜中にロンドンの屋敷にしのびこみ、クラリッサの部屋の外廊下に火をつける姿など想像できない。エイドリアンがしたように裏門をよじのぼり、クラリッサを殴って昏倒させせようと小道にひそんでいる姿も。

一方、ジョーンはしのびこむ必要がない。いつもそこにいて、クラリッサの居場所やだれといっしょにいるかという情報を知りうる立場にあった。ジョーンは犯行の可能なただひとりの容疑者だった。

今クラリッサの頭を悩ませているのは、ジョーンがそんなことをする動機が思い当たらないということだった。それに、やっぱりわたしは彼女のことが好きだ、とため息まじりに認めた。

本を閉じて押しやりながら、クラリッサはデスクのまえで立ち止まったジョーンを見あげた。すぐに目をすがめた。この角度からメイドを見るのは初めてだった。眼鏡をかけて見るのは。あごの下に小さく盛りあがったほくろが見えた。クラリッサは以前、まったく同じ場所にあるこういうほくろを見たことがあった。十年まえに。

それをじっと見てから、目を上げてジョーンの顔をさらに注意深く観察した。そして言った。「なんの用なの、モリー？」

「読書をなさるあいだ、ココアか紅茶をお飲みになりたいのではないかと思いまして」

クラリッサは口元を引きしめた。ジョーンは別の名前で呼ばれたことに気づきもしなかった。そのこととほくろがたしかな証拠になった。「パイみたいに毒がはいっていなければね……モリー」ともう一度言った。

メイドは身をこわばらせ、無表情になり、追い詰められた猫のように目を落ち着きなく動かした。「知っているのね」

「あなたがだれかは知ってるわ」クラリッサは認めた。「でも、どうしてわたしを殺そうとしているのかはわからない」

　モリー・フィールディングは体の脇でこぶしをにぎりしめた。「兄のためよ」

「ジェレミーね」その男を思い出して、クラリッサはつぶやいた。軍服姿の彼はとてもすてきだった。少なくとも、若かった彼女はそう思った。エイドリアンの足元にもおよばなかったが。

「そして母のため」モリーは付け加えた。

「あなたのお母さまにはお会いしたことがないけれど」クラリッサは驚いて言った。

「わたしのためでもある」モリーは辛辣につづけた。「ジェレミーがつかまって投獄されたとき、わたしたちは支えを失った。わたしは生活費をかせぐために舞台に出なければならなかった。それまでずっと保護されて暮らしてきたのに。びっくりすることばかりだった」

「あなたとお母さまの暮らしを支えるためにそうしなくちゃならなかったのはお気の毒だと思うわ――」とクラリッサは言いかけたが、モリーは最後まで言わせなかった。

「でも、そんなことはどうでもいいのよ。母のためにやったことなんだから。でも、醜聞が流れてジェレミーが有罪になったあと、母は傷心のうちに亡くなった。そして兄も亡くなった……」怒りに満ちた目をクラリッサに向けた。激しい怒りのせいでほえるような声で言った。「ふたりともあなたが殺したのよ」

「わたしは——」

「それでわたしは誓ったの。いつかあなたに仕返しをしてやると」

クラリッサはため息をつき、憐れむようにモリーをじっと見た。「復讐するときがくるのをずっと待っていたのね」

「実を言えば、ほんとうにそんな機会が得られるとはまったく期待していなかった」と認めると、モリーはデスクからレターオープナーをとりあげて、ぼんやりともてあそんだ。「でも、社交シーズンがはじまったばかりのあの日、あなたとリディアと彼女のお仲間がわたしの出演している芝居を見にきた」

クラリッサは驚いて目をぱちくりさせた。「芝居？　わたしがお芝居を見にいったのは、生まれてからたった一度だけよ。シェイクスピアのお話のひとつで、社交シーズンがはじまってロンドンに着いたばかりのころだった」タイトルを思い出せずに眉をひそめる。眼鏡がなかったので何も見えず、セリフを聞いているうちに眠ってしまったのだ。タイトルはあきらめて尋ねた。「あなたはあのお芝居に出ていたの？　女優として？」

モリーはうなずいた。「わたしが演じていたのは第一幕で死ぬ役だった。舞台に倒れて死体を演じながら、ボックス席のひとつにあなたがいるのを見た。幕間にこっそりロビーに出て、近くで見てあなただと確信した。田舎の屋敷でついていたメイドが高齢のせいでいっしよにロンドンに来られなかったから、あなた付きのメイドが必要だとリディアが言っているのが偶然耳にはいった。わたしはあなたのすぐうしろに立っていた。あなたは振り向いてあたりを見まわした。まともにわたしを見ても、わたしのことがわかった様子はなかった。そのときあなたが眼鏡をかけていないことに気づいた」

「あのときはもうリディアにとりあげられていたのよ」クラリッサは静かに言った。

モリーはうなずいた。「それでも、運命が手を貸してくれなかったら、わたしには何もできなかったでしょうね。その晩怒りを抱えたまま疲れきってうちに帰ったら、煙のにおいで夜中に目が覚めた。長屋が燃えていた。なんとか窓から逃げ出すことができたけど、服を持ち出すことはできなかった。だから盗むしかなかった。あの火事でわたしはすべてを失った。自分が盗んだものを見たのは日が昇ってからだった。盗んだ服を身につけたわたしはメイドのように見えた」そう言って短く笑った。「神のご意志なんじゃないかと思ったわ。それまでの知り合いとはいっさいの連絡を絶った。わたしは火事で死んだとみんなに思わせておいた。そしてあなたのメイドに応募することにした」

「気づかれるかもしれないとは思わなかったの？」クラリッサは不思議に思ってきいた。

「わたしは気づかなくても、ほかの人は気づくかもしれないでしょう？　女優なんだから、顔は知られていたでしょうし」

「そうでもないわ。召使の顔なんてだれも見ないもの」モリーは肩をすくめて言った。「メイドの仕事をもらえるかどうかのほうが心配だった。レディ付きのメイドがどういうものか何も知らなかったから。でも、女優をしていたことがずいぶんと役に立ったわ。その日の午後にはあなたのメイドになっていた」

「それから事故が起こるようになった」とクラリッサが言った。「わたしが階段から落ちるように仕組んだのはあなたなんでしょ？」

「あなたがつまずいたのはわたしの靴よ。あなたが落ちたあと、わたしはまたその靴を履いて、あなたが無事かどうかをたしかめに駆けつけた」

「馬車のまえに押し出したのは？」

モリーは首を振った。「あれはただの事故だった。わたしは無関係よ」

「毒入りパイは？」

「毒が少なすぎたようね」

「頭を殴って噴水に突き落としたのは？」

モリーは怒りをあらたにしながら口元をこわばらせた。「手紙を届けにきた少年の父親を雇ったのよ。彼はあなたを殴って気を失わせるだけのはずだった。とどめはわたしが刺すつもりだったのに、あの男はやけに張り切って自分でやろうとした。わたしを感心させたかったのね」と皮肉っぽく言った。

クラリッサはそのことについてしばし考えてから尋ねた。「火事は？」

モリーはうなずいた。「あなたの部屋のドアに鍵をかけて廊下に火をつけたあと、火事だとわかったときにびっくりして起きだせるように、そっとベッドに戻った」

クラリッサはため息をつき、首を振った。「お母さまのことはお気の毒だと思うわ、モリー。わたしも母を亡くしているから、どんなにつらいかはわかる。でも、あなたはまちがった相手を責めているわ。あの醜聞は――実際、何もかも――あなたのお兄さんが引き起こしたことよ。そして彼は獄中で死んだ。彼の死はわたしとは関係ないわ」と静かに指摘した。

「関係ないですって？」モリーは信じられないというように繰り返し、レターオープナーをクラリッサのほうに向けて言った。「兄は獄中で死んだ……あなたがそこに入れたのよ。監獄に行く必要なんてなかったのに。兄はいい人だった。親切でやさしくて――」

「ちょっと待ってよ、モリー」クラリッサはびっくりして口をはさんだ。「あなたは忘れているようだけど、彼はわたしを誘拐して、相続財産目当てにだまして結婚しようとしていたのよ。そんな人、とてもじゃないけど親切でやさしいいい人なんて呼べないわ」

「兄はあなたを愛していたのよ」

「愛していたのはわたしの相続財産よ。そしてそれを手に入れようとたくらんだ」クラリッサはいらいらと正した。「悪い計画のつねとして、それもうまくいかなかった。つかまって代償を払わされた」

「夫婦の契りを結んでいたら代償を払う必要はなかったはずよ」

それについては言い返せなかった。フィールディング大尉が夫婦の契りを強要していたら、婚姻を取り消すことはできなかったのだから。そうなれば、クラリッサの相続財産にしか興味のない男との愛のない結婚に今も縛りつけられていただろう。

「やさしい兄は、あの晩あなたを休ませてあげた――そのやさしさが兄を殺したのよ」モリーは涙に目をうるませて苦々しく言った。

「やさしさですって！」あの夜に実際にあったことの詳細とその屈辱のすべてを思い出し、クラリッサは怒って声を荒らげた。あの新婚初夜についてはエイドリアンに話したことがすべてではなかった。だれにも話していないことがあった。クラリッサは疲れているかと尋ねて話を切り出したわけではなかった。フィールディング大尉は、疲れたと決めつけ、彼女をひとりにしたのだ。今ではそれに感謝しているが、当時のクラリッサにとって、あの拒絶は屈辱的だった。

「あなたのお兄さんが夫婦の契りを結ばなかったのは、その気がなかったからよ」クラリッサはきびしい顔でモリーに告げた。「彼はわたしに魅力を感じなかった。わたしの胸はまだあんまり大きくなかったし、宿屋の酒場のメイドのほうがずっと彼好みだったから」

「うそよ！」モリーはあえぎながら言った。「夫婦の契りを結ばなかったのは兄のやさしさよ。わたしにはそう言ったわ。やさしさが命とりになったのよ。あなたがそのやさしさをほんの少しでも返してくれれば、兄を救えたのに。それなのにあなたは何も返さなかった」

「父の配下の人たちに見つかってからは、わたしにできることは何もなかったのよ」とクラリッサは言い返した。そして正直さから認めた。「でも、たとえ彼のために何かできたとしても、していたかどうかわからないわ。彼は見たこともない他人だったし、あの人たちに見つかるころには、彼の話は全部わたしの相続財産を手に入れるためのうそだとわかっていたから」

「見たこともない他人？」モリーは信じられない様子で叫んだ。「兄はあなたを愛していたわ。あなたを見た瞬間に恋に落ちたと言っていたわ」

「じゃああなたにもうそをついていたのね」クラリッサはきっぱりと言った。「たぶんあなたに計画を受け入れてもらいやすくして、協力をとりつけるために」

「ちがうわ」モリーは首を振った。

クラリッサはいらいらと舌打ちした。「彼に会ったことは一度もなかったのよ。それなのにどうしてわたしを愛しているなんて言えるの？」

「監獄にはいっているとき、全部話してくれたわ。劇場で偶然会って――」

「そんなことありえないわ！」クラリッサは鼻を鳴らした。「わたしはひとりでどこかに行くことも許してもらえないような年齢だったのよ。絶対に会っていません。最初に宿屋でわたしに会ったとき、彼が自己紹介したのを覚えているでしょう。もう会ったことがあるなら、どうして自己紹介なんかするの？」

出会いの場面を思い出そうとして、モリーの顔に困惑の表情が浮かんだ。効果があったようだと思い、クラリッサはつづけた。「わたしを愛していたというのも事実じゃないわ。彼の口から聞いたもの。結婚した夜、悪い夢を見て彼を捜しにいったの。ふたりの部屋をへだてるドアを開けたとき、彼がメイドにこう言っているのが聞こえた。ベス——たしかそれが彼女の名前だったと思う——おまえは美しいし官能的な乳房をしている、おれの妻ときたら板きれのようにまっ平らで長靴のように平凡だ、とね。

それならどうして結婚したのかとメイドが尋ねると、ご丁寧にこう説明していたわ。魅力には乏しいが、財布は重いんだとね。それからさらに彼女をおだて、おまえのせいで夫婦の契りを怠ってしまったから、おまえとの今夜の営みからちゃんと回復できたら、明日の晩は船のなかでその義務を果たすことになるが、その義務を果たしているあいだずっと、妻をおまえだと思うことにするよ、と言った。

そしてあなたのお兄さんはまた彼女への奉仕をはじめたので、わたしはドアを閉めた。彼の貪欲《どんよく》さはお金だけにかぎったことじゃなかったようね。もし自制していたら、わたしと夫婦の契りを結んでいたでしょうし、それが自分を救うことになったのに」クラリッサはうんざりしたように肩をすくめた。「ほんとうのことを言うと、わたしの胸が年齢のわりに板みたいにまっ平らだったことにあれからずっと感謝しているわ。父の配下の人たちが現われてくれたことにはもっと感謝してる」

「うそよ。全部うそだわ」モリーはうなり、レターオープナーをかかげた。

「そうかしら？　ねえ、あなたはあの場にいたのよ。わたしはロンドンからグレトナ・グリーンに向かうあいだずっとヤナギのようにおとなしく言いなりになっていた……最後の朝までは。あのときわたしがどんなに怒って反抗的だったか覚えている？　どんなにうちに帰りたいと言い張ったか？　あなたのお兄さんは興奮しすぎただけだと言ったけど、わたしが要求をつづけていたら、ひっぱたいたのよ。覚えてないって言うの？」

モリーの顔が不安げにくもり、レターオープナーが心もち下がった。クラリッサの言った場面が頭のなかにはっきりとよみがえったのだ。

「ええ」眉をしかめてつぶやく。「あなたはずっとおとなしく従っていた、あの……」

「最後の朝までは。何もなかった新婚初夜の翌朝よ」

レターオープナーはさらに下がり、モリーの顔に困惑が広がった。だが、クラリッサが立ちあがると、モリーは怒りに満ちた顔をして、またレターオープナーを威嚇《いかく》するようにかまえた。「ちがうわ。あなたはわたしをだまそうとしている。兄がわたしにうそをついていたはずないわ」

クラリッサはため息をついた。「どうして？　これまであなたにうそをついて、あなたを意のままにしようとした男性はいなかったとでも？」

「ジェレミーはちがうわ」

「彼はあなたにうそをついたことがなかったの？　一度も？　窮地から抜け出そうとしていたときでも？」メイドの顔にまた疑惑が浮かび、クラリッサはさらなる追撃を試みた。「お兄さんはいつわたしと出会って恋に落ちたと言った？」

「劇場で会ったと」モリーは罠にかかるのを恐れるように、おずおずと言った。

クラリッサは微笑んだ。「ほらね？　そんなことは不可能なの。わたしは今年の社交シーズンまで劇場には一度も行ったことがなかった——あなたがわたしを見たあの晩までは。ほんの十分まえにそう言ったでしょう。あなたがいつわたしに気づいたかを話したときに」

モリーはさらに顔をしかめた。そしてあまり自信がなさそうな声で言った。「たぶんあなたはさっきうそをついていたのよ」

「どうしてわたしがうそをつくの？　彼が劇場でわたしに会ったと言っていたなんて、さっきは知らなかったのに」モリーはまだ信じていない様子だったので、クラリッサはいらいらと体を動かした。「どうして事実を認めようとしないの？　あなたのお兄さんはあなたが思っているような親切ないい人じゃなかったのよ」

「いいえ、いい人だったわ。ジェレミーはあなたが言っているようなことは絶対しない。あなたを愛していたんだもの」

モリー・フィールディングの顔に背信と恐怖が浮かぶのを見て、クラリッサは憐れみが湧きあがるのを感じた。そしてやさしく言った。「たぶんあなたの知っていたジェレミーはそうなんでしょう。でも、彼は戦争に行って、わたしたちが想像しかできないようなことを何年ものあいだ見てきたのよ。戦争は人を変えると言うわ。きっと戦争から戻ったジェレミーはもうあなたの知っているジェレミーではなかったのよ」

すすり泣きを洩らし、モリーはデスクのまえの椅子にくずおれた。レターオープナーを持った手は力なく脇に落ちた。

「わたしはなんてことをしてしまったの？」と絶望したようにうめく。

「取り返しのつかないことは何もしていないわ」ゆっくりと慎重な足取りでデスクを回りながら、クラリッサは励ました。不意に足を止めたのは、モリーがいきなり激しい笑い声をあげて、またレターオープナーを、今度は自分の手首に押し当てたときだった。

「それ以上近づかないで。わたし……」首を振りながら、手にした刃物をちらりと見て、打ちひしがれ、絶望した様子でクラリッサに視線を戻した。

「早まったことはしちゃだめよ、ジョーン――モリー」クラリッサは言いなおした。「何もかもうまくいくから」

「そう言うのは簡単だわ。牢獄にはいるのはあなたじゃないんだから」

「あなたは牢獄になんかはいらないわ」クラリッサはそう言って安心させた。

「どうしてそんなことができるの？　わたしはあなたを殺そうとしたのよ」モリーは悲しそうに首を振った。「ジェレミーの面会に通ったあいだ、牢獄は充分見たわ。あそこにはいるくらいなら、わたしは死にます」

「あなたを突き出すことはしないわ」

「でも、わたしはあなたを殺そうとしたのよ」モリーは繰り返した。

クラリッサはため息をついた。「あまり熱心に殺そうとしたとは言えないわね。わたしはまだこうして生きているんだから」

モリーは鼻をすすり、希望をつなぐように顔を上げた。まるでクラリッサが言ったことに救われたかのように。

「ねえ」クラリッサは思い出させた。「そうじゃない？　わたしはほとんどずっとコウモリみたいに目が見えなくて、ひとりでは何もできない状態だった。あなたがそれをほんとうに実行したいと思っていたら、きっとやり遂げていたはずよ。それなのにあなたはしくじりつづけた。でもメイドとしてはどこまでも有能だった。あなたにはわたしを殺すつもりなんかほんとうはなかったんだと思う」

「あったわ」モリーはため息交じりに認めた。「あなたを傷つけたかった。苦しめたかった。だけどどうしても……」口ごもり、首を振る。「あなたがわたしを突き出そうと突き出すまいと、あまり変わりはないんじゃないかしら。あなたが真相に気づくほど賢いなら、あなたのだんなさまが気づくのは時間の問題よ。彼はわたしをかならず牢屋に入れるわ」

モリーの言うとおりだと気づいて、クラリッサは眉をひそめた。エイドリアンは確実に罰を受けさせようとするだろう。クラリッサはモリーのための逃げ場はないかと考えはじめた。そして不意に顔を輝かせて言った。「アメリカよ」

モリーはぽかんとして彼女を見つめた。「アメリカ?」

「あそこに行けばいいのよ。旅費はわたしが持ちます。あなたは新しいスタートが切れる。あらたな気持ちで、あなたにとりつこうとする過去に追いかけられる心配もなく」

「でもそんなお金は――」

「旅費はわたしが出すわ」クラリッサはきっぱりと繰り返すと、デスクにかがみこんで紙を一枚引っぱり出し、短い手紙を書いた。「何かちょっとした商売――下宿屋か何か――をはじめるのに充分な資金も提供しましょう」

「どうして?」モリーは困惑してきいた。「どうしてあなたは――」

「わたしもあなたもあなたのお兄さんに苦しめられたからよ、モリー。彼はわたしたちふたりともをだました。そのためにわたしたちはこの十年ずっと苦しんできた。それにね、モリー、あの旅のあいだ、あなたがどんなにやさしくしてくれたか、わたしは覚えているの。あなたはわたしをなぐさめ、何もかもよくなるからと励ましてくれた」

クラリッサは手紙の下に自分の名前をサインすると、体を起こしてそれを差し出した。「さあ、受けとって。御者にロンドンまで送らせるわ。荷物をまとめたら、これを銀行に持っていって、お金をもらってちょうだい。そしてアメリカ行きの船に乗るのよ」

期待しながらも、期待するのを怖がっているように、モリーがためらっているので、クラリッサは言った。「あなたはアメリカで下宿屋をはじめることができるし、ひとりの立派な女性として新しい人生をはじめることができるのよ。もしうまくいったら、お金はいつか返してもらうわ」

それで心が決まったらしく、モリーはしぶしぶ手紙を受けとった。

クラリッサは微笑みながら、相手の気が変わるまえにレターオープナーをとりあげてデスクに置き、モリーの腕をとってドアに向かった。エイドリアンが今にも戻ってくるかもしれないと油断なく警戒しながら。

「ここに必要なものはあるの？」

「いいえ、たいして持ってこなかったから。ほとんどのものはロンドンに置いてきたわ」

「それなら出発のまえにとりに戻らないとね」図書室のドアを開けてモリーを廊下に出しながら、クラリッサはつぶやいた。「すべてうまくいくわ。アメリカもかなり落ち着いてきたそうだし。でなければフランスに行ってもいいわね。選択肢はたくさんあるわ。どこを選ぶかわたしに言う必要はないわよ。すべてうまくいくから」

廊下を歩いてくるキブルを見つけると、クラリッサは彼を呼んで御者に馬車の用意をさせ、おもてに馬車をつけるように命じた。そしてモリーを玄関の外の階段に導いた。「もしそうしたくなければイングランドを離れなくてもいいのよ。ここで起きたことのせいであなたが追われないようにしてあげるから」

モリーは口元をゆがめてクラリッサに顔を向けた。「あなたを傷つけることができなかった理由がわかったわ」クラリッサが問いかけるように片方の眉を上げると、モリーは説明した。「あなたは親切だもの。わたしは召使につらくあたる女性たちをたくさん見てきた。でもあなたは彼女たちとはちがう。いつもわたしにやさしかったし、わたしの意見に耳を傾けてくれた——まるで対等な立場であるかのように」そして苦笑いをした。「兄があなたと夫婦の契りを結んでくれたらよかったのにと思いそうになるわ。そうしたらわたしたちは姉妹になれたのに」

クラリッサは微笑んだ。「ええ、そうね。でも実際、二日間は姉妹だったのよ」モリーを抱きしめ、馬小屋の方角から現われた馬車に目をやった。

「助けが必要なときはわたしに知らせてね」モリーの耳元でささやくと背筋を伸ばし、階段の下に追いたてた。御者が馬車から飛び降りて扉を開けた。

「ありがとう」モリーもささやいた。目に涙を浮かべ、クラリッサの手をにぎりしめてから、馬車に乗りこんだ。

「どこでも彼女の行きたいところまで送ってあげて」とクラリッサは命じた。御者が扉を閉めた。御者は窓に身を寄せて行き先を聞き、クラリッサは馬車に背を向けて階段をのぼった。

玄関に着くころには、御者は指示を受けて御者台に戻り、手綱をとって馬を前進させるために鞭を入れていた。

「ずいぶんと情け深いんだな」

豊かな低い声のしたほうにさっと目をやると、背後の階段に夫が立っていた。そのうしろでポーチをふさいでいるのはグレヴィルだ。

「いつからここにいたの？」

「ずいぶんまえから」と答えてから、また言った。「きみはずいぶんと情け深いんだな、妻よ」

やんわりとした皮肉を無視して、私道を遠ざかっていく馬車を振り返って見た。そして尋ねた。「あなたたちはまだ友だちなの？」

「もちろんさ」とエイドリアンは言った。そして同時に「まだ決めていない」と言ったレジナルドを鋭く見やった。

クラリッサはふたりの男性にそっと微笑みかけたあと、夫を通りこしてレジナルドの腕をとり、いっしょに屋敷のなかにはいった。「ねえ、見当ちがいのことであなたを責めたてた夫のことは許してくださらなくては。もうお気づきでしょうけど、夫は愛するもののこととなるとまるで頭が働かなくなるの。だってほら、わたしが眼鏡をかけていることにまだ気づかないんですものね」

背後を歩く夫が足を踏み出せなくなったのを察したクラリッサは、立ち止まって振り向き、楽しげに手を差し出した。エイドリアンの顔は真っ青で、急に生気を失った目は眼鏡の細い金属の縁に釘づけになっている。

「ぼくが見えるのか？」

「あなたを見ることはいつだってできたのよ。今はもっとよく見えるようになっただけ」クラリッサはやんわりと伝えた。

エイドリアンはうつろな顔で目をみはっているばかりなので、クラリッサの横でレジナルドはいてもたってもいられなくなった。「きみこそ目が見えなかったんじゃないのか？」とあざけるようにエイドリアンに問いかける。「彼女は近視なだけだと気づかなかったのか？そばに寄ればちゃんと見えるんだぞ」

「この人はわたしに一度も見られていないと思っていたようね」クラリッサは静かにつぶやいた。一瞬、三人とも黙りこんだ。やがてクラリッサがため息をついてレジナルドを見た。

「もしよかったらなかにはいって、居間で飲み物でも探していただけるかしら？」

エイドリアンのいとこはにやりとした。「もっといい考えがある。ぼくはウィンダムの屋敷に戻るよ。彼のことはきみにまかせた」そう言うと、クラリッサの手に慇懃《いんぎん》にキスをして、今のぼってきた階段をまたおりていき、足早に馬小屋に向かった。

「ほんとうにまえからぼくが見えていたのか？」ふたりきりになると、エイドリアンがきいた。

「ええ、そうよ」

「初めてぼくを見たのはいつだ？」ゆっくりと尋ねる。

「初めて会った夜よ——話をするためにあなたが身を寄せたとき。とても近かったから、あなたの顔と大きくて美しい茶色の目が見えたわ」

エイドリアンは向きを変えて傷のないほうの横顔を見せ、反射的に傷を隠した。クラリッサはエイドリアンに近づくと、彼のあごにそっと手を当てて自分のほうを向かせた。そして、彼が忌み嫌う傷痕にキスをした。

エイドリアンはひるみ、驚いた顔をした。「では、憐れみからぼくと結婚したのか？」

「憐れみ？」クラリッサは声をあげて笑いそうになった。「まったく、あなたって人は！自分を辱めてどうするの？　あなたはハンサムな人だわ」

「ぼくは怪物だ。この顔をひと目見ただけで、女性は気絶すると言われている」

クラリッサは肩をすくめた。「けがをした直後はそうだったかもしれない。傷がまだ赤くて生々しく、痛そうだったあいだは——でも、それは十年まえのことよ。傷の状態は落ち着いた。傷跡はあなたの一部、頬を走る線にすぎないわ。あなたの心のなかでは実際よりもずっと大きなものになっているようだけど」

「ちがう。ぼくは女性たちがあとずさりするのを実際に見てきたんだ」

「今シーズンにそういう女性たちを見たの？」エイドリアンがためらうと、クラリッサは勝ち誇ったようにうなずいた。「そうじゃないかと思った。ロンドンにいたあいだ、あなたと関係をもとうとする女性もひとりやふたりいたんじゃないのかしら」実際にそれを提案したブランチ・ジョンソンのことを思い出して、ふざけて付け加えた。

エイドリアンはむっとして鼻を鳴らした。「目先の変わった相手と一度お手合わせ願いたいと望んでいる女だけさ」

「あら、わたしはそうは思わないけど」クラリッサは皮肉っぽく微笑むと、先にたって屋敷にはいり、エイドリアンの執務室に向かった。「でも、好きなように考えていたらいいわ。それなら、わたしはあなたが浮気をするんじゃないかと心配しなくていいんだから」

エイドリアンは妻のあとから執務室にはいりながらまた鼻を鳴らした。「いずれにせよそんな心配をする必要はないぞ。ほかの女に興味はないからな。異性と遊びまわっていたのはずっと昔のことだ」

「ふん」クラリッサはデスクに歩み寄り、注意深くその隅に腰かけた。「じゃああなたは、わたしが目先の変わった相手と寝てみたいからあなたを求めていると思うの?」

エイドリアンは眉をひそめた。「ぼくを見ることができる今でも、まだぼくを求めているのか?」

「もう話したでしょう。わたしは初めて会った夜にあなたを見て、それから何度も見ているけど、いつだってあなたを求めてきたのよ」

「ぼくをちらりと見るのと、ぼくに身をまかせながら何もかもはっきりとつぶさに見るのはまったく別のことだ」

クラリッサはそれについて考えてから、まじめくさってうなずいた。「たしかにあなたの言うとおりよ。それはまったく別のことだわ。つまりあなたは、また眼鏡をかけはじめたわたしのことはもう求めていないってことね」

エイドリアンは目をしばたたいた。「それを比べるのは公平じゃないぞ。きみはいつでも眼鏡をはずせる」

「見たいと思わなければね」とクラリッサは指摘した。デスクからすべりおり、ドレスのボタンをはずしはじめる。「たぶん、試してみるべきよ」

「何をするつもりだ？」エイドリアンはうろたえて尋ね、クラリッサが服を脱ぎはじめるとドアを閉めにいった。

「どうもわたしたちはちょっとした窮地に陥っているようだわ。結婚したときわたしが眼鏡をかけていなかったのは、眼鏡をかけていたらあなたに醜いと思われるかもしれなかったからよ。眼鏡をかけていなかったから、あなたに身をまかせながらあなたを〝つぶさに〟見ることもできなかった。だからわたしたちは知らない――お互いを見て嫌悪感を覚えるかどうかを。それが問題になるのかどうか、そして、どんな形にしろわたしたちの結婚にまだ可能性があるのかどうかを、たしかめるべきだと思うの」

妻が肩からドレスをはずし、足元に落ちるにまかせるのを、エイドリアンは目を丸くして見つめた。すぐにほかの装身具も同じようにして脱ぎ捨て、クラリッサは生まれた日と同じくらい裸に近い状態で彼のまえに立った……だが、眼鏡だけはかけたままだった。

ごくりとつばを飲みこんで、彼女の体を見つめた。視線は乳房をさまよい、平らな腹部をたどって、脚のあいだにひっそりと生えた茂みへと向かった。悩ましげな声が聞こえて、すばやく視線を上げると、クラリッサが自分の両手で包んだ乳房を、困ったように見おろしていた。

「心配したとおりだわ」と悲しげに言う。それを聞いたエイドリアンは心臓が止まりそうになった。彼女は彼をちらりと見て説明した。「あなたの体が与えてくれる快感のことを考えただけで、胸が重たくなって、先っぽがキスされたときみたいに硬くなっちゃうの」

エイドリアンはまたつばを飲み、彼女のことばが示すものに目を奪われた。乳房がふくれ、乳首が硬く、濃いシナモン色になっているのがわかった。やがてクラリッサは乳房から片手をはずし、腹部をたどって脚のあいだの茂みのほうにおろしていった。彼女の指がそこにもぐって消えると、エイドリアンは信じられないというように目を見開いた。

「ああ、エイドリアン」

エイドリアンはそれを見てまたすばやく顔を上げた。すると、クラリッサが説明した。

「あなたに目で愛撫されただけでもう濡れているみたい。全然関係ないってことだわ。あなたの体のすべてに、あなたの存在そのものにこんなにもそそられているのに、どうしてあなたの傷を気にしたりすると思う？」

もう片方の手を乳房からはなしてエイドリアンに差し出す。「来て」とささやくと、エイドリアンはつまずきそうになりながらそれに従った。

まえに進み出てクラリッサの手をとり、彼女の視線が自分に集中すると、不安げに足を止めた。「そんなことをしても無駄よ。あなたの傷痕はとてもはっきり見える。それに、その傷だけでもこんなにそそられるんだから、それ以外の部分もたしかめる必要があるわね」クラリッサはエイドリアンの視線をとらえ、片方の眉を吊りあげた。「あなたもわたしの実験に参加して、眼鏡のせいで不快感を覚えるかどうかたしかめたくない？」

エイドリアンが無言でうなずくと、クラリッサは微笑んだ。「それなら、どうしてわたしだけが裸なの？」

エイドリアンははじかれたように上着を脱いで、情熱のままに遠くに放り投げた。もどかしげにクラバットを引っぱりはじめると、クラリッサがシャツのボタンをはずす作業にとりかかった。適度にゆるめたクラバットを頭にくぐらせて脱ぎ捨てたとき、ボタンはまだふたつしかはずせていなかった。そこで、シャツのまえを無理やり開けることで問題を解決した。ボタンがあらゆるところに飛び散った。シャツを脱ぐのもそこそこに、ズボンを脱ぐ作業にとりかかった。ボタンをはずし、尻の半分あたりまでずり下げた。

ふくれあがったものがようやく解放されると、クラリッサがすぐにそれを片手でとらえ、やさしくにぎった。そして笑顔で彼を見あげた。

「わたしの眼鏡はあなたの情熱に水を差さないみたいね。かなりほっとしたわ」

エイドリアンはうめいた。彼女に触れられていることと同じくらいそのことばにそそられていた。クラリッサの唇を自分の唇でふさぎながら、腰を抱いてデスクの上に抱えあげた。クラリッサはまだ彼のものをつかんだままで、もっと近くに寄るためにエイドリアンはその手を払いのけようとしたが、彼女は反射的ににぎる力を強めた。エイドリアンはたちまち身を硬くしてうめいた。キスをしながら彼女が微笑んだのがわかった。クラリッサはにぎる力をゆるめて根元まで手をすべらせ、彼を愛撫した。すぐにエイドリアンのキスはいっそう情熱的に、いっそう刹那《せつな》的になり、手は愛撫すると言うよりつかむように彼女の体を這った。

クラリッサをデスクに押し倒そうとしたが、彼女が痛みに声をあげたので動きを止めた。

「ごめんよ。どうした……？」クラリッサがデスクからおりて、散らかったデスクの上をよく見ようと彼に背を向けたので、質問は立ち消えになった。デスクの上を片づけ忘れていたことに気づき、それを思いつかなかった自分がばかのように感じられた。

クラリッサがまえかがみになって書類をそろえはじめると、エイドリアンの視線は彼女の背中の曲線と豊満なお尻に落ちた。こらえきれずに手を伸ばし、視線がたどった線を今度は指でたしかめる。

彼女は体をこわばらせ、ゆっくりと上体を起こした。彼のほうを向こうとしたが、エイドリアンがそうさせなかった。あいているほうの手で彼女の肩を押さえ、そのままの姿勢をとらせて片手で彼女の体を探った。やわらかなお尻の肌をたどり、まえにまわってほんの少し丸みのあるお腹をなでまわし、そこからのぼって片方の乳房を包んだ。

乳房をつかまれるとクラリッサは吐息を洩らし、愛撫に背中をのけぞらせながらお尻を突き出してそそり立つものにこすりつけた。エイドリアンはあいている手を伸ばしてもう片方の乳房をつかんだ。彼女の背中を強く抱きよせて、乳房をにぎり、あえぎとうめきを交互に繰り返すまで乳首を愛撫した。彼女のお尻がさらに激しく彼に押しつけられる。胸に頭がつけられるのを感じて、気づかないうちに閉じていた目を開けると、クラリッサが首をひねってこちらを向き、エイドリアンの唇を求めていた。エイドリアンはその要求を受け入れ、顔を寄せてキスをしながら、片手を彼女の脚のあいだにすべらせた。

熱く濡れた場所を探りあてられると、クラリッサは彼の口のなかで叫びを洩らし、お尻を動かして愛撫に応えた。彼女は激しくエイドリアンの舌を吸いはじめ、エイドリアンは硬くなったものを彼女のお尻にこすりつけた。クラリッサのなかにはいって、すっかり包まれ、ほっとしたかった。そこで、もうこれ以上先延ばしにせずに、キスを解いてクラリッサをまえかがみにさせ、熱く濡れた彼女の中心に自分のものを導いた。

クラリッサがデスクに両手をつくのを見て、エイドリアンは目を閉じた。彼女は彼を受け入れながら体を押しつけ、快感と欲望のうめきをあげている。エイドリアンはあいているほうの手でお尻をつかみ、抜き差しをくりかえしながらもう片方の手でふたたび愛撫した。

クラリッサは三度か四度の抜き差しを許したあと、急に上体を起こして身を引いた。

「どうした？」エイドリアンは目を開けて瞬《まばた》きをした。すると、デスクの上のものをすっかり押しやったクラリッサが、こちらを向いていた。

「愛を交わすあいだあなたを見ていたいの」と息を切らしながらささやく。手を伸ばして後頭部をつかみ、彼の顔を引き寄せてキスをした。

エイドリアンはキスに応えたが、顔を見られると思うとまだ落ち着かなかった。彼女は気にならないと言ってくれたが……

クラリッサは不意に身を引くと、体を引きあげてデスクの端に座り、張りつめたものをつかんでエイドリアンを自分のほうに引き寄せた。「わたしと愛を交わして、エイドリアン！わたしを抱いているところを見せて。愛するあなたがわたしを愛しているところを見たいの」

エイドリアンは凍りついた。彼女のことばが頭のなかでぐるぐるとまわった。「ぼくを愛しているのか？」

今度はクラリッサが凍りついた。だが、彼の顔に希望と驚きを読みとると、すぐに表情をやわらげた。「もちろん愛しているわ。愛していないはずないでしょう?」

「でも——」

「でもはなしよ」クラリッサはさえぎって言った。「わたしはあなたを愛している。あなたの顔、あなたの微笑み、あなたの目、あなたの傷さえも。あなたのすべてを愛しているわ」

エイドリアンは彼女の脚のあいだに進んでお尻をつかみ、彼女のなかにすべりこんだ。

「ああ」クラリッサのまぶたがわずかに震えたあと閉じた。そして、すぐにまた目を開けて彼に微笑みかけた。「愛しているわ、エイドリアン。わたしはきっと、あなたが聞きあきるまでそう言うわ」

エイドリアンは動きを止め、クラリッサの顔をじっと見た。眼鏡の奥の目に憐れみはなく、うそも見当たらなかった。まぎれもない純粋な快感と、歓びと、愛があるだけだ。クラリッサは彼を見あげ、身を乗り出して頬の傷にそっとキスをした。「これはあなたの一部なのよ、エイドリアン。それも含めて、わたしはあなたのすべてを愛しているの」

エイドリアンは自分の口がにこやかな笑みの形に引き伸ばされるのを感じた。そして、クラリッサの唇に激しくキスをした。だが、それは短いキスで、すぐに身を引いて彼は言った。

「きみがそう言うのを聞きあきることはないだろう。ぼくもきみを愛しているよ、クラリッサ。きみのすべてを愛している——きみの体、きみの心、きみの魂、きみの微笑み、きみの性格、きみの見えない目さえも。きみはぼくの命だ。ぼくを微笑ませ、笑わせてくれた。人生を生きる価値のあるものにしてくれた。眼鏡をかけていてもかけていなくても、服を着ていても着ていなくても、きみのすべてを愛しているよ。そして、これからもずっと愛しつづける」

エイドリアンはかがみこんでクラリッサの額にやさしくキスすると、さらに言った。「だが今は、裸のきみがいちばん好きだ」

クラリッサは笑った。「すごくうれしいわ。さあ、早く愛をたしかめ合いましょう。そしてこのうずきを止めて」

エイドリアンはお尻をつかんだ手に力をこめ、くすっと笑うと、もう一度彼女のなかにできるだけ深く押し入った。彼女の体はよろこんで彼を迎え入れ、前後に動くあいだ温かく締めつけた。押し入るたびに確信が生まれた。クラリッサは眼鏡をかけてエイドリアンを見てもなお彼を求め――愛してくれている。彼女はエイドリアンの伴侶、命、妻だった。エイドリアンは自分が彼女にふさわしい何をしたのかわからなかった。どうしてふたりがこれほどやみくもに恋に落ちてしまったのかも。だが、クラリッサをずっと幸せにするためなら、できることはなんでもしよう。いつまでも永遠に。

訳者あとがき

人間だれしもコンプレックスをもっているものです。背が低いとか、胸が小さいとか、学歴がないとか、田舎に住んでいるとか。そんな自分に対する劣等感が高じて、他人との関係がギクシャクしてしまうことも。自意識過剰と言ってしまえばそれまでですが、人間だもの、自分のことがいちばん気になってしまうのは仕方がありませんよね。恋をすればなおのこと、自分の容姿や性格が、相手にどう思われるか気になってしまうものです。

舞台は一八一八年のイングランド。良家の子女クラリッサ・クランブレーは極度の近眼で、眼鏡がないと茶色いズボンを穿いた脚をテーブルと勘ちがいしてティーカップを置いてしまったり、ろうそくの火でかつらを焼いてしまったりと、災難つづき。つまずいたり転んだりするのはしょっちゅうで、〝ぶきっちょクラリッサ〟と陰口をたたかれています。十九世紀初頭のこの時代にももちろん眼鏡はありましたが、おそらく現在のようなおしゃれなものではなかったのでしょう。結いあげた髪にドレス姿のレディたちが集う社交界で、すてきな殿方に目を留めてもらうためには、眼鏡をかけているのはかなりのハンデです（現在では眼鏡をかけた男性や女性にとくに魅力を感じる〝眼鏡萌え〟なんてことばもあるし、眼鏡をかけた地味な人が眼鏡をとると、思いのほか美男／美女で恋に落ちてしまう、というシチュエーションは昔からよくありますが）。虚栄心のないクラリッサ自身は、眼鏡をかけているほうが便利だし安全なので、眼鏡をかけることにやぶさかではないのですが、クラリッサを申し分のない男性に嫁がせようとしている継母のリディアに、眼鏡をかけることを禁じられているのです。

一方、ヒーローのモーブレー伯爵エイドリアン・モンフォートは、ナポレオン戦争で顔にひどい傷を負い、帰国後の舞踏会で化け物扱いされてから、田舎の領地に引っこんでしまい、社交界から遠ざかっています。これでもう女性からは相手にされないだろうから、伯爵家も自分の代で終わりかと思っていたところ、十年ぶりに訪れたロンドンで出会ったのが、眼の悪い美女クラリッサ。彼女なら顔の傷痕がはっきり見えるわけではないので、それほど自分を怖がらないかもしれない。そして何より、クラリッサは素直で正直で、ユーモアと茶目っ気のある心のきれいな娘でした。心にも傷を負い、うつうつとしていた彼は、彼女のおかげで久しぶりに笑うことができるようになります。しかし、彼女の継母はエイドリアンの顔に傷痕があることにこだわり、ふたりの交際を認めようとしません。

しかも、クラリッサの周囲では不可解な事件が多発しており、どうやら何者かに命をねらわれている様子。エイドリアンは気が気ではありません。視力が弱いために事故にあいやすいのを利用して、彼女を亡きものにしようとしているのはいったいだれなのか？　この犯人捜しは物語の大きな柱になっています。

しかし、この物語の読みどころは、なんと言っても主役ふたりの人間的魅力でしょう。無邪気でかわいいクラリッサのずっこけぶりと天然ぶり、彼女を恋するあまり、頭が妄想でいっぱいになってしまう美男子エイドリアンのこっけいさとかっこ悪さ。眼鏡をかけた顔を見られたら嫌われるのではないか、顔の傷を見られたら怖がられるのではないかと思って悶々《もんもん》とする、不器用なふたりのいじらしいこと。意地悪な継母リディアを思いやるクラリッサの愛情の深さにも、心が熱くなります。とくに、亡き母のことばを引き合いに出して継母をなぐさめるシーンは感動的です。

エイドリアンの領地にいる執事のキブルも、なかなか強烈なキャラクターです。かつてエイドリアンの家庭教師であり、執事でありながら父親代わりでもあるキブルは、主人の心の闇を理解し、遠慮なく意見し、毅然とした態度で見守ります。従軍経験もあり、医術の心得もあって、まさにスーパー執事です。

この作品の舞台となる一八一八年は、ご存じのとおりいわゆる摂政期、リージェンシーと呼ばれる時代です。リージェンシーは一八一一年から一八二〇年、精神を病んだ国王ジョージ三世の代わりに息子である皇太子（後のジョージ四世）が摂政を務めた時代ですが、国王が精神に異常をきたしたのは放蕩《ほうとう》者の皇太子のせいだとも言われています。そんな王室ゴシップに沸く時代らしく、どぎついユーモアや派手な遊びを好む貴族たちが闊歩《かっぽ》していたリージェンシーは、ヒストリカル・ロマンスの舞台設定としてとても人気があります。ナポレオン戦争（一八〇三－一八一五）の時期と重なるせいで、従軍する勇敢でたくましいヒーローや、戦闘で心や体に傷を負った陰のあるキャラクターなど、ドラマチックな設定に事欠かないからかもしれません。本書でもエイドリアンはかつてナポレオン戦争に従軍し、負傷して除隊になっていますし、スーパー執事のキブルにも救護兵として戦地で活躍した過去があります。

作者のリンゼイ・サンズはカナダのオンタリオ出身のロマンス作家で、本書は彼女の初邦訳作品となります。一九九七年のデビュー以来、本書のようなヒストリカル・ロマンスを多く手がけるほか、ヴァンパイアの一族を主人公とする現代もののパラノーマル・ロマンス、〝*Argeneau and Rogue Hunter Series*〟でも人気が高く、このシリーズは現在十作目まで書かれています。アンソロジーにも多くの作品を提供していて、ヒストリカルでもパラノーマルでも、ユーモラスな展開がサンズの持ち味のようです。